Eduard Breimann

Das fremde Land

Universal Frame

Eduard Breimann

Das fremde Land

Roman

Universal Frame

Bibliographische Information Der Deutschen Bibliothek:
Die Deutsche Bibliothek verzeichnet diese Publikation in der Deutschen Nationalbibliographie; detaillierte bibliographische Daten sind im Internet über http://dnb.ddb.de abrufbar

Printed in Germany
Umschlaggestaltung und Umschlagfoto:
Werner Hense
ISBN 3-9522981-3-1
ISBN 978-9522981-3-8

„Woda! – Woda! – Woda!“ Die Rufe, das unaufhörliche Flehen um Wasser, waren in den letzten zehn Minuten leiser geworden. Für die Soldaten, die mit geschulterten Gewehren den langen Güterzug umkreisten, waren sie nicht mehr zu hören.
Sie spürte schmerzhaft die Wunden an der Schläfe; das Blut pochte und im Mund war der Geschmack nach Erbrochenem. In ihrem Kopf vermischte sich der Chor der jammernden Frauen und Kinder mit der leisen – und doch drängenden – Stimme von Wladimir zu einem unsinnigen Lautsalat; sie war zu schwach, um nach dem Sinn der Worte zu forschen. Nur ihren Namen, den hörte sie – aber er war so ohne Bezug; sie war gar nicht sicher, ob es ihr Name war.
„Angela, kleine Aja. Bleib wach, hol tief Luft. Meine arme Aja.“
Ihr Kopf lehnte an den Gitterstäben und der Blick war auf einen einzigen Punkt gerichtet – schon so lange, wie der Zug hier in der Gluthitze hielt. Apathisch, wie sie, lagen, hockten und standen mehr als vierzig Frauen um sie herum. Sie glaubten nicht mehr an Hilfe, hofften nicht einmal mehr auf einen Becher Wasser.
Nur eine nicht. Sie war es, die nicht aufgab, beständig den Ruf Woda ertönen ließ. Wie bei jedem der drei Aufenthalte, bei denen die Lokomotive Wasser aufnahm, drängte sie sich vor und schrie ihr Verlangen laut, unüberhörbar, den Wachmannschaften zu. Sie stand dicht neben ihr und verschaffte sich auf rüde Art mit den knochigen Ellenbogen Platz. Jetzt war aber auch bei ihr nur noch ein heiseres Flüstern zu vernehmen. Nur ihre Wut, die Verachtung gegenüber ihren Mitgefangenen, die war aus jedem Wort, das sie ausstieß, hörbar.
„Weg! – Zhopolis! Verschwindet, ihr Arschkriecher! – He! Du da! Ja, du! Oder bist du ein Pidaras? Ha! Homos sind bei euch ja verboten. Also! Komm näher. Was willst du haben für einen Eimer Wasser? Willst du mich anfassen?“
Sie schrie ihr Angebot in russischer Sprache, heiser und mit sich überschlagender Stimme. Der fette Mann auf dem Holzpodest stierte sie regungslos an. Sie wartete, dann fluchte sie los: Lobotrjass! Padla!
„Hoffentlich versteht er sie nicht“, flüsterte Wladimir. „Solche schlimmen Worte habe ich im Dorf nie gehört.“
Der Mann bewegte sich nicht. Im Waggon war es fast völlig still geworden; nur ein Mädchen, hinten im Waggon weinte. Schließlich wiederholte die Frau ihre Fragen in holprigem Deutsch.

„Das ist so eine … eine Dawalka“, flüsterte eine andere Frau hinter Ajas Rücken. „Sie treibt’s mit jedem.“
Der Soldat stand starr unter dem Vordach des polnischen Bahnhofs. Über seinem Kopf baumelte ein verdrecktes Schild mit dem Namen des Ortes. Weiter rechts konnte Aja Befehle hören, die mit harten Stimmen gebrüllt wurden. In der Ferne rauschte es; die Wasserbehälter der Lokomotive wurden aufgefüllt, wie bei jedem Halt.
Sie drückte den Kopf an die Gitterstäbe, spürte das rostschorfige Metall an ihren Wangen. Jeder Platz am Gitter war belegt. Die Gesichter der Frauen lagen zwischen den Stäben, ihre Münder und Nasen sogen die heiße Luft ein. Hier war sie noch am besten, auch wenn sie geradezu glühte; die Mittagssonne stand direkt über dem Waggon.
Sie hatte Glück gehabt, daß sie den Platz bekommen hatte. Aber auch nur, weil Wladimir, ihr kleiner Freund und Beschützer, die Frauen angeschrieen und mit seinen winzigen Fäusten um sich geschlagen hatte, als sie bewußtlos wurde. Da hatten sie widerwillig und murrend Platz gemacht. Wladimir war so zart, schwächer noch als sie, aber mit seinen blitzenden Augen und seiner klaren Stimme hatte er sie beeindruckt.
„Sie ist ein Kind!“, hatte er geschrieen und sie hatte im Wegdämmern gedacht, daß es nicht stimmte, daß es schon längst nicht mehr stimmte.
Weiter hinten im Waggon stank es nach Urin und Kot. Die Luft nahm ihnen den Atem, ließ die dicht gedrängt stehenden Frauen und Kinder fast ohnmächtig werden. Nur wenn sie an einem der kleinen Bahnhöfe hielten, wurde die Schiebetür vor dem Gitter geöffnet.
Während der halben Stunde, die der Zug in diesem polnischen Dorf hielt, beobachtete sie der Wachposten unaufhörlich, mit starrem Blick, schaute nur weg, wenn er trank.
Und er trank oft; in gleichmäßigen Abständen. Alle paar Minuten nahm er das Glas von der Fensterbrüstung und tauchte es in den Eimer, der neben ihm stand. Sie hörten, wie das Wasser gurgelte, wenn es ins Glas stürzte – und im selben Augenblick stöhnten alle Frauen auf.
Der Soldat hob das Gefäß vor sein Gesicht, betrachtet es genüßlich. Aja zählte die Tropfen, die auf die Holzplanken fielen und konnte den Blick nicht einmal wegnehmen, wagte kaum zu blinzeln.
„Fünf“, dachte sie. „Fünf kühle Wassertropfen“. Und spürte die fest klebende, brennende Zunge.
Der Mann legte den Kopf zurück, blickte in den bleigrauen Himmel, trank langsam, bis das Glas leer war. Ohne hinzusehen, stellte er es zurück auf die Fensterbank. Mit dem Ärmel wischte er sich die Nässe vom Mund und rülpste.
Die Frauen drängten sich an die Stäbe, krallten sich fest und sahen ihm zu, verfolgten jede Bewegung. Ab und zu stöhnte eine Frau und im Hintergrund weinten die Kinder leise.
„Hier! Kannst sie anfassen – für einen Eimer frisches Wasser darfste die sogar küssen“, rief die Rothaarige dem stiernackigen Soldaten zu.
Als sie ihre Brüste frei machte, das Kleid über die schmalen Schultern nach

unten zog, blickte sich der Soldat sichernd um und kam langsam näher. Die Frau lachte heiser; sie drückte die Brüste durch die Gitter und preßte ihren Unterkörper gegen die Eisenstangen.
„Pribiwaj! Pribiwaj! – Komm! Komm! Faß an!“, gurrte sie.
Dicht vor den Stäben blieb der Soldat stehen, sog die Luft ein und krauste die Nase. Er betrachtete das Gesicht der Frau, dann ihre großen, weißen Brüste.
Er lächelte. Die Frauen standen starr. „Woda!“, flüsterte die Frau hinter ihr. Auch Aja spürte eine leise Hoffnung und ihre Lippen formten das Wort Wasser.
Langsam, sehr langsam, zog der Soldat das Gewehr von der Schulter, faßte es am Lauf – direkt unter dem Schnappverschluß für das Bajonett – und schlug blitzschnell zu.
Die Frau schrie auf, als der Kolben ihre Brüste traf und fiel in den Waggon zurück. „Swinja – du Sau“, schluchzte sie, zog ihr Kleid hoch und verdeckte die verschrammten Brüste.
Der Mann ging zurück, nahm erneut das Wasserglas, füllte es und trank einen einzigen Schluck. Sie konnten deutlich hören, wie er rülpste. Den Rest des Wassers schüttete er mit Schwung in die Luft. Aja glaubte einen Moment lang, hinter dem Wasser einen kleinen Regenbogen zu sehen.
Ein zweiter Soldat, schmal und klein, trat aus der Bahnhofstür. Die Männer unterhielten sich, blickten zum Waggon und lachten. Dann ging der erste Soldat weg, bog um die Ecke des kleinen Bahnhofs. Er blickte sich nicht um, sah nicht zu den anderen Waggons, die sich hinter der Dampflokomotive reihten – alle gleich im Aussehen, alle gleich beladen.
Der Soldat trat aus dem Schatten des Überdachs, kam langsam auf sie zu. Jetzt konnte Aja ihn besser sehen. Mit der Rechten zog der Mann den Riemen des geschulterten Karabiners stramm, streckte den Daumen vor. Die Bajonettspitze reflektierte das Sonnenlicht.
Er war jung, viel jünger als der andere Soldat. Seine Nase war breit, knubbelig, verformt wie bei einem Boxer. Er war unruhig, blickte sich ständig um, als fürchte er, von einem Offizier überrascht zu werden.
Erneut keimte Hoffnung, langsam nur, zögernd, sehr langsam. „Woda! - Woda!“, flüsterten einige Frauen. „Bitte, gib uns etwas Wasser.“
Dicht vor der vergitterten Waggontür blieb der Soldat stehen, sog prüfend die Luft ein, drehte angewidert den Kopf zur Seite und trat einen Schritt zurück.
Er suchte die Gesichter der Frauen ab. Kein Lächeln. Keine Regung. Die Augen der Frauen hingen gebannt an dem unreifen Gesicht. Aber nur an Ajas blieb der Blick des Jungen hängen. Sie wartete, holte kaum Luft. In ihrem Kopf war alles leer.
Sie konnte seine Augen nicht sehen, sie lagen im Schatten des viel zu großen Stahlhelms. Auf seinem Kinn sprossen kleine blonde Haare. Den Mund, der sich ganz komisch bewegte und unverständliche Laute formulierte, den sah sie deutlich. Seine Lippen waren dick, fast wulstig. Während er sprach, zeigte er mit der Linken hinter sich, zum Bahnhofsgebäude, vor

dem der Blecheimer stand – und nickte.
„Was … Wladi, was sagt er?“
„Ich weiß es nicht, Aja. Er spricht nicht unsere Sprache. Aber er zeigt auf den Wassereimer. Vielleicht …“
„Tschelowek! – Mensch! Du sollst ihm zeigen, was du unter dem Kleid hast, Kind. Mach schon! Schnell! Dieses Pisdjonysch, ist noch grün hinter den Ohren. Zier dich nicht. Oder biste was Besseres?“
Die Stimme der Frau hinter ihr war vulgär, tief und rauchig. Es war die Frau, die vor wenigen Minuten ihre nackten Brüste durch die Gitterstäbe gesteckt hatte.
„Was …? Ich kann doch …“
„Heb’s Kleid, Djawolski! – Verdammt! Und mach die Beine breit. Der will deine Wlagapische sehen – vielleicht einmal anfassen. Mehr geht ja nicht“, sagte sie, lachte und hustete sich die Stimme frei. „Für etwas Wasser kannste das doch wohl machen. Du bist es uns schuldig; wir haben dich auch ans Gitter gelassen. – Er will nur dich – verflucht!“
„Nein! Ich bin doch noch …“
„Djawolski! Mach! Mach! Wir brauchen das Wasser“, schrie die Frau.
Aber Aja stieß den Arm der Frau weg, die sie hart an der Schulter anfaßte.
„Istschesaet – Verschwinde!“, schrie sie den Soldaten an und spuckte durchs Gitter auf den Boden. Ihr war schlecht. Der Hals war wie ausgedörrt.
Der Soldat drehte sich jäh weg, stakste steif zum Podest vor dem Bahnhof. Im Schatten war sein Gesicht fast nicht mehr zu sehen.
„Poschol k tschjortu!“ – Geh zum Teufel!“, schrie die Vulgäre und schlug mit der Faust an das Gitter.
„Wladi, ich verdurste. Hilf mir“, sagte Aja leise und es wurde dunkel vor ihren Augen.

Sie spürte den gleichen Schwindel wie damals, hatte den üblen Geschmack im Mund und in der Schläfe pochte es. „Oh, mein Gott!“, dachte sie. „War das wirklich? Ein Alptraum, der nie enden will.“
Dieser Zug, die unendlich lange Fahrt durch die Hitze, der Durst, der Gestank, die starren Gesichter der Soldaten, die vielen Gefangenen und deren Art, die ihr so fremd war – all das überflutete sie immer dann, wenn sie überhaupt nicht daran dachte, wenn sie ihre müden Glieder ausstreckte und die Augen schloß.
Nie mehr, das hatte sie sich geschworen, würde sie in einen Zug steigen, einen dieser Waggons betreten. Nicht freiwillig.
„Warum kann ich sie nicht auslöschen, diese verfluchten Bilder? Wo mögen sie stecken?“, dachte sie und rieb sich den Hinterkopf an der Stelle, an der ihre Mutter ihr manchmal eine Kopfnuß verpaßt hatte, wenn sie es zu toll getrieben hatte.
„Weil an der Stelle alle deine dummen Gedanken sitzen. Da muß ich sie wohl manchmal strafen“, hatte sie dazu gesagt.
„Ach, Mamotschka“, dachte sie. „Du fehlst mir so; du wirst mir noch auf dem Totenbett fehlen.“

„Ich würde diese Bilder verfluchen, sie dem Satan schenken, wenn ich damit die Heilige Frau nicht beleidigen würde“, seufzte sie und blickte erschrocken zur Seite.
Aber niemand hatte sie gehört, sie saß alleine auf der Bank in ihrem Vorgarten. Die Blätter der Birke rauschten im warmen Ostwind, der über den Fluß strich; und die Amseln sangen ihre Sehnsuchtslieder vom Dachfirst.
Seit einigen Jahren kamen diese Bilder auch am Tage, wenn sie sich erschöpft hinsetzte und einduselte. Sie schämte sich dieser Schwäche, die sie früher nicht gekannt hatte.
„Ach, Angela, mit zweiundsiebzig darf man das, ohne daß einer darüber zu lächeln hat“, hatte Naidenka, ihre Nachbarin zu ihr gesagt, als die sich Mehl ausleihen wollte und sie schlafend auf dem Stuhl vorgefunden hatte.
„Nein, nein! Nie mehr könnte ich mit so einem teuflischen Zug fahren“, dachte sie. „Mit ihm hat alles angefangen, mit diesem elenden, schrecklichen Zug.“
Lieber würde sie sich in der Desna ertränken – das hatte sie aber nur in den ersten Jahren gedacht; später konnte sie sich eher vorstellen, sich mit soviel Wodka vollaufen zu lassen, daß sie nichts mehr vom Zug sehen oder bemerken würde. Obschon ihr das auch nicht leicht fallen würde; sie trank höchstens mal ein Glas Kwas und Wodka schon gar nicht.
„Obschon, wenn ich mir manche Männer ansehe, die zu tief in die Flasche geschaut haben, dann könnte es schon gehen. Es macht ja wohl ziemlich bewußtlos.“
„Nein, mit dem Freitod würde ich die Heilige Frau noch mehr beleidigen, als mit einem Fluch“, seufzte sie und zeichnete mit dem Daumen ein Kreuz auf die Stirn.
Auch Olga, ihre Mamotschka, hatte gesagt, daß der Tod nichts, aber auch gar nichts besser machen würde. Alles wäre vorbei und nichts würde man mehr erwarten oder erhoffen können.
„Kein Mann lächelt dich mehr an, du kannst nicht mehr auf der schönen Bank sitzen und mit den Nachbarn schwätzen und bald haben dich alle vergessen. Was soll es also?“
„Und außerdem“, hatte ihre Mutter gesagt und dabei mit dem Zeigefinger steil zum Himmel gewiesen, „kommst du dann nie nach da oben. Nach da unten, in die Hölle, stecken sie dich“, hatte ihre Stimme gegrollt und der Finger hatte auf die blank gescheuerten Holzplanken des Wohnraums gezeigt.
Die meisten Männer im Dorf Gurka sahen das mit dem Wodka anders. Sie tranken viel, versuchten ihren Kummer, ob echt oder eingebildet, damit zu ertränken. Und manche taten es aus Gewohnheit, wenn sie müde von der schweren Arbeit – oder vom Nichtstun – zusammen saßen und über den Sinn des Lebens nachdachten.
„Oha, Olga, er kann schon eine Hilfe sein, dieser Zauberer in der Flasche. Mußt ihn nur im richtigen Moment heraus lassen“, hatte der Nachbar Iwan Burkatovitch damals zu ihrer Mamotschka gesagt. „Und wenn mich nicht

alles täuscht, ist dies so eine gute Gelegenheit."
Das war an einem Abend im Herbst des Jahres vor dem Krieg gewesen, als Olgas einziger Eber – damals sogar der einzige im Dorf – beim Liebesakt das Zeitliche gesegnet hatte und sie reihum Trost brauchten.
„Wenn es ihn wieder lebendig machen täte", hatte Olga geseufzt, „ja, dann könnte ich mich wohl überwinden. Aber das schafft euer Zauber aus der Flasche ja wohl nicht."
„Er hat aber recht. Hast du jemals, Olga", fragte Jurij Rasskasy, der stellvertretende Dorfsowjet, „diesen Seelentröster getrunken, he? Also kennst du seine Wirkung nicht. Hast du ihn auch nur einmal nötig gehabt? Hast du nicht. Dich ärgert ja auch niemand, kein einziger Mensch. Aber uns! Uns Männer ärgern die Eheweiber vom Aufgang der Sonne bis zu ihrem Untergang. Der Iwan hat schon recht, wenn er sagt: Frauen und Pelze wollen oft geklopft werden. Nur im Bett, ja, da sind sie brauchbar."
Darüber mußte nun erst einmal gelacht werden, denn jeder im Dorf wußte, daß der Jurij schon mal was von seiner Frau Tatyana hinter die Ohren bekam. Sie wog mindestens doppelt so viel wie er und wenn sie im Zorn die Arme in die Hüften stemmte, dann konnte selbst der stärkste Mann im Dorf den Schwanz einkneifen und sich davon stehlen.
„Muß ich Aja ins Haus schicken?", hatte ihre Mamotschka gefragt und die Männer strafend angesehen. „Also, erzählt nur, was Kinder hören dürfen. Mein Engel ist gerade mal elf und sollte sich noch nicht schämen müssen."
Natürlich mußten trotzdem ein paar unzüchtige Andeutungen in die Runde geworfen werden; und zum Abschluß nuschelte der Iwan Dantschenko, der schon seit Jahren keinen Zahn mehr im Mund hatte, einen Witz aus der Zarenzeit, den zum Glück niemand verstand.
„Ich habe dieses Zeug wirklich noch nie getrunken und werde es auch nicht tun. Aber wenn mein Eber, der einzige hier in Gurka, der immer für jede Sau bereit war, ausgerechnet bei seiner liebsten Beschäftigung stirbt, dann hab ich Kummer und muß über den Sinn des Lebens so lange nachdenken, bis ich todtraurig bin. Das ist schlimmer, als ein schrecklicher Ehemann und da hilft nur noch beten", sagte Olga und dem konnten nun allerdings alle Frauen in der Runde zustimmen.
Angela saß, wie üblich, neben der alten Gartenbank auf dem Boden und lauschte. Still, fast bewegungslos. Ihre Mutter nannte sie als Kind immer Aja und alle ihre Nachbarn und Freunde riefen sie so.
Sie hatte schon ganz vergessen, daß Angela ihr richtiger Name war. Später, als der große Krieg zu Ende war, da hatte sie niemand mehr so gerufen und sie hätte es auch nicht gewollt.
„Ach, Mamotschka und der Wodka", dachte sie.
Ständig schimpfte ihre Mutter über die trinkfreudigen Männer im Dorf, die oft das letzte bißchen Geld für diesen Flaschenzauber ausgaben und ihre Kinder in zerrissenen Kleidern herum laufen ließen.
Sie erfrischte sich lieber an einem Kwas, wie es ihn in solcher Qualität nur in ihrem Dorf gab – behauptet ihre Mutter wenigstens.

„Da bleibt der Kopf klar und du weißt hinterher noch, was deine Nachbarn dir erzählt haben. Die Männer wissen am nächsten Tag nichts mehr, außer, daß ihnen der Schädel brummt; was allerdings sehr gut und mit Sicherheit eine Strafe Gottes ist."
Ja, ihre Mutter konnte an schönen Abenden, wenn die Ernte eingebracht war und der herbstlich bittere Steppenwind die Blätter auf der Straße tanzen ließ, wehmütig werden und sogar drei solcher Gläser Kwas trinken.
Angela seufzte beim Gedanken an ihre Mutter, an die Zeit vor dem furchtbaren Krieg. Es gab für sie nur zwei Perioden. Sie teilte ihre Erinnerungen danach ein: Die Zeit davor und die Zeit danach.

Die Abendsonne berührte bereits den flachen Hügelrand gegenüber ihrem Haus, hatte sich dunkelrot verfärbt und ließ den Sand auf der Dorfstraße wie frisch gepflügtes Ackerland aussehen; die tiefen Wagenspuren lagen schon längst im schwarzen Schatten.
Sie lehnte sich zurück, drückte den Rücken an die glatt gescheuerte Lehne der Bank. Im Gewirr der Birkenblätter glaubte sie einen Moment lang, ein vertrautes Gesicht erblickt zu haben. Sie schüttelte den Kopf und schloß die Augen.
„Du wirst alt, Angela", dachte sie. „Du siehst nur noch Gespenster und Gespensterzüge. Aber das wird wohl so bleiben, bis du endgültig aufhörst mit dem Nachdenken."
Nein, das würde sich nicht mehr ändern; das wußte sie. Die Erinnerung an die Zeit ‚davor' war zu mächtig. Alle Züge ängstigten sie. Und in all den Jahren hatte es keinen Anlaß, keine Versuchung gegeben, ihren Schwur von damals zu brechen.
Smolensk war weit weg, die nächste Bahnlinie führte an der ehemaligen Kolchose ‚Nowaja Shisn' – Neues Leben – vorbei. Aber dorthin fuhren schon lange keine Züge mehr. Früher, in der Zeit davor, da verluden dort die Männer der Kolchose Getreide und Kartoffeln. Dafür brachten sie Saatgut, Dünger, Maschinen und Ersatzteile aus Roslawl mit. Menschen fuhren nie mit diesem Zug.
Schlimm war, daß sie die Bilder nicht steuern, sie nicht unterdrücken konnte. Der Hals schnürte sich zu, wenn sie sich in ihrem Kopf bildeten. Sie kamen immer ungerufen, drängten sich einfach hinein, wollten unbedingt betrachtet werden. Sie ließen sich nicht zurückdrängen oder gar löschen.
„Heilige Frau! Bitte, laß mich endlich vergessen", betete sie oft, wenn sie schweißnaß in ihrem Bett lag und vor Angst und Erregung zitterte.
Der Bilderreigen in der Nacht begann fast immer mit diesem schrecklich langen Zug, der von einer fauchenden, qualmverhüllten Lokomotive gezogen wurde.
Viele Waggons, sehr viele, mußte sie sich ansehen. Es waren keine schönen Wagen. Grüngraue Bretterwände, schorfig abgeblätterte Farbreste, weißliche Schlieren, ließen sie abstoßend aussehen.
Kein einziges Fenster war zu sehen, Luftschlitze unter den Dachrändern und Lüftungsrohre auf den Dächern ließen ahnen, wozu sie ursprünglich

vorgesehen und wohl auch eingesetzt worden waren.
Die breiten Rolltüren waren weit auseinander geschoben, hatten schwere Eisenbeschläge und Vorhängeschlösser. Das riesige Tor war mit Gitterstäben abgesperrt. Dahinter war undurchdringliche, bedrohlich wirkende Schwärze.
Und in ihren Träumen wußte sie genau, was sie in dieser Schwärze erwartete.
Mit diesen Bildern kam der Geruch von Urin und getrocknetem Kot. Sie war gerade zwölf geworden, als sie diese Bilder zum ersten Mal sah.

„Hallo, zusammen! Es gibt Arbeit, Amigos", rief Hans Brosthaus, als er den Klassenraum betrat.
Gerade mal zwanzig Schülerinnen und Schüler standen und saßen herum. Zwei Jungen blickten aus dem Fenster und sprachen leise in ihre Handys. Diese Jungen und Mädchen waren übrig geblieben von ursprünglich fünfunddreißig, die sich auf das Abitur vorbereiteten. In sechs Wochen fingen die großen Sommerferien an und danach würde der Endspurt beginnen. Er wußte, daß ein knappes Drittel ernsthafte Probleme bekommen würde.
Niemand nahm Notiz von ihm – was für ihn normal war – und seine kumpelhafte Begrüßungsart interessierte sie offensichtlich auch nicht.
Die Schüler hatten längst verstanden, daß seine Art nicht viel mehr als ein letzter Versuch war, ihre Sympathien zu gewinnen; wirklich gelungen war ihm das nie.
„Also, Leute, dann nehmt mal Platz. Es gibt wirklich Arbeit. Wenn ihr wollt, natürlich."
„Wir wollen nicht", rief Petra Halsig, die mit ihrem Handy spielte.
Das erzeugte nun wenigstens Aufmerksamkeit und einzelnes Lachen. Jedenfalls setzten sich alle hin, streckten die Beine weit von sich und blickten ihren Klassenlehrer an.
Hans Brosthaus schaute Petra in die Augen; an ihrem Lächeln glaubte er zu erkennen, daß sie mit ihm flirten wollte und es kribbelte in seinem Rücken.
Sie war unzweifelhaft das schönste Mädchen in der Klasse. Ihre langen, schwarzen Haare rahmten das schmale, blasse Gesicht, das einen interessanten Kontrast zu den algengrünen Augen bildete.
Er hatte keine Schwierigkeiten, sich ihre langen Beine vorzustellen, obschon sie jetzt unter der Tischplatte versteckt waren. Sie trug immer Minis. Manchmal dachte er sich zurück in die Zeit, als er so alt war wie dieses Mädchen.
„Wenn sie mir damals begegnet wäre – sie oder eine andere mit einem so rassigen Gesicht, einer Figur, die jeden Mann verrückt machen muß –, dann wäre ich mit Sicherheit kein Junggeselle geblieben."
Er würde nicht mehr im Haus seines Vaters leben, leben müssen, um den Alten nicht zu vergrätzen. Ohne ihn würde er nicht über die Runden kommen; er hatte es zwei Mal probiert und war jedes Mal reumütig zurückgekommen.

Sein Hobby, das Reisen, mit viel Luxus die Welt kennen lernen, wurde praktisch ausschließlich von seinem Alten bezahlt – wenn auch mit einigen Knurrlauten.
Er hätte sonst was darum gegeben, wenn es diese Abhängigkeit nicht geben würde. Alleine deshalb schon bemitleidete er sich täglich. Aber er war längst süchtig, verbrachte Wochen und Monate mit Reisevorbereitungen und fieberte in den letzten Tagen vor den Ferien dem neuen Reiseziel entgegen.
„Wenn du willst, daß ich für dich den Goldesel spiele, mein Filius", hatte sein Vater beim gemeinsamen Frühstück gesagt, „dann benimm dich anständig und tue das, was ich von dir verlange. Für das viele Geld ist das wohl kaum eine Zumutung."
Der Alte war verärgert gewesen, weil er sich im Obergeschoß des Hauses einen eigenen Wohnbereich einrichten wollte. „Wir haben immer zusammen gewohnt und werden es auch in Zukunft tun – bis zu meinem Tod. Basta!", hatte sein Vater entschieden und mit dem dezenten Hinweis auf seine Finanzwünsche jede weitere Diskussion unmöglich gemacht.
Hans Brosthaus wußte, daß man im Kollegium über ihn lästerte, ihn Nesthäkchen und Papajungen nannte. Und es fuchste ihn, weil er sich genau so fühlte.
Er räusperte sich, weniger um seine Stimme zu schärfen, als um seine Gedankengänge abzublocken.
„Unsere Albert-Einstein-Gesamtschule hat schon vor zwei Wochen den Auftrag vom Ministerium bekommen, sich mit einem Projekt zu beschäftigen, das landesweit an den Schulen angepackt werden soll. Also, das ist keine Erfindung von unserem Direktor. Es heißt …"
„Lassen Sie mich raten: „Wie können alle Schüler die Abi-Prüfungen machen, ohne daß einer durchrasselt", unterbrach ihn Frank Wuttke.
„Falsch geraten, Wuttke. Wie immer, liegst du meilenweit daneben. Es heißt: ‚Zwangsarbeiter – Entschädigung jetzt'. Damit soll …"
„Ach, du dicke Scheiße!"
„Wuttke, du kannst dir aussuchen, ob du dich sofort anständig benimmst oder eine Betrachtung über die Herkunft, die Verwendung und die Bedeutung des Wortes Scheiße schreibst – beginnend ganz sicher im frühen Mittelalter."
„Okay! Okay!", sagte Frank Wuttke und grinste. Und synchron mit ihm grinsten die drei Jungen, mit denen er an einem der im Winkel aufgestellten Tische hockte.
„Also, Amigos, nach diesem Zwischenspiel geht es jetzt ans Eingemachte. Diese Klasse hat quasi als Abschluß des vorletzten Schuljahres den ehrenvollen Auftrag bekommen, das Projekt Zwangsarbeiterentschädigung durchzuführen."
Hans Brosthaus schaute in die Runde, betrachtete die Gesichter seiner Schüler, von denen knapp die Hälfte Interesse zeigte.
Er war schon lange bar aller Illusionen, spulte im Regelfall sein Pensum ab; die unendlichen Enttäuschungen, Anfeindungen und nicht zuletzt die nicht

zu durchbrechende Gleichgültigkeit vieler Schülerinnen und Schüler hatten ihn müde gemacht.
Er war noch keine vierzig, aber an manchen Tagen, wenn er vor dem Spiegel stand und sich rasierte, dachte er mit Grausen an den kommenden Tag und mit Sehnsucht an den Ruhestand.
Was hatte er nicht alles probiert, um sie zu fesseln, um mit ihnen eine Gemeinschaft zu bilden.
„Anpassen! Ihr müßt aussehen wie sie", hatte sein Chef, Schulleiter Dr. Erwin Kullog, geraten, als die Schwierigkeiten im letzten Jahr dramatisch zunahmen. „Daß mir keiner mit Schlips und keine der Damen mit Dauerwelle und Cocktailkleid kommt."
Also trug er verwaschene Jeans, großkarierte Hemden, einen spiddeligen Pferdeschwanz, der seine krausen Haare bändigte und eine Drahtbrille. All das, was ihm weder stand noch gefiel, sollte ihnen schon vom Äußeren her signalisieren: ‚Hey! Seht, so bin ich. Ich bin kein Krawattenonkel. Ich bin einer von euch.'.
Es hatte ebenso wenig gebracht, wie seine Experimente, mit denen er den Unterricht aufgelockert hatte. Weder aufwendige Exkursionen, noch der letzte Versuch, ihnen der Reihe nach im Rollentausch die Lehrerposition anzudienen, um ihnen die Augen zu öffnen, hatten sie aufwachen lassen. Nicht einmal Themen wie Graffiti, Drogen, Alkohol und Astronomie hatten sie aus ihrer Lethargie reißen können.
„Ich denke, wir sind alle einer Meinung: Das sind Themen unserer Zeit; das ist so interessant, daß es wiederholt werden muß", hatte er festgestellt, aber sie hatten nur müde aus dem Fenster geschaut.
Sicher, ein paar Jungen und Mädchen, maximal die Hälfte dieser ‚Restklasse', waren die Mühe wert; die anderen waren einfach nicht zu knacken.
Und er wußte, wie sie mehr oder weniger heimlich über ihn redeten. Das machte ihn wild, ließ ihn manchmal ungerecht werden, selbst gegen unbeteiligte Schüler, die er sonst ganz gerne mochte.
So hatte er kürzlich eine Deutscharbeit von Tim Körner in Grund und Boden kritisiert, vor der ganzen Klasse. Es hatte ihm nachher leid getan, aber er hatte gesehen, daß Tim wortlos dabei gestanden hatte, als sie ihn ‚Sitzpinkler' genannt hatten, weil er grundsätzlich kein Urinal benutzte.
Daß sie ihn – wie die Mehrheit der Lehrer – als ‚Knacker' bezeichneten, das hielt er für normal und steckte es weg. Das war eben der Altersunterschied und gehörte zu ihrem Slang.
Aber wenn er auf dem Schulhof, oder beim Betreten des Klassenraumes, hörte, daß sie ihn ätzend oder affig nannten und dazu ihr abfälliges Grinsen sah, dann hätte er am liebsten die Brocken hingeworfen.
Manchmal dachte er sogar, daß selbst das Flirten einiger Mädchen seiner Klasse nur gut kalkuliert war. Nur ein Idiot konnte übersehen, daß sie ihn immer im Vorfeld einer Klassenarbeit so stark anhimmelten.
„Wehe, ich würde ernsthaft anspringen. Einmal eine anfassen. Darauf warten die bloß", dachte er. „Sie würden mich gnadenlos abservieren. Die würden mich pausenlos abkochen – ich wäre erledigt."

Die zehn bis zwölf Jungen und Mädchen, die sich freiwillig anstrengten, die würden im nächsten Jahr das Abitur klar schaffen.
Komisch war nur, daß ausgerechnet die alle außerhalb der üblichen Cliquen standen. Sie mieden die Kiffer genau so wie die Klamottengang, wie sie die Jungen und Mädchen nannten, die nur Leute mit ausgefallenen Designermoden akzeptierten. Die wiederum hielten sich für die einzig Normalen an dieser Schule; was er auch nicht unterschreiben würde. Jedenfalls waren die Spannungen unter den Schülern täglich spürbar.
„Also! Der Titel des Projektes spricht für sich. Jeder von euch dürfte die Diskussion in den Medien über dieses Thema mitbekommen haben. Es hat da erhebliche Verzögerungen …“
„Ihr seid die reinsten Softwürfel. Die wollen uns doch bloß abkochen. Rafft ihr das nicht? Das ist doch alles nur durch die linke Presse aufgebauscht worden. Reine Stimmungsmache. Wenn es gegen Deutschland geht, dann sind die da; dann scheißen die bedenkenlos ins eigene Nest“, rief Frank Wuttke.
„Genau!“, sagte sein Sitznachbar, Bernd Hölzer.
„Mal abgesehen von der Tatsache, daß du nicht eine Wortmeldung ohne das Wort ‚Scheiße' zu schaffen scheinst, redest du auch Scheiße, mein lieber Frank Wuttke“, sagte Hans Brosthaus.
„Wir haben doch hoffentlich noch immer Meinungsfreiheit, oder? Könnte ja sein, daß die Linken die schon heimlich abgeschafft haben“, sagte Wuttke und seine drei Freunde nickten mit besorgten Gesichtern.
„Ich will euch die Lage kurz erläutern“, sagte Hans Brosthaus und blickte Tim Körner an.
Er wollte nicht länger mit diesem Wuttke diskutieren; der gab eh nie auf.
„Durch das Stiftungsgesetz, die gemeinsame Erklärung der Firmen und das Regierungsabkommen sind eigentlich die rechtlichen Voraussetzungen für die Auszahlung der Stiftungsmittel an die Anspruchsberechtigten geschaffen; dennoch verzögerte sich der ursprünglich schon längst fällige Beginn der Auszahlung immer weiter.“
„Ich denke, es gibt inzwischen Geld genug?“, fragte Tim Körner, ein schlanker, groß gewachsener Junge mit hellwachen Augen.
„Viel zu viel!“, ertönte es vom Tisch des Frank Wuttke.
Tim blickte verärgert zum Tisch, an dem die vier feixende Jungen saßen. „Meine Güte! Benehmt euch doch mal wie vernünftige Menschen. Ihr seid ja echt bescheuert. Habt wohl nur Verständnis für Sexualkunde, was?“
„Arsch!“, schallte es aus dem Quartett. „Hast vom Poppen doch gar keine Ahnung.“
„Stimmt nicht ganz, Tim“, sagte Hans Brosthaus und überging die Anmerkung zum Sexualkundeunterricht. „Zum einen hat bis heute die deutsche Wirtschaft ihren Anteil in Höhe von fünf Milliarden noch nicht zusammengebracht – es fehlen zu diesem Zeitpunkt noch etwa 1,4 Milliarden, und trotz immensen öffentlichen Drucks weigerte sich ein beträchtlicher Teil der deutschen Wirtschaft, zum Entschädigungsfonds beizutragen; zum anderen ist für die deutschen Unternehmen in den USA noch keine vollstän-

dige Rechtssicherheit erreicht."
„Und wo sollen wir ansetzen? Wie soll das Projekt denn funktionieren?", fragte Tim Körner.
„Ziel dieses Projektes soll sein, klar zu machen, daß die heutige Generation, anders als die vorgehenden, anerkennt, daß das begangene Unrecht wenigsten monetär wieder gut gemacht werden muß. Und es soll mit entsprechenden, noch zu erarbeitenden Aktionen die Öffentlichkeit eingebunden und aufmerksam gemacht werden. Das ist, grob gesagt, die Aufgabe."
„Die sollen sich doch selber bemühen, wenn die echt Ansprüche haben. Was sollen wir uns darum kümmern? Hab ich recht", fragte Bernd Hölzer, der direkt neben Frank Wuttke saß und diesen beifallheischend ansah.
„Wer soll denn da Ansprüche haben? Russkis?", fragte Frank Wuttke.
„Ich glaube eher, Bernd, du weißt nicht, wovon du sprichst", sagte Hans Brosthaus.
„Der schon; andere nicht", murmelte Frank Wuttke.
„Nun? Wer von euch macht mit? Es soll auf freiwilliger Basis geschehen, denn es läuft zum großen Teil in der Freizeit ab. Finger hoch, wer mitmacht."
In der Bank am Fenster kam ohne Zögern, noch während Brosthaus sprach, ein Arm hoch. Dieser Arm gehörte Tim Körner und der beließ es nicht beim Aufzeigen, sondern schnalzte mehrfach ziemlich laut mit den Fingern.
„Tim! Du also; gut, das dachte ich mir. Wer noch?"
Jetzt reckten sich fast gleichzeitig fünf Arme hoch. Conny Berger war das einzige Mädchen.
„Wie viele können denn mitmachen?", fragte Petra Halsig und kämmte mit gespreizten Fingern durch ihre Haare.
„Alle, die ganze Klasse", sagte Brosthaus und schaute auffordernd in die Gesichter. – „Nun?"
„Kann ich Bedenkzeit haben?", fragte Petra.
„Die muß erst ihren Lover vom Gymnasium um Erlaubnis fragen", rief Wolf Gärtner, der sich schon zur Projektgruppe gemeldet hatte. „Schick ihm doch schnell 'ne SMS und frag um Erlaubnis."
„Ha, ha! Bist ja bloß eifersüchtig, du Behindi", fauchte Petra.
„Natürlich, kannst du dir's überlegen; die anderen auch. Ich schlage vor, daß wir morgen die Gruppe endgültig festlegen", sagte Hans Brosthaus, ohne auf den bissigen Disput einzugehen.

Tatsächlich meldeten sich am nächsten Tag vier weitere Schüler, darunter auch Petra.
„War es schwer für dich?", fragte Hans Brosthaus. „Ich könnte auch mit deinen Eltern ...". Er kannte Petras Eltern gut; ihr Vater war Rechtsanwalt und ihre Mutter Ärztin – und bei beiden war er ‚Kunde'.
„Nein, nein. Aber ich wollte es erst mit meinen Eltern absprechen. Ich habe mit ihnen über Art und Umfang des Projektes gesprochen und sie haben mir zugeraten", sagte sie mit leiser, erotischer Stimme und es kribbelte schon wieder in seinem Rücken.

„Ich bin froh, daß du mitmachst, Petra. Gut. Niemand mehr? Dann steht die Gruppe. Ich bin zwar offiziell der Projektleiter, aber ich möchte mich intern auf eine Mithörfunktion beschränken und lediglich die Außenkontakte erstellen und koordinieren. Zum Beispiel werde ich die Gespräche mit der Presse oder der Verwaltung verabreden und leiten. Einverstanden?"
Die meisten nickten oder blickten aus dem Fenster. Nur am Tisch von Frank Wuttke war Unruhe zu spüren; die vier Jungen steckten ihre Köpfe zusammen und tuschelten miteinander.
„Für die interne Verantwortung brauchen wir auch jemanden. Eine Person, die alle Vorschläge sammelt, eigene Ideen entwickelt, die Arbeiten der Projektgruppe kontrolliert und mein Ansprechpartner ist. Vorschläge?"
„Tim!", rief Conny Berger.
„Ja, Tim!", rief Wolf Gärtner.
„Da es offensichtlich keine weiteren Vorschläge gibt, macht also Tim Körner …"
„Moment mal!"
Frank Wuttke stand auf, stellte sich vor die Klasse und blickte seine Mitschüler der Reihe nach an, bevor er schräg zum Lehrer Brosthaus rüber schaute. Er war ungewöhnlich groß, hatte breite Schultern und trug fast immer ärmellose T-Shirts, um seine Muskulatur zur Geltung zu bringen.
Seine Haare waren strohblond, fast weißhaarig, und seine wasserblauen Augen wirkten kalt. Er war nicht sehr beliebt, außer in seiner – nur aus Jungen bestehenden – Clique, die wegen ihrer Aggressivität gegen die Mitschüler berüchtigt war.
„Also, hört mal zu, Amigos."
„Wir sind nicht deine Freunde", rief Tim Körner.
„Schnauze, Behindi!", rief einer von Frank Wuttkes Freunden.
„Klappe, Gerippe!", ergänzte Frank Wuttke. „Hier spricht ein Erwachsener. – Es geht um diese Kiste mit den angeblichen Zwangsarbeitern, die ja, wie alle Welt weiß, hier nur malocht haben, weil sie in ihrer beschissenen Heimat nichts zu fressen hatten. Das ist belegt, sagt mein Alter, und der wird es wohl wissen. Also, dieses Projekt braucht einen echten Kerl, damit wir hier nicht wie die Deppen der Nation aussehen. Deshalb …"
„Stopp! Du schweigst sofort. Was sind das für Töne, Wuttke?", rief Hans Brosthaus.
„Aufhören! Aufhören!" und „Nazi!", riefen zwei Jungen aus der Projektgruppe.
„Ihr verbietet mir nichts, ihr Softies. Ich beantrage hiermit, gemeinsam mit meinem Freund Bruno Eggers, in die Projektgruppe aufgenommen zu werden. Und ich mache den Leader. Einer muß euch Weicheier und Linkschaoten schließlich in eine vernünftige Richtung führen."
„Macho! Du bist ja heavy!", rief Conny Berger.
„Du kannst ja deine eigene Projektgruppe aufmachen", rief Tim. „Vielleicht mit dem Arbeitstitel: Wie können wir das Werk von Adolf Hitler fortsetzen?"
Mit Wut in den Augen ging Frank Wuttke auf seinen Platz zurück. „Ihr

könnt euch entscheiden: Entweder ihr wählt mich als Leader oder ich mache nicht mit – und dann hat das Folgen für das Projekt."
„Cooler Vorschlag!", rief Conny Berger. „Den nehmen wir doch glatt an. Den Oder-Fall, meine ich."
„Hackfresse!"
„Wie ist die Meinung der Klasse? Wer ist dafür, dem Vorschlag von Frank Wuttke zu folgen und ihn zum internen Projektleiter zu wählen?"
Nur vier Jungen und zwei Mädchen waren dafür; und die Jungen waren ausschließlich Frank Wuttke und seine Freunde.
„Scheiß Kommunistenpack!", rief Frank Wuttke.
Tim strich sich die strubbeligen Blondhaare glatt und blickte Wuttke verächtlich an.
„Du bist ein wahrer Intelligenzallergiker", sagte er und hatte das Vergnügen, daß darüber fast alle lachten.
Die meisten Jungen akzeptierten ihn, seine stille, unaufgeregte Art. Er verlachte niemanden, hatte oft genug Selbstzweifel geäußert, was bei den meisten gut ankam, und machte den Mund immer dann auf, wenn er glaubte, jemandem geschehe Unrecht. Dann konnte er sogar angriffslustig und harsch reagieren – so wie gerade jetzt.
Er stand auf, schaute nur Conny an und fragte: „Die Gruppe steht also. Macht es euch was aus, wenn wir uns gleich nach Schulschluß für ein paar Minuten zusammensetzen? Sozusagen in einer Startsitzung."
„Auf mich müßt ihr verzichten, ich muß zur Lehrerkonferenz", sagte Hans Brosthaus. „Aber das macht nichts. Tim kann mich ja anschließend unterrichten. Bin gespannt, was ihr ausheckt."
Alle nickten und so saßen die Mitglieder der Projektgruppe um dreizehn Uhr im Klassenzimmer und hörten zu, was Tim vorschlug.
„Zunächst einmal: Alles wird über mich geleitet. Dann: Laßt euch nicht von Wuttke und seinen Idioten anmachen."
„Leichter gesagt als getan", seufzte Petra Halsig. „Wenn der uns was will…"
„Ich denke, wir sollten zunächst einmal im Stadtarchiv nach Dokumenten suchen. Heute schon. Ab drei Uhr? Nicht alle, vielleicht zwei oder drei", sagte Tim.
„Was für Dokumente?", fragte David Henke. „Willst du damit den Wuttke widerlegen?"
„Quatsch! Das lohnt nicht eine Minute Arbeit. Nein, es muß Unterlagen von damals geben. Wir müssen doch wissen, worüber wir reden. Oder weiß einer von euch so gut Bescheid?"
Als alle den Kopf schüttelten, nickte Tim. „Gut. Die anderen sollten bis morgen überlegen, was wir alles machen können. Morgen treffen wir uns zur gleichen Zeit und tragen alles zusammen. Einverstanden?"
„Ich geh mit ins Archiv", sagte Conny Berger.
„Gut! Sonst noch jemand?"
Er schaute seine Mitstreiter an, sah ihre Unsicherheit und als er Petra Berger erblickte, die mit verklärten Augen leise in ihr Handy sprach, dachte er, es wär' wohl besser, ihnen gleich Richtung und Art seiner

Vorgehensweise klar zu machen.
„Wir müssen straff arbeiten; das ist kein Kinderspiel und auch kein Spaß. Wenn wir hier etwas besprechen, dann passen alle auf. – Du, zum Beispiel, Petra, weißt nicht einmal, was wir gerade festgelegt haben. Laß das Scheiß Handy endlich mal in der Tasche. Du nervst!“, fauchte er.
„Und du nervst mit deiner irren Arbeitswut. Ist einer hinter dir her?” Sie warf ihr Handy in die Schultasche und die Haare mit einer aufreizenden Bewegung aus dem Gesicht.
„Sie ist wirklich eine irre Schnecke“, dachte Tim anerkennend. „Und sie weiß genau, wie gut sie aussieht“.
Es war wie ein Tick bei Petra: Ständig streichelte sie ihre Haare, die sie schulterlang trug, was die Jungen offensichtlich besonders anmachte – und laberte dabei, selbst während des Unterrichts, per SMS mit ihrem Freund, der angeblich auf dem Gymnasium war.
Manchmal glaubte Tim allerdings, daß sie auch das nur machte, um ihre Mitschüler zu reizen. Sie war schwer durchschaubar.
Aber nie, sie konnte sich noch so kurze Minis anziehen, nie könnte sie ihn anmachen. Er fuhr auf solche Sachen einfach nicht ab und er würde nie …
„Conny! Conny, die ist anders. Bloß –, anmachen könnte ich die auch nicht“, dachte er.

Sie wurden eingewiesen in den Gebrauch von Findbüchern, lasen anfangs jede Zeile, erkannten bald, daß sie so nicht zum Ziel kommen würden und beschrieben schließlich einer freundlichen Helferin, um was es ihnen ging.
„Zwangsarbeiter, also Leute, die während des Krieges hier am Ort eingesetzt waren, suchen wir. Aber wir wissen nicht, wie wir es anfangen sollen. Helfen Sie uns? Gibt es Unterlagen aus dieser Zeit?“, fragte Tim.
Es gab sie. Sehr viele sogar, zu viele. Die freundliche Archivarin legte ihnen zwei Findbücher vor, die den Zeitraum 1939 – 1945 abdeckten.
„Ihr müßt präziser fragen“, erklärte sie ihnen. „Ihr braucht sonst viel zu lange. Das ist wie im Internet. Wenn ihr Google keine genauen Fragen stellt, erstickt ihr im Wust der Antworten.“
„Namen“, sagte Conny, die immer gerne eine klare Benennung wünschte. „Die Namen von diesen Zwangsarbeitern, das wär zunächst mal ein Einstieg.“
„Und ich suche Verordnungen, Gesetze aus dieser Zeit“, ergänzte Tim.
Sie warteten, schauten aus dem Fenster und nach wenigen Minuten erschien die Archivarin wieder. „Gut. Damit könnt ihr was anfangen, schätze ich“, sagte sie und legte ihnen je einen Ordner auf den Tisch.
Der Ordner mit den Namen der ehemaligen Zwangsarbeiter, die in der Stadt registriert worden waren, war mehrere Zentimeter dick. Conny nahm ihn sich vor, versuchte zunächst, die Systematik zu erfassen.
Es gab endlose Tabellen, in denen fremd aussehende Namen aufgeführt waren. Alle waren recht ordentlich mit der Schreibmaschine geschrieben und alphabetisch geordnet; mit Geschlecht, Alter, Herkunftsland, Ort und Beginn des Einsatzes.

Und hinter vielen Namen stand ein zweites Datum, das mit der Hand eingetragen worden war; das Kreuz dahinter, dick und schwarz, erklärte die Bedeutung – seine Bedeutung. Es gab viele, unendlich viele Kreuze.
„Meine Güte! So viele Tote! Wo mögen die beerdigt sein? Hast du eine Ahnung?", fragte Petra, als sie den Ordner durchgeblättert hatte. „Schau dir das an! Kinder! Babys! Oh, mein Gott! Wieso Kinder?"
„Weil etliche Zwangsarbeiterinnen schwanger waren, als man sie einfing oder hier später schwanger wurden. Meistens von Mitgefangenen. Meistens."
„Woher weißt du das?"
„Weil … Ach, das weiß man eben", sagte Tim und schaute Conny nicht an, damit sie seine Verlegenheit nicht bemerkte.
„Aber warum sind sie tot? Die sind fast alle gestorben, Tim. Bei den Kindern stehen sogar Todesursachen: Brechdurchfall, Ernährungsstörung, Diphtherie, Lungenentzündung. – Furchtbar!"
Sie saß vor dem Ordner und starrte die Blätter an; ihr Gesicht war blaß geworden und es wirkte noch schmaler als sonst.
Tim hörte sie murmeln und wenn er zu ihr rüberschaute, sah er, daß sie sich Notizen machte. Er war froh, daß sie es war, die da saß und nicht Petra, die nur Fun und Flirt im Kopf hatte.
„Ich habe sie mal gezählt, ganz grob, Tim. In den Jahren 1941 bis 1944 wurden mehr als hundert Zwangsarbeiterinnen und Zwangsarbeiter auf dem alten Friedhof an der Hochstraße begraben. Sie kamen aus Polen, Italien, Belgien, den Niederlanden, Frankreich, Österreich, Ungarn, Bulgarien, der Sowjetunion und der Tschechoslowakei.
„Hm", machte Tim, der sich gerade in einen Gesetzestext vertieft hatte. „Ich weiß. Das waren zum größten Teil – also die Männer – Kriegsgefangene. Die hätten sie auch nicht zur Arbeit zwingen dürfen. Aber wer hat da schon nach gefragt."
„Und – meine Güte! – So viele Kinder sind auf dem Friedhof beerdigt. Im Entbindungsheim an der Kölner Straße, haben polnische und sowjetische Zwangsarbeiterinnen ihre Kinder zur Welt gebracht. Hier stehen auch die Namen von Säuglingen, die an den Folgen von Unterernährung und Vernachlässigung starben."
„Wir werden die Gräber suchen. Auch dann, wenn das Projekt vorbei ist. Ich will alles wissen. Hilfst du mir, Conny?"
„Ja, Tim. Ich will es auch wissen. Warum Kinder? Warum mußten die alle sterben?"
„Ich weiß es nicht. – Komm, laß uns nachsehen, wer von denen noch leben könnte. Sie müssen damals jung gewesen sein, sonst sind sie bereits tot; es ist sechzig Jahre her, Conny! Daran müssen wir denken. Die jungen Leute von damals sind heute uralt."
„Ja", seufzte Conny. „Kann man sich gar nicht vorstellen. Warum willst du die haben?", fragte sie, aber Tim war schon wieder weggetaucht.
Sie notierte sich die Namen von Männern und Frauen, von denen sie annahm, daß sie noch leben könnten.

„Jugendliche? Nee, Kinder, waren das. Meine Güte!“, murmelte sie und übertrug die Daten in ihr Heft.
Als sie mehr als zwanzig Namen aufgeschrieben hatte, alle aus der damaligen Sowjetunion, brach Tim die Suche ab.
„Komm, hör auf. Das muß reichen. Ich gebe den Zettel dem Brosthaus. Der – oder unser Direx, Dr. Kullog – muß damit zur russischen Botschaft fahren.“
„Warum, Tim? Ich hab dich vorhin schon gefragt. Was hast du vor?“
„Ich habe einen Plan, Conny. Ich möchte gerne, daß einige der Überlebenden hierher kommen, in unsere Stadt und in unsere Schule. Stell dir vor, wenn sie die Stadt wiedersehen, in der sie leben und leiden mußten. Wir sollten sie einladen, damit sie uns erzählen, was sie damals erlebt haben. Was sagst du dazu?“
„Boah Ey! Tim! Das ist grandios! Du hast immer so gute Ideen, darum bewundere ich dich. Mensch! Wenn das die anderen hören. Das ist bestimmt besser, als nur ein paar Plakate malen oder Bittbriefe schreiben.“
„Okay. Aber Bittbriefe werden wir trotzdem schreiben müssen. Wer soll die Kosten für diesen Plan tragen? Das geht nur mit Sponsoren. Aber da kann sich der Brosthaus drum kümmern. Ich mach ihm das schon klar.“
Als sie am frühen Abend das Archiv verließen und Conny sich bückte, um ihr Radschloß zu öffnen, rutschte ihr knappes T-Shirt hoch. Er berührte wie zufällig ihren schmalen Rücken und mußte vor Aufregung schlucken.
„Ich bin froh, daß Petra, diese Zicke, nicht mit uns gegangen ist“, sagte er flach.
„Sag bloß, du fährst nicht auf sie ab? Machen dich ihre tollen Beine nicht an, die sie immer zeigt? Ihre irren Brüste?“
„Nein. Ich steh nicht auf so was. Besonders nicht, wenn man’s jedem Arsch zeigt.“
„Wow! Das muß ich erst mal verdauen“, rief Conny, schwang sich auf ihr Rad und sauste los.
„Ich geh noch zum Brosthaus“, rief er ihr nach und sah gerade noch, daß sie lässig mit einer Hand schlackerte.

„Warum? Warum, diese Eile, diese Kraft, mit der du dich hier reinwerfen willst, Tim?“, fragte Hans Brosthaus, als Tim ihm seine Idee und die daraus resultierenden Aufgaben vorstellte.
„Weil hier auch meine Quelle ist. Weil ich sozusagen ein Produkt dieser Geschichte aus dem Dritten Reich bin. Mein Großvater war Zwangsarbeiter, russischer Kriegsgefangener, der zur Arbeit in unserer Textilfabrik eingesetzt wurde. Capajew. Capajew Nagovitsyn hieß er. Das wissen nur wenige Leute. Er hat meine deutsche Großmutter geschwängert und …“
„Na, das ist ja eine Art, über deinen Großvater zu sprechen. Das hört sich sehr abfällig an. Verachtest du ihn etwa?“
„Ich? Nein. War nur blöde ausgedrückt; ich bin nicht so geübt in so was. Warum sollte ich ihm auch böse sein? Großmutter sagte immer, er wäre ein wunderbarer Mann gewesen, ‚bildschön, stark und sehr charmant‘,

sagte sie immer. Er hätte in der Packerei der Textilfabrik gearbeitet, wo Großmutter auch beschäftigt war. Er mußte alle schweren Arbeiten machen, die Frauen und Kinder nicht schaffen konnten. Und dort in der Packerei – während einer Nacht, in der es keinen Strom gab – ist es passiert. Meine Großmutter hat es später meiner Mutter erzählt und ist dabei noch immer rot geworden."
„Oha! Und das Ergebnis war deine Mutter?"
„Ja, und als der Krieg zu Ende war, 1945, wurde er nach Rußland zurück gebracht und meine Großmutter hat ihre Tochter alleine großgezogen."
„Eine starkes Stück, Tim. Da versteh ich, daß du so interessiert bist. – Also, ich werde alles in die Wege leiten. Du hast eine Superidee gehabt. Ich freue mich", sagte Hans Brosthaus und klopfte Tim anerkennend auf die Schulter.

Conny hatte schon früher keinen Hehl aus ihrer Zuneigung zu Tim gemacht, aber seitdem sie in diesem Projekt zusammenarbeiteten, spürte sie erst richtig, daß sie sich in den stillen Tim verliebt hatte. Nur mit Petra, die ein wenig ihre Freundin war, hatte sie darüber gesprochen. Zu Hause war da eher Sprachlosigkeit angesagt.
„Bloß nichts mit Jungs", hatte ihre Mutter im vorigen Jahr verkündet. Und was sie ‚verkündete', das war Gesetz.
„Paß mal auf. Du bist jetzt groß genug, daß du alle durchschnittlichen Probleme selber lösen kannst. Außer bei Mord und Totschlag – war ein Scherz – kannst du wohl alles selber klären. Mußte ich in deinem Alter auch."
Sie war gerade vierzehn geworden und hatte es gewagt, ihr davon zu erzählen, daß ein aufdringlicher Typ sie auf dem Nachhauseweg abgefangen hatte. Sie hatte dem eine gescheuert und er hatte ihr nachgerufen: „Ich fick dich! Warte ab."
„Laßt mich alle beide mit eurem Alltagskram in Ruhe", hatte ihr Vater als Regel festgelegt. „Ich habe einen Knochenjob und der braucht einhundertzwanzig Prozent – ständig – und für andere Probleme habe ich keine Zeit. Ich belästige euch ja auch nicht mit meinen Sorgen. Versteht das mal als sinnvolle Arbeitsteilung."
Damit waren die Mauern eingezogen und sie hielt sich dran. Außer Fragen, die Taschengeld und Urlaub betrafen, diskutierte sie seitdem nichts mehr zu Hause.
„Hast du eigentlich schon deine Tage?", hatte ihre Mutter sie gefragt, an dem Tag, an dem sie dreizehn wurde.
Sie hatte genickt. „Schon längst."
„Ich muß dich ja wohl nicht aufklären? Und komm mir nicht mit Jungs."
„Ich mag ihn, Petra. Er ist so cool, einfach ein irrer Typ. Und außerdem sieht er gut aus. Er ist ganz anders als die Jungs in unserer Klasse."
„Nee. Mein Typ ist der nicht", hatte Petra gesagt. „Überleg dir das lieber, bevor du mit dem poppst. Nachher gibt's kein Zurück und dann …"
„Quatsch! Du denkst nur daran. Ich finde ihn einfach so, als Freund, klasse."

„Da gefällt mir der Frank besser. Hast du mal die Muskeln von dem gesehen? Da kannst du nur von träumen."
„Meinst du den Wuttke? Du bist behindi! Der ist doch ätzend, dieser Asi."
„Mußt ihn ja nicht heiraten. Spaß haben kannste mit dem bestimmt."
„Blöd ist nur, daß Tim nicht den Mund aufmacht. Der wird mich nie anbaggern. Nie!"
„Dann mach du ihn doch an. Sag einfach: He! Du bist mein Typ. Komm, wir knutschen ein bißchen."
„Du bist crazy! Das ist nicht meine Ding; entweder er sagt was …"
„Oder du bleibst Jungfrau. Äh … Bist du noch?"
„Klar."
„Wieso klar?", fragte Petra und grinste abscheulich.

Conny und Tim saßen am Nachmittag im Lesezimmer des Archivs, es war bereits der dritte Besuch und sie waren alleine und ungestört.
„Tim, ich muß dir was sagen."
Sie saß dicht neben ihm, drehte seinen Bürostuhl herum, so daß er sie ansehen mußte.
„Was ist denn?", fragte Tim.
Als er ihre Augen sah, ahnte er, was sie sagen würde.
„Ich ... Mensch, sag du das doch."
„Ich? Was denn? Ich versteh nicht", antwortete er mit einem leichten Krampf in der Magengegend.
„Ach, du bist schrecklich, so zurückhaltend. Ich glaube, wenn ich es dir nicht abnehme, dann wird es nie was. Also, Tim Körner: ich hab mich in dich verliebt. Total und ohne Ende. Ach, Mist! Was mache ich bloß?"
„Das … Äh … Du meinst?"
„Ja, du Blödmann! Wenn es nach dir geht, dann bin ich eine alte Frau von dreißig und du hast dich noch immer nicht getraut. Und außerdem: Ich meine nicht, es ist so."
„Mann! Weißt du, damit habe ich einfach nicht gerechnet. Daß eine Frau … Eigentlich wollte ich … Aber … Egal. Jedenfalls bin ich ganz schön glücklich. Ich fühl' mich einfach wohl bei dir", sagte er und küßte sie flüchtig auf die Lippen.
„Oh!", sagte Conny. „Damit habe ich nun wieder nicht gerechnet. So ein Wahnsinnsgeknutsche."
Tim wurde rot und schaute auf die Uhr. „Äh ... Jedenfalls war das ein Anfang, oder? Und auf jeden Fall müssen wir hier weitermachen", forderte er und blätterte in dem Ordner, den er gerade bearbeitete.
„Oh Mann! Manchmal versteh ich die Petra", murmelte Conny.
Tim tat so, als hätte er nichts gehört und alles wäre wie zuvor.

„Es hat funktioniert", sagte Hans Brosthaus beim nächsten Treffen der Gruppe. „Die Botschaft kümmert sich, hat schon eine Anfrage nach Moskau und eine nach Smolensk geschickt. Die prüfen, ob noch wer lebt – von denen, die ihr aufgeschrieben habt."

„Und das Geld dafür?“, fragte Petra Halsig.
„Auch das. Kullog, unser Direktor, hat schon Sponsoren an der Angel. Zum Beispiel die TUG, die Banken, die Gewerkschaft. Bei dem Thema wollen sich einige nicht lumpen lassen.“
Die Projektmitglieder stellten ihre Ideen vor, die sich natürlich alle am geplanten Besuch der ehemaligen Zwangsarbeiter orientierten. Sie waren begeistert gewesen, als Tim ihnen seinen Plan erläutert hatte.
Das Rahmenprogramm stand jedenfalls: Empfang beim Bürgermeister, Diskussionsrunde mit den Gästen und Firmenvertretern, Mahnwache am Rathaus, Besuch der ehemaligen Arbeitsstätten.
„Zum Abschluß verfassen wir einen Projektbericht. Damit das hier nicht nur intern bleibt“, sagte Brosthaus. „Der wird gedruckt und an die Sponsoren und an die Presse gegeben. Außerdem gehört er in die Schulbibliothek, ins Stadtarchiv und so weiter. Der muß also rund sein.“
Als sie auseinander gingen, hielt Brosthaus Tim fest. „Warte. Ich wollte dich noch was fragen. Das mit deiner Großmutter ist mir nicht aus dem Kopf gegangen. Wie war das nun? Erzähl mal.“
„Na ja, eigentlich gilt das zwar immer noch ein bißchen als ein Familiengeheimnis. Weil meine Großmutter damals einen ziemlichen Zirkus gemacht hat. Sie hat sogar den Nachbarn …“
„Bleibt unter uns. Erzähl ruhig.“
„Reden wir nicht drüber, hat meine Großmutter immer gesagt. Aber … Ach, das ist so lange her und sie wissen ja das Wesentliche schon. Was soll ich noch sagen? Also, 1945, als die Amis kamen, war es plötzlich vorbei. Die haben alle Zwangsarbeiter zurückgeschickt – ob die wollten oder nicht –, sagte meine Großmutter.“
„Ja und? Warum hat er vorher, als er noch hier war, nicht versucht …“
„Was? Wissen Sie nicht, was das bedeutete, was meine Großmutter gemacht hatte? Wenn das bekannt geworden wäre … Also, wenn mein Großvater was gesagt hätte, dann gäbe es mich heute nicht. Es hat da einen Erlaß gegeben, wir haben ihn gefunden – Conny und ich. Danach wurden deutsche Frauen und Mädchen, die mit Kriegsgefangenen etwas hatten – und daß sie etwas mit einem gehabt hatte, war ja unschwer zu erkennen – in so genannte Schutzhaft genommen. Das hieß, mindestens ein Jahr Konzentrationslager.“
„Das wußte ich nicht. Ehrlich! Und das habt ihr im Archiv entdeckt?“
„Ja. Hat nicht direkt mit dem Projekt zu tun, deshalb habe ich es auch nicht in der Gruppe erwähnt. Hätte nur dummes Gelaber gegeben. Jedenfalls hat Großmutter deshalb, als ihr Bauch dicker wurde, behauptet, es wär von ihrem Jugendfreund, ihrem Nachbarn. Der hat genau zu der Zeit Heimaturlaub gehabt und fiel im Januar 1943 bei den Kämpfen um Stalingrad. Erst nach dem Krieg hat sie es gewagt, den richtigen Vater zu benennen.“
„Hat sie nicht versucht, ihn zu finden?“
„Meinen Großvater? Sie sagt, ja, sie hätte. Aber ich weiß nicht, was sie unternommen hat. Obschon das bestimmt schwer oder sogar unmöglich Erfolg haben konnte. Viele Russen wurden damals, weil sie für die

Deutschen gearbeitet haben, bei der Ankunft von Stalins Geheimpolizei erschossen oder in Arbeitslager deportiert. Sie hat ihn jedenfalls nicht gefunden. Ich würde zu gerne …"
„Du sagst ja selber, es ist sehr lange her. Ich habe aber offensichtlich den richtigen Mann zum internen Projektleiter gemacht, was? Und? Wie ging die Geschichte weiter? Du heißt ja nun Körner."
„Ja, klar. Meine Großmutter hat ihre Tochter, also meine Mutter, im Mai 1945, direkt nach dem Krieg, auf dem Standesamt mit dem Namen des russischen Vaters angemeldet – also den ersten Eintrag korrigiert. Das muß für sie sehr schwer gewesen sein; aber sicher nicht so schwer, wie für ihre Tochter, meine Mutter. Sie hieß jedenfalls Nagovitsyn, Elfriede, und sie hat immer gesagt, daß es ein teuflisches Ding war, diesen Namen zu tragen und ihn auf Ämtern und in der Schule zu nennen. ‚Russenbalg' haben sie sie genannt. Und das in den 50ern! Ich hatte das Glück, daß sie später einen deutschen Mann mit einem richtigen deutschen Namen geheiratet hat."
„Und darum interessiert dich das Thema so brennend? Na gut. Aber paß auf. Laß keine persönlichen Dinge reinspielen, egal was mit deinem Großvater damals war. Hast du verstanden?"
„Ich weiß nicht, ob ich das immer trennen kann. Es ist eben mehr als nur eine anonyme Schicksalsucherei."

Es war, als läge ein Dornröschenzauber über dem Dorf Gurka, der es davor bewahrte, sich jemals zu ändern, sich den Gegebenheiten der jeweiligen Zeit anzupassen.
Jemand, der vor sechzig Jahren das Dorf gesehen hatte, würde sich, wenn er es heute besuchen könnte, verwundert die Augen reiben und glauben, die Zeit sei tatsächlich stehen geblieben.
Gurka war einmal als Straßendorf angelegt worden und blieb es in der Folge; es gab nicht ein Haus abseits der Dorfstraße. Das lag sicherlich auch daran, daß es zwischen den Hügelketten im Osten und Westen nur gerade Platz genug gab für diese Häuschen, ihre Gärten, die Dorfstraße und den Fluß, der unmittelbar hinter den Grundstücken floß.
Die rund dreißig Holzhäuser stammten alle aus der Gründerzeit, die irgendwo im 19. Jahrhundert liegen mochte – etwa zur Zeit des Zaren Alexander Alexandrowitsch Romanow – wie die ganz alten Leute immer behaupteten. Wie Perlen auf einer Schnur – aber mit gehörigem Abstand –, so reihten sich die hellblau oder schiefergrau angestrichenen Holzhäuser, rechts und links der Straße.
Alle Häuser besaßen einen kleinen Vorgarten, der mit weißen Holzlatten zur Straße hin abgeschlossen war – nicht wirklich abgeschlossen, nein, denn es gab ja nirgendwo Tore. Das hätte doch den Eindruck erwecken können, man sei unglücklich über spontane Besuche von Freunden und Nachbarn. Und eben die kamen ja täglich – sozusagen ständig, waren erwünscht und gern gesehen. Nicht einmal die Haustüren schloß man jemals ab.
„Wozu das?", hatten sie gefragt, als Wassilij, der Händler aus Roslawl, ihnen teure Türschlösser verkaufen wollte; für lebende Ferkel.

„Hier hat nie einer gestohlen, hier wird nie einer stehlen", hatten sie ihm gesagt. „Außer es kommen Leute aus Roslawl oder Smolensk. Verkauf die nur in der Stadt, in der es jede Menge Gauner gibt."
„Früher, da kam der Oleg Koslowa ins Dorf. Das war noch ein Mann. Der muß schon über neunzig gewesen sein, als ihn der Gaul tot getrampelt hat", rief man sich gerne in Erinnerung, wenn man wieder einmal Sorgen mit dem „Neuen" hatte, also mit Wassilij Gergiev. Der war erst fünfundsechzig und kam erst seit dem Krieg nach Gurka.
„Auf den Oleg war Verlaß. Jawohl! Dem konntest du deine Rubel mitgeben und ihm auftragen, er solle dir dafür guten Wodka kaufen. Was bekamst du? Guten Wodka und das Wechselgeld bekamst du auch zurück", sagte Juriy Armatow.
„Ja, und gibst du dem Wassilij ein Ferkel für diesen Zweck, dann stöhnt er dir was vor über die Preise und verlangt noch Geld, weil er fürs Ferkel zu wenig bekommen hätte", bestätigte Iwan Dantschenko mit betrübter Miene.
Der Wassilij nahm in der Regel viel Geld für seine erheblich überteuerten Waren. Das Geld stammte aus kleinen Renten, von denen man kaum leben konnte. Hatten sie keins mehr, dann nahm er aber auch Naturalien, die er mit Gewinn auf dem Roslawler Markt verkaufte. So bekam er von Angela vor dem Neujahrsfest regelmäßig ein Ferkel und auch schon mal ein Huhn.
Dafür erhielt sie wollene Unterwäsche, Handtücher und – wenn es unbedingt erforderlich war – auch schon mal ein paar Schuhe; natürlich Arbeitsschuhe, mit denen sie im Winter auf der holprigen, eisbedeckten Straße laufen konnte, ohne sich gleich ein Bein zu brechen.
Unbedingt erforderlich war das aber nur, wenn die alten Schuhe sich unheilbar verabschiedet hatten. Und das geschah nun wirklich nicht jedes Jahr. Das letzte Paar Schuhe hatte sie vor fast drei Jahren erstanden; sie hatte stets nur ein Paar im Haus.
Außerdem nahm Wassilij Gergiev nur noch Speck und Schinken an, der von ihnen nicht selber benötigt wurde.
„Bei euch kann man die Armut riechen", hatte der Wassilij gesagt, als sie vor einer Woche nichts bei ihm kaufen wollten – oder konnten.
Die Armut in Gurka war wirklich groß und sie würde wohl auch nie enden. So war es verwunderlich, daß es noch junge Männer im Dorf gab, die es aushielten – wohl nur mit dem Seelentröster, dem geliebten ‚Wässerchen'. Ihre Eltern wollten nicht weg, erklären die Männer, darum blieben auch sie.
„Wie sollen die Alten auch sonst überleben. Im Winter gibt es keine Straße, der Fluß ist gefroren, und wenn jemand ernsthaft krank wird, ist er einfach tot", sagte die Frau vom Chadajew. „Und wovon sollen wir die teuren Sachen aus der Stadt kaufen? Ein Stück duftige Seife? Ein Glas Honig? Einen Fernseher? Ha! Ich habe alles längst abgeschrieben."
Sie hatte fast vierzig Jahre lang in der Kolchose geschuftet. Und nun pflegte sie ihre kranken Eltern, die man nie mehr auf der Gartenbank sah.
Die Geschäfte des Händlers hielten sich also in engen Grenzen und nur, wenn eine Hochzeit anstand, konnte er mit seinem überteuerten Wodka größere Umsätze verzeichnen.

In jedem Vorgarten gab es mindestens einen alten Birkenbaum und unter diesem eine aus Birkenholz gezimmerte Bank. Die Bänke waren meistens genau so alt wie die dazu gehörigen Häuser. Sie waren nicht gerade bequem, aber wen störte das schon, wenn man mit Freunden und Nachbarn wichtige Dinge zu besprechen hatte?
Im Sommer setzte man sich nach Feierabend im Schatten der Birken auf die Bank und schaute rüber auf die andere Straßenseite oder zu den Nachbarn auf der rechten und linken Seite.
Man blieb meistens nicht lange alleine. Mal kam dieser, mal jener und kam ausnahmsweise mal keiner, so ging man selber nachschauen, ob man nicht ein Schwätzchen mit den lieben Nachbarn halten könnte.
Die Straße – die eigentlich nur aus lockerem Sand bestand und von Fuhrwerksrädern in eine zerfurchte Landschaft verwandelt worden war – führte zum Fluß, der Desna. Sie floß gemächlich und wurde an beiden Ufern von einem Schilfgürtel begrenzt.
Braunweiße Hühner, bewacht von ständig grundlos krähenden Hähnen, stelzten über die Straße, scharrten im Dreck nach Futter, stöberten auch in den Vorgärten nach Würmern und es war fast unmöglich sie den wirklichen Besitzern zuzuordnen. Zum Glück fanden die Tiere zum Eierlegen immer ihren eigenen Stall und so war es eigentlich egal, daß sie sich alle sehr ähnlich sahen.
Die Desna strömte in gleich bleibendem Abstand hinter den Häusern her, machte am südlichen Dorfende einen scharfen Knick, suchte und fand ein Tal zwischen zwei Hügeln. Und so mußte man, wollte man in die rund zwanzig Kilometer entfernte Stadt Roslawl reisen, die Holzbrücke benutzen, um den Fluß zu überqueren.
Nach Norden ging es nach Smolensk, vorbei an den zerfallenden Bauten der Kolchose ‚Nowaja Shisn', dem großen landwirtschaftlichen Betrieb mit seinen riesigen Ställen, Scheunen und dem zweistöckigen Verwaltungsgebäude.
In dieser Kolchose mußten in der Zeit der Sowjetunion alle Bewohner der umliegenden Dörfer – sobald sie die Schule verlassen hatten und solange sie noch aufrecht gehen konnten – zehn Stunden, an sechs Tagen jeder Woche, arbeiten.
„Wir gebären unsere Kinder nur für die Kolchose“, seufzten die Frauen manchmal scherzhaft, aber es war ihnen eigentlich sehr ernst damit; eine andere Perspektive hatte man eben nicht.
Seit der Auflösung der Sowjetunion verfielen die Gebäude der Kolchose. Und die Maschinen, sofern sie nicht gestohlen oder verkauft worden waren, verrotteten. Jetzt gab es keine bezahlte Arbeit mehr für die Dorfbewohner, wenn man ihren landwirtschaftlichen Eigenanbau nicht zählt, was man aber wohl muß, denn wovon sollten die Menschen sonst leben?
Alle ‚Gurkaner', wie sie sich selber gerne nannten, hielten sich Haustiere. Sie züchteten Hühner, Gänse, Ziegen und Schweine, weshalb sie keinen Hunger leiden mußten und sogar kleine Überschüsse auf dem Markt der Stadt Roslawl verkaufen konnte.

Und weil es fast in jedem Haus einen Hahn gab, wußte man auch ohne Wecker, was die Uhr geschlagen hatte. Hunde hielt man sich nicht; einige verwilderte Tiere liefen mit eingeklemmten Schwänzen durchs Dorf und gehörten niemandem.
„Wozu Hunde?", fragte man sich. „Fressen dir die Haare vom Kopf und bringen nichts ein. Niemand braucht sie."
Wegen der vielen Tiere hatte jedes Haus einen mehr oder weniger großen Anbau und den zugehörigen Auslauf für die Tiere.
Und weil es rundum so viele Birkenwälder gab, ihr Holz quasi kostenlos vor der Haustür wuchs, hatte man nicht nur die Häuser, die Gartenbänke und Lattenzäune, sondern auch die Desnabrücke aus diesem Holz gebaut.
Sie sah ziemlich derb aus, paßte aber gut in die Landschaft. Die Brücke ließ beim Händler Wassilij Gergiev bei jeder Flußüberquerung kalten Schweiß auf die Stirn treten. Der Busfahrer, Iwan Straschnikow, der die größeren Schüler täglich nach Roslawl fuhr, wendete vor der Brücke und wartete am Straßenrand auf seine Fahrgäste.
„Ich bekäme ja Alpträume, wenn ich da rüber müßte", sagte er. „Da müßte ich schon eine Flasche Wodka im Leib haben, aber das wär dann auch nicht gerade gut für eure Kinder."
Da half es auch nichts, wenn man ihm erzählte, daß sogar die schweren deutschen Lastwagen im Krieg über die Brücke gefahren wären.
„Und leider ist nicht einer in den Fluß gefallen. Es waren Hunderte und jeder schwerer als deine Konservendose, die du großzügig Bus nennst", lästerte der Petrovitsch, der das von den deutschen Wagen aber auch nur durch Michail Chadajew wußte, der es wieder von seinem Nachbarn, dem Iwan Dantschenko, gehört hatte, der es selber gesehen hatte.
Bisher – der Heiligen Jungfrau sei Dank – hatte die Brücke tatsächlich noch jede Last anstandslos ertragen und ausgehalten. Und es stimmte: Selbst die schweren Geschütze der deutschen Wehrmacht, und später, als diese geschlagen an Gurka vorbei flohen, die der sowjetischen Truppen, hatten mit ihrer Hilfe den träge fließenden Fluß schadlos überquert.
Da eigentlich kaum ein Mensch aus der Stadt das Verlangen hatte, freiwillig nach Gurka zu ziehen, andererseits die Menschen, die nun einmal hier wohnten, Gurka für das Paradies schlechthin hielten, gab es auch in dieser Hinsicht nur wenig Veränderung.
„Was, bitte schön, bietet dir die Stadt?", fragten sie sich beim abendlichen Schwatz. „Da wird dir nichts einfallen. Dafür bekommst du dort Gauner, Totschläger, Gestank und Lärm rund um die Uhr angeboten. Und niemals könntest du dir da ein paar Schweine oder Ziegen halten. Du müßtest gestreckte Ziegenmilch, verdorbene Wurst und falschen Ziegenkäse verdauen – und was dort der Wodka kostet ... Bleibt lieber hier."
Die einzige Notwendigkeit zum Verlassen des Dorfes hatte sich durch den zweiten Weltkrieg ergeben; das war aber, wie man unschwer erraten kann, kein freiwillig durchgeführter Ortswechsel gewesen.
Auch im Leben der Gurkaner hatte sich kaum etwas verändert, sie lebten fast noch so wie vor sechzig Jahren.

Früher hatten sie allerdings ihr ‚Wässerchen' selber gebrannt. Das war aber nur möglich gewesen, solange man in der Kolchose noch großflächig Kartoffeln anbaute. Auf den abgeernteten Feldern hatten sie am Sonntag die ‚Nachlese' betrieben, hatten ihre Handkarren voll Kartoffeln ins Dorf gebracht und ihren guten, glasklaren Wodka gebraut. Das war zwar verboten gewesen, aber dafür konnte man schon was riskieren.
Man verkaufte den Wodka an den Händler, der ihnen fünfzehn Rubel dafür gab. Aber die meisten ‚Wässerchen' verbrauchte man selber. Mit ihm wurden Erkältungen kuriert, der Verstorbenen gedacht, Brautpaare beglückwünscht, Jubiläen begangen, die Schwermut ertränkt, Geburten gefeiert und gab es mal keinen Anlaß, dann mußte man eben ohne einen solchen zur Flasche greifen.
Nur das mit dem Selbstbrennen, das ging einfach nicht mehr. Niemand konnte sich dazu aufraffen, auf den brach liegenden Kolchosfeldern großflächig Kartoffeln anzubauen. Die kleinen Erträge aus den Gärten am Flußufer reichten dafür nicht aus.
Seit einigen Jahren gab es eine Stromleitung, die entlang der Straße auf Masten verlegt worden war; es waren die gleichen Masten, an denen man die Telefonleitung angebracht hatte. Es ist fast überflüssig zu erklären, daß auch diese Masten aus gut gewachsenen Birkenstämmen bestanden.
Der Birkenmast an der Brücke, der unmittelbar unten am Wasser stand, war schon dort gewesen, als man noch nicht auf Elektrizität für das Dorf hoffen konnte; die Leitungen hörten damals noch an der Kolchose ‚Nowaja Shisn' auf.
„Da haben sie ihn aufgehängt. Erst erschlagen und dann an den Mast gehängt", wußte Juriy Armatow den Kindern zu erzählen, die ihm mit weit aufgerissenen Augen zuhörten. „Es waren Mörder aus der Stadt. Geschickt von der Organi."
„Der arme Pope", seufzte Angela jedes Mal. „Laß das doch nicht die Kinder hören. Sie könnten Schaden nehmen."
Sie kannte die Geschichte von ihrer Mutter, die häufig die gruseligen Einzelheiten erzählen mußte. Jetzt hatte sie die Aufgabe übernommen, es den gespannt lauschenden Zuhörern immer wieder neu zu erzählen; nur manchmal flocht sie kleine Änderungen hinein in diese Gruselgeschichte.
„Du hast es zwar nicht selber erlebt, aber du schilderst es viel besser als der Juriy, der dabei war", erklärte Petrovitsch Solowjew, der sich mit solchen Erzählungen gut auskannte, weil er bis in die Nacht vor dem Fernseher saß.
„Sie erfindet ja auch mehr als ich", nuschelte der Juriy beleidigt. „Wie will sie denn wissen, daß die Krähen ihm die Augen ausgehackt haben?"
„Weil meine Mamotschka es gesehen hat, als sie nachsehen wollte, ob er noch lebte", antwortete Angela heftig.
Nicht im Sommer, wenn man draußen saß, die Blicke über die Hügel schweifen konnten und sich in meist angenehmen Gefilden verloren, war das ein Thema. Nein, an den langen Winterabenden, wenn die Nachbarn sich an einem der bullernden Herde versammelten, den blauen Flammen zusahen, die aus dem Birkenholz züngelten, und wenn sie dann ihre

Fantasie mit Erzählungen füttern mochten, fragte mit Sicherheit jemand: „Angela, könntest du nicht erzählen, wie das war, als man den Popen erschlagen hat und ihn kreuzigen wollte?“
„Nun ja“, sagte sie dann erfreut. „Ich meine zwar, ich hätte es schon erzählt“, sagte sie und blickte in die Runde, in der alle den Kopf schüttelten „Aber habe ich schon berichtet, wie sie keine Nägel fanden, um den Querbalken anzubringen? Nein? Also, das war so!“
Und dann wurde der Abend angefüllt mit schaurigen Einzelheiten, die der Juriy – als einziger noch lebender Augenzeuge – mal knurrend bestätigte, mal mit einem Ausruf: „Da kann ich mich nicht dran erinnern“ – in Zweifel zog.
Nun besaß also jedes Haus einen Stromanschluß, somit auch elektrisches Licht, das aber noch längst nicht alle in Anspruch nahmen.
Nicht wenige Gurkaner hielten flackerndes, warmes Kerzenlicht für schöner – und gesünder. Beim Dorfältesten, Boris Tschenzow, – so hieß jetzt der frühere Dorfsowjet – und in der Schule, gab es Telefone und das war beruhigend und besonders wichtig, wen man zum Beispiel dringend ein paar Flaschen Wodka benötigte und dies dem Händler in Roslawl mitteilen mußte.
Aus mancherlei Gründen war die Gesundheit hier im abgelegenen Dorf schon immer wichtig gewesen. Ein Grund dafür war dem Umstand zu verdanken, daß der nächste Arzt seine Praxis in Roslawl hatte.
Man konnte also, wenn es gar nicht anders ging, zum Dorfältesten gehen und den Doktor per Telefon bitten nach einem Schwerkranken zu sehen. Ob der aber kam, das war nicht vorherzusagen – und das war ein weiterer Grund dafür, daß man lieber nicht krank wurde.
In der Regel erschien der Doktor, dessen Auto noch aus der Vorkriegszeit stammen mußte, nur bei besonders schweren Fällen, sagen wir mal, wenn man den Tod schon an der blassen und spitzen Nase ablesen konnte.
Noch einen Grund gab es, und der lag in der Gewohnheit, die ja jeden Menschen in seinem Verhalten prägt – mal mehr und mal weniger.
Zur Zeit der Sowjetunion, also, als die Kolchose ‚Nowaja Shisn’ den Lebens- und Arbeitstakt diktierte, war man einfach nicht krank. Es gehörte sich nicht, war volksfeindlich und schädlich – auch für den Kranken. Das saß nun mal in den Köpfen, selbst in denen der später geborenen jungen Leute.
Dank der endlich verfügbaren Elektrizität gab es in einigen Häusern Radios; drei Dorfbewohner besaßen sogar einen Fernseher. Aber sonst?
Ach ja! Die Schule. Sie stand unmittelbar vor der Brücke, war das letzte Gebäude an dieser Straße. Wenn die Schüler auf der Rückseite durch das breite Fenster schauten, blickten sie direkt in das schwärzliche Wasser der träge fließenden Desna.
Diese Schule hatte zwar nur einen Klassenraum, ragte aber weit über die eingeschossigen Häuser des Dorfes hinaus. Im Obergeschoß befand sich nämlich die Wohnung des jeweiligen Lehrers.
Noch nie hatte es für diese Schule mehr als einen Lehrer gegeben und so weit sich selbst die ältesten Dorfbewohner zurück erinnern konnten

– also, zum Beispiel der Juriy Armatow, der in seiner Jugend noch den Zar Nikolaus II. gesehen hatte – war diese Lehrkraft immer weiblich gewesen.
Gurka, dieses einsame, winzige Dorf, gut hundert Kilometer südwestlich von Smolensk und zwanzig Kilometer nördlich von Roslawl, war von vertrockneten Weiden, einem dichten Schilfgürtel entlang der Desna, knorrigem Gebüsch und riesigen Birkenwäldern umgeben.
Die kleinen Äcker, auf denen die Leute mühsam Kartoffeln und Mais anbauten, hatten eine rotbraune Farbe und brachten nicht sehr viel Frucht hervor. Nur dicht am Fluß gab es ein paar bessere Wiesen und fruchtbare Felder, von denen einige im Dorf einen kleinen Streifen besaßen.
Seit den aufregenden Tagen, in denen die Sowjetunion auseinander gefallen war, hatte sich aber auch in diesem einsamen Dorf einiges geändert. Aber diese Änderungen waren nicht besonders angenehm für die Menschen, es hatte sie ärmer – und manche auch hoffnungsloser – gemacht.
Über das Fernsehen beim Petrovitsch hatten sie den Wandel verfolgt, hatten nicht gewußt, ob sie lachen oder weinen sollten. Sie konnten nicht verstehen, warum die Kolchose ‚Nowaja Shisn' geschlossen wurde; es war doch mitten in der Erntezeit.
Früher hatten sie alle in diesem großen Betrieb arbeiten müssen. Sie schufteten hart in den Lagerhallen, den Scheunen und Ställen, in den Silos, auf dem Feld. Sie verdienten zwar nur wenig, aber sie hatten wenigstens ein regelmäßiges Einkommen.
Es war auch schon früher eine arme Kolchose gewesen, wie der Direktor ihnen immer wieder versichert hatte. Das wurde aber noch viel deutlicher, als man von einem Tag auf den anderen auf eigenen Beinen stehen sollte. Anders als zu Zeiten der Sowjetunion, sollten sie nun die Gewinne selber vermarkten.
„Wir sind nun unsere eigenen Herren", hatte der neue Kolchosdirektor erzählt.
Aber so ganz stimmte das auch nicht, denn die Kolchose gehörte nun irgendwelchen Herren in Smolensk, die man nie sah, die aber ihren festen Anteil an einem Gewinn erwarteten. Also blieb eigentlich alles beim Alten.
Und wo waren sie, diese Gewinne, von denen man an den Abenden auf den Bänken geträumt und fantasiert hatte? Es gab praktisch keine. Die spärlichen Überschüsse, die sie auf den Markt nach Roslawl brachten, reichten nicht aus. Die Gewinne wurden von den teuren Maschinen und ihrer Unterhaltung aufgefressen.
So blieb ihnen oft nur das, was sie von den paar kleinen Landstücken, ihren Gärten oder Äckern, diesseits der Desna, selber erwirtschafteten. Es war zwar auch Land, das der Kolchose gehörte, aber es wurde vom Kolchosdirektor geduldet, denn er kannte ihre Not.
Auch an der Arbeitszeit hatte sich nichts geändert. Auf den eigenen Feldern und Wiesen konnten sie nur am späten Abend arbeiten, wenn sie zerschlagen und lahm aus der Kolchose kamen – oder eben am Sonntag, wenn sie lieber die müden Knochen ausgeruht hätten.
Dann kam der Tag, an dem die Kolchose endgültig geschlossen wurde. Die

privaten Besitzer in Smolensk hatten den erhofften Gewinn nicht einsacken können.

„Es ist denen wie uns gegangen“, sagte Angela. „Auch wir haben von fetten Gewinnen geträumt. Wie war das nur vorher, als es die Sowjetunion noch gab? Warum ist es da gegangen? Wir hätten besser die alten Zeiten wieder. Früher gab es alles umsonst. Da blühten Wissenschaft und Medizin. Da kannte man keine Drogen und wußte nichts von Mord auf Bestellung. Breschnjew war der Held des einfachen Volkes, Gorbatschow der große Verbrecher. Nach der Perestrojka ist alles niedergegangen. Wer, wie wir, einen kleinen Garten in die Scheißokratie retten konnte, darf von Glück reden.“

Und alle Nachbarn nickten nachdenklich, denn das war sehr einleuchtend.

Jedenfalls standen seitdem die Gebäude öde und leer, verrotteten immer mehr; nur ein paar Stallungen wurden noch von Leuten aus anderen Dörfern genutzt, die ihre Felder in der Nähe hatten.

Eine spontan gegründete private Genossenschaft der Dorfbewohner hatte schon nach kurzer Zeit wieder aufgegeben, und danach hatte man auf einen neuen Betreiber gewartet.

Aber wer wollte das wagen? Die Traktoren und Landmaschinen waren uralt und häufig kaputt. Es gab kaum Ersatzteile, und für neue Maschinen fehlte das Geld.

Mit den wenigen funktionierenden Hilfsmitteln versuchten die früheren Kolchosmitarbeiter mehr schlecht als recht die Äcker und Wiesen zu bewirtschaften und ein wenig Vieh zu züchten.

Es ging nur langsam vorwärts; die Arbeit war schwer, weil sie fast alles mit der Hand erledigen mußten; teures Saatgut, Dünger und Pflanzenschutzmittel fraßen fast die gesamten Erträge auf.

Immer noch verband die einzige Straße, eigentlich nur ein unbefestigter Feldweg, in den die Räder der Traktoren und Anhänger bei Regenwetter tiefe Rinnen frästen, ihr Dorf mit der Außenwelt. Auch das hatte sich seit der Zeit vor dem Krieg nichts geändert.

Die Außenwelt, das war für die Gurkaner nach wie vor Roslawl, wo es einen Markt gab, auf dem sie ihre Produkte verkaufen konnten – wenn etwas übrig war.

Smolensk kannte man fast nur aus dem Fernseher. Es war einfach zu weit weg und außerdem eine Stadt mit Lärm und Gestank. Wer wollte da schon hin?

Man fuhr fast drei Stunden mit dem Pferdefuhrwerk bis Roslawl; mit dem Auto ging es nur im Sommer schneller, wenn die Wege fest und trocken waren. Aber niemand im Dorf besaß ein Auto.

Außer den einstöckigen Holzhäusern und der einklassigen, aber immerhin zweistöckigen Dorfschule, gab es die ziemlich zerfallene Kirche am anderen Ende des Dorfes. Niemand ging mehr in diese Kirche, sie stand leer, und eine Glocke gab es schon seit dem Ende der Zarenzeit nicht mehr.

Olga Pawlowska, Angelas Mutter, hatte den Popen noch gekannt, der sonntags von Roslawl gefahren kam. Aber Angela hatte nie einen Priester im Dorf gesehen.

Die alten Bänke, die Fensterrahmen und das Holz der Türen hatten die Leute schon vor Jahren, in einem besonderes strengen Winter, verfeuert; jedenfalls war alles spurlos verschwunden.
„Es ist nicht gut, was die Leute machen", sagte Angelas Mutter oft. „Sie wollen nicht einsehen, daß wir alles nur unserem Gott zu verdanken haben und nicht einem Parteivorsitzenden. Aus Mißgunst haben sie unseren Popen ermorden lassen."
Angela kannte die Geschichte der Ermordung des Popen in allen Einzelheiten, weil die Stimme ihrer Mutter im Schlafraum gut zu hören war, wenn Olga an Winterabenden den Nachbarn über ihr aufregendstes Erlebnis erzählte. Und so konnte sie es weiter erzählen, als sei sie dabei gewesen.
„Ihr müßt wissen, daß meine Mamotschka in der Kirche war, als es passierte. Nur zwei andere Frauen und ein Mann waren noch dort. Die meisten im Dorf gingen nicht mehr in die Kirche, seitdem der Kolchosdirektor gesagt hatte, der Pope würde die Gurkaner gegen die Regierung aufhetzen. Es war schon spät am Tage; der Pope war erst nach dem Mittag angekommen und ein wenig betrunken."
„Ein wenig? Ha! Ich hab gesehen, wie er angekommen ist. Geschwankt hat er", warf Juriy Armatow ein, den es wurmte, daß er damals nicht in der Kirche gewesen war.
„Ja, ja, du hast bestimmt am Fluß gesessen und ‚Wässerchen' getrunken. Meine Mamotschka hat mir genau berichtet. Die Frauen hatten sich jedenfalls ihre Sonntagskleider angezogen und trugen die guten Kopftücher. Es war am Ende der Messe; alle hatten sich gerade am Altar vor der Ikone des Tages verneigt, Honigkerzen angezündet, die Ikone geküßt und vorm Kerzenständer verneigt, als draußen ein Motor zu hören war."
„Sie kamen mit einem Auto?", fragte Iwan Doroganow, obschon er es bereits mehr als ein Dutzend Mal gehört hatte.
„Oh ja. Mit einem riesigen Lastwagen, den sie sich von einer Kolchose ‚geliehen' hatten", warf Juriy Armatow ein. „Ich hab sie gesehen, wie sie über die Brücke kamen. Sie standen auf der Ladefläche und schwenkten die sowjetische Fahne."
„Du warst abgefüllt mit Wodka. Wie kannst du es gesehen haben?", schnaubte Angela. „Immer hattest du genug im Leib, wenn der Pope kam. Das hat meine Mamotschka gesagt."
„Na ja, mag sein. Aber ich hab's gesehen", knurrte Juriy Armatow.
„Wie auch immer. Meine Mamotschka hatte gerade den Kopf geneigt und sich dreimal bekreuzigt, den Oberkörper gebeugt, die Taille befaßt, sich dreimal bekreuzigt, und, in die Knie gehend, den Boden berührt und sich erneut dreimal bekreuzigt, als sie draußen schrieen, der Pope solle raus kommen, sie wollten das Kreuz errichten", sagte Angela und bekreuzigte sich dabei.
„Was war das für ein Theater! Mußte man das so machen? Gab es Vorschriften, ich meine, das mit dem Kreuz machen?", fragte Petrovitsch Solowjew, Angelas Nachbar.
„Ja, es war wohl so festgeschrieben. Man tat es so. Alle machten es so."
„Was hat der Pope – wie hieß er noch? – ach ja, Alexander Borowin –, was

hat er getan? Wollte er nicht fliehen?", fragte Dimitrie Jaroslaw.
„Nein. Demütig und in aller Ruhe hat er sich vor der Ikonostase verneigt, sich dreimal bekreuzigt, den Ikonenschrein geküßt, bevor er sich am Bildnis der Großfürstin Olga verneigte. Dann ist er nach draußen gegangen."
„Und die Leute aus dem Dorf? Haben sie ihm geholfen?", fragte Naidenka Solowjewaja, die es furchtbar ärgerte, daß damals niemand bereit gewesen war, dem Popen zu helfen.
„Nein, nein! Niemand wollte sterben. Sie hatten fürchterliche Angst."
„Olga, deine Mamotschka, auch nicht? Sie hat ihm auch nicht geholfen?", fragte Naidenka Solowjewaja atemlos.
„Nein, sie auch nicht. Stell dir vor, wie sie gezittert haben mag. Ja, ja. Der arme Alexander Borowin. Er hat zu Gott gefleht und als der nicht eingriff, hat er den einen von der Organi, den er kannte, um Gnade angebettelt. ‚Boris Mitrofanov, ich hab dir in der Schule in Roslawl Gottes Wirken erklärt. Ich habe dich nicht häufig geprügelt, dir oft Brot gegeben, wenn du Hunger hattest. Hab Erbarmen mit mir!', hat er gerufen."
„Warum mußte der arme Mann sterben, Angela?", fragte jetzt mit Sicherheit einer der Zuhörer.
„Sie glaubten nicht mehr an unseren Gott", seufzte Angela.
„Na, das tut heute auch kaum einer", knurrte Juriy Armatow. „Bringt man deshalb einen Menschen um?"
Angela erinnerte sich an die Worte ihrer Mutter, wenn sie abends mit ihr betete. „Sie haben jetzt neue Götter, mächtige, sichtbare – und böse. Die verlangen Menschenopfer."

Tim investierte in den folgenden Wochen mehr Zeit als alle anderen zusammen, hatte immer wieder neue Ideen und verstand es zudem, der Projektgruppe ein Zusammengehörigkeitsgefühl zu vermitteln.
An einem Nachmittag, direkt nach dem Unterricht, ging er alleine ins Archiv, ließ sich den Ordner mit den Namen der Kriegsgefangenen und Zwangsarbeiter geben und setzte sich im Besucherzimmer auf die Fensterbank.
Zeile für Zeile las er die Namen, kostete auch schon mal ihren fremden Klang, indem er sie langsam, forschend, aussprach. Er kam sich vor wie ein Totengräber, der die Gebeine längst Vergessener aus der Tiefe holte.
„Sonja Jakowlewa, August 1942, 13 Jahre alt; + Oktober 1943. Lidija Kameka, September 1941, 11 Jahre; + Januar 1944. Ludmilla Kulikowska, Juli 1941, 10 Jahre alt; + Februar 1945."
Er lehnte sich zurück. „Wahnsinn! Verfluchte Mörderbande! Kinder von zehn und elf Jahren. Die armen Kinder."
Er ließ nicht einen Namen aus, fühlte sich verantwortlich dafür, daß wenigsten einmal ein Mensch an sie dachte, ihren Namen laut las.
„Olga Pawlowska, Juni 1941, 39 Jahre alt; Rußland, Smolensk, Textilfabrik DTG, + 14. August 1944."
Er blieb an dieser Zeile hängen und wußte nicht warum. „Olga, ein schöner russischer Name. Sie war noch so jung. Woran mag sie gestorben sein?

Haben sie die arme Frau umgebracht? Ist sie krank geworden? Haben sie ihr zu wenig zu essen gegeben? Olga!“
Er kam nicht los von der Zeile, dachte sich so etwas wie eine Stimme aus dem Jenseits, die ihn rief und anflehte.
„Tim, du spinnst“, dachte er und las erneut. „Olga Pawlowska. Pawlowska. Pawlowska? – Das ist es!“, sagte er halblaut und war erleichtert.
Er kannte den Namen. Das war’s. Es war der Name der alten Frau, der Zwangsarbeiterin, die aus Rußland anreisen würde. Darum war er an dieser Zeile hängen geblieben. Aber der Vorname stimmte nicht.
„Und außerdem lebt sie ja noch. Ach, Quatsch! Pawlowska. Sicher so häufig in Rußland wie bei uns Müller, Meier und Schulze“, dachte er und las weiter; er hatte ja ein Ziel.
Er brauchte lange, bis er zu der Zeile kam, zu dem Eintrag, von dem er wußte, daß er da sein würde. Ganz sicher wußte er es. Und als er ihn gefunden hatte, wurde ihm schwindelig.
„Capajew Nagovitsyn, 23 Jahre, 15. Juli 1941, Rußland, Moskau, Textilfabrik DTG.“
Er hing fest an dieser Zeile und selbst als er schließlich den Blick hob und durchs Fenster in das Laub des Eichenbaums starrte, hing der Name noch vor seinen Augen. Immer wieder sprach er ihn aus.
„Bist nicht vergessen, Opa“, sagte er leise; aber es klang doch wie eine Grabrede. „Capajew Nagovitsyn, Capajew Nagovitsyn.“
Er betrachtete die ungleichmäßige Schrift, die mal schwach, dann wieder kräftig angeschlagenen Schreibmaschinenbuchstaben.
„Eine Frau, irgendeine Frau, die Sekretärin des NSDAP-Ortsgruppenleiters vielleicht, hat seinen Namen, und all die anderen, in die alte Maschine getippt. Was mag sie dabei gedacht und gefühlt haben? Oder war es ihr egal? Hat sie vielleicht ‚Na und?‘ gedacht? Hinter diesem Eintrag – hinter jedem Eintrag – stand ein Mensch, der gelitten hat und verzweifelt war.“
Er saß still da, hörte im Nebenraum etwas zu Boden fallen, ein helles Lachen, und dann knallte eine Tür zu. Zuerst wollte er aufhören, zu sehr hatte ihn alles bewegt. Doch dann las er weiter, Zeile für Zeile.
„Nadeschka Schawaribjowa, 10 Jahre alt; + im November 1943.“
Mit einer ruckhaften Bewegung knallte er den Ordner zu; er konnte es nicht mehr ertragen.

Conny Berger war ganz anders als Petra. Sie war schon lange Tims stiller Schwarm und als sie ihn mit der Liebeserklärung überraschte, war er überglücklich. Nur zeigen, das konnte er seine Gefühle nicht gut; ihr nicht und überhaupt keinem Menschen.
Conny war nicht schön – nicht so ein Hingucker wie Petra. Obschon ihr schmales Gesicht gleichmäßig geformt war, ihre großen Augen ausdrucksstark waren, blieb sie einem nicht ewig im Gedächtnis, wenn man ihr flüchtig begegnete. Kannte man sie aber länger, dann änderte sich das gravierend. Sie brannte sich einem völlig ein; ohne daß man es verstand oder bewußt registrierte.

Sie war still, fast so wie er. Sie blickte den jeweiligen Redner immer so intensiv an, daß man das Gefühl hatte, nur mit ihr zu sprechen. Mit ihr hatte er ganz alleine die Recherchen im Archiv unternommen, hatte sie auf die Spur gesetzt, ohne daß sie widersprach.
Conny hatte wortlos alle seine Anweisungen befolgt und still gelächelt, als er ihr an einem Abend von seinem russischen Großvater erzählte.
Sie saßen im Park auf einer der unbequemen Bänke und als es dunkel wurde und die Feuchtigkeit vom Rasen hochstieg, kuschelte sie sich an ihn, suchte Wärme und Geborgenheit.
„Bloß gut, daß es dieses Projekt gibt", sagte sie. „Wer weiß, ob wir jemals Freunde geworden wären."
„Weißt du, daß ich alleine im Archiv war?", fragte er. „Ich habe meinen Großvater gesucht – und gefunden. Seinen Namen, meine ich. Mein alter Opa! Er stammte aus Rußland, stell dir das vor. Ich hätte ihn so gerne einmal gesehen – wenigstens ein Mal. Nicht mal ein Bild von ihm gibt es bei uns. Ich bin jedenfalls Russe; ein halber wenigstens. Jetzt weißt du es", sagte er mit gespieltem Spaß in der Stimme und Tränen im Hals. „Verdammt! Was bin ich sentimental."
„Ja, Tim", sagte sie leise. „Ich weiß das schon längst, das mit deinem Großvater. Meine Großmutter hat es mir erzählt. Alle alten Leute hier im Ort haben es wohl gewußt – jedenfalls die meisten. Und sie haben geschwiegen, weil sie deine Großmutter mochten und wußten, was ihr passiert wäre."
An diesem Abend küßte er sie zum ersten Mal so, wie sie es erhofft hatte. Und als er sehr vorsichtig seine Hand unter ihr T-Shirt gleiten ließ, sie federleicht auf ihre Brust legte, sie sanft streichelte, drängte sie sich noch näher an ihn. „Wir beide", flüsterte sie und es klang wie ein Versprechen, fast wie ein Schwur.

„Ich hab hier was, Conny. Schau dir das an."
Sie las zuerst den Zettel auf dem Ordnerrücken. ‚Sammlung von Verordnungen und Erlassen Reichsführer SS 1939 – 1945'.
„Meine Güte! So viele Erlasse. Da mußte man ja gegen irgendwas verstoßen. Lies mal vor, was du hast", sagte sie und setzte sich auf die Fensterbank des Archivs.
„Hör zu! Das stammt vom 31. Januar 1940 und betrifft den Umgang deutscher Frauen mit Kriegsgefangenen. – Genau das habe ich gesucht. Es betrifft mich, nein, es betraf meine Großmutter."
„Ob sie den Text kannte?"
„Bestimmt! Die haben das doch überall ausgehängt und angeschlagen. Also, hör zu. Ich lese nur das Wesentliche vor: ‚Betrifft: Umgang mit Kriegsgefangenen.
I. Deutsche Frauen und Mädchen, die mit Kriegsgefangenen in einer Weise Umgang pflegen, die das gesunde Volksempfinden gröblich verletzt, sind bis auf weiteres in Schutzhaft zu nehmen und für mindestens ein Jahr einem Konzentrationslager zuzuführen.'

„Meine Güte, Conny! Die drohten echt mit Konzentrationslager“, sagte Tim und mußte sich räuspern.
„Gröblich verletztes Volksempfinden. Na, ich denke, das hat deine Großmutter durch die Schwangerschaft bestimmt verletzt. Deshalb hatte sie also Angst. Furchtbar, was muß sie gelitten haben“, sagte Conny und schüttelte sich.
„Was weißt du über ihre Angst?“, fragte Tim, aber Conny war mit ihren Gedanken ganz weit weg.
„Wenn ich mir vorstelle, du wärst Kriegsgefangener und ich dürfte nicht mit dir … Du weißt schon, was ich meine, dann … Du, ich weiß echt nicht. Würde ich dich sausen lassen? Oder riskierte ich für dich Kopf und Kragen? – Nicht einfach zu erklären.“
„Na, das will ich aber jetzt wissen, Conny. Wenn du mich wirklich liebst, wie du sagst, dann mußt du auf jeden Fall zu mir halten. Denk daran, was meine Großmutter mitgemacht hat.“
„Ist ja nur hypothetisch, das Ganze. Aber wenn … Ich weiß wirklich nicht. Ich überleg’s mir noch. Lies mal weiter.“
„Du kneifst! Das heißt, du liebst mich nicht. Na egal. Hör zu:

II. Beabsichtigen die Frauen und Mädchen eines Ortes, die betreffende Frau vor ihrer Überführung in ein Konzentrationslager öffentlich anzuprangern oder ihr die Haare abzuschneiden, so ist dies polizeilich nicht zu verhindern.

gez. Himmler“

„Haare abschneiden? Nicht zu verhindern? Sind die pervers gewesen? Mir wird schlecht. Nein, ich glaube nicht, daß ich das durchstehen würde. Stell dir das doch mal vor, Tim. Würdest du das von mir verlangen? Wenn du mich lieben würdest? Müßtest du nicht sagen: Laß uns lieber aufhören?“
„Ja, ich glaube auch. Ich versuche, mich in sie hinein zu denken, in meine Großmutter. Eigentlich überwiegt doch der Selbsterhaltungstrieb, denke ich. Vielleicht hat sie die Gefahr wirklich nicht gesehen. Oder ihre Liebe war so – so forever –, daß sie das alles in Kauf genommen hat. Sie hat wohl nur viel Glück gehabt. – Weißt du was? Ich liebe meine Großmutter jetzt noch mehr. Sie war wohl eine irre Frau“, sagte Tim und fühlte einen kleinen Stolz.

Angela Pawlowska war in der Vorwoche zweiundsiebzig geworden, was sie aber nicht besonders zur Kenntnis genommen hatte – und sonst auch niemand im Dorf.
Sie wohnte alleine in ihrem Haus, das neben einem Schlafzimmer, eine große Küche, einen ungenutzten Nebenraum und einen Abstellraum besaß. Der Nebenraum war früher, als ihre Mutter noch lebte, ihr Schlafzimmer gewesen. Ihr Haus war himmelblau gestrichen, die Fensterrahmen und die Tür hatte man vor langer Zeit einmal weiß bepinselt; jetzt sahen sie grau und schäbig aus.

Hinter dem Haus gab es ein Toilettenhäuschen, das auf einer abgedeckten Jauchegrube stand. Der Toilettensitz stammte, wie alles, was in Gurka aus Holz hergestellt wurde, aus dem nahen Birkenwald. Er war fein glatt gehobelt und der Sitz mit einem runden Deckel verschlossen.

Die Fenster und auch die Tür des Hauses brauchten zwar schleunigst einen neuen Anstrich, aber wer konnte sich in solchen Zeiten schon so einen Luxus erlauben?

Schlimm sah es mit dem Dach aus. Schon seit zwei Jahren regnete es durch; zum Glück nur an der Stelle, an der sich die Küche befand und da konnte man das Wasser in Schüsseln und Eimern auffangen

„Käme eine Fee und würde mir einen Wunsch erfüllen, dann, ob du es glaubst oder nicht, hätte ich ein wunderschönes, wasserdichtes Dach auf dem Haus“, hatte sie der Naidenka, der Ehefrau des Petrovitsch Solowjew erzählt, als die beim letzten Regen die Bescherung gesehen hatte.

„Ich täte mir lieber einen Berg Rubel wünschen. Da könntest du dir so nebenbei auch ein neues Haus bauen lassen – aus Ziegelsteinen, wie die in der Stadt das machen“, hatte Naidenka geantwortet.

„Nein, brauche ich nicht. Wie sähe das aus in unserem alten Gurka? Ein Steinhaus mitten zwischen den schönen Holzhäusern. Schrecklich!“

Angela war beliebt bei ihren Nachbarn – und noch beliebter bei deren Kindern. Nachbar war übrigens jeder mit jedem im Dorf Gurka; es gab nur Nachbarn. Na ja, und diese Nachbarn mochten sie eben so, wie sie die Anwohnerschaften liebte. Man könnte behaupten, daß, würde in Gurka ein Bürgermeister gewählt, Angela wohl Bürgermeisterin würde.

Die meisten ihrer Nachbarn hatten viele Kinder, die ständig vor und in ihrem Haus umher rannten und lärmten, die sich Schleckereien erbettelten, bei ihr ausweinten und getröstet werden mußten.

Sie war deshalb am Tage nie alleine, seitdem sie nicht mehr auf der Kolchose arbeitete. Aber in den Nächten, wenn die Stille des großen Landes auf ihre Brust drückte, wünschte sie sich oft atmende, stöhnende Kinder an ihre Seite.

Doch im gleichen Augenblick mußte sie an das denken, was man ihr angetan hatte, kamen die schlimmen Bilder hoch, spürte sie die Schmerzen zwischen den Beinen und roch den modrigen Knoblauch.

„Nein!“, hatte sie entschieden. „Nie mehr will ich mir so etwas gefallen lassen. Von keinem Mann!“

„Und ohne Mann“, sagte sie, „gibt es nun mal keine Kinder. Warum hat der große Gott im Himmel es nur so eingerichtet? Wozu brauchen wir sie? Zum Wodkatrinken? Zum Krieg machen? Zum Arbeiten vielleicht; aber das können wir Frauen genau so. Mir fällt einfach nichts ein, wozu wir sie unbedingt brauchen würden – außer eben zu dem.“

Das hatte sie zur Helenka gesagt, als deren Mann, sturztrunken von zu vielem Wodka, die Schweine in die Desna gejagt hatte und eins davon jämmerlich ertrunken war.

Pijotre Duborow und seine Frau Helenka bewohnten das linke Nebenhaus. Sie hatten sechs Kinder, waren arm, jedenfalls ärmer als Angela, denn sie

mußten acht hungrige Mäuler stopfen, und ausgerechnet ihre Felder lagen so weit weg vom Fluß. Vielleicht trank der Pjotre deshalb so oft und so viel, hatte sich Angela überlegt.
Auf der anderen Seite ihres Häuschens wohnten Petrovitsch Solowjew und Naidenka, die nur drei Kinder hatten. Petrovitsch half ihr manchmal bei der schweren Landarbeit – und er besaß einen starken, hochbeinigen Eber, der nun alleine für alle Säue im Dorf zuständig war.
Davon lebte der Petrovitsch mit seiner Familie ganz gut, denn er verlangte für die Liebesdienste des Ebers Gogol immer ein bis zwei von den frisch geworfenen Ferkeln, die er dann auf dem Markt in Roslawl verkaufte.
Angela hatte also nie einen Mann haben wollen, aber in Gurka hätte sie auch kaum einen gefunden. Es gab fast keine heiratsfähigen Männer mehr seit dem Krieg, die meisten waren gefallen oder blieben vermißt und junge Männer zogen aus der Stadt nicht weg, jedenfalls nicht nach Gurka.
Erst lange nach dem Krieg waren neue Familien gekommen, angesiedelt durch die Verwaltung der Kolchose. Junggesellen waren nicht darunter gewesen.
Ihr Haus hatte leer gestanden während des Krieges, all die Zeit, in der sie weg sein mußte, und alle Tiere waren gestohlen worden oder gestorben. Sie hatte ganz neu anfangen müssen – damals, als sie es zum ersten Mal wieder gesehen hatte, nach diesem furchtbaren, langen Marsch von Smolensk nach Gurka; nur zwei Mal hatten Lastwagen sie ein kleines Stück mitgenommen. Und jedes Mal hatte sie aussteigen und wegrennen müssen, weil die Fahrer ihr unter das Kleid gegriffen hatten.
„Männer! Ihr seid alle gleich schlimm“, hatte sie schließlich gedacht und war abseits der Straßen gelaufen.
‚Männer!’ Das hatte ihre Mamotschka immer gesagt, wenn sie die lüsternen Blicke gesehen hatte, mit denen sie die junge Lehrerin, Ludmilla Kurunowa, verfolgten.
Angelas Denken war einfach, drehte sich nur um Alltagssorgen, ums Wachstum auf den Feldern und um die Vermehrung der Tiere, um Krankheiten in der Nachbarschaft, um das Glück eines langsamen Gesprächs mit den Freunden.
Im Winter saßen sie gemeinsam am offenen Herd und im Sommer, nach Feierabend, auf der Bank vor dem Haus. Man erzählte sich Geschichten, bemühte die Erinnerung, wollte die gute alte Zeit noch einmal beleuchten. Nur über die Politik aus dem fernen Moskau, oder auch aus Smolensk, sprach man fast nie.
„Männer machen die Politik dort“, hatte Helenka erst kürzlich erklärt, als der Pjotre unbedingt erzählen wollte, was er im Fernsehen beim Petrovitsch gesehen hatte.
„Na und?“, hatte Pjotre gesagt und erzählt, daß nunmehr im ‚Sobranie zakonodatel'stva Rossijskoj Federacii’, dem Gesetzesblatt, eine Veröffentlichung nachzulesen sei über eine neue Organi.
„Eine neue Organi? Himmel! Geht es wieder los?“, hatten sie durcheinander gerufen.

„Was weiß denn ich. Man müßte es lesen, dieses Blatt, dann wüßte man es. Drin stehen soll was über die Grundlagen des Staatsdienstes, über die Miliz und über die inneren Truppen des Innenministeriums. Also, das ist doch alles die Organi, oder?"
„Ich will es gar nicht wissen. Und wenn es so ist, dann kann es ja nur so sein, daß die in Moskau zu viel Wodka trinken, wenn sie Gesetze erlassen, die wir nicht verstehen können oder die uns keine Freude machen. Wozu sind sie denn da, diese Politiker? Nein, Pjotre, hör auf damit. Sprechen wir lieber über die Elena, die bald ein Kind erwartet. Wer von uns wird ihr zur Seite stehen?", fragte Angela.
„Was fragst du?", rief Helenka Duborowaja. „Wie immer wirst du das sein."
Wie die meisten Familien im Dorf, besaß auch Angela weder Fernsehgerät noch Radio. Wollte man unbedingt etwas im Fernsehen anschauen, dann fand sich schon ein Nachbar, bei dem man willkommen war. Man setzte sich gemeinsam vor das Gerät, sah die Filme und Berichte aus fernen Ländern und diskutierte danach ewig lange darüber.
Der Nachbar auf der rechten Seite, der Petrovitsch, der hatte sich für das Geld, das er für die Ferkel bekam, die er auf dem Markt in Roslawl verkaufte, ein modernes Gerät gekauft. Bei ihm saßen sie manchmal, der Pijotre und seine Frau, die sich keins leisten konnten, und sie, Angela, die sich keins anschaffen wollte – und auch kein Geld dafür übrig hatte.
„Warum soll ich alleine so aufregende Sachen sehen? Soll ich dann mit mir allein darüber schwätzen? Nein, nein! So ist es gut. Wir sehen genug von der Welt", hatte sie der Naidenka, der Frau des Petrovitsch, gesagt, die ihr geraten hatte, sich ein Gerät anzuschaffen für die langen Winterabende.
Ihr tägliches Zeitgefühl wurde von der Sonne und der beginnenden oder schwindenden Dunkelheit bestimmt. Die große Zeit, das waren die Jahreszeiten, die im Herbst eine karge Ernte, im Winter vom Ostwind getriebene Kälte, bullernde Öfen und Stille, im Frühling die Wärme mit Rückenschmerzen von der vielen Arbeit, und in den meist heißen, dürren Sommern harte Arbeit und schöne lange Abende mit sich brachten.
Mit der Zeit wurden ihr die dunklen und oft einsamen Winterabende wichtiger als die quirligen, stets mit Arbeit, Geschwätz und traumhaft schönen Abenden auf der Gartenbank angefüllten Sommerabende und Sommer-nächte.
Sie blätterte an dunklen Abenden, an denen der Ostwind heulte und den Schnee auf der Straße so sehr anhäufte, daß kein Nachbar das Haus verlassen mochte, in ihrem Kopfalbum, ließ die Bilder der Vergangenheit vor ihrem inneren Auge ablaufen.
An solchen Abenden, wenn der eisige Wind von den östlichen Kurganen ins Dorf fiel, wütend an den Fenstern rüttelte und Einlaß begehrte, verwischten sich bei ihr Vergangenheit und Gegenwart. Sie wußte nicht mehr, was wahr oder falsch, was früher und heute war. Dann schlief sie manchmal verwirrt und erschöpft auf dem Stuhl ein, fand nicht die Kraft, ins Bett zu gehen.
Das waren auch die Zeiten, in denen sie verstärkt an den Tod dachte; viel mehr als früher und auch ganz anders. Früher, da hatte sie ihn als lustiges

Knochengestell gesehen; einen Mann mit Sense und starrem, überheblichem Grinsen. So war er auf dem Bild zu bestaunen gewesen, das Ludmilla Kurunowa, ihre Lehrerin, ihnen in einem Heft gezeigt hatte.
„Der Tod – dein Freund", hatte unter dem Bild gestanden und sie hatten darüber gelacht, wenn sie in der Gemeinschaft waren. Aber alleine, in der Nacht, hatte sie sich damals schon vor diesem Freund ein wenig gefürchtet.
Jetzt dachte sie nicht mehr an ihn als einen Freund. Sie konnte dieses lustige Knochengestell in ihrem unendlich großen Kopfalbum nicht mehr finden. Wenn sie jetzt an den Tod dachte, dann war es ein grausamer, zynisch grinsender, nach jedem Leben trachtender Geselle. Wenn sie an ihn dachte, sah sie entweder den alten Akbulak – in dem Augenblick, in dem Gewehrkugeln sein Gesicht zerfetzten und ihn dem Tod in den Arm legten, oder die blutüberströmte Ludmilla.
Immer häufiger tauchten die Bilder von Ludmilla Kurunowa auf; Bilder, die sie jedes Mal zusammen zucken ließen. Ludmilla mit ihrem zerplatzten Hinterkopf und dem blutigen Rücken, Ludmilla, die von den Wassern der Desna zum Tod, dem Knochengestell, getragen wurde – und das war das Schlimmste.
„Wie kann er unser Freund sein? Warum nimmt er so junges Leben, so fröhliche und gute Menschen? Warum läßt er die Alten, die Bösen und Grausamen leben? Der Tod ist schrecklich. Was soll das Sterben für einen Sinn haben, wenn man jung und kräftig ist? Der alte Akbulak, ja, der war am Ziel. Und ich? – Vielleicht bin auch ich kurz davor. Vielleicht wartet er schon auf mich. Wie wird er mich holen? Und trotzdem ..."
Sie dachte an die schönen Sommertage, an Kinderlachen und an die Hügel im Osten, die sich im Wasser des Desna spiegelten und ihre Morgenrotfarbe freigiebig ins Wasser fließen ließen.
„Nein! Noch nicht ganz", dachte sie. „Vielleicht, wenn die Schmerzen zu groß werden."

„Hören Sie sich das an, Herr Dr. Kübler", sagte Viktor Brenner, Leiter der Öffentlichkeitsarbeit bei der Tuch- und Garnfabrik, TUG.
Er legte eine Kopie dessen, was er vorlesen wollte, auf den Mahagonischreibtisch des Werksleiters.
„Habe ich gerade auf den Schreibtisch bekommen. Das ist heute im Rheinboten erschienen. Er hob die Stimme. „Also: Druck auf heimische Firmen
Die Gesamtschule Albert Einstein hat sich viel vorgenommen. Wie wir vom Direktor der Schule, Dr. Erwin Kluge, erfuhren, hat die Schule ein besonderes Projekt gestartet. Der Titel dieses Projektes verrät bereits die Zielsetzung: „Zwangsarbeiterentschädigung – jetzt!"
Eine Gruppe von Schülern hat unter der Leitung des Pädagogen Hans Brosthaus im heimischen Stadtarchiv nach Unterlagen aus der Zeit zwischen 1941 und 1945 gesucht. Sie sind fündig geworden, haben Überlebende ausfindig gemacht, die in unserer Stadt in diesem Zeitraum als Zwangsarbeiter eingesetzt waren.

Diese Männer und Frauen – man spricht sogar von Kindern, die zur Arbeit gezwungen wurden – mußten nicht nur bei Bauern, sondern vor allen Dingen bei den Firmen, die Rüstungsgüter oder andere kriegswichtige Dinge herstellten, schwerste Arbeit leisten.
Das galt auch für die hiesige Textilfabrik TUG, die damals noch Deutsche Textilfabrik DTG hieß, und Fallschirmseide, aber auch Uniformstoffe herstellte. Man fand in Rußland einen russischen Wissenschaftler, der als Kind in der DTG als Zwangsarbeiter gearbeitet hat.
Die Schüler der Gesamtschule Albert Einstein haben ihn und weitere Überlebenden hierher eingeladen, um von ihnen etwas über die damaligen Bedingungen zu erfahren.
Die Gäste werden demnächst hier in der Stadt erwartet. Man kann gespannt sein, was diese alten Menschen uns zu erzählen haben. Wir werden in der Wochenendausgabe ausführlich über die angekündigten Besucher und ihre Schicksale berichten.
Mit verschiedenen Aktionen wollen die jungen Leute Druck auf die Firmen ausüben, die damals von diesen Arbeitskräften profitierten, damit die Überlebenden eine Entschädigung erhalten. So soll vor dem Rathaus eine Mahnwache stehen und eine Diskussion mit heimischen Unternehmen stattfinden.
Klaus Schmitz."

Dr. Kübler hatte während der ganzen Zeit nahezu bewegungslos hinter seinem Schreibtisch gesessen, nur seine buschigen Augenbrauen zuckten und sein rechter Zeigefinger tippte rhythmisch auf die Platte. Als Viktor Brenner geendet hatte und ihn fragend ansah, kniff er die Augen zusammen und sein Kinn rotierte.
Viktor Brenner, ein hagerer Mann, dessen Mundwinkel tief herunter hingen und seinem Gesicht den Ausdruck ständiger Trauer verliehen, kannte diese Mahlbewegung; sie verhieß nichts Gutes.
Seine Stimme bekam den für solche Fälle reservierten devoten Tonfall. „Was sagen Sie dazu, Herr Dr. Kübler? Ich bin ja fast vom Stuhl gefallen, als mir meine Dame das auf den Tisch legte."
Die Eisaugen des Angesprochenen wurden zu einem Spalt zusammen gekniffen, das Kinn hochgereckt und die Stirn gekraust.
„Warum, Herr Brenner, erfahre ich das erst, wenn es schon in dieser Mistzeitung gedruckt ist? Was tun Sie und Ihre Mitarbeiter eigentlich, um so einen Dreck zu verhindern? Sie haben ein ziemlich üppig ausgestattetes Budget, Herr Brenner."
„Ja, aber die Pressefrei…"
„Die Presse! Die Presse! Kommen Sie mir nicht mit Pressefreiheit und unbestechlichen Journalisten. Sie sollen doch im Vorfeld recherchieren, herausfinden, wo sich was tut. Wo war denn in diesem Fall ihr Gespür für Gefahr, Herr Brenner? Hatte das etwa Urlaub?", fragte Dr. Hugo Kübler in einem so höhnischen Ton, daß sein Öffentlichkeitsarbeiter auf dem Besucherstuhl zusammensackte.

„Wir können doch keine Undercoverleute bei der Presse installieren“, wagte er mit leiser Stimme einzubringen. „Wir machen doch nur Textilien und Garne. Wozu denn …“
„Ich glaube, Herr Brenner“, unterbrach ihn der Werksleiter, „Sie haben die letzten Monate verschlafen. Sie haben die Diskussion um Zwangsarbeiterentschädigungen nicht mitbekommen? Sie haben weder Rundfunk, noch Fernsehen oder Papierpresse verfolgt? Und Sie haben nicht alle diese Informationen zum Thema säuberlich aufbereitet?“
„Aber sicher …“
„Sie haben nicht in unserem Firmen-Archiv oder im Archiv dieser feinen Stadt geforscht, was da über unsere Vergangenheit nachzulesen ist? Auf die Idee sind Sie nicht gekommen? Aber die jungen Leute von dieser Gesamtschule, die sind darauf gekommen. Soll ich Ihren Posten mit einem dieser übereifrigen jungen Leute besetzen?“
„Nein, nein, ich war doch selber …“
„Was für ein Schlamperladen, den ich da finanziere.“
Bei jedem Satz, bei jeder Frage, fielen die Mundwinkel von Viktor Brenner tiefer nach unten; er sah aus, als habe er soeben seiner eigenen Beerdigung beigewohnt.
Dr. Hugo Kübler stand auf, ging zum Fenster und blickte auf den großen Parkplatz, jenseits des hohen Maschendrahtzauns. Er war gut zur Hälfte mit Pkws besetzt.
„Wenn sie Ihr Auto – was sage ich da? – Wenn Sie unseren Firmenwagen auf diesem Parkplatz abstellen – Sie haben doch sogar einen reservierten Platz? –, oder von diesem Platz abholen, dann müßten Sie doch daran denken, daß es hier mal einen anderen Zaun gegeben hat, daß auf diesem schönen Asphaltplatz früher Baracken gestanden haben. Baracken voller Läuse, Ratten, Mäuse – und arbeitsunwilligen, faulen Zwangsarbeitern. Das wenigstens wissen Sie doch, oder?“, fragte der Werksleiter bedrohlich leise.
Viktor Brenner starrte auf den Rücken seines Chefs. Er wußte, daß er keine Antwort geben brauchte. Natürlich kannte er die Historie seiner Firma. Aber was sollte er seinem Chef davon erzählen? Sollte er ihm die erschreckenden Dokumente auf den Tisch knallen, ihn fragen, was damit geschehen solle?
„Verbrennen! Sofort verbrennen! Sie persönlich sorgen für die spurlose Vernichtung. Ich mache Sie verantwortlich, Brenner.“ So oder ähnlich würde die Anordnung lauten.
Die Dokumente mußten erhalten bleiben; sie konnten ihm eines Tages behilflich sein. Noch hatte er keinen Plan, aber dieses wertvolle Material vernichten? Nie!
Zwei Mitarbeiter seiner Abteilung, die sich sonst hauptsächlich um die Werbung und um passende Werbegeschenke bemühten, hatten sich mit den firmeneigenen Unterlagen beschäftigt, die aus dem Zeitraum 1939 – 1945 stammten.
Die seien eher mager und nichtssagend gewesen, hatten sie ihm berichtet; sie hatten nichts Gefährliches entdecken können.

Einem Instinkt folgend, nicht aus nachvollziehbaren Gründen, war er vor einigen Tagen selber ins Firmenarchiv gegangen, hatte die chaotisch abgestellten Akten durchwühlt und war schließlich auf zwei Ordner gestoßen, die seine Mitarbeiter mit Sicherheit übersehen hatte.
Fotos der alten Fabrik, mehr als ein Dutzend Bilder der Baracken, buchhalterisch und ordentlich geführte Listen über Hunger und Tod. Ihm war übel geworden, als er die ausgemergelten Gestalten auf den Gruppenaufnahmen betrachtet hatte. Hagere Männer mit Totengesichtern, unordentlich geschnittenen Bärten und riesigen Augen, Arbeitshosen, die um dürre Beine schlakkerten.
Und auf einigen Gruppenfotos standen zwei Männer in Anzügen, deren Schnitt den Maßschneider erkennen ließ, neben den Arbeitern. Sie wirkten satt, zufrieden und blickten an den hageren Köpfen der Arbeiter vorbei, lächelten und schauten exakt in das Objektiv der Kamera.
„Sie waren wohl noch stolz auf das von ihnen erzeugte Elend", dachte er. „Wie oft mögen sie sich am Stammtisch über die verhungerten Gestalten amüsiert haben."
Den jüngeren Mann kannte er nicht, vermutete aber, daß es sich um einen Aufseher handeln mußte; als Zeichen seiner Würde trug er eine dicke Kladde in der Hand.
Den anderen, dessen rundes Gesicht durch einen gepflegten Bart halb verdeckt war, den kannte er. Der Firmengründer, Johannes Wuttke, bekannt von vielen Firmenpublikationen, hatte den Hut keck auf die Seite gezogen. Er stützte sich auf einen knorrigen Wanderstock und an seinem Revers konnte man das Parteiabzeichen der NSDAP erkennen.
„Ah! Er steht etwas schräg; die Prothese scheint nicht genau ausgemessen zu sein. Vielleicht war er zu geizig, um sich einen guten Ersatz für sein Bein zu kaufen."
Die Tatsache, daß der Firmengründer in jungen Jahren bei einem Unfall sein Bein verloren hatte, deshalb niemals Rücksicht verlangt hatte und sogar ehrgeiziger und zielstrebiger gewesen war, als viele seiner Klassenkameraden, wurde in der Firmenhistorie groß herausgestellt. Und genau so ausführlich wurde seine Menschenfreundlichkeit, für die er nach dem Krieg mit Ehrungen überhäuft wurde, gelobt.
Die ordentlich abgehefteten Schriftstücke und Dokumente waren erschrekkender als die Fotos. Unzählige Belege, die Arbeitsleistung, Strafen und Sterben der Zwangsarbeiter von 1941 bis 1945 belegten.
Er hatte die Rechnungen für die Verpflegung durchgesehen und es hatte ihn geschüttelt. Mit Entsetzen hatte er die kleinen Mengen von Kohl- und Wirsingköpfe, Viehrüben und altbackenes Brot, auf die große Zahl der Zwangsarbeiter umgerechnet.
„Die mußten ja krank werden und sterben; die müssen körperlich so geschwächt gewesen sein, daß sie für alle Krankheiten empfänglich wurden", hatte er vor sich hingemurmelt.
In handschriftlichen Vermerken waren Strafen aufgeführt, die vom Essensentzug über Mehrarbeitsstunden bis zur Prügelstrafe reichten. In

schönster Sütterlinschrift waren die Anzahl der Stockhiebe und die Dauer des Essensentzuges aufgeführt, als sollten sie eines Tages belegen, wie ordentlich die Fabrik geführt worden war.
Und Johannes Wuttke hatte eine Fußnote angehängt: „Bestrafungen erfolgten ausschließlich streng auf Grundlage der ‚Verordnung über die lagermäßige Unterbringung während des Krieges'. Das letzte ‚s' war der Ausgangspunkt eines geschwungenen Unterstriches.
Er war empört und entsetzt gewesen. Aber zu diesem Zeitpunkt hatte er das alles noch unter anderen Gesichtspunkten betrachtet. Alles war ewig lange her und niemand interessierte sich wirklich für diese Daten und Bilder. Aber in seinem Kopf hatte es gekribbelt.
„Man muß immer was in der Hinterhand haben", hatte er gedacht.
Nicht jetzt, nicht morgen, aber irgendwann könnte das hier wichtig werden. Nein, vernichten, das kam nicht in Frage.
Erst dieser Artikel in der Regionalzeitung hatte alles wieder hoch kommen lassen und ihm den Appetit beim Frühstück verdorben. Er sah schon die Schülerhorden durch das Archiv toben und triumphierend die Ordner schwenken. Er war sofort noch einmal ins Archiv gegangen und hatte die Ordner abgeholt. Sie lagen jetzt sicher in seinem Haus, unten im Hobbyraum, neben Bauanleitungen für alte Kriegsschiffe.
„Nun? Was gedenken Sie zu tun?", fragte der Werksleiter und drehte sich zu ihm um.
Viktor Brenner konnte gegen das helle Licht den Kopf seines Chefs nur schemenhaft sehen und das machte ihn krank. Er mußte immer das Gesicht seines Gegenübers betrachten können. Den Worten und der Stimme alleine traute er schon lange nicht mehr. Die Mimik analysieren und Schlußfolgerungen daraus ziehen, das war sein Hobby und er war sicher, schon manche gemeine Falle dadurch rechtzeitig erkannt zu haben.
„Ich werde sofort mit Ihrem Parteifreund, Bürgermeister …"
„Das überlassen Sie ruhig mir. Überlegen Sie lieber, was wir mit der Projektgruppe und diesem Journalisten anfangen. Bis heute Mittag will ich ein Konzept haben. Unser Ruf! Denken Sie an unseren Ruf, Herr Brenner – und an Ihren Job."

Angelas Gesicht sah man die zweiundsiebzig Jahre und das anstrengende Leben nicht an. Es war vollrund, fast faltenlos, die großen dunklen Augen und die Stupsnase paßten genau da hin, ließen es mütterlich und warm aussehen. Trotz des hohen Alters waren ihre weißen Haare noch üppig, legten einen Rahmen um das Gesicht; einen Frisör kannte sie nicht.
An ihrem Körper spürte sie die Auswirkungen der harten Arbeit, aber es waren nicht nur die schweren Lasten, die ihn so zugerichtet hatten. Der verkrümmte Rücken schmerzte, die geschwollenen Beine waren steif und gefühllos.
Sie hatte kurz vor Mittag gerade ihre Gänse in den Stall getrieben; die Hitze tat den Tieren nicht gut. Es war einer dieser heißen Sommertage, die die Luft wie Blei aussehen lassen. Sie blieb stehen und horchte, als sie den

Motor eines Autos hörte.
Ein Motorgeräusch fiel in dieser Steppenstille, in der man höchstens mal ein kreischendes Kind oder einen fluchenden – weil betrunkenen – Mann hörte, immer noch auf.
Das dunkle Gefährt kam von Norden, schaukelte im Schrittempo durch die Furchen des Weges, der von Smolensk her durch Gurka führte, fuhr ohne anzuhalten durchs halbe Dorf und blieb vor ihrem Haus stehen.
Barfuß laufende Kinder kamen vom Fluß hoch; in den Händen trugen sie biegsame Birkenruten, die sie als Angelstöcke nutzten.
Sie stockten beim Anblick des Wagens, trotteten zögerlich auf das Auto zu, steckten die Köpfe zusammen, sprachen leise über das blitzsaubere schwarze Gefährt und blieben schließlich in respektvollem Abstand stehen.
Hinten am Fluß, beim vorletzten Haus, sah Angela ein paar Männer, die aus Baumstämmen einen kleinen Ziegenstall bauten. Mit Moos wurden die Ritzen isoliert. Seitdem der Wagen ins Dorf gefahren war, konnte sie nur noch die nackten Rücken der Männer sehen.
Ansonsten lag die Straße leer und verlassen da; es war Mittagszeit und da ruhten die meisten Menschen im Ort. Niemand schien sich für den schweren Wolga zu interessieren, der nun vor ihrem Haus stand. Dabei war es wirklich nicht normal, daß ein Auto den Weg nach Gurka fand – und auch noch im Dorf anhielt.
„Ein Händler kommt mit einem Lieferwagen. Und der kommt immer aus Roslawl, also über die Brücke. Aber dieser hier? Er erinnert mich an die ‚Schwarzen Raben', die Wagen von Stalins Organi, obwohl das eine andere Zeit war und doch auch wieder nicht. Wer weiß das schon? Sie haben wohl nur die Etiketten gewechselt. Früher stand Kommunismus drauf und heute Kapitalismus", dachte sie beim Anblick des Wagens, der aus der falschen Richtung, also nicht über die Desnabrücke kam.
„Nein", dachte sie. „Das ist nie ein Händler; wenigstens keiner, der Sachen verkauft, die ein normaler Mensch braucht."
In der letzten Zeit kamen hin und wieder Männer aus Smolensk, die teure Versicherungen für alles Mögliche verkaufen wollten. Den Letzten hatte Boris Tschenzow, der Dorfälteste, mit dem Knüppel verjagt und ihn einen verfluchten Moschennik, einen elenden Betrüger, genannt.
Der Mann hatte ihnen eine Versicherung gegen ein Hochwasser der Desna verkaufen wollen. Dabei hatte es noch nie, solange sich jemand zurückerinnern konnte, ein solches Hochwasser gegeben.
Sie erkannte den feine Herrn zuerst nicht, der langsam und mit Mühen, aus dem vornehmen Auto stieg und sich, auf einen Stock abgestützt, auf sie zu bewegte, als sie vor die Tür trat.
Sein Haar war weiß, das Gesicht schmal und sein Kopf nicht viel größer als der vom Valentin Duborow und der war gerade vierzehn geworden. Auf seiner schmalen Brust baumelte ein Orden.
Irgend etwas an diesem Mann irritierte sie, machte sie unruhig. Der Fremde lächelte leicht, verzog die Lippen spöttisch, genau wie früher ihr Cousin, der …

„Wladi?", fragte sie, verspürte einen Schwindel im Kopf und mußte sich am Türholm festhalten.
„Angela? Meine Aja! Meine kleine süße Cousine. Erkennst du mich denn nicht?", rief der Mann – und da weinte sie vor Glück.
„Wladi, mein lieber Wladi, bist du es wirklich? Oh, bei allen Heiligen Rußlands! Daß ich das noch erlebe! Wo warst du? Warum hast du mich nie besucht?"
Immer wieder fragte sie ihn, rief ihn mit dem Namen aus der Kindheit. Und als er vor ihr stand, nahm sie seine beiden Hände und legte sie sich auf die Schultern.
„Komm, du treuloser alter Mann. Drück mich und kneif mich ein bißchen, damit ich weiß, das es kein Bild aus meinem Kopfalbum ist."
Sie setzten sich auf die Bank, die wohl so alt war wie sie, und die die Zeit recht gut überstanden hatte. Sie saßen einfach da, sprachlos vor Glück, hielten sich an den Händen, schauten auf die im Dreck der Straße wühlenden Schweine und mochten kaum sprechen vor Glück und chaotisch einströmenden Erinnerungen.
Schließlich seufzte Wladimir und blickte sie an. „Ja, wo war ich? Ich bin in Moskau gewesen, weißt du. Direkt nach unserer Rückkehr. Sie haben mich von einer Schule zur anderen geschickt. Ich hatte doch keine Eltern mehr; warum sollte ich an mein altes, armes Dorf denken? Mich verband nichts mehr mit diesem verstaubten Nest."
„Nichts? Aber ich! – Ich war doch hier, Wladi. Ich habe gewartet. Auf dich habe ich gewartet. Alles wäre weniger schlimm gewesen, wenn wir da weiter gemacht hätten, wo sie uns getrennt haben. Alles hätte ich ertragen, alles."
„Ja", sagte er nur und schwieg lange.
Später erzählte er von den Pflegeeltern, die ihn sofort nach dem Krieg aufgenommen und gefördert hatten. „Wjatscheslaw Samojlova war ein großes Tier – ein Major – bei der NKWD und besaß deshalb viel Einfluß. Alexandra Samojlova, seine Frau, konnte keine eigenen Kinder haben. Sie wurde deshalb immer kränker, weil sie wohl dachte, ihr Wjatscheslaw würde sie deshalb vielleicht eines Tages verlassen."
„Die arme Frau! Wie kann man eine solche Frau verlassen?"
„Eine NKWD-Frau, die verlassen wurde, fand sich schnell in einem Arbeitslager wieder. Eine bequeme und schnelle Art der Scheidung und ein wenig humaner als ein Killerkommando, das auch noch Geld haben wollte. Sonst hatten sie alles, die Samojlovas; sie durften fast alles, machten alles, was ihnen gefiel. Und ich deshalb auch, als ich älter war und mich an ihr Leben gewöhnt hatte. Es waren verrückte Jahre."
„Mochtest du sie, deine neue Mutter?"
„Oh ja! Sie wurde eine richtige Mamotschka. Sie schützte mich, sie förderte mich – und sie liebte mich. Sie starb leider so früh; ich war gerade erst mit dem Studium fertig."
„Und diesen neuen Vater, den mochtest du nicht so sehr?"
„Hab ich nicht gesagt. Solange ich ein Kind war und nicht wußte, was er

und seine Männer machten, habe ich ihn verehrt. Er nahm mich mit zur Jagd und zum Angeln. Er ging mit mir in Bars, wo es leichte Mädchen gab und …“
„Was? Du und … Aber er war doch verheiratet.“
„Ach, Aja. Hier auf dem Dorf, na gut. Aber in der Stadt? Es gab so viele Vergnügungen. Und die großen Tiere des NKWD nutzen ihre Position weidlich aus. Ob Theater, Konzerte, Bars, Wodka oder was auch immer. Für ihn und mich gab es immer alles.“
„So war dein Leben? Und darum mochtest du ihn so sehr?“
„Ob ich ihn mochte? Ich weiß das noch nicht einmal genau. Ich sage ja und bin mir nicht sicher.“
„Was war es dann?“
„Vielleicht das schöne und leichte Leben. Und Dankbarkeit. Er gab mir alles – wie einem richtigen Sohn. Ich nahm einfach alles mit, was er mir bot. Das war vorbei, als ich ihm eine Frage gestellt habe.“
„Eine Frage? Wieso? Kann eine Frage so etwas ändern? Eine einzige Frage? Oh, wie oft habe ich was gefragt und niemand war mir böse.“
„Nun ja. Fragst du nach dem Wochentag, nach dem Rezept für einen guten Ziegenkäse oder ein Glas Kwas, dann wird dir das wohl kaum jemand verübeln.“
„Nun ja, kommt eben drauf an.“
„Meine Mamotschka hat immer gesagt: ‚Wie die Frage so die Antwort’. Was hast du gefragt, Wladi?“
„Ach, die Sprüche deiner Mamotschka. Es war an einem üblen Winterabend; draußen gab es furchtbar viel Schnee und das Thermometer zeigte minus 36 Grad. Er kam, völlig mit Schnee beladen, durchgefroren und übellaunig, in unser Haus. Wie ich später erfuhr, hatten sie seine Abteilung aufgelöst und ihn strafversetzt. Das wußte ich aber nicht. Ich hatte den ganzen Nachmittag, es wollte ja einfach nicht hell werden, im Zimmer gesessen und meine Erinnerungen hervor geholt. Die Bilder …“
„Dein Kopfalbum, nicht wahr, Wladi?“
„Ja, das und vieles mehr. Ich weiß nicht warum, aber an diesem schlimmen Wintertag mußte ich immer an Iljitsch, meinen Vater, und an Vera, meine Mamotschka, denken. Ich malte mir aus, wie sie in einem Arbeitslager frieren und leiden würden. Ja, und dann knallte mir plötzlich ein Hammer auf den Kopf. Ein sehr schwerer Hammer war das.“
„Wladi! Wer …“
„Nein, nein! Nicht, was du denkst. Es war ja kein richtiger Hammer. Aber es schmerzte mindestens genau so. ‚Warum’, fragte ich mich, ‚warum du treuloser, gedankenloser, liebloser Sohn, hast du nie daran gedacht, ihn, den großen NKWD-Major, nach ihnen zu fragen. Vielleicht leben sie ja noch.’ Das hatte ich gedacht, einige Stunden, bevor mein Vater ins Wohnzimmer kam und wütend die Handschuhe in die Ecke feuerte.“
„Ich hätte mich still wie ein Mäuschen verhalten, das den Schwanz der Hauskatze erblickt hat. Ich ahne deine Frage, lieber Wladi“, sagte Angela leise.

„Ja, Frauen wissen es angeblich immer zur rechten Zeit, was zu tun oder zu lassen ist. Ich begriff es jedenfalls nicht. Vielleicht hätte eine unserer Angelpartien mit stundenlangem Schweigen, verständnisvollen Blicken, anerkennendem Schulterklopfen, eine bessere Atmosphäre geschaffen. Aber so? Ich fragte ihn, während er sich fluchend die Schuhe auszog, ob er etwas über Iljitsch und Vera Boronowa, meine eigentlichen Eltern, wüßte – oder vielleicht erfragen könnte. Er könnte doch …"
„Das hat ihn verletzt, nicht wahr? Daß du an deine richtigen Eltern dachtest."
„Ja sicher. Das auch. Es war wohl auch, weil ich die Organi erwähnte. Bisher war sein Beruf – so muß man ja wohl sagen, zu dem, was er machte – nie erwähnt worden. Er war einfach tabu."
„Wußte er denn Bescheid über das mit dem Blitz?"
„Ja, sicher. Ich hätte es wissen müssen, daß er sehr genau wußte, was geschehen war, was sie durchmachten und wo sie waren. Er schäumte vor Wut, riß sich den Mantel vom Leib und schrie; er schrie pausenlos.
‚Du Sohn von Vaterlandsverrätern. Du undankbarer Kerl. Soll ich dich zu ihnen schicken? Ja, willst du das?'
Ich bin aus dem Zimmer gegangen und hab ihn erst am nächsten Tag gesehen, als er frühstückte.
‚Setz dich', knurrte er. ‚Sie sind tot, beide. Schon seit Jahren. Erst nach ihrem Tod hat man sie rehabilitiert; es war alles ein Irrtum. Sie waren unschuldig, wie einige andere Leute auch. Kein besonderes Schicksal. Reicht dir das?'
Ich konnte ihm keine Antwort geben, hab ihn nur angestarrt und das Gesicht eines Mörders gesehen. Er war ein Mann derselben Organi, die sie getötet hat. Und er sagte es mir, als Stalin zwei Jahre tot war. Es war unfaßbar."
„Mein lieber Wladi. Wie furchtbar. Denkst du noch an deine Zweifel, die du damals hattest, wenn wir die Ziegen hüteten? Wie haben wir den Genossen Stalin verehrt."
„Ja, und das hat mir am meisten zu schaffen gemacht. Warum habe ich nicht an meine Eltern geglaubt, sondern an diesen Mann, der so viele Leute, unschuldige Menschen, ermorden ließ."
„Dein neuer Vater war nicht ihr Mörder. Hast du ihm das nicht gesagt?"
„Nein. Ich konnte es nicht. Er hatte nicht meine Eltern umgebracht, aber ich fragte mich ständig, wie viele Menschen er wohl ermordet haben mochte."
„Hast du danach deinen Frieden gefunden? Anders an sie gedacht, an Iljitsch und Vera Boronowa?"
„Ja, völlig anders. Mit Liebe und Schuldgefühl; weil ich ihnen die Schuld an ihrem Schicksal gegeben hatte. Mit Wjatscheslaw, meinem neuen Vater, wurde es nie mehr wie zuvor. Er sprach nicht mehr mit mir über dieses Thema und das war gut."
„Wie konntest du mit ihm leben nach dieser … dieser Frage?"
„Sachlich. Wir sagten uns, was nötig war, fuhren wie zuvor an den Wochenenden zur Jagd und wenn seine Freunde kamen, taten wir so, als wenn alles wie immer wäre."

„Lebt er noch?"
„Ach Aja! Rechne nach. Er ist schon lange tot. Er ist an seinem Schreibtisch gestorben. Herzinfarkt, sagten sie und es gab eine große Beerdigung. – Ich hatte keine Trauer und spürte keinen Verlust. Ich war nur froh, daß die Schauspielerei vorbei war. Ich konnte auch ohne ihn meinen Weg machen."
„Hast du nicht versucht, die Gräber deiner Eltern zu finden?"
„Ja, sicher. Aber es war unmöglich. Niemand wußte, wo man sie verscharrt hatte. Als ihr Lager damals aufgelöst wurde, hat man die Gräber ausradiert. Mit Raupenfahrzeugen haben sie alles platt gemacht. Sie wollten keine Denkmäler, keine Schandmäler."
„Du hast nichts, was dich an sie erinnern könnte. Es ist wie bei mir. Ich würde gerne wissen, wo meine Mamotschkas ist, wo man sie beerdigt hat. Dann könnte ich Abschied nehmen. Aber sie werden es in Deutschland so gemacht haben, wie bei deinen Eltern. Sie wollen auch nicht erinnert werden."
„Ich brauche ihre Gräber jetzt nicht mehr. Sie sind in meinem Kopf. Mutters Lächeln, Vaters starke und doch so sanfte Hand. Seine dunkle Stimme, alles ist da drin", sagte Wladimir und zeigte auf seinen Kopf.
„Aber wie kamst du überhaupt nach Moskau, damals als wir zurück kamen? Stand in deiner Liste nicht auch Smolensk? Wer hat dich dahin gebracht?"
„Als unser Lager in Deutschland aufgelöst wurde, war ich krank, sehr krank. Ich hatte Fieber und Durchfall. Sie haben mich nicht gefragt, wo ich hin wollte; alle Schwerkranken wurden gemeinsam verfrachtet; einfach in den nächsten Sanitätszug nach Moskau. Viele waren so krank wie ich, manche kranker; sie starben auf der langen Fahrt. Aber ich hatte Glück, kam ins Krankenhaus und wurde gesund gepflegt. Unser Freund, der Tod, wollte mich noch nicht. Später erst habe ich erfahren, daß es ein NKWD-Krankenhaus war; die Fenster waren vergittert."
„Wir Frauen wurden von den Amerikanern zuerst in ein Lager bei einer Stadt gebracht, die sie Köln nannten; es war schrecklich. Es gab zwar Essen, aber es war so schmutzig und alles war voller Ungeziefer. Zwei Wochen hielt man uns da fest. Sie wollten genau wissen, woher wir gekommen waren und wie lange wir schon in Deutschland waren. Sie schrieben alles auf und sagten eines Tages, nun ginge es endlich zurück in unsere Heimat; wir sollten uns freuen. Aber das Freuen wollte sich nicht einstellen. Viele Frauen haben geweint, wollten lieber bleiben. Als ich in den Zug gebracht wurde, da habe ich dich gesucht. Überall! Ich habe nach dir gefragt, aber keiner kannte dich. Im ganzen Zug habe ich dich gesucht."
„Du wußtest ja nicht, wie krank ich geworden bin in den letzten Monaten, als du mir nichts mehr zu Essen bringen konntest. Ich hab immer gewartet. Im Traum habe ich die wunderbare Wurst gesehen – und gerochen, die du mir einmal gebracht hast. Das war schlimmer als alles andere. Sie riechen können, wach werden und das elende Hungergefühl spüren."
„Hattest du auch solche Angst vor der Heimkehr?"
„Nein, da dachte ich überhaupt nicht dran. Es ging mir ja auch so schlecht;

ich hatte Fieber und keinen Gedanken als nur: ‚Überleben!'"
„Als ich hörte, daß sie Frauen gleich bei der Ankunft erschossen haben oder sie nach Sibirien schickten, da habe ich eine entsetzliche Angst gehabt. Ich hab' gebetet und geweint. Die anderen Frauen, sie waren alle älter als ich, wußten es genau. Die Leute vom Geheimdienst kannten unsere Namen von den Amerikanern und auch, was wir in Deutschland gearbeitet hatten. ‚Vaterlandsverräter' seien wir, sagte man. Dabei konnten wir doch nichts dafür."
„Es waren Stalins Mörderbanden, liebe Aja. Heute wissen wir das. Aber damals? Vielleicht waren wir alle blind. Blind vor Liebe zu unserem großen Jossif Stalin, der unsere Eltern ermordete und dem wir dafür noch ‚Danke!' sagten. Danke, daß du uns von diesen Vaterlandsverrätern befreit hast, geliebter Führer."
„Du bist so bitter, lieber Wladi."
„Warum sollte ich nicht bitter sein? Wir beide sollten bitter sein; du auf die Deutschen, die deine Mamotschka ermordet haben und ich auf unsere Landsleute, die meine Eltern ermordeten. Gibt es einen Unterschied zwischen deutschen und russischen Mördern?
„Nein, Wladi, nein. Du hast recht."
„Hätte ich es nur früher gewußt was Recht und Unrecht war. Ich wollte nur vorwärts kommen; ich war blind."
„Mach dir keine Vorwürfe, Wladi. Blind waren wir alle. Denk an unsere geliebte Ludmilla. Wie hat sie Stalin verehrt, obschon sie strafversetzt worden war."
„Und wie hat sie die Deutschen gemocht. Und was hat sie dafür bekommen?"
„Ach, es ist alles so schrecklich ungerecht gewesen. – Wie erging es dir später, in dem Krankenhaus? Wolltest du nicht in deine Heimat, zurück in unser Dorf? Hättest vielleicht nur sagen müssen: ‚He, kennt ihr mein Gurka? Da will ich hin'."
„Ja, schon, hätte ich sagen können. Aber sie sagten mir, daß meine Eltern tot wären und meine Großmutter ebenfalls; niemand in Gurka würde mich kennen. Wo sollte ich also bleiben?"
„Mich haben sie nicht gefragt. Zu mir hättest du kommen können."
„Nein, sie haben wohl niemanden gefragt und dich kannten sie nicht. Der Arzt in dem Krankenhaus war gut; ein dicker Bär mit hängendem Schnurbart – wie Jossif Stalin. Er saß oft bei mir, erfragte meine Geschichte, gab mir Bücher und sogar Papier, damit ich schreiben konnte. ‚Bist ein kluger Junge', sagte er manchmal. Eines Tages kam eine Kommission, die alle ehemaligen Zwangsarbeiter verhörte."
„Also doch. Die wollten …"
„Ja, sie holten sie einzeln raus. Abends kamen sie in unsere Krankenstube. Immer abends. Alle Verhöre fanden in der Nacht statt. Wir waren zu acht; acht Männer, die noch nicht ganz gesund waren und vor Angst schon wieder krank wurden. Kannst du dir vorstellen, wie wir an jedem Abend auf die Tür gestarrt haben? Wir zählten dieses Klack, Klack ihrer genagelten

Schuhe. Es waren die Schuhe, mit denen sie so gerne zutraten, erzählten die, die es erlebt hatten. Genau achtundzwanzig Mal machte es Klack, wenn sie zu uns kamen. Hörte es bei zweiundzwanzig auf, war das Zimmer vor uns dran. Dann atmeten wir auf. Wieder eine geschenkte Nacht."
„Wie furchtbar für euch. Ich mag gar nicht sagen, wie gut es mir gegangen ist, hier in Gurka. – Was hat man mit den Männern gemacht, die ganze Nacht?"
„Befragt, gefoltert und wieder befragt und gefoltert. Und am Morgen, wenn sie die Männer zurück brachten, mußte man sie tragen oder wenigstens stützen. Einer nach dem anderen wurde so aus dem Zimmer geholt und dem Verhör zugeführt. Sie verhörten sie viele Tage lang. Ich habe immer gedacht, daß man ihnen doch in einer Nacht alles sagen könnte, was sie wissen wollten. Aber die Männer – sie sprachen nur sehr wenig über die Verhöre – sagten, sie fragten in jeder Nacht dasselbe. Immer wieder dieselben Fragen und dieselben Antworten; immer wieder die Folter, weil sie andere Antworten haben wollten. Und dann, ab einem bestimmten Tag, kamen sie nicht mehr von ihren Verhören zurück. Vielleicht hatten sie endlich die richtigen Antworten gegeben."
„Oh, Heilige Jungfrau! Haben sie sie erschossen?"
„Vielleicht? Vielleicht wurden sie auch nur zu Zwangsarbeit verurteilt. Paragraph 58 mit irgendeinem Absatz, das paßte immer. Was genau passierte, das wußten wir nicht. Alle hatten Angst vor dem nächsten Tag. ‚Morgen bin ich dran; ich fühle es', sagten sie und in der Nacht haben einige geweint vor Angst. Nur mich haben sie nicht verhört."
„Haben die anderen sich nicht gewundert?"
„Sicher. Sie meinten, das wäre so, weil ich noch so jung, fast noch ein Kind sei."
„Wie bei mir. Wenigsten einmal war es gut, noch ein Kind zu sein."
„Ja, das war wohl unser Glück. Meins besonders. Eines Tages kam dieser NKWD-Major, dem alle mit Angst, Respekt und Hochachtung begegneten, in unser Zimmer. Erst stellte er sich lange vor mein Bett, betrachtete mich und sagte nichts. Dann sprach er mit dem Arzt. Danach kam er wieder zu mir. Diesmal sprach er. Wenn der gewußt hätte, daß sich vor Angst meine Blase entleert hatte. Er fragte nicht, sondern ordnete an. ‚Du kommst zu mir, nach deiner Genesung. Der Arzt weiß Bescheid, er wird dich bringen.' So kam ich zu meinen neuen Eltern, den Samojlovas."
Sie hatten ihn ausbilden lassen, ihn auf die besten Schulen geschickt, die nur für die Kinder hoher Funktionäre offen standen.
„Ja, so wurde ich zum Wissenschaftler und mit viel Glück – nein, auch mit gehöriger Hilfe von oben – sogar ein Professor und Leiter eines wichtigen Institutes."
„Ein richtiger? Ein Professor, wie … Wir haben doch früher oft von solchen wichtigen Menschen gelesen, in der Schule. Und in der Zeitung, im Fernsehen, erzählt man auch über sie. So einer bist du? Jedenfalls bist du der erste Professor, den ich zu Gesicht bekommen."
Sie blickte ihn von oben bis unten an, studierte sein Gesicht längere Zeit und nickte schließlich zufrieden. „Gott sei Dank sieht man das nicht. Ich habe

immer gedacht, man könne es äußerlich – irgendwo eben – erkennen."
„Ach, Aja! Was du für Ideen hast. Andererseits wäre das ziemlich lustig, wenn jedem auf der Stirn ablesen könnte, was für einen Beruf, welchen Titel er hat. Was würde ich dann auf deiner schönen Stirn lesen? Gurkanerin?"
„Ach, du nimmst mich nie ernst. Es ist noch wie früher. Aber erzähl, wie ging es weiter mit dir."
Und er erzählte, breitete seinen ganzen Werdegang vor ihr aus. Der Pflegevater hatte ihn unterstützt, als wäre er sein richtiger Vater – und ‚Vater' hatte er ihn schon bald genannt, ohne schlechtes Gewissen und ohne sich anstrengen zu müssen; er hatte den richtigen Vater ja schon lange aufgegeben. In seinem Kopf war er tot, begraben und vergessen – bis zu dem Wintertag, als er die eine Frage stellte.
„Du sprichst nicht mehr unsere Sprache, Wladi, weißt du das? Du redest wie die Leute im Fernseher; so glatt, so schnell, ohne daß du die Worte betrachtest, bevor du sie sprichst. Es ist nicht unsere Sprache, aber ich versteh dich trotzdem", sagte sie.
„Es ist die Sprache der Großstädter, so wie die Gebildeten in unserem Land sprechen. Sie bringen es dir hartnäckig bei – und nach einiger Zeit merkst du nicht, daß du anders sprichst als früher – du denkst auch anders."
„Hast du eine Frau gehabt?"
„Äh? – Du meinst? – Eigentlich nicht. Es gab da mal dies oder das, wie das so ist, im Leben eines Mannes in der Großstadt. Aber nein, es gab eigentlich keine Frau, die mich begleitet hat, die meine Sachen ordnete, für mich kochte und wusch – nein, insofern war ich eigentlich immer alleine."
„Das war nicht gut für dich, Wladi. Ein Mann muß eine Frau haben, die sich kümmert und es ihm warm macht. Du hättest heiraten sollen."
„Und du? Was hast du gemacht? Hast du denn geheiratet? – Na also!"
„Das ist etwas anderes, du weißt, was war – oder hast du vergessen? Und außerdem gab es hier keine Männer für mich."
„Ja, verzeihe. Ich hatte es vergessen, liebe Aja."
„Du hast uns alle vergessen."
„Nein, nicht vergessen; nur – es war so viel, was mich beschäftigte. Doch, ja – ich gebe es zu –, ich hatte zu viele Dinge einfach nicht mehr in meinem Schädel; ich lebte in einer anderen Welt, weißt du?"
„Und jetzt hast du dich erinnert? Hast ganz plötzlich gedacht, daß diese alte Aja vielleicht noch lebt. Schaust mal vorbei, hast du gedacht, mal sehen, ob sie was Gutes gekocht hat. Gib es zu."
„Nein, nicht wegen dem Essen", lachte er. „Letzte Woche bekam ich einen Brief von der Stadtverwaltung von Smolensk. Sie schrieben von der damaligen Deportierung nach Deutschland. Man hätte in Deutschland, in der Stadt am Rhein, in der wir vier Jahre leben mußten, in einem Einwohnerregister aus der Kriegszeit, die Namen ehemaliger Zwangsarbeiter gefunden."
„Leben sie noch? Gibt es noch viele? Es ist schon so lange her – sechzig Jahre."
„Ja eben, viele oder sogar fast alle, sind tot. Mag sein, daß der eine oder andere von ihnen noch lebt. Du kannst ja rechnen und weißt, wie alt sie dann sein müßten."

„Einer von ihnen würde mir schon genug sein, wenn er mir begegnen und mich quälen wollte. Nur einer.“
„Es werden wohl noch ein paar mehr da sein, aber sie quälen niemanden mehr. Die nicht.“
„Es ist ja auch egal. Deutschland ist weit weg; sehr weit weg.“
„Nun, das warte mal ab. So weit weg? Etwas mehr als dreißig Stunden nur, Aja. Ob wir noch leben würden, haben die Deutschen gefragt; und wenn, dann sollten wir nach Deutschland kommen. Stell dir vor, die haben unsere Namen – gemeinsam mit einigen anderen – in ihren Verzeichnissen gefunden. – In Deutschland, in einer alten Liste. Stell dir das mal vor! Und wir wurden von unserer Verwaltung ausgesucht – wir beide.“
„Ausgesucht? Wir? Nicht nur du? Wir beide – wirklich?“
„Ja, beide! Es sei wichtig, daß du und ich diesem Ruf folgen würden, schrieb dazu unsere Verwaltung. – Für uns und für die Ehre Rußlands sei es gut.“
„Was sollen wir in diesem Deutschland tun, Wladi?“
„Erzählen! Wir sollen erzählen, was sie gemacht haben mit uns – damals. Ihre Kinder und Enkel wollen es wissen.“
„Ich will nichts erzählen. Wem sollte ich was erzählen?“
„Deutschen Schülern sollst du berichten, Aja. Es geht um viel – um Geld und um das Ansehen unseres Landes. Die Deutschen haben gesammelt, um uns diese Reise zu ermöglichen. Wir brauchen nichts zu bezahlen. Für Unterkunft und Verpflegung ist gesorgt. Im Brief steckten sogar die Fahrkarten für uns.“
„Fahrkarten? Für was sollen die sein? – Nein! Nicht mit dem Zug! Nein! Nein! Hör schon auf! Sprich nicht weiter. Ich fahre mit keinem Zug. Nicht einmal, wenn unser Präsident Putin mich darum bitten würde.“
„Aja? Bist du’s? Ja? Dann muß ich staunen. Meine starke, so kluge Aja, sagt nein zum Zug? Warum? Wegen damals? Du kannst es nicht vergessen?“
„Ich will nicht vergessen. Mit einem Zug hat es angefangen und mit einem Zug hat es aufgehört. – Und ich weiß nicht, auf welcher Zugfahrt ich mehr Angst hatte.“
„Nein, was du da sagst, das ist falsch. Aja! Mit einem Lastwagen hat es angefangen. Mit einem deutschen Lastwagen und nicht mit einem Zug.“
„Ich sehe dauernd die Bilder vom Zug, nie die vom Lastwagen.“
„Weil du ihn nicht sehen konntest. Weil du nicht ganz bei dir warst. Darum siehst du ihn nicht. Aber er war da! Dieser Armeelastwagen war der Anfang vom Unglück. Erinnere dich! Denk’ an den Soldaten!“
„Ich fahr mit keinem Zug! Fertig! Aus! Aus!“
„Nicht fertig. Nicht aus. Dieser Zug wird ein anderer sein als damals. Ein schöner, wohlriechender, bequemer Zug. Millionen fahren mit ihm und seinesgleichen – täglich.“
„Aber er wird nach Deutschland fahren, in dieses schreckliche Land, in dem sie meine Mamotschka umgebracht haben. Er fährt dort hin, wie der Zug damals. Auch dieser Zug fährt dort hin.“
„In ein anderes Deutschland, Aja. Es ist ein anderes Land.“

„Nun, ich weiß nicht. Du sagst es so einfach. So, als ob ich verrückt wäre. Ich bin nicht verrückt. Ich habe Angst. Ich will nicht."
„Ich bin doch bei dir, mein Täubchen, kleine Aja."
„Du schmeichelst mir nur, um mich umzustimmen. Täubchen! Ha! Kleine Aja! Ha! Hast du Augen? Dann schau dir deine kleine Aja an. Da könntest du zwei Mal drin wohnen und hättest noch bequem Platz."
„Ach, du übertreibst. Du willst nur hören, wie gut du noch aussiehst."
„So? Dann sieh dir mal meine Krautstampfer an", sagte sie und zog den Rock ein kleines Stück höher.
„Das ist das Alter, Aja. Da verkriechen sich die Werte unter die Haut; man entdeckt sie nicht mehr so leicht. – Bitte, Aja. Versuch es doch. Du wirst sehen. Es wird alles anders sein, als du denkst."
„Ich habe bei der Heiligen Frau geschworen, damals, nach der Rückfahrt aus Deutschland. Nie mehr, habe ich ihr gesagt, werde ich in so ein schreckliches Ding steigen. Nie mehr. Sie wird mir böse sein, wenn ich den Schwur breche."
„Ach, du unbegreifliches Rußland! Was für Menschen du doch gebierst. Hör zu, Aja. Wenn es diese Heilige Frau wirklich gibt – was ich eher nicht glaube –, dann weiß sie mehr als du denkst. Sie wird längst wissen, daß du fahren möchtest. Weil du bei deinem Wladi sein möchtest, weil du ihn nicht wieder verlieren willst, weil du ihn nicht alleine in das fremde Land fahren lassen möchtest. Und sie, die holde Jungfrau, knibbelt schon mit beiden Augen und grinst die ganze Zeit, deine Heilige Frau."
„Du bist ein Heide. Wenn das deine fromme Großmutter hören würde."
„Ach, ja. Erinnere mich ruhig. Meine liebe Babushka! Sie verehrte alle Heiligen, egal ob echt oder falsch. Für alles Elend, für jede Krankheit und für alle Sorgen hatte sie einen Heiligen. Manchmal war es mir, als ob sie ihr wirklich gehorchen würden, wie die gut dressierte Ziege Alenuschka. Weißt du noch? Sie konnte auf zwei Beinen laufen. Jedenfalls liefen manche Heilige für meine Babushka auch auf den Händen."
„Du spottest. Wie früher schon, als du eine Ziegenmesse abgehalten hast. Oh, Wladi, das wird nicht gut enden mit dir. Heilige auf den Händen laufen. Wozu?"
„Ach, es war nur ein dummes Wortspiel. Später, in Moskau, habe ich ganz andere Heilige verehren müssen. Heilige, die man sehen und hören konnte. Man hat ihnen Denkmäler errichtet, so wie man für deine Heiligen früher Kirchen gebaut hat. Und man hat mir beigebracht, nur an diese sichtbaren Heiligen zu glauben."
„Darum geht es den Menschen auch so schlecht in Rußland."
„Papperlapapp! Und jetzt sag, daß du mit mir fährst. Ich sage auch nichts mehr gegen deine heiligen Frauen und Männer."
„Na ja", seufzte sie. „Wie kann ich dir widerstehen? Konnte ich noch nie. Und du weißt es. Aber muß es ein Zug sein?"
„Ja, es geht nicht anders. – Du wirst es also tun? Wunderbar! Und du kannst auch weg? Nächste Woche? Also noch sieben Tage hättest du Zeit für die Vorbereitung. Zier dich nicht, Aja, mein kleines russisches Mädchen."

„Russisches Mädchen? Ha! Du willst mir schon wieder schmeicheln?“ Sie zögerte, sah ihn zweifelnd an und schüttelte den Kopf. „Ich habe Angst, weil … Warum so schnell? Im Herbst, wenn die Felder kahl sind, wenn ich wenig zu tun habe, ist auch noch Zeit für eine solche Reise.“
„Herbst! Du bist so alt geworden, hast so viel gearbeitet, da wirst du wohl für einige Zeit hier weg können. Hast du keinen, der dir die Arbeit abnimmt?“
„Na ja – vielleicht – wenn ich ihm ein Ferkel dafür gebe? Der Petrovitsch, der könnte das schon. Aber ich weiß nicht ...“
Sie zögerte immer noch, und so erzählte er von den jungen deutschen Leuten, die sie eingeladen hatten.
„Sie wollen darum kämpfen, daß wir für all das Unrecht, für die Schmach, für das Elend und für die Schmerzen endlich entschädigt werden.“
So hätte es zwar die deutsche Regierung beschlossen, erklärte er ihr, aber die Leute, für die sie – und all die anderen Zwangsarbeiter – damals gearbeitet hatten, die wollten noch nicht bezahlen, die verzögerten es immer wieder. Darum wollten die Schüler Druck ausüben, ihnen klar machen, daß sie sofort zahlen müßten, weil die alten Menschen sonst sterben würden, bevor das Geld da wäre.
„Wie können sie Druck machen? Hört man auf so junge Leute? Hier bei uns würde man lachen und sagen: ‚Geh du erst mal arbeiten, dann sehen wir weiter.’ Und so wäre es auch richtig. Die Jugend muß zuhören und gehorchen.“
„In Deutschland ist das anders. Da sagt manchmal die Jugend wie es gehen soll; das weiß ich aus den Fernsehberichten. Sie sagen das, was wohl viele denken, aber nie aussprechen. Sie haben eine freie Presse und die schreiben, wenn etwas passiert; also auch, wenn wir kommen. Das macht Druck. Druck macht, daß die säumigen oder unwilligen Zahler sich schämen müssen. Ich hoffe, daß man auf die jungen Menschen hören wird.“

Lange saßen sie da, auf der alten Hofbank, bedachten das Gesagte und schauten in die weite Landschaft, auf die von der Sonne verbrannten Gräser auf den Hügeln. Oben am Hang grasten weiße Ziegen, stießen sich spielerisch, sprangen mit lächerlich anmutenden Sätzen umher.
„Da oben habe ich oft gesessen, weißt du noch, Aja? Hab Ziegen gehütet und mit ein paar Büchern wollte ich die Welt verstehen lernen. Wladi, der Ziegenhirte aus Gurka.“
„Und heute? Ein großer Professor. Da siehst du, wie man durch das Ziegenhüten zu Ruhm und Ehren kommen kann.“
„Durchs Ziegenhüten? – Nun ja, wenn du meinst. Vielleicht ist es gar nicht so falsch.“
„Du sagtest, die Menschen in Deutschland fühlten sich plötzlich im Unrecht? Sagen sie, es wäre falsch gewesen, was sie mit mir und dir gemacht haben?“
„Aber ja, Aja. Sie sagen es und sie werden dafür bezahlen müssen. Glaube es mir. – Nur wann, wann sie zahlen, darum geht es, weißt du?“

„Du und ich – wir zwei alten Besen –, wir sollen das machen? Warum ich?“
„Ach, meine dumme Aja. Nein, so nicht. Das machen die da oben – nicht wir. Aber es braucht Anschub und Aufregung. Das machen junge Menschen – und dazu wollen sie verstehen, begreifen, unsere Geschichte hören. Dafür wollen die jungen Menschen sorgen, die das Unrecht begriffen haben. Sie haben uns eingeladen, um mehr darüber zu erfahren. Sie wollen unsere Geschichte hören.“
„Ich erzähle meine Geschichte nicht – nie! Es ist meine Geschichte, und ... Sie ist nicht gut, Wladi, sie ist gräßlich. Du weißt es. Sie würden sie nicht verstehen; nicht meine Geschichte.“
„Doch, doch! Gerade, weil sie nicht gut ist. Gute Geschichten wollen sie nicht. Deine und meine, das waren scheußliche Geschichten – und die brauchen sie bei dem Kampf um Gerechtigkeit.“
„Oh, Heilige Mutter Gottes! Es wird Kampf geben? Ist es gefährlich, Wladi? Ist es nicht besser, wir warten hier ab, ob sie uns Geld geben wollen?“
„Abwarten? Was willst du warten, Aja? Ach wo. Es ist Frieden; es gibt keine Feindschaft mehr zwischen Deutschland und Rußland. Das ist lange vorbei, liebe Aja. Die Präsidenten dieser Länder umarmen sich und lachen, wenn sie sich treffen.“
„Mutter hat immer gesagt: ‚Nicht so hastig. Warte, warte, es kommt schon alles zur rechten Zeit’. Und sie hat meistens recht gehabt“
„Worauf warten? Auf den Tod? Ja, da kannst du drauf warten, der kommt ganz bestimmt – aber sonst? Warten will ich nicht mehr, Aja. Wir haben nicht mehr viele solche Sommer vor uns – und tote Zwangsarbeiter bekommen keinen einzigen Rubel. – Wozu auch? Sollen sie dir einen schönen Grabstein setzen? Was hast du dann davon?“
Sie schaute hinüber zu dem großen, schwarzen Auto, das wie ein schlafendes Tier mitten auf der Dorfstraße stand. Hinter der spiegelnden Scheibe konnte sie eine Bewegung erkennen.
„Er sieht aus wie ein ‚Schwarzer Rabe’. Weißt du noch? Warum hast du so einen großen Wagen, Wladi? Ich meine, du bist pensioniert und arm?“
„Es gibt keine ‚Schwarzen Raben’ mehr. Oder doch? Ach, das ist jedenfalls nicht mein Wagen. Schau ihn dir doch genau an. Da sitzt einer drin, der ihn fährt; aber dem gehört er auch nicht, er kommt von der Regierung in Smolensk, von der Verwaltung. Der gehört er wohl auch nicht – er gehört eigentlich niemanden.
„Und das soll einer verstehen? Das fährt herum und gehört niemandem?“
„Na ja. Es gehört Mütterchen Rußland – und unser Mütterchen läßt wichtige Leute damit fahren. Die Regierung in Smolensk wünscht, daß wir beiden Alten unser Mütterchen Rußland vertreten in Deutschland, darum darf ich in diesem Auto fahren. Ich bin für die Leute in Smolensk eine Berühmtheit; sie haben mir damals auch eine Wohnung besorgt“, sagte er und zeigte auf die Brust, auf der das Ordensband schaukelte.
„Weil du ein Professor bist? Noch nie war einer aus Gurka berühmt. Das wüßte ich; wir hätten an manchen Winterabenden darüber reden können.“

„Na, dann könnt ihr ja im kommenden Winter … Jedenfalls, war das eine tolle Sache. ‚Der berühmte Sohn kehrt in die Heimat zurück!' sagten sie bei der Begrüßung. Und Musik spielte. Tausend Hände mußte ich schütteln."
Angela Pawlowska schüttelte verwirrt den Kopf; es war ihr alles unheimlich und unbegreiflich. Immer wieder holte sie sich das Bild des Ziegenhüterjungen hervor, sah in mit dem Treibstock in der Hand den Hügel herunter stürmen, betrachtete sein verschwitztes, lachendes Gesicht. Verstohlen schaute sie den Kopf des Mannes an, der neben ihr auf der Bank hockte und in die Sonne schaute.
War das ihr Wladi? War das der Junge, dessen Bild sie sechzig Jahre in ihrem Kopfalbum verwahrt hatte? Und so plötzlich sollte sie die gewohnte Umgebung verlassen?
„Warum ich, mein kleiner Wladi? Ich bin doch ein Nichts, nur ein Staubkorn. – Wie lange müßte ich denn weg von hier? Würde ich dort Arbeit haben, wo wir hinfahren sollen?"
„Oh, du dumme, dumme Aja. Du verstehst nichts. Du sollst nicht arbeiten in Deutschland. In einer Woche bist du wieder hier. Und du wirst ein gutes Stück Geld haben hinterher, viele Rubel, du altes Mütterchen. Kannst dir was kaufen, etwas, von dem du schon immer geträumt hast. Hast du dir mal was ganz Besonderes gewünscht?"
„Eigentlich nicht. Ich habe alles, was ein Mensch braucht, um glücklich zu sein. Nein, Gesundheit, einen schmerzfreien Rücken, das kann man ja wohl nicht wünschen. – Warte! – Oh doch! Seit einiger Zeit regnet es durchs Dach, genau in meine Küche. Die alten Holzbohlen auf dem Fußboden sehen schon ganz morsch aus. Und darum habe ich mir neue Dachschindeln gewünscht – aber das ist zu viel. Nein, ich glaube, ich habe keinen Wunsch. Ich habe alles, was ich brauche. Meine Gänse haben noch nie so viele Eier gelegt. – Ach, Wladi. Willst du ein frisch gebratenes Gänseei? Du ißt sie so gerne."
„Das weißt du noch?"
„Hier auf dem Land vergißt man nicht. Alles ist wie gestern und vorgestern. Morgen wird sein wie heute, weißt du nicht mehr?"
„Oh, ich weiß. Wenn ich zurück denke, dann muß ich feststellen, ich habe viel versäumt. Ich liebe diese Stille, diese Ruhe und das Gefühl, daß es nichts gibt, was wichtig ist. Die Stadt ist laut und unruhig. Ich möchte manchmal hierher kommen dürfen, mit dir auf dieser alten Bank sitzen und still sein können. Würdest du mir das erlauben?"
„Ich weiß nicht, Cousin Wladimir. Irgendwie bist du ja doch mein Cousin, wenn auch ein weitläufiger, nicht wahr? Trotzdem! Was werden die Leute im Dorf denken? Wird man uns was unterstellen?"
„Ach, Aja. Wie alt sind wir? Ich habe die vielen schweren Jahre in den Gliedern stecken; ich bin kein Heißsporn mehr."
„Du kennst die Leute, Wladi. – Aber du wirst recht haben, was kümmert es uns? Komm ruhig mal vorbei – im Sommer, wenn wir draußen sitzen können und alle uns sehen, ja?"
„Ja, Aja. Aber lassen wir das. Du solltest dir Gedanken machen, was du mit

den Rubeln anfängst, die du bekommen wirst. Nachher nimmt sie dir einer weg, und du bist arm wie zuvor."
„Ich bin nicht arm. Mir fehlt nichts. Was denkst du nur, Wladi? Warum soll ich denn arm sein?"
„Du bist arm, meine Aja. Schau dich doch um? Warum ist die Farbe an deinen Fenstern abgeblättert? Nun? Warum sieht deine Haustür aus, als hätte sie schon hundert Jahre auf dem Buckel? Nun?"
„Viel jünger ist sie nicht."
„Ja, und ihre Farbe wohl auch nicht. Du hast nichts, gar nichts. Wünsch dir was."
„Ich brauche nichts; meine Schuhe – guck sie dir an – sehen aus wie neu und sind doch ziemlich alt. Die habe ich mir vor … Warte mal! Ja, vor fast drei Jahren, zum Neujahrsfest gekauft. Ich pflege sie mit den Schweineschwarten – wie meine Mutter es schon gemacht hat. ‚Schweinefett auf die Schuhe und auf die Haut – das macht schön und du siehst reich aus', sagte sie immer. Das Fett macht Haut und Leder glänzend und es hält das Wasser ab."
„Du hast nur dieses eine Paar? Oh, mein armes Mütterchen Rußland. Was hast du mit deinen Kindern gemacht? Warte nur ab. Die Wünsche werden kommen. Sie liegen schon auf der Lauer. Warte nur, bis du Geld hast."
„Laß sie bleiben, wo sie sind, diese Wünsche. Glücklicher können sie mich doch nicht machen und meine Rückenschmerzen werden sie mir auch nicht nehmen. – Jetzt, lieber Wladi, hast du aber einen Wunsch frei. Möchtest du einen Tee oder ein Glas Ziegenmilch?"
„Ein Glas Milch, die wird mich erfrischen – und es geht schnell."
„Ich hole sie dir – und ein Stück Brot dazu."
„Nein, Aja, kein Brot. Nur etwas, um mich zu kühlen."
Sie verschwand im Haus und Professor Boronow stand auf, ging die paar Meter zum Auto. Er klopfte an die Scheibe und der Fahrer drehte das Fenster herunter.
„Ist was, Herr Professor? Fahren wir?"
„Es dauert noch, mach dir keine Sorgen. Möchtest du etwas haben? Milch vielleicht?", fragte er.
„Nein, nein, Professor, nichts. Ich habe immer meinen eigenen Tee dabei."
Als er zurückkam, stand Angela schon vor der Bank und hielt ihm ein Glas Milch entgegen.
„Ich danke dir, Aja. Setzen wir uns." Er trank einen großen Schluck und zeigte auf die Bank. „Setz dich doch, Aja. Wir haben noch Zeit."
„Warum kümmert sich die Regierung, Wladi? Ist das wirklich wichtig für Rußland?", fragte sie, als sie sich gesetzt hatte.
„Das ist hohe Politik, liebe Aja, weißt du. Ja, es ist wichtig. Deutschland und Rußland sind Freunde geworden; unter Freunden muß man die Schulden begleichen, sonst gibt's Streit. Sie haben Fahrkarten für uns besorgt – die deutschen Schüler – und unsere Landesregierung die Visa – und sie fährt uns mit diesem schönen Auto zum Bahnhof in Smolensk."
„Ich versteh nicht. Warum soll ich fahren? Ich bin ein Nichts. Niemand in der Welt kennt mich."

„Na, ich kenn dich. So ein hohes Tier von der Verwaltung sagte: ‚Wir haben Sie ausgewählt, weil Sie unser Land gut repräsentieren können, verehrter Professor!', und ich habe gnädig genickt", sagte er mit tiefer, sonorer Stimme und lachte laut. „Und dann habe ich zu ihnen gesagt: ‚Nur, wenn meine Angela mitfährt, sonst sucht euch einen anderen für diese schwere Aufgabe!', und da haben sie gelacht und genickt. Wir setzen uns in einen Zug und fahren nach Deutschland. Das ist alles. Sag ja."
Sie seufzte tief, bedachte sich noch einmal, sah den wiedergefundenen Wladimir liebevoll an und stand langsam auf.
„Mit einem Zug! Es wird nicht gut gehen, Wladi. Aber es muß wohl sein. Ich muß viel vorbereiten, Wladi, das wird dauern."
„Wieso? Was kann es in diesem Ziegendorf geben, das dir Mühe macht, ein paar Tage zu verreisen?"
„Du hast es gut. Du hast keine ungeduldigen Schweine, keine launischen Ziegen, keinen heißblütigen Ziegenbock, keine Gänse, die auf dich warten und die gefüttert werden wollen."
„Das stimmt. In meiner kleinen Wohnung wär das auch nicht angenehm", sagte er. „Du hast ja eine ganze Woche Zeit, Aja. Also hast du ja gesagt?"
„Wie kann ich absagen, wenn Mütterchen Rußland mich braucht? Ich muß ja wohl fahren, in dieses schreckliche, fremde Land und mit einem Zug. – Werde ich es aushalten, Wladi?"
„Ja, das wirst du. Nichts und niemand wird dir dort wehtun. Wir fahren also. Ich werde es berichten, und sie werden nach Deutschland telefonieren.
„Laß dir Zeit; es eilt doch nicht. Meine Mamotschka hat immer gesagt: ‚In der Eile machst du die meisten Fehler.' Das hat sie immer gesagt, wenn ich zu schnell die Gänseeier sammeln wollte und eins auf den Boden fiel."
„Du und die Ratschläge deiner Mutter. Hör genau zu. In sieben Tagen – hör zu. In sieben Tagen, also am Montag, sehr, sehr früh, wenn die Sonne dort hinten, zwischen den beiden mächtigen Kurganen auf der anderen Flußseite, auf denen ich manchmal die Ziegen gehütet habe, aufgeht, dann bin ich mit diesem Auto wieder hier und hole dich ab. Wir fahren nach Smolensk, steigen in den Zug, und dann geht es ab nach Deutschland. Wir fahren fast zwei Tage. Du solltest einige Sachen zum Essen mitnehmen: Würste, Brot und auch viel Tee. Hast du alles verstanden, Aja? Und du bist fertig, wenn ich komme?"
„Ich werde fertig sein, wenn du kommst, lieber Wladi. Ich sorge für dich mit, brauchst nichts einpacken."
„Das ist gut so; ein Junggeselle tut sich schwer mit so einer Reisevorbereitung."
Sie hockten da, still, in Gedanken versunken. Wladimir beobachtet die Ziegenherde, die vom Hügel herabstieg. Er trank seine Milch und seufzte: „So ein Frieden und so eine Stille. Hier könnte ein alter Mensch gut seine letzten Tage verbringen."
„Ja, Wladi. Ich sitze gerne hier; oft stundenlang. Dann ist es wie früher, als meine Mamotschka noch hier saß und mit ihren Händen durch mein Haar strich. Die Nachbarn kamen und erzählten von ihren Tieren, ihrer Arbeit

und von ihren Kindern. So viele Nachbarn. Schon einer kann dein Glück sein."
„Warum kamen sie immer zu deiner Mutter? Olga war beliebt, ich weiß. Aber andere waren das auch."
Angela hob den Kopf, als horche sie auf die Meisen, die in der Birke über ihr sangen. „Ich weiß es nicht. Nie habe ich darüber nachgedacht. War es, weil wir so in der Mitte wohnen? War es unsere besonders breite Bank? Diese hier. Sie ist es immer noch. Sie ist schon so alt; ich habe hier nie eine andere gesehen."
„Und darum kommen heute die Nachbarn alle zu dir? Weil du in der Mitte wohnst? Wegen der alten Bank? Fällt dir nichts anderes ein? Weil du eine Seele hast? Eine große Seele?"
„Nun, du sagst das so … Es ist wie bei meiner Mamotschka. Ja, sie kommen auch heute. – Seele! Andere sind wie ich, haben auch eine. Was ist es sonst? Unsere besonders breite und alte Birke? Siehst du, wie viel Schatten sie spendet, wenn die Sonne im Westen steht? Es ist einfach so. Vielleicht ist es aber auch …". Sie lachte hell auf. „Vielleicht ist es aber auch, weil nur mein Garten keinen Knoblauch hat, weil es aus meinem Küchenfenster nie nach Knoblauch riecht."
„Du baust keinen Knoblauch an? Du ißt keine Jugendknollen? Warum, Aja, bist du dann noch so jung und schön?"
„Weil du, wie die Leute aus der Stadt, eine gefärbte Brille auf den Augen hast, wenn du ein Weib siehst. Ich bin dick, breit, alt, verbraucht. Die Jugend hat sich im Wasser der Desna aufgelöst."
„Nein. Du bist noch immer die Schönste hier im alten Gurka; gib es zu. Warum magst du keinen Knoblauch?"
„Warum?"
Sie blickte zu Boden und ihre Hände fuhren fahrig über das graue Kleid, dessen Säume den Boden berührten.
„Ach, Wladi. Das ist nicht wichtig. Es ist alles so lange her. Manchmal nimmt man Erinnerungen und Gewohnheiten aus der Kindheit mit ins Alter."
„Ja, ich habe auch solchen Ballast, den ich nicht wegkippen kann, der immer in mir fest sitzt."
„Du hast als Kind genau so gelitten wie ich, Wladi. – Lassen wir das. Bleibst du noch, Wladi? Ich will dir etwas zum Abend kochen; magst du hier essen? Du weißt, wie gerne ich koche."
„Nein, Aja – ich muß gleich fahren. Der Fahrer wird nicht so lange Zeit haben. Komm, laß uns einmal zu meinem Haus gehen. Steht es noch?"
„Ach, das alte Boronow-Haus! Ja, es steht noch; aber es sieht jetzt ganz anders aus. Als wir in Deutschland waren, da ist deine Großmutter gestorben und es stand einige Zeit leer, sagten die Alten, die damals hier waren. Damals, nach dem Krieg, als keiner mehr zurück kam in das Haus, da haben sie Arbeiter aus der Kolchose einquartiert. Später, als die Kolchose aufgelöst wurde, kam eine junge Familie. Sie haben es schön umgebaut, haben das Dach neu gemacht. Der Mann verdient wohl viel Geld; er arbeitet in

Roslawl, in der großen Molkerei und kommt nur am Wochenende."
Sie gingen langsam über die staubige Straße. Die Männer, die den Ziegenstall bauten, waren verschwunden. In manchen Vorgärten spielten Kinder; Erwachsene waren nicht zu sehen.
„Warum läßt sich keiner blicken?"
„Du weißt, lieber Wladi, wie die Menschen hier sind. Du bist fremd, kommst mit einem Regierungsauto das so aussieht wie ein ‚Schwarzer Rabe' und das ist schließlich Grund genug, der Straße fern zu bleiben. Sie wissen ja nicht, aus welchem Grund du hier bist. Denk mal, wie das war, als sie den Valeriy und seinen Vater, den Nikolai Stepanskoy abgeholt haben."
„Damals! Das war aber ein Schampanskojewagen. Aber heute? Nun, wer soll denn schon mit so einem Auto kommen? Geheimpolizei? Die Zeiten sind vorbei, Aja."
„Das sagst du. Sicher sein kann man da wohl nicht – oder?"
Das Haus sah aus wie die meisten in der Straße. Nur das Schulgebäude war größer; ansonsten sah es aus, als habe derselbe Architekt den Plan für alle Häuser des Dorfes gemacht.
Mit Kalk geweißte, grobe Latten trennten die Vorgärten von der Straße. Hier wucherten Sonnenblumen dem Licht entgegen, dort wuchsen Kräuter und Gemüse. In etlichen Vorgärten aber sah man nur hoch aufragende Gräser, Wildblumen und Unkräuter. Vor jedem Haus aber stand eine Bank und – wie beim alten Boronow-Haus – hingen die Äste einer Birke tief herunter, spendeten in den heißen Sommermonaten Schatten für die Menschen, die sich unter ihr ausruhten.
Professor Boronow blieb stehen, kniff die Augen leicht zusammen und betrachtete das Haus vom Dachgiebel bis zum Boden.
Das Haus war so blau angestrichen, wie etliche im Ort. Es hatte damals wohl eine Zuteilung blauer Farbe gegeben. Auf der Fensterbank stand ein Blumenkübel, grob gezimmert aus Birkenrinden, mit einer roten Geranie. Im Vorgarten hing eine vielfach geknotete Wäscheleine, auf der eine blaue Arbeitshose und etliche, ziemlich zerschlissen aussehende, Unterhosen hingen.
Auf der klobigen Bank aus weißem Birkenholz saß eine schwarzweiße Katze. Sie blickte aus glänzenden Augen starr auf einen Punkt im kniehohen Gras; die Körperhaltung ließ das Tier sprungbereit aussehen.
„Sie sieht aus wie unsere Kira. Sie wird es wohl kaum sein; höchstens ihr Geist, der mich begrüßen will. Müßte ich etwas spüren? Druck in der Brust, vielleicht? Atemlosigkeit? Schwindel oder mindestens leichtes Schwitzen?", sagte Professor Boronow leise, wie im Selbstgespräch.
„Na, ich weiß nicht – ich täte schon was fühlen."
„Ich fühle nichts, Aja! Es ist ein totes Haus für mich. Meine Erinnerungen liegen da nicht begraben. Sie sind hier", sagte er und zeigte auf den Kopf.
„Ich würde fühlen – glaube ich, Wladi. Als ich damals –1945 – zurückkam, da hat es wehgetan, als ich unser Haus sehen konnte. Meine Füße brannten und schmerzten vom langen Marsch, von Smolensk bis nach Gurka, aber ich bin gerannt, als ich da hinten aus dem Wald kam und unser Dach gesehen habe. Den steilen Kurgan herunter bin ich geflogen; wie ein freigelasse-

ner Vogel habe ich mich gefühlt. Ich habe geweint, gelacht, bin gerannt, bis ich die Hände auf das sonnenwarme Holz legen konnte. Ich habe geweint vor Glück und gelacht, weil ich traurig war. Verstehst du das? Traurig war ich, weil ich alles verloren hatte. Mamotschka, dich, meine Kindheit. Und nur das Haus war mein Glück; jedes Brett, die Fenster, das zerrissene Holz der Tür. Mein Zuhause."

„Zuhause. Ich habe vergessen, was das ist. Ich hatte andere Werte."

„Ja, ich war zu Hause, ich war wieder da. Und im Haus war jedes Stück – es gab nicht mehr viele – eine Erinnerung; alles brachte mir die Kindheit zurück, die ich doch längst verloren hatte."

Professor Boronow sah Angela lange an. Sie war so anders, als er sie in Erinnerung hatte. Sie war damals ein kleines, schmales, immer ruhiges Mädchen gewesen, das er oft genug ausgelacht hatte, wenn es mit den Hausaufgaben Schwierigkeiten hatte.

„Wie war das mit deiner Rückkehr? Da war doch nicht nur das, was du ‚mein Zuhause' nennst."

„Der Zug! Der Zug von Deutschland nach Smolensk. Das war zuerst. Er kommt mir noch heute vor wie ein lebendiges Ungeheuer. Wenn ich ihn in den Nächten sehe, höre ich ihn fauchen und sehe ihn Feuer spucken."

„Er brachte dich nach Smolensk. Vergiß das nicht. Er hat dich zurück gebracht."

„Zurückgebracht? Ha! Smolensk? Ha! Er hielt irgendwo, ich weiß nicht wo, in der Steppe. Rundum waren nur Hügel zu sehen. Braunes, verbranntes Land. Und Lastwagen standen da. Die sahen aus wie damals die deutschen Wagen, die uns wegbrachten. So viele Soldaten! Und mitten in der Steppe drei große Tische. An jedem saßen zwei Leute von der Organi – also dem NKWD. Die Menschen in dem Zug flüsterten es sich zu, schauten nicht hin. ‚Die Organi! Sie töten uns!', sagten sie. Ihre Angst war so heftig, daß man sie roch. Wir wurden zu den Tischen geführt und nach unserem Namen gefragt. Sie blätterten in Listen, flüsterten miteinander, zeigten auf etwas und nickten dann. Und schon wußten sie alles über uns."

„Es waren die Listen der Amerikaner."

„Ja, das wird so sein. ‚Gib einen falschen Namen an', rieten ein paar Leute, als wir warteten. ‚Einfach einen anderen, dann denken sie, du wärst aus Versehen nicht erfaßt worden und deshalb kannst du nicht wichtig gewesen sein für die Deutschen.' – Ob es einer so gemacht hat?"

„Das war sehr gefährlich, Aja."

„Ja, mag sein. Ich hab es auch nicht gemacht. Der Offizier, der mich befragte, hatte graue Augen, eisgraue. Aber dann, als er gesehen hat, wann sie mich geholt haben, die Deutschen, und wie alt ich war, da haben die grauen Augen gelächelt und rundherum waren eine Million kleine Falten. ‚Verschwinde, Kind. Sieh zu, daß du in dein Dorf kommst', hat er gesagt. Die meisten Frauen und Männer wurden auf Lastwagen abtransportiert. Ich glaube, ihre Angst war berechtigt."

„Und du bist alleine diese furchtbar lange Strecke gelaufen? Über einhundert Kilometer?"

„Gelaufen und gefahren. Zwei Militärtransporter haben mich mal mitgenommen. Aber das größte Stück bin ich gelaufen; am Tage und in der Nacht. Nachts mußte ich laufen wegen der Angst. Wenn ich in der Nacht gelaufen bin, war die Angst nicht so groß. Mittags, wenn es zu heiß war, habe ich unter Sträuchern geschlafen. Ich habe Beeren gegessen, Kräuter und Gras habe ich gekaut und das Wasser aus der Desna getrunken."
„Wie ist es dir ergangen, damals, nach der Rückkehr. Hat man dir geholfen? Was hast du vorgefunden in unserem Gurka?"
„In unserem Gurka?" Sie dachte lange nach. „Es war nicht mehr unser Gurka, nicht mehr dasselbe Dorf. Alles war anders geworden. Aber mein Haus war da und das war genug. Zuerst habe ich es wohnlich gemacht. Das war schwere Arbeit; du kannst dir denken. Alles war Dreck und Staub. Einen ganzen Tag lang mußte ich putzen, um nur einigermaßen darin wohnen zu können. Sie hatten – ich weiß nicht wer – die Fenster und Türen mit Brettern zugenagelt. Das war gut, denn so hatten Diebe und Räuber kein leichtes Spiel – und die wilden Tiere auch nicht. Ja, es hat gedauert, bis es wieder mein Haus war – und sehr viel länger, bis es wieder mein Gurka war."
„Hat dir keiner geholfen?"
„Ach, Wladi, du denkst, es wäre wie früher gewesen? Alles sah so tot aus. Niemand ließ sich blicken. Ein paar Hunde auf der Straße und sonst nur Stille und nochmals Stille. Nachher hörte ich, daß sie alle noch Angst hatten; der Krieg war ja gerade erst vorbeigezogen und es waren fast nur Frauen und alte Männer im Dorf. Nein, nein, es war nichts so wie früher.
Es wurde wieder, aber es dauerte lange. Ich wollte auch nicht; ich mußte es alleine schaffen. Danach bin ich von Haus zu Haus gegangen und hab mich vorgestellt. 'Ich bin die Angela Pawlowska', habe ich gesagt und erzählt, daß ich hier geboren bin. Von Olga, meiner Mutter habe ich erzählt und von dir. Sie haben mich nur angeschaut und genickt. Sie waren alle, fast alle, völlig fremd für mich. Nur ganz wenige Alte, wie Juriy Armatow und Iwan Dantschenko und ein paar alte Frauen, kannte ich. Die anderen waren von der Verwaltung in Roslawl hier einquartiert worden, nachdem der Krieg vorbeigezogen war."
„Du hast natürlich gefragt, nach den Leuten von damals, nach deiner Mutter?"
„Ja, sicher. Sobald ich ein vertrautes Gesicht sah. Die Alten erzählten mir, daß meine Mamotschka auf dem Feld gefangen genommen wurde, damals, 1941. Sie haben sie geschlagen, weil sie immer nach mir gerufen hat und nicht mitgehen wollte. Und sie ist nicht mehr zurückgekommen. Niemand hat sie mehr gesehen."
„Sie haben sie umgebracht, diese Nazis! Die wunderbare Frau, Olga, deine Mamotschka. Sie war so wichtig für mich, nachdem die Organi meine Eltern abgeholt hatte. Sie war auch meine Mutter, meine Mamotschka. Wie oft hab ich mir gewünscht, ich könnte das zu ihr sagen – Mamotschka."
„Aber du hättest es doch ruhig …"
„Nein, nein! Es stand nur dir zu. Das war damals wie ein Zauberwort für mich, das ich nur leise sprechen konnte, wenn ich sehr traurig war, während

ich die Ziegen hütete und keiner zuhörte."
„Du hattest doch deine wunderbare Babushka, die Swetlana. Sie war für mich so wichtig, wie für dich meine Mamotschka. Und ich habe immer Babushka zu ihr gesagt. – Sie ist ein Jahr nach dem Einmarsch der Deutschen gestorben, erzählte Iwan Dantschenko mir. Sie hat mit keinem Menschen mehr gesprochen, sagte er, nachdem man uns geholt hatte. Ganz alleine in ihrem Haus; in diesem schönen, alten Boronow-Haus ist sie gestorben. Man hat sie erst Tage später gefunden. Niemand kümmerte sich um sie."
„Oh, du verfluchter Krieg! Was hattest du in unserem Dorf verloren? Wir waren so glücklich, vorher, bevor diese Unmenschen kamen."
„Ja, so war es. – Nun war ich wieder da, aber nichts war wie zuvor. Nur ganz langsam gewöhnten wir uns alle aneinander und im Folgejahr waren wir schon gute Nachbarn und sind es geblieben. Es war schon komisch. Wie ausgelöscht, war damals unser Dorf und dann entstand alles neu, langsam, zögernd, aber es war nach zwei Jahren so schön wie zuvor. Es waren alles Gurkaner, wie früher. Wir konnten wieder auf unseren Bänken hocken, an den Sommerabenden, und miteinander schwätzen. Und bald konnte ich auch wieder lachen – trotzdem ich meine Mamotschka so vermißte – und trotz allem, was war."
„Was hast du gearbeitet? Du hattest doch nichts."
„Oh, das kam bald. Der neue Dorfsowjet hat mich in der Kolchose gemeldet. Sie machte wieder auf, als man die Deutschen zurückgedrängt hatte. Da habe ich gearbeitet, sechs Tage in der Woche. Und ich habe unser eigenes Land bewirtschaftet und Geld gespart; nicht viel, aber es ging voran. Zuerst habe ich eine Ziege gekauft, dann noch eine, weil sie so alleine war. Im nächsten ..."
„Ha! Weil sie so alleine war. Ich erkenne dich wieder. Das ist meine Angela Pawlowska, meine Aja. Weißt du noch, wie du die Ziegenmutter getröstet und geküßt hast, als ihr Junges von Falken getötet worden war? Du nanntest sie deine Doroganowschka – ich erinnere mich genau."
„Ach, was du so erzählst. Weißt du, wie die Augen einer traurigen Ziegenmutter aussehen? Wie die eines Kindes, das seine Mutter sucht. Ich mußte sie trösten. – Jedenfalls, im Folgejahr kaufte ich zwei Ferkel und ..."
„Gleich zwei, damit sie nicht so alleine waren?"
„Lach du nur! Männer haben keine Gefühle – nicht für Tiere und nicht für Frauen. Im Jahr danach kaufte ich Gänse und Hühner und dann war ich nicht mehr alleine."
„Nicht mehr allein? Du warst zufrieden mit deinen Tieren, was? Sie widersprachen nie und Wodka tranken sie auch nicht. Stimmt es? Aber im Ernst: Du warst ein wunderschönes Mädchen, als ich dich in Deutschland, Weihnachten 1944, zuletzt sah. Hat dich kein Mann haben wollen?"
Sie wurde rot und blickte die staubige Straße herauf, suchte ihr Haus, vor dem noch immer das schwarze Auto stand.
„Ich ... Ja, ja, es gab damals ... Viele sogar. Die Männer, die 1945 von der Front kamen, die man entlassen hatte und die auf unserer Kolchose arbeite-

ten, die wollten schon. Aber ich …"
„Aber du? Was war mit dir? Warum hast du keinen von ihnen zum Mann genommen? Hast du dich nie verliebt?"
„Nein! Nie! Ich wollte keinen Mann. Nie!", sagte sie laut und mit harter Stimme. „Ach, weißt du … Ich hatte wirklich genug mit meinen Tieren, meinen Nachbarn – und meinen Erinnerungen."
„Ja, Erinnerungen können die Einsamkeit versüßen – oder sie wenigstens erträglich machen. Nicht alle – leider nicht alle. Ach, da fällt mir ein, was ist mit unserer alten Schule?"
„Du kannst sie von hier aus sehen – da unten am Fluß. Sie steht noch, wie du siehst. Es gibt immer noch den einen Klassenraum für die wenigen Kinder. Aber nur für vier Jahre. Später gehen sie jetzt alle nach Roslawl zur Schule. Da fährt täglich ein alter Schulbus, der sie abholt und bringt. Im Winter kommt er oft nicht durch, dann gehen sie wieder hier in die Schule. Und wenn du in die Stadt mußt, ich meine unbedingt mußt, dann kannst du mitfahren. Für ein Bakschisch natürlich. Du siehst, es hat sich allerhand geändert, die große Stadt ist näher an uns heran gerückt."
„So, so. Allerhand hat sich geändert? Aber in Zeitlupe."
„Was sagst du, Wladi?"
„Ach, nichts. Ich dachte gerade an Moskau und Smolensk."
„Seitdem es diesen Bus gibt, ist wirklich manches einfacher geworden. Dem Petrovitsch Solowjew bringt er täglich die Zeitung aus der Stadt mit. Und wenn man unbedingt etwas aus Roslawl haben muß, dann gibst du dem Busfahrer einen Zettel – und ein Bakschisch natürlich."
„Ein Bakschisch – natürlich. Ja, ja. Wir sind in Rußland. Das große Reich würde auseinander fallen, sofort und total, würde man das Bakschisch verbieten. – Aber sag mal, ist das nicht verboten?"
„Bakschisch? – Ach, du meinst, daß der Busfahrer ein Nebengeschäft hat? Oh doch", lachte sie. „Es ist – erinnerst du dich? – ‚Nje poloscheno', nicht erlaubt! Aber da es den schrecklichen Mann mit diesem Namen nicht mehr gibt, regt das hier keinen wirklich auf."
„Ach ja! Wie viele Dinge wieder ins Bewußtsein rücken. Nur ein kleiner Anstoß und eine Fülle von Erinnerungen überfallen mich. Was mag aus ihm geworden sein?"
„Ich will es gar nicht wissen", sagte Angela mehr als heftig.
„Es war eine schöne Zeit, heute bei dir – nur so schrecklich kurz", sagte Professor Boronow. „All diese Erinnerungen."
„Ja, wenn du weg bist, werde ich ein wenig weinen – glaube ich."
„Ich komme wieder, Aja. Du weißt das – und wir haben noch sehr viel Zeit."
Sie nickte und sah ihm zu, wie er mühsam einstieg. Das große Auto wendete auf der holprigen Straße und schlich sich aus dem Dorf. Sie stand noch lange und sah ihm nach. Sie würde nicht weinen; das beschloß sie in diesem Augenblick. Eine aufregende Zeit würde kommen und sie mußte sich vorbereiten.
Das Auto war kaum hinter den Hügeln verschwunden, da kamen langsam,

bedächtig – natürlich rein zufällig – alle Nachbarn aus den Häusern.
Zunächst erschienen die Männer, die den Ziegenstall weiterbauten, danach der Petrovitsch mit seiner Frau Naidenka und den drei Kindern, dann der Pijotre und seine Frau Helenka, die ihr Jüngstes auf der Hüfte trug und die fünf anderen Kinder im Schlepptau hatte.
Danach kamen noch etwa zehn andere Frauen und Männer mit einer Anzahl kleinerer und größerer Kinder aus den Häusern hervor. Zum Schluß, langsam und den Schlaglöchern in der Straße ausweichend, schlichen die Alten und hinter ihnen die sehr alten Männer und Frauen aus dem oberen Dorf heran.
Die Leute schlenderten langsam über die Straße, grüßten sich, fragten, ob das ‚Wässerchen' noch schmecken täte – was so gut war, wie nach der Gesundheit zu fragen.
„Wohin geht's?", fragten die einen und andere schwätzten über ihren Kwas, der wohl bald fertig sei.
„Muß mir unbedingt beim Händler Honig bestellen. Mein Alter klagt zwar, man könne sich dafür glatt drei Flaschen mit bestem ‚Wässerchen' kaufen, aber ich sage immer: ‚Was dem Mann recht ist, ist der Frau billig.' Und manchmal, wenn es schön heiß ist, trinkt er ihn ja selber."
Alle taten jedenfalls so, als seien sie beschäftigt oder müßten den Bruder oder sonstige Verwandte am anderen Ende des Dorfes besuchen und erblickten ganz zufällig die alte Angela, die noch immer vor ihrem Haus stand und zur Straßenkurve, weit hinter dem Dorf, schaute.
Da blieben die Gurkaner natürlich bei ihr stehen, wie es sich gehört, und wollten mit ihr ein wenig über die bevorstehende Ernte plaudern, über das neue Kwasrezept oder über den zu warmen Sommer; niemand fragte nach dem geheimnisvollen Auto und dem unbekannten Besuch.
Jedenfalls gab es einen großen Auflauf, und alle warteten geduldig, ob sie von ganz allein über den hohen Besuch berichten würde, dessen blinkender Orden jedem aufgefallen war.
Und es kam, wie es alle erhofft hatten. Als sie mit prüfendem Blick festgestellt hatte, daß niemand mehr fehlte – sogar der alte Dantschenko, der kaum noch gehen konnte, stand inzwischen mit zittrigen Beinen vor ihr -, sagte sie: „Ich muß euch was erzählen. Ihr werdet es nicht glauben."
„War das ein Regierungswagen? Ein ‚Schwarzer Rabe'?", fragte mit zittriger Stimme Iwan Dantschenko.
„Nein, nein! Es ist ganz anders. Hört zu!"
Darauf hin rückten alle näher heran. Die Kinder wurden still, sperrten die Münder auf und ließen sie nicht aus den Augen.
„Kommt in den Garten. Setz dich, Iwan Dantschenko, da auf die alte Bank. Sie ist noch warm von meinem Besuch. Ich glaube, es könnte länger dauern. Holt euch Stühle aus dem Haus."
Sie erzählte schnell, fast hastig, und doch so blumig und ausführlich, daß man ein Ende der Geschichte noch lange nicht absehen konnte.
Ihre Freude und Aufregung übertrug sich auf die Zuhörer; sie sprudelte die Neuigkeiten nur so heraus. Und ständig mußte sie wiederholen, den

Wladimir und seinen Werdegang beschreiben. Sie schmückte aus; sie entführte die Erwachsenen und die verständnislos lauschenden Kinder in dieses fremde Land, von dem sie alle schon viel gehört hatten – Schreckliches und Erstaunliches.

„Kann mich noch gut an ihn erinnern, an diesen Ziegenjungen Wladimir. Weiß noch, wie er immer ein Buch dabei hatte, als er Ziegen gehütet hat. So, so! Ein richtiger Professor ist aus dem Ziegenhüterjungen geworden. Ich hab's ja immer gesagt, die Menschen aus Gurka sind was besonderes.", sagte Iwan Dantschenko und nickte bedächtig.

„Was man ja an dir sehen kann", rief Naidenka.

„Das darfst du nicht sagen. Mir hat man das Lesen nicht richtig beigebracht, sonst ... Hat sich keiner richtig Mühe gegeben. Die alte Malwina Fuvarowa, die vor der Ludmilla Kurunowa hier an der Schule war, die hat mir ständig eins mit dem Stock auf den Kopf gegeben."

„Was man dir heute noch anmerkt", sagte Petrovitsch Solowjew und klopfte dem Iwan auf die dürren Oberschenkel.

„Nun ja. Aber der Wladimir, der konnte es. Er war damals – wie alt war ich da eigentlich? – der einzige Mensch im Dorf, der ständig gelesen hat. Sogar beim Ziegenhüten. ‚Was liest du den Tieren da vor?', hab ich ihn gefragt, weil er ständig laut gelesen hat. ‚Hoffentlich vertragen die trächtigen Ziegen das und werfen keine Jungen, die mit unseren Stimmen sprechen und selber lesen wollen', sagte ich. Aber der hat nicht auf mich gehört, hat spöttisch gegrinst und einfach weiter gelesen."

„Hat ja auch nie eine Ziege aus dem Dorf den Weg in die Schule gefunden", sagte Angela und alle lachten bei der Vorstellung, daß ein Ziegenbock unter dem Bild des großen Jossif Stalin auf die Worte von Ludmilla Kurunowa gelauscht hätte.

„Setz dich endlich, liebe Angela, deine Beine", riet Naidenka und schob sie sanft zur Bank. „Was gibt es noch zu erzählen? Nun mach schon! Wir wollen alles hören."

Also erzählte sie von der Zeit als Zwangsarbeiterin – obwohl alle die Geschichte schon kannten. Aber jeder tat so, als höre er zum ersten Mal von dem, was im Nazi-Deutschland mit ihr und Wladimir und all den anderen passiert war.

„Ich weiß nicht, ob ich euch schon mal erzählt habe, wie sie geschlachtet und gewurstet haben und wir nichts davon abbekamen."

„Nein, nein. Nichts wissen wir davon. Erzähl, Angela."

Also beschrieb sie genau, wie man in diesem schrecklichen Land die Schweine tötete und welch komischen Würste man daraus herstellte.

„Mit einem schweren Hammer – so schwer, daß der Iwan ihn nicht heben könnte – schlagen sie dem armen Schwein zwischen die Augen."

„Oh!", riefen einige Frauen. Und auch: „Grausame Menschen!" oder „Die armen Tiere!"

„Da lobe ich mir doch das Abstechen, wie unsereiner das macht. Das soll völlig schmerzfrei sein, sagten die Schlachter auf der Kolchose", erklärte Marina Scharapowa, deren Mann zuerst Schlachthelfer in der Kolchose

gewesen war, bevor er die Stelle in der Roslawler Molkerei erhielt. Sie wohnte im Boronow-Haus und ihr Mann verdiente das meiste Geld.
„Und erst die Würste! Nun gut, wenn man Hunger hat. Und einige schmekken ja auch. Aber das andere Zeugs! Da gibt es eines, das nennen sie ‚Panhasen' – oder so ähnlich. Das braten sie, streichen süßen Rübensaft darüber, so ein Art Trawa korneplow. Grausig, sage ich euch!"
„Barbaren! Aber was haben wir anderes erwartet?"
Schließlich kam sie auf die möglichen Entschädigungen zu sprechen. Das regte alle mächtig auf und sie begannen zu raten, wie viele Rubel sie wohl erwarten könne.
„Ach, ich brauch doch gar nichts", sagte sie und das regte alle noch mehr auf.
„Nichts schenkst du denen. Nimm alles an, was möglich ist", rief Marina Scharapowa.
„Wirst noch Rubelkönigin von Gurka", rief der alte Dantschenko, der ständig die Hand hinter einem Ohr hatte, um ja nichts zu verpassen.
„Ach du! Mach man bloß keine Späße; es könnte ja wirklich Geld geben und dann muß alles gut und reichlich bedacht werden", sagte Helena Islanowa, die als die Ärmste galt. Sie war schon lange Witwe und ihre Arme waren verkrüppelt und sie erhielt gerade einmal achthundertsechzig Rubel Rente.
„Nun ja; so geht es in der Welt. Der eine hat den Dill, der andere die Gurken", sagte sie immer, wenn man sie fragte, wie sie zurecht käme.
„Wir können unsere Angela jedenfalls nicht alleine lassen mit diesem Problem. Ich werde aufpassen und sage es euch, wenn sie wieder etwas im Fernsehen bringen; ich habe schon öfter Berichte über Deutschland gesehen – wie es heute da zugeht – und über die Entschädigung", sagte Dimitrij Jaroslaw. Er war der Besitzer des größten Fernsehers in Gurka, auf den er mächtig stolz war.
Allerdings erwartete Dimitrij, wenn man sich bei ihm zum Anschauen von irgendwas versammelte, daß man gehörig viel Wodka mitbrachte.
„Schließlich ist so ein ‚Wässerchen' billiger als ein solcher Fernseher. Dafür hätte ich hundert Jahre Wodka trinken können", sagte er zur Begründung. Aber da er ziemlich viel trank, bezweifelte man das.
Schließlich holte man sich auch die Stühle aus den Nachbarhäusern, setzte sich rund um die Bank in den Schatten, erzählte, lauschte und diskutierte. Hin und wieder stand einer auf, besorgte sich ein Glas Milch und war geschwinder wieder da, als man glauben sollte.
Die Kinder saßen auf dem Boden, hörten aufmerksam zu, warfen sich mit kleinen Steinchen und stießen sich schon mal leicht an. Aber ansonsten waren sie still und regten niemanden auf; sie wollten nicht verjagt werden, bei dieser spannenden Angelegenheit.
Natürlich gab es viele gute Ratschläge, und als es ganz dunkel war, verabredete man sich für den nächsten Abend, um sich über das größte Ereignis, das dem Dorf seit dem Krieg bevorstand, ausführlicher als heute zu beraten.
Man traf sich also nach Feierabend an jedem Tag dieser Woche, regelte die

Fütterung der Tiere in Angelas Abwesenheit, den Verkauf von zwei Hühner an den Händler, was schon länger verabredet war, und versprach feierlich, bei jedem Regen im Haus nach dem Rechten zu sehen.
„Ich habe damals einige von ihnen abgeschossen", prahlte Boris Tschenzow, der Dorfälteste. „Ich war gerade mal achtzehn und war ein wilder Bursche. Die Deutschen haben gekämpft wie die Löwen. Gefährlich sind die. Jedenfalls würde ich denen nicht trauen, diesen Deutschen."
„Ach, du schwätzt was daher", rief Naidenka. „Heute wird nicht mehr geschossen und ob du jemals ein Gewehr in der Hand gehabt hast, das möchte doch mancher hier bezweifeln."
„Macht mir nur Angst. Vielleicht bleibe ich auch hier", seufzte Angela.
„Tu das nicht! Wofür haben wir denn so lange und gut beraten? Hör nicht auf den Boris", riefen sie durcheinander.
„Na gut. Ihr könnt die Eier der Gänse und Hühner nehmen, aber gebt sie dem Pijotre und der Helenka; ihre Kinder brauchen sie am nötigsten. Habt ihr verstanden?"
Alle fanden das gut und so genossen sie entspannt den schönen Abend. Die Frauen tranken Kwas oder Ziegenmilch und die Männer den einen oder anderen Wodka. Danach schien alles bestens für die bald anstehende Reise vorbereitet zu sein.
„Kannst ohne Sorge fahren, Angela. Wir bleiben ja hier und nichts wird deinem Haus und den Tieren passieren", versprach Petrovitsch und alle nickten.
„Nur, du mußt noch was bedenken", sagte der Dimitrij Jaroslaw mit besorgter Miene. „Was ist, wenn der Wladimir nicht kommt am nächsten Montag? Was, wenn du alles vorbereitet hast und er hat dir einen Streich gespielt?"
„Das kann nur einer sagen, der ihn nicht kennt, meinen Wladi", sagte Angela.

„Ich lege Wert auf die Feststellung, daß es sich hier um eine Aktion, um ein Projekt, wie die das nennen, der Gesamtschule handelt. Wir, die Offiziellen der Stadt, haben weder mit den Forderungen an die Wirtschaft, noch mit der Themenaufarbeitung etwas zu tun. Ist das klar, meine Damen, meine Herren?"
Bürgermeister Ewald Krüger blickte seine Dezernenten der Reihe nach an. Bei Elvira Worms, die das Dezernat Schule und Kultur leitete, blieb sein Blick hängen.
„Nun, Frau Worms? Hab ich mich klar ausgedrückt? Sie werden nach mir die russischen Gäste kurz begrüßen. Kurz, habe ich gesagt! Sie freuen sich, so interessante Menschen hier zu Besuch zu haben, bla, bla und so fort. Sie fragen nach der Unterbringung, und daß wir hoffen, daß sie sich in unserer herrlichen Stadt wohl fühlen. Das war's. Keine Wertung der anderen Dinge, sie wissen schon. Klar?"
„Und die Presse?", fragte Harald Schröder, der Pressesprecher des Bürgermeisters. „Die erwarten eine offizielle Presseerklärung."
„Dann machen Sie eine, verdammt! Das werden Sie schon hinkriegen.

Lassen Sie alles weg, was uns Zoff mit der Industrie und den Banken machen könnte. Allgemeines Bedauern über die damaligen Zustände im dritten Reich, Verständnis für die Anliegen der Geschädigten. Das können Sie aus einem unserer Jahrbücher abschreiben; weiß doch keiner mehr. Kein Wort über die Rolle der Firmen, der Landwirte und so weiter – oder unserer Stadt. Ist das klar? Den Entwurf will ich sehen.“
Die übrigen Dezernenten, vom Sozialen über den Baubereich bis zum Kämmerer blickten auf ihre Papiere. Alles war geklärt. Fast alles.
„Wer kümmert sich um das Rahmenprogramm?", fragte Frau Worms. „Reichen wir Sekt oder was?“
„Sie, liebe Frau Worms, sie kümmern sich. Immer, wer fragt. Sie machen das mit meinem Büro klar. Sekt natürlich, und nachher ein Gläschen Wein. Nicht zuviel. Aber die Russen sollen ruhig sehen, was für eine Kultur wir pflegen. Lassen Sie die Frauen vom Stadtarchiv ein paar Schnittchen machen. Nicht zuviel. Und keinen Kaviar und so was. Rustikal würde ich empfehlen.“
„Ja, aber … Ich meine, zum Wein?“, fragte Frau Worms und hatte hektische Flecken im Gesicht.
„Dann eben Käse und Schinken. Mensch! Sonst servieren Sie halt anständiges Kölsch.“
„Ich dachte, der Leiter des Stadtarchivs könnte einen Vortrag – einen kurzen – halten, mit ein paar Bildern garniert“, sagte Frau Worms leise. „Es gibt etliche Fotos aus der Zeit. Die Baracken, in denen …“
„Sind Sie wahnsinnig, Frau Worms? Was wollen Sie damit erreichen? Sie verwechseln das mit einem Volkshochschulkurs über die Naziuntaten in unserer Stadt. Vergessen Sie’s! Nichts wird gemacht. Barackenfotos! Ich fasse es einfach nicht! – Ich begrüße mit ein paar allgemeinen, segnenden Worten und Sie, als zuständige Kulturfrau, können auf ein paar historische Eckpunkte unserer sehenswerten Stadt verweisen. Lassen Sie sich bloß nicht aufs Glatteis führen. Das Thema ist mehr als eisglatt. Verstehen Sie?“
„Entschuldigen Sie. War nur so ein Gedanke“, sagte Frau Worms, jetzt noch erheblich leiser.

Die Sonne ging gerade als milchig rote Riesenscheibe über den Hügeln hinter der Desna auf, als das schwarze Auto wieder die Dorfstraße herauf gerumpelt kam.
Professor Boronow saß im Fond, lächelte ununterbrochen, und ließ sich gehörig durchrütteln. Obwohl die Straße menschenleer in der Morgensonne lag, wußte er, daß dem Auto viele Augen folgten. Zitternde Gardinen und hastig verschlossene Türen nahm er mit einem Nicken zur Kenntnis.
Als er vor Angelas Haus ausstieg, drehte er sich in alle Richtungen, zeigte sein schmales, gepflegtes Gesicht und reckte ein wenig die magere Brust, um den am dunklen Jackett baumelnden – und von ihm auf Hochglanz polierten – Orden zur Geltung zu bringen.
„Du bist früh, lieber Wladi“, rief Angelas aus dem Haus. „Ich muß noch viel erledigen. Also warte bitte.“

„Früh? Siehst du die Sonne? Was habe ich gesagt? Nun? Mach zu, du tüdelige Angela! Ach, diese russischen Weiber! Sie haben nur ihre Kleider im Kopf. Der Zug fährt auch ohne uns; du hast nur noch eine halbe Stunde. Wir brauchen bestimmt zwei Stunden bis zum Bahnhof von Smolensk."
Doch sie ließ sich nicht beirren, schloß zunächst sorgfältig den Gänseauslauf, zählte pedantisch Gänse, Hühner, Ziegen und Schweine, trug alles in eine kleine zerfledderte Kladde ein und prüfte den Riegel am Schweinekoben. Nach einem besorgten Rundumblick ging sie wieder ins Haus, holte ihr einziges gutes Kleid aus der Korbtruhe, bürstete es aus und steckte es, zusammen mit ausreichend Unterwäsche, in die kleine Tasche aus braunem Gummi. Danach knotete sie das große, rotweiß karierte Tuch, in dem einige Trockenwürste, zwei dicke Brotlaibe und eine Kanne mit Kräutertee steckten.
„Was hast du während der ganzen Woche gemacht, Aja? Warum beginnst du erst jetzt mit der Vorbereitung?"
„Ich beginne erst jetzt? Ha! – Nun, wußte ich, ob du kommst? Und außerdem ist Sommer, da habe ich zu tun. Meine Nachbarn waren alle der Meinung, daß ich abwarten soll."
„Ah, der Rat der Nachbarn hat also getagt? Oh, ihr lieben russischen Heiligen! Warum laßt ihr es zu, daß diese neunmalklugen Nachbarn euch ständig ins Handwerk pfuschen? Das ist ja hier noch immer wie vor sechzig Jahren. Nun mach aber voran, Aja; es wird Zeit für uns."
„Du bist zu unruhig, Wladi. So wird nie was aus dir; laß dir Zeit. ‚Es kommt, wie es kommen soll.', hat meine Mamotschka immer gesagt. Und sie hat recht; es hat immer noch gereicht."
„Himmel! Schon wieder deine Mutter."
Angela ging hinüber zu Petrovitsch, der sie schon erwartet hatte. Er stand hinter dem Fenster und beobachtete die Szene vor Angelas Haus. Neben und hinter ihm drängelte sich die Familie.
„Nun? Geht es wirklich los, Angela?"
„Ja, und du wirst, wie versprochen, mein Haus und meine Tiere hüten? Ich verlasse mich lieber nicht auf die anderen. Du bekommst ein Ferkel zusätzlich – wie es abgemacht war. Und vergiß nicht, die Eier dem Pijotre zu geben."
„Und du erzählst uns genau, wie alles war, da in diesem Deutschland. Versprochen?", sagte Naidenka. „Wir passen alle auf, daß deinem Haus nichts passiert – auch die Kinder wissen Bescheid. Und wenn es stark regnen sollte ... In deiner Küche werden wir ein paar Eimer aufstellen, da wo es durchregnet."
Angela nickte und umarmte die ganze Familie; die Erwachsenen hatten Tränen in den Augen und die Kinder machten kugelrunde Münder, als sie ihnen zuflüsterte: „Weil ihr auf mein Haus aufpaßt, bringe ich euch auch was mit aus dem Deutschland."
Wladimir hatte inzwischen das wenige Gepäck im Auto verstaut und atmete auf, als sie endlich wieder auftauchte.
„Nun komm schon!" rief er ungeduldig und hielt die Wagentür auf.

Aber sie winkte ab, stellte sich vor ihr kleines blaues Haus und besah es von oben bis unten. Die wettergegerbten Wände hatten grauweiße Schlieren, waren von tausend Rissen durchzogen; die Farbe an den Fenstern blätterte, war kaum zu erkennen, und die Dachschindeln wellten sich.
Das Haus sah verschlafen und müde aus; es tat ihr weh, ihr altes Haus alleine zu lassen. Sie seufzte und dachte an die Aufregungen, die ihr diese Reise bringen würde.
„Bin ich zurück, wenn meine Saranka wirft?“
„Was? Wann wirft sie denn?“, rief Wladimir überrascht.
„Sieh sie dir an, dann weißt du es.“
Also gingen sie in den Stall, der hinter dem Haus angebaut war, lehnten sich auf die Holzbrüstung und begutachteten die schwere schwarze Sau, die im Stroh lag und sie mit hellblauen Augen aufmerksam ansah.
Sie berieten sich, wogen ab, was ihre Erfahrung hergab, und schließlich einigten sie sich auf die Meinung von Wladimir, der sich schon als Kind gut mit trächtigen Sauen ausgekannt hatte.
„Sie wird noch einige Zeit brauchen – sagen wir gut zwei Wochen; die Zitzen sind noch zu klein.“

Sie hockten im kleinen Gemeinschaftsraum der Gesamtschule und sortierten ihre Blätter. Tim hatte im Archiv Kopien anfertigen lassen von einigen Gesetzen und Verordnungen. Dazu einen Auszug aus einer der Listen des Einwohnermeldeamtes mit den Daten von Zwangsarbeitern.
„Ich möchte morgen zur TUG gehen und fragen, ob wir einmal in ihrem Archiv nach Unterlagen suchen können. Auch nach einem Besuch der Firma mit den Russen will ich fragen. Außerdem wäre es ja ziemlich geil, wenn wir ein Gespräch mit dem Werksleiter führen könnten. Das Interview würden wir dann im Projektbericht drucken. Was sagt ihr dazu? Seid ihr einverstanden?“
„Na klar“, sagte Petra Halsig, die heute mal nicht ihr Handy auf dem Tisch liegen hatte. „Ich habe auch schon daran gedacht. Ziemlich coole Sache.“
„Gut. Wenn keiner was dagegen hat, machen wir es also so. Wer geht mit? Am besten wäre es, wenn wir nur zu zweit wären; mehr sieht so nach Klassenfahrt aus.“
„Was fragst du?“, rief Petra. „Du willst ja doch bloß mit Conny losziehen.“
„Ich kann morgen gar nicht“, sagte Conny. „Ich bin schon verplant. Geh du doch mit, Petra.“
„Na, wenn ich niemanden verdränge“, sagte Petra mit süffisantem Grinsen. „Machst du einen Termin aus, Tim?“
Er nickte, nahm sein Handy raus, suchte auf einem Zettel die Nummer, die er sich bereits notiert hatte, rief die Telefonzentrale der TUG an und ließ sich mit dem Werksleiterbüro verbinden.
Etwas langatmig schilderte er der Sekretärin sein Anliegen und wurde an die Öffentlichkeits-Abteilung verwiesen. „Für solche Angelegenheiten haben wir eine eigene Abteilung. Unser Dr. Hugo Kübler kann sich um solche Dinge ja nicht selber kümmern.

„Ja, aber … Ein Gespräch, ein Interview mit Dr. Kübler? Könnten wir …"
„Nein. Es gibt in den nächsten vier Wochen keinen Termin, den ich Ihnen anbieten könnte; Dr. Kübler verreist."
Also wartete er, bis er mit dem Vorzimmer von Viktor Brenner, dem Leiter Öffentlichkeitsarbeit verbunden wurde. Auch dieser Sekretärin mußte er sein Anliegen schildern, bevor sie sich bereit erklärte, zu ihrem Chef durchzustellen.
„Gut", sagte Viktor Brenner, als Tim ihn endlich sprechen konnte. „Das sollten wir hier bei uns bereden. Morgen, sagen wir um vierzehn Uhr? Sie kennen den Weg? Gut, also bis morgen."

Tim holte Petra mit dem Rad ab. Ihr Haus befand sich in der Villengegend, etwas außerhalb der Stadt. Sie fuhren durch die schattigen Wege des Forstes, der unmittelbar hinter den letzten Häusern begann. Petra trug den kürzesten Rock, den Tim bisher bei ihr gesehen hatte. Ihre langen, braunen Beine regten ihn auf und als er sich vorstellte, daß der Rock höher rutschen würde, wenn sie sich bei Viktor Brenner hinsetzte, stöhnte er leise auf.
„Ist was?", fragte Petra. „Fährst wohl nicht oft Rad?"
„Quatsch! Mehr als du. Ich habe mich nur gefragt, ob der Brenner wohl verheiratet ist."
„Ob der verheiratet ist? Wieso? Warum interessiert dich das?"
„Weil ich gerne wissen würde, was sich in seinem Kopf abspielt, wenn du in so einem Outfit vor ihm sitzt und er dir unter den Rock linst."
„Und in deinem Kopf? Dich kann ich damit nicht aufregen?"
„Nee, bist zwar ein Topschuß, aber trotzdem nicht mein Fall."
„Du tust nur so cool, glaube ich. Meinst du, ich sehe nicht, wie du mich immer anglotzt? Tu nicht so, als wenn du mich nicht gerne anschauen würdest."
„Irrtum! Ich bin vergeben."
„Ach? An wen denn? An Conny? Ach Gott! Und deshalb bist du erblindet, oder was? Ich weiß doch wie ihr Kerle tickt."
„Nochmal ein Irrtum", sagte Tim und fuhr ein Stück vor. Die Anmache durch Petra war ihm peinlich.
„Halt mal, Tim. Ich hab was im Schuh."
Er stieg ab und Petra schob ihr Rad neben ihn. Er hielt beide Räder an den Lenkstangen fest, während Petra sich bückte und an ihren flachen Turnschuhen herumfummelte. Er blickte auf ihren Rücken; ihr Top war hochgerutscht und er zählte die Wirbel, die sich durch die braune Haut drückten.
Sie richtete sich auf, lächelte ihn an, zwängte sich zwischen die Räder und drückte ihre Brüste gegen seinen Körper. Ihre Augen waren dicht vor seinem Gesicht und bevor er reagieren konnte, küßte sie ihn mit weit geöffnetem Mund.
Er ließ die Lenkstange ihres Rades los und stieß sie mit der freien Hand heftig zurück. Das Rad stürzte zu Boden und die Mappe mit Petras Projektunterlagen fiel aus dem Korb und blieb im Gras liegen. Tim atmete

heftig, wischte sich mit dem Handrücken über die Lippen und drehte sich weg.
„Mach das nie wieder, Petra", sagte er mit gepreßter Stimme. „Ich laß mich nicht anbaggern – auch nicht von dir. Entschuldige, wenn ich dich abblitzen lasse, aber ich mag keine Mädchen, die sich anbieten."
„Du bist echt bescheuert. Was laberst du da? Ich wollte eben nur mal ein bißchen knutschen, nicht mehr. Nur Fun war angesagt. Bilde dir bloß nicht ein, daß ich dich anmachen wollte. Außerdem: Wegen der Rocklänge bin ich noch lange kein Flittchen."
„Okay. Vergessen wir das. Braucht von mir aus keiner zu wissen", sagte Tim und stieg aufs Rad.
„Klar", sagte Petra. „Ich steh eh nicht auf Gerippe. – Ach, und noch was: Dieser TUG-Mann, der soll mich mal anbaggern."
Sie blieben in der Empfangshalle vor der Theke stehen und sahen zu, wie die Empfangsdame in den PC-Monitor stierte. Sie tippte und hob nicht einmal den Kopf, tat so, als wären sie nicht da.
„Hallo! Die Marsmenschen greifen an", rief Tim schließlich.
Jetzt blickte die Frau sie an, runzelte die Stirn, sagte „Moment!" und schrieb weiter. Es dauerte Minuten, bis sie erneut den Kopf hob.
„Na, Kinder? Anmeldung als Praktikanten? – Zu spät, meine lieben Kinder. Das war vorige Woche. Alles vergeben. Kommt nächstes Jahr wieder."
„Wir sind mit Viktor Brenner, Öffentlichkeitsarbeit, verabredet. Seit ...", Tim blickte auf die Armbanduhr, „genau fünf Minuten. So lange haben Sie uns schon warten lassen. Sagen Sie ihm, wir wären da und pünktlich wären wir auch gewesen."
Petra gluckste und stieß Tim aufgeregt in die Seite. Die Empfangsdame bewahrte die Fassung, sagte nichts, griff zum Telefon und flüsterte eine Botschaft in den Hörer.
„Ihr werdet abgeholt", sagte sie nur und senkte den Kopf, um sich erneut ihrem Bildschirm zu widmen.
Als ein Mann die breite Treppe herunter kam und sie nicht aus den Augen ließ, ahnte Tim, daß es Viktor Brenner sein müßte. Ihn interessierte nur, wohin dieser Mann blickte, ob sich seine Augen, an Petras Beinen festsaugen würden.
Aber Viktor Brenner schaute ausschließlich ihm in die Augen, begrüßte ihn zuerst, reichte Petra flüchtig die Hand und bat beide, in der Nähe der Fensterfront an einem kleinen Besprechungstisch Platz zu nehmen.
„Kommen wir sofort zur Sache", sagte er und schlug die Beine übereinander. „Sie werden Verständnis dafür haben, daß ich den Termin nicht groß einplanen konnte; es gibt in fünfzehn Minuten schon den nächsten, es bleibt uns somit recht wenig Zeit. – Also, was kann ich für Sie tun?"
Tim erklärte noch einmal das Projekt, den Stand der Dinge und seine Wünsche. Mit der Feststellung: „Aber das habe ich Ihnen ja schon am Telefon gesagt", schloß er.
Viktor Brenner hatte ihn nicht einmal unterbrochen, keinen Blick auf Petras schlanke Oberschenkel geworfen, die unmittelbar neben ihm im

Ledersessel lagen, hatte lediglich seine hängenden Mundwinkel noch um einiges tiefer gehängt und sah am Ende aus wie ein todtrauriger Mensch, der zutiefst betroffen war, von dem, was er hören mußte.
„So, so“, sagte er leise. „Ja, natürlich haben Sie mir das schon gesagt. Ich habe auch gleich nachforschen lassen – im Archiv. Wir würden Ihnen ja so gerne helfen. Aber leider …“
„Heißt das, daß es aus dieser Zeit, über diesen Vorgang, nichts bei Ihnen gibt?“, fragte Petra ungläubig.
„Ja! – Nein, überhaupt nichts“, sagte Viktor Brenner zu Tim. „Äh … Es ist ja auch so, daß es gar nicht unsere Geschichte ist, mit der Sie sich da befassen. Das war die DTG, nicht wahr?“
„Ja, schon. Aber Ihre TUG ist doch die Nachfolger…“
„Nein, nein! Nur in der Meinung mancher Leute. Tatsächlich ist das inzwischen eine Aktiengesellschaft mit verteilten Anteilen. Nein, mit der DTG hat das nichts mehr zu tun.“
„Und ein Interview mit Ihrem Werksleiter Dr. …“
„Nein, nein! Wozu? Was soll er Ihnen denn sagen? Außerdem hat er sehr wenig Zeit. Er muß seinen Amerikabesuch vorbereiten. Hat Ihnen das seine Sekretärin, Frau Engels, nicht gesagt?“
„Ja, schon“, sagte Tim und überlegte. „Wie wäre es dann, wenn unsere Gäste ihre Fabrik besuchen würden? Ehemalige Zwangsarbeiter aus Rußland.“
„Oh, mein Gott! Was für Vorstellungen haben Sie, Herr …?“
„Körner, Tim Körner.“
„Ach ja. Ja, also. Was wollte ich sagen? Ach so! Nein, was sollen die hier sehen? Die DTG gibt es nicht mehr, ihre alten Anlagen auch nicht. Unsere hochmoderne Fabrikation verstehen die Russen nicht. Das kostet alles nur Zeit und bringt nichts. Gar nichts.“
Er riß den linken Arm hoch, blickte auf die Uhr, sprang auf: „Tut mir leid. Ich muß los. Der nächste Termin … Tut mir aufrichtig leid, daß ich Ihnen nicht helfen kann. – Jedenfalls wünsche ich Ihnen viel Erfolg bei Ihrer wichtigen Arbeit. Ach, übrigens! Unser Werksleiter, Herr Dr. Hugo Kübler, hat an Ihren Schulleiter, den Herrn …?“
„Dr. Kullog?“
„Ja, Kullog, richtig, einen kleinen Betrag überwiesen. Zur Unterstützung Ihrer Arbeit. Ohne Anspruch auf weitere … Also, ich wollte sagen, rein freiwillig, als nette Geste. – Auf Wiedersehen, Frau …?“
„Petra Halsig.“
„Ah! War nett, Sie kennen zu lernen. Auf Wiedersehen, Herr Körner“, sagte er und stürmte bereits die Treppe rauf.
„So ein Asi!“, schnaufte Petra, als sie vor dem Werkstor standen. „So ein Brotgehirn! Mann! Ein Schwuler! Mein erster Schwuler! Wenn ich das erzähle.“
„Woher willst du wissen, daß der schwul ist? Vielleicht ist der nur glücklich verheiratet. Warum bist du so sauer?“, fragte Tim und grinste. „Weil er deine – zugegeben – schönen Beine nicht beachtet hat? Jetzt hast du heute schon zwei Abfuhren erleiden müssen.“
„Du bist ein Clown! Der und verheiratet! Da müßte die Braut aber Miss

Germany sein, wenn er mich übersehen wollte. Der hat doch erst gemerkt, daß ich da bin, als er sich verabschiedet hat. Hast du das bemerkt? So ein Scheißknacker!"
„Jedenfalls hat der uns abblitzen lassen. Es war einfach ätzend, wie der alles abgeblockt hat."
„Und jetzt? Du bist doch ein echter Fighter, Tim. Wirst du aufgeben?"
„Nichts! Alles ist Oky-Doky. Wir haben genug Unterlagen aus dem Stadtarchiv. Dann schreiben wir eben das, was wir für wahr halten. Sollen die sich doch später ärgern. Mal sehen, wer nachher der Looser ist."

Und nun würde sie doch mit einem Zug fahren. Nach all diesen Jahren würde sie ihren heiligen Schwur brechen. Sie würde mit ihm fahren, gemeinsam mit ihrem Cousin Wladimir, wie schon einmal.
Sie stand vor dem weißen, hohen Gebäude, dessen Turmspitzen in den blauen Himmel stachen, und versuchte sich zu erinnern. Der Smolensker Bahnhof. Er liegt am Nordende der Uliza Twerskaja, hebt sich ab von allen Bauten, ist so weiß und prächtig wie eine Kathedrale.
„Nein! Wie ein Mondschloß", dachte sie. „Ja, so schön wie ein Schloß aus Mondgestein, wie es der Wladi früher immer gebaut hat."
Die beiden filigranen weißen Türme säumten das prächtige Eingangstor und unter dem ausladenden Vordach drängten sich die Menschen, die hinein und heraus strömten. Lautsprecherstimmen drangen aus der Halle, vermischten sich mit dem Straßenlärm.
Ein reger Betrieb herrschte an diesem Montag. Die Menschen kamen mit Taxis oder eigenem Auto, suchten sich einen Parkplatz, stritten mit Hupen oder schrieen aus den offenen Wagenfenstern ihre Konkurrenten im Kampf um einen Platz oder freie Durchfahrt an. Von einem Würstchenstand waberte ein Gemisch aus Fleischgeruch und verbrannter Kohle bis zu ihnen herüber.
„Ich müßte das Bild doch im Kopf haben", sagte Angela und zog Wladimir am Ärmel. „Ich kann es nicht finden. War er damals noch nicht da?"
„Wer? Der Bahnhof? Ach, du armes Mütterchen Rußland. Was hast du bloß für Töchter geboren? Diesen Bahnhof gibt es schon seit 1870. Und so alt wirst du ja wohl noch nicht sein."
„Aber damals, als wir …"
„Papperlapapp! Du irrst dich. Sie haben uns nicht zum Bahnhof gebracht. Draußen, weit draußen, auf freiem Feld, haben sie uns in die Waggons gepfercht. Aber es ist ja auch kein Wunder, daß du es nicht mehr weißt. Du hast ja nichts gesehen damals. Dein Blick war auf den Boden gerichtet und erst als wir vor dem Zug standen, hast du aufgeschaut und laut geschrieen."
„Nicht wegen des Zuges. Weil ich meine Mamotschka gesehen hatte – dachte ich damals. Aber sie war es wohl nicht; sie hat mich nicht angesehen. Wo sie bloß geblieben ist?"
„Das sind alte Geschichten, ewig lange her. Laß es gut sein, Aja. Jetzt ist alles anders. Komm, es wird Zeit. Der Zug wartet nicht auf uns."

Er mußte sie ziehen wie ein ungezogenes Kind. „Langsam!“, keuchte sie. „Du rennst ja wie eine heiße Ziege.“
Aber er ging schnell weiter, eilte durch die Bahnhofshalle und blieb vor der großen Tafel stehen.
„Das ist unser Zug. Meine Güte, wie viele Stationen. Hoffentlich ist er pünktlich. Er kommt aus Moskau. Da, lies: D 240. Moskwa Bjelorusskja – Warszawa Wschodnia – und da, da steht es: Düsseldorf. Dort werden wir umsteigen nach Köln.“
Sie buchstabierte die Namen der Städte, die der Zug ansteuern würde, bevor er ihr Ziel erreichte. „Diese Städte werden wir alle sehen, Wladi?“
„Ach wo, du Träumerin. Nichts werden wir sehen, außer dreckigen Bahnhöfen.“
Der Zug stand bereits auf dem Gleis und sie hasteten an den Wagen vorbei, bis Wladimir rief: „Hier! Das ist die richtige Nummer. Hier ist unser Wagen. Wir werden dort schlafen können. Sie werden einen Schlafwagen bestellt haben.“
„Irrtum!“, sagte ein Mann, mit der Mütze eines Zugschaffners, die er weit in den Nacken geschoben hatte. „Das hier ist ein ganz normaler Wagen zweiter Klasse, aber höchst bequem, wie alle unsere russischen Eisenbahnwagen. Wo soll's denn hingehen?“
„Das muß ein Irrtum sein“, sagte Wladimir und zog die Fahrkarten aus der Rocktasche. „Hier! Das kommt von der Stadtverwaltung Smolensk. Wir fahren nach Deutschland, nach Köln.“
„Ein Irrtum ist es zwar, aber nicht meiner. Dies sind die Karten für diesen Wagen, in dem zwei Plätze reserviert sind. Aber es ist kein Schlafwagen.“
„Oh! Da haben sie uns nur die billigsten Karten gekauft. Es fängt nicht gut an, Aja. – Hören Sie, wie soll diese arme, alte Frau eine Fahrt von mehr als dreißig Stunden aushalten, wenn sie nicht schlafen kann? Haben Sie keinen freien Platz in einem Schlafwagen? Ich zahle zu.“
„Laß, Wladi, laß nur. Was glaubst du denn, was eine russische Frau alles aushält? Ich sitze oft auf meinem wackeligen Stuhl und nicke ein, vergesse ins Bett zu gehen. Na und? Am nächsten Morgen bin ich frisch und ausgeruht. Jedenfalls haben meine Schweine deshalb noch nie ein mürrisches Gesicht bei mir gesehen.“
„Außerdem ist nichts frei in diesem Zug. Die Betten muß man lange vorher bestellen. Sie fahren wohl nicht so häufig, was? – Ah! Moment! Machen sie vielleicht Ihre goldene Hochzeitsreise? Oh! Ich verstehe! Sollte so eine Hochzeitsnacht wie damals werden, was?“, rief er und klopfte Wladimir so heftig auf die schmalen Schultern, daß der einknickte. „Im schwankenden, schaukelnden Zug, was? Tolle Liebesnacht? Klack, Klack der Räder und sanftes Schaukeln? Wir Russen sind Romantiker, liebe Frau. Aber ...“
„Ich ... Junger Mann!“, rief Wladimir und hob strafend den Finger.
„Na ja. Dann, liebe Frau, hätte Ihr Mann sich eher kümmern müssen. Das wird nun nichts mit der goldenen Hochzeitsnacht. Aber so sind sie, die russischen Ehemänner. Romantiker aber keine Praktiker.“ Sie hörten ihn noch lachen, als sie schon im Wagen waren.

„So ein dummer Kerl“, murmelte Wladimir. „Hochzeitsnacht! Ha!“
„Hätte sein können, lieber Wladi. Hätte doch sein können“, sagte Angela und lächelte zum ersten Mal an diesem Tag.
Sie fanden ihr Abteil völlig leer. Wladimir verstaute ihr Gepäck im schmalen Netz und sie setzten sich auf die reservierten Fensterplätze.
„Niemand fährt dort hin. Niemand! Und du sagst, täglich führen so viele. Andere sind klüger als ich.“
„Ach wo! Wir sind nur sehr früh“, sagte Wladimir und blickte auf den leeren Bahnsteig. „Ich habe wohl die Ankunftszeit mit der Abfahrtszeit verwechselt. Er steht hier sehr lange nach der Ankunft; wir werden warten müssen.“
„Ja, ja. Die alten Ehemänner“, seufzte Angela. Sie spürte ein Ziehen in der Brust und lauschte auf die unverständlichen Durchsagen. „Wir haben jedenfalls einen guten Platz. Besser als beim letzten Mal.“
„Du denkst nur daran“, sagte Wladimir und drohte ihr mit dem Finger. „Jeden Tag fahren sie, Tausende Menschen fahren hin und her und keiner denkt wie du.“
„Keiner hat meine Bilder im Kopf. – Und wo sind sie, die Tausende Menschen?“
„Nun, sie kommen schon noch. Warte ab. Aber du solltest dein Kopfalbum auch mal geschlossen halten. Nicht immer nur die bösen Gedanken und Bilder von früher ansehen.“
„Wenn ich es könnte …“
„Weißt du noch, daß deine Mutter auch immer von ihrem Kopfalbum sprach? Da war sie so stolz drauf, als hätte sie es sich selbst geschaffen.“
„Wie sollte ich das vergessen? Sie hat mir diese kostbare Gabe doch vermacht. Darum nenne ich es doch so.“
„Ist es wirklich eine kostbare Gabe, liebe Aja?“, fragte er, aber sie gab ihm keine Antwort.
Allmählich füllte sich der Bahnsteig. Geschimpfe, Stöhnen und Fluchen waren zu hören und wenig später schoben sich Reisende in ihr Abteil. Männer und Frauen belegten die Plätze, stemmten ihr Gepäck in die Netze und fielen ächzend in die Sitze.
Immer mehr Reisende drängten sich auf dem Gang, suchten mit gequälten Blicken die längst voll besetzten Abteile nach freien Plätzen ab.
„Nur gut, daß wir früh genug hier waren. Es hätte Streit gegeben, wegen unserer reservierten Plätze“, sagte Wladimir leise.
„Die Armen! Wir können ja abwechseln. Ich muß nicht immer sitzen.“
„Du bist still! Wirst noch froh sein, daß du sitzen darfst“, sagte Wladimir und blickte sie mahnend an. „Laß dir das bloß nicht einfallen. Du kriegst ihn nicht zurück.“
Angela betrachtete ihre Reisegenossen, die sich langsam erholten. Man lächelte sich gegenseitig an, nickte zustimmend und sie fragte jeden, ob er auch nach Deutschland fahren würde.
„Aja!“, mahnte Wladimir, aber sie ließ sich nicht bremsen.
Als alle ihre Frage verneint und bereitwillig ihre Ziele genannt hatten, die

allesamt in Rußland lagen, da mußte sie ihre Frage begründen: „Ja, stellt euch vor: Ich, die alte Angela Pawlowska aus Gurka, mache eine solche Reise. In meinem Alter. Ja, was man sich nicht geträumt hat, kommt manchmal daher wie die Liebe, die sich auch nicht ankündigt."
Professor Wladimir Iljitsch Boronow hatte während der ganzen Zeit gelächelt und als Angela ihn anblickte, fragte er sie: „Nun, du kleine Aja? Woher hast du deine Weisheiten? Kommt daher wie die Liebe. Woher willst du's wissen, du verschlafenes Dorfmädchen?"
„Nun, was weißt du, wie viele Liebhaber ich in meinem langen Leben hatte? War es einer? Oder waren es zehn? Na, siehst du! Nichts weißt du!"
Als alle Mitreisenden laut lachten, versteckte sie ihr Gesicht an der schmutzigen Scheibe und schaute auf den Bahnsteig, auf dem ein Liebespärchen sich umarmte uns küßte.
„Noch nie habe ich in Gurka gesehen, daß sich zwei küssen. Draußen auf der Dorfstraße. Man muß sich das vorstellen. Da hätten wir an drei Abenden Gesprächsstoff."
„Sie werden Abschied nehmen", sagte Professor Boronow. „Und wann, bitte, nimmt bei euch schon mal einer Abschied?"
„Heute erst. Ich habe Abschied genommen. Habe ich deshalb auf offener Straße meine Nachbarn geküßt?"
Professor Boronow lachte und schüttelte den Kopf über seine Aja. Er mußte sich immer wieder in Erinnerung rufen, daß sie nie in einer Großstadt gewesen war und nur das Dorfleben kannte.
„Sag mir lieber: Macht dir der Zug jetzt immer noch Sorgen? Es ist nicht mehr der Zug, den du kennst. Hier geht es bequem zu und niemand nimmt dir etwas weg."
„Hoffentlich", seufzte sie und zuckte zusammen, weil der Waggon heftig ruckte, als der Zug anfuhr. „Es geht los, Wladi. Unsere große Reise beginnt. Wie mag sie enden?"
„Gut. Natürlich wird sie gut enden. Und du wirst bis an dein Lebensende davon träumen. Leg dir nur recht viele Bilder in dein Kopfalbum."
Zunächst betrachtet sie noch – wach und neugierig – alles, was am Fenster vorüber zog. Der Zug kämpfte sich mühsam über die zahlreichen Weichen, schwankte und quietschte hin und wieder empört, wenn die Gleiswechsel gar zu schell erfolgten. Die verfallenen Hinterhöfe, die Schutthaufen und Berge von Schrottautos, die entlang der Gleise zu sehen waren, betrübten sie.
Sie atmete auf, als die letzten Häuser passiert waren und sie in die sanfte Hügellandschaft einfuhren. Hier sah es fast so aus wie in Gurka, dachte sie.
„Der Zug fährt von Smolensk bis Düsseldorf durch und erst dort müssen wir nach Köln umsteigen", sagte Wladimir.
„Ich weiß nichts von solchen Städten. Ich kenne nur diese eine Stadt – und das ist schlimm genug."
„Wir brauchen den Waggon jedenfalls vorher nicht verlassen. Auch wenn an der polnischen Grenze die E–Lok durch eine Diesellok und an der deutschen Grenze diese erneut gegen eine E–Lok ausgetauscht wird, die

Waggons bleiben die gleichen. Sogar den Umbau der Fahrgestelle von der russischen auf die europäische Breite werden wir ohne Zug- oder Wagenwechsel hinter uns bringen können."
Was du alles weißt", seufzte Angela. „Ich vergesse das schon in wenigen Minuten."
Professor Wladimir Iljitsch Boronow und Angela Pawlowska hatten sich damit abgefunden, während der fast anderthalb Tage dauernden Fahrt auf den harten, mit braunem Kunstleder bezogenen Bänken ausharren zu müssen. Immerhin hatten sie es besser als die meisten anderen Reisenden, die keinen Platz in einem Abteil gefunden hatten.
Die Gänge waren vollgestellt mit Gepäck und Kartons und ihr Abteil bis auf den letzten Platz gefüllt; es gab kaum Möglichkeiten, sich frei zu bewegen. Die Luft war milchig grau vom Rauch des billigen Tabaks, der aus allen Abteilen aufstieg.
„Ja", dachte Angela, „wie immer hat mein Wladimir wohl recht. Es wird eine gute Reise werden und ich werde meinen Freunden noch lange von diesem Abenteuer erzählen können. Ach ja, der Wladi! Er ist so klug. Wenn er nur das Glück gehabt hätte, eine gute Kindheit zu erleben."
Sie dachte an die gemeinsam verbrachten Kinderjahre, die nicht nur aus Sonnenschein und Baden in der Desna bestanden hatten. Wie immer, wenn sich ihre Gedanken in der Vergangenheit verloren, tauchten die Bilder auf; unendlich viele Bilder, lebhafte und bunte, traurige und grauschwarze, schmerzhafte und blutrote, steckten in ihrem ‚Kopfalbum', wie ihre Mutter es genannt hatte. Sie lehnte den Kopf zurück und schloß die Augen.
„Ich bin müde, Wladi", murmelte sie.

Angelas Kindheit, wenigstens bis zu einem bestimmten Tag im Jahre 1941, wurde durch das Dorfleben geprägt. Das Land vor und hinter den Kurganen wurde immer ärmer, die Not der Menschen immer größer, die Angst vor den Mächtigen immer größer – und Gurka machte in all dem keine Ausnahme. Ihr Dorf lag zwar mehr als hundert Kilometer entfernt von Smolensk und mehr als zwanzig Kilometer weit war es bis nach Roslawl, der nächsten Stadt, aber die große Politik, die strahlte aus vom fernen Moskau bis in dieses Dorf, das zur Kolchose ‚Nowaja Shisn' gehörte.
Alle Männer und Frauen des Dorfes arbeiteten in dieser Kolchose. Niemand durfte eine andere Arbeit annehmen, außer der Bewirtschaftung der kleinen Landstücke, die man ihnen zugeteilt hatte.
Die Eltern von Wladimir Iljitsch Boronow, Iljitsch und Vera, arbeiteten ebenso in der Kolchose wie Olga, Angelas Mutter. Olga, ihre geliebte Mamotschka, ging am frühen Morgen aus dem Haus und kam am späten Abend zurück; an sechs Tagen in der Woche. In dieser Zeit wurde Angela von der alten und gebrechlichen Großmutter des Wladimir betreut.
Einmal in der Woche, zumeist am Mittwoch, versammelten sich die Dorfbewohner in der Schule und ertrugen den Vortrag des neuen Dorfsowjets, Nikolai Stepanskoy. Er war streng, meldete jeden, der nicht zur Versammlung erschienen war, dem Parteibüro in Roslawl – oder wenig-

stens dem Direktor der Kolchose, was ebenfalls unangenehme Folgen haben konnte.
Er war so ganz anders, als Vladimir Sharonov, der über viele Jahre ihr Dorfsowjet gewesen war. Der stammte aus Gurka und das sagte eigentlich alles. Er hatte als Junge Ziegen gehütet, hatte mit vierzehn den ersten Wodkarausch gehabt und war mit einundzwanzig mit Vera in das Haus ihrer Eltern gezogen, die beide früh gestorben waren.
Ihn, den Vladimir, hätten sie gerne noch länger als Hüter der Stalinschen Gesetze behalten. Aber wie es halt so ist, den Guten frißt der Bär und der Böse frißt den Honig, wie die Gurkaner später oft mit Bedauern sagten.
Es war tatsächlich ein Bär, der den Vladimir Sharonov fraß – wenigstens teilweise. Im letzten sehr strengen Winter hatte er sich am Wässerchen zu sehr gewärmt und war beim Holzschlagen, oben am höchsten Kurgan, wohl eingeschlafen. Als man ihn am nächsten Tag fand, oder besser gesagt seine unverdaulichen Reste, waren Bestürzung und Trauer groß gewesen.
Nikolai Stepanskoy stammte nicht aus dem Dorf, noch nicht einmal aus Roslawl, was man gerade noch ertragen hätte. Er war eine Woche nach dem Tod von Vladimir Sharonov eingetroffen, in Begleitung von zwei finster dreinschauenden Männern in Ledermänteln. Ledermäntel trug kein normaler Mensch. Jeder in Gurka wußte, daß es sich nur um Männer der Organi, wie man die Geheimpolizei allgemein nannte – also des NKWD, handeln konnte.
Außerdem kamen sie in einem ‚Schwarzen Raben', durch dessen Scheiben man nicht reinschauen konnte, wie die Kinder berichteten, die sich dem Wagen vorsichtig genähert hatten, als die Männer im Haus waren.
Die Familie von Nikolai Stepanskoy, seine Frau Marina und sein Sohn Valeriy, kam eine Woche später. Marina Stepanskoya mußte nicht in der Kolchose arbeiten, was alle sehr wunderte. Man sah sie nur selten und nie kam sie zu den abendlichen Schwätzrunden. Es war eine kleine, blasse und unscheinbare Frau unbestimmbaren Alters. Sie verließ ihr Haus nur, wenn sie es unbedingt mußte. Alle Käufe beim Händler besorgten ihr Mann oder ihr Sohn.
Olga hatte Marina Stepanskoya einmal angesprochen und zu einem Glas Ziegenmilch in ihr Haus geladen, aber die hatte wortlos mit dem Kopf geschüttelt und war ins Haus zurück gegangen.
„Sie kann meinen Blick nicht ertragen", erzählte Olga am nächsten Schwätzabend – und damit war allen klar, daß sie nicht ins Dorf paßte.
Ihr Sohn, der Valeriy, hatte die Schule schon hinter sich und war vom ersten Tag an der Schrecken aller Kinder im Dorf. Noch nie hatte ein Junge, der stärker war als die anderen Dorfjungen, seine Stärke ausgenutzt und die schwächeren Kinder drangsaliert. Valeriy tat das fast täglich. Er schlug, peinigte und ärgerte Jungen wie Mädchen, störte sich nicht an ihrem Geschrei – und Angst vor deren Eltern schien er nicht zu haben.
„Der Rüpel weiß genau, daß er sich das erlauben kann; er ist ja der große Liebling seines Vaters", flüsterte man sich an den Abenden zu, wenn man zusammen saß und den Tag besprach.

Jedenfalls mußte der Valeriy auch in der Kolchose arbeiten, denn er war bereits achtzehn Jahre alt. Aber auch dort wirkte die Stellung seines Vaters. Leichte Botenarbeiten und kleinere Besorgungen, mehr brauchte er nicht zu machen.
Olga nahm ihre Tochter fast immer mit zu den Versammlungen. Angela schlief dort regelmäßig ein, den Kopf auf dem Schoß ihrer Mamotschka.
An diesem Mittwoch aber war sie wach, hellwach. Wladimir hatte ihr schon gesagt, daß es Ärger geben würde, weil sein Vater nicht zur Versammlung kommen könnte.
„Ich bin krank, ernsthaft krank und laß mich nicht durch einen Idioten aus der Stadt kommandieren", hatte er seiner zitternden Frau Vera gesagt.
Und es gab Ärger! Zunächst stellte der Dorfsowjet die Anwesenheit fest, registrierte die mürrischen Hier-Rufe mit einem Häkchen auf seiner Liste. Als er „Iljitsch Boronow!" rief – mit einem wissenden Lächeln im feisten Gesicht –, antwortete Angela mit tiefer Stimme „Hier!"
Das gab Gelächter und der Kopf von Nikolai Stepanskoy lief dunkelrot an.
„Wer nicht todkrank ist, und zwar laut einem Attest vom Arzt, hat hier zu erscheinen und muß sich von den klugen Worten unseres Führers, Jossif Stalin, leiten lassen. Ich werde melden."
„Aber! Er …", rief Angela.
„Still!", flüsterte Olga. „Sag mal einem Felsen, er soll dir weichen."
Nikolai Stepanskoy stand, während er zur Dorfgemeinschaft sprach, unter dem großen Bild von Jossif Stalin, auf dem dieser milde auf die müden Frauen und Männer schaute, deren Blicke allesamt auf den Boden gerichtet waren, als gäbe es dort Ameisen zu beobachten oder andere wichtige Entdeckungen zu machen. Es sah aus, als schämten sie sich vor dem strengliebevollen Blick ihres verehrten Führers.
Nikolai Stepanskoy war gerade mal eine knappe Woche im Dorf Gurka, als er schon einen neuen Namen hatte, den er einem barschen Kommando und der stets benutzten Schlußbelehrung verdankte: „Nje Poloscheno!", „Nicht erlaubt!"
Das ging so den ganzen lieben langen Tag über; egal wo und wann man ihn traf.
„Ich werde dieses verlotterte Dorf zu einem Musterdorf machen. In einiger Zeit werdet ihr euch fragen, wie es jemals hatte anders sein können. Ihr werdet mich lieben."
Na ja, das taten sie jedenfalls nicht und hatten es auch nicht vor. Sie haßten seine Anordnungen, egal ob sie die hatten übertreten wollen oder nicht.
„Kartoffeln mitnehmen aus der Kolchose: Nje Poloscheno."
„Wodka trinken während der Arbeit; Nje Poloscheno."
„Kwas in der Teekanne mitnehmen zur Arbeit; Nje Poloscheno."
„Über Väterchen Stalin schlecht reden: Nje Poloscheno."
„Unsere Erzeugnisse als marode bezeichnen: Nje Poloscheno."
„Heimliches Schwätzen bei der Arbeit: Nje Poloscheno ."
„Nicht erscheinen bei der wöchentlichen Versammlung: Nje Poloscheno."

Und überhaupt war alles, was irgendwie menschlich war, was ihnen als völlig normal erschien und das Leben leichter machte: Nje Poloscheno."
„Dieser Nje Poloscheno ist eine Plage Gottes. Aber, paßt gut auf!", sagte Olga, „Er ist zwar ein Bolwan, ein großer Dummkopf sogar, aber gefährlich. Laßt ihn besser in Ruhe und sitzen wir ihn aus."
Lange und ausführlich widmete der Nje Poloscheno sich stets der tufta. Dieses tufta war ihre Umschreibung für alles, was den Anschein erweckte, man habe die gesetzte Norm bei der Arbeit erfüllt.
Jeder Gurkaner wußte von den verschiedenen Tricks, um tufta zu machen. War man krank, sollte man es bekanntlich nicht sein, weil es Nje Poloscheno war. Kranksein war grundsätzlich Nje Poloscheno. Aber was tun, wenn es einem schlecht ging? Dann machte man eben tufta, was meistens durchging. Das führte zwar zu völlig falschen Zahlen beim Planabgleich. Aber was war das schon gegen einen schmerzenden Kopf oder Durchfall?
Jedenfalls ließ Nikolai Stepanskoy keine Möglichkeit aus, um den müden Kolchosmitarbeitern die Verbote und Regeln einzubleuen, die ihm vom Parteibüro eingetrichtert worden waren.
Nur Olga Pawlowska wagte es hin und wieder, diesem allgewaltigen und gefürchteten Nje Poloscheno die Stirn zu bieten.
So saßen die Nachbarn an einem Abend still und müde vor Olgas Haus. Olga, ihre Nachbarn und Freunde schauten sich den blutroten Abendhimmel über der Desna an und lauschten den leise zirpenden Grillen. Die Flasche kreiste und weil es Samstag war und man am nächsten Tag nicht zur Kolchose mußte, trank Olga bereits ihr zweites Glas Kwas. Es war also ein wunderschöner Feierabend, wie man ihn in Gurka häufig erleben konnte.
„Nasdarowje! Der Nje Poloscheno kommt", flüsterte Pjotre Koltschin, ohne zur Straße zu sehen.
„Nun? Gibt es hier Revolution?", fragte Nikolai Stepanskoy und stellte sich breitbeinig vor die Leutchen, die nichts anderes taten, als den Abendhimmel bewundern und etwas dabei zu trinken, was den Himmel noch schöner aussehen ließ.
„Ihr wißt genau: Schlecht reden über Jossif Stalin oder die glorreiche Sowjetunion ist Nje Poloscheno!"
Niemand sagte etwas, man sah weiter himmelwärts und als der Nje Poloscheno seine Arme in die Hüften stemmte und hörbar schnaufte, stellte Olga fest: „Es ist der Wille unseres geliebten Genossen Jossif Stalin, daß sich die Bevölkerung, die in der Woche hart arbeitet, am Samstagabend und am Sonntag erholt, damit sie weiterhin gute Leistung bringen kann – zum Ruhme der Sowjetunion."
Das ergab ein grummeliges, jedenfalls zustimmend klingendes, Geräusch aus den etwa zehn bis zwölf Mündern.
„Das ist gut. Aber euer Dorfsowjet ist immer im Dienst für unseren Genossen Stalin und für unsere geliebte Sowjetunion. Er kennt keinen Feierabend, keinen Feiertag, wie ihr. Darauf – und auf unseren Genossen Stalin – könnte ich einen Schluck von diesem ‚Wässerchen' vertragen", sagte er und hielt fordernd die Hand ausgestreckt.

Pjotre Akbulak, der gerade die Flasche trinkbereit in der Hand hielt, zuckte und wollte sie dem Dorfsowjet reichen, als Olga laut ausrief: „Halt! Halt! Unser Führer, Jossif Stalin, hat gesagt: ‚Trinken im Dienst ist Nje Poloscheno'. Du bist im Dienst, wie du sagtest, also geht das nicht. Wir sollten stets die Anordnungen des großen Führers befolgen."
Das ergab ein vielstimmiges Glucksen, Hüsteln und Füßescharren, ließ den Dorfsowjet mit versteinerter Miene wegdrehen und den sowieso wunderschönen Abendhimmel noch viel prächtiger erscheinen. Nur laut lachen, das traute sich keiner.
Jedenfalls war das der Anlaß für eine wütende, bedrohliche Beschimpfung bei der nächsten Versammlung, in der jeder Wodkagenuß in der Öffentlichkeit angeprangert wurde. Angeblich hatte Jossif Stalin in einer denkwürdigen Verordnung – die man bisher entweder nicht gekannt oder nicht beachtet hatte – festgestellt: Wodka in frischer Luft: Nje Poloscheno.
In seiner grauen Uniform blickte Väterchen Stalin lächelnd auf die müden Menschen, die den Drohungen des Dorfsowjets lauschten und sie so schnell wie möglich wieder vergaßen. Genau so belächelte er am Tage die etwa vierzig Schulkinder, die hier für ihr Leben lernten. Unter dem Bild stand die Inschrift: „Ich danke dem Genossen Stalin für meine glückliche Kindheit".
Der Vater von Wladimir, Iljitsch Boronow, war in der Kolchose für die gesamte Energieversorgung zuständig. Er verlegte Leitungen, wechselte Lampen und Birnen aus, besorgte Ersatzmaterial und bekam, wenn es keine einzige Störung gegeben hatte – was nach allgemeiner Ansicht jedes Mal einem Wunder gleichkam –, ein besonderes Lob vom Kolchosdirektor Pjotr Koltschin.
Jeder wußte, wie schwierig die Arbeit von Iljitsch Boronow war; Ersatzteile waren nur selten vorhanden und wenn man welche bekam, waren sie oft schlecht oder unbrauchbar.
Alles war also gut, und Vera, seine Frau, ließ sich als Sekretärin des Direktors Koltschin beinahe jeden Monat einige lobende Worte über ihren Mann in den fälligen Produktionsbericht diktieren.
Dann kam das Gewitter! Es gab den ganzen Sommer über Gewitter in und um Gurka; was vielleicht am Wasser der Desna lag, wie die Alten mit wissendem Gesicht erzählten.
Die Gewitter waren mal so und mal so; es gab unbedeutende und heftige. Da gab es Gewitter mit Blitzeinschlägen in den Birken oben auf den Hügeln, üble Gewitter, bei denen der begleitende Regen oder gar Hagel die Erntefelder platt machte, Gewitter, nach denen die unbefestigten Straßen nicht mehr passierbar waren und die sanfte strömende Desna zu einem reißenden Strom wurde – und es gab Gewitter, die sich nur hinter den weiter entfernten Kurganen abspielten. Ja, das Land war hügelig und der höchste Kurgan sogar mehr als zweihundert Meter hoch. Das mochte die Gewitter manchmal festhalten, die schweren Wolken über dem Tal der Desna ausregnen lassen.
Das Gewitter, das nun in Gurka Schicksal spielte, zog mit einem weißen, harmlos wirkenden Wolkenturm über den höchsten Hügel und seinem

Birkenwald hinweg, hing sich über die Gebäude der Kolchose und blieb dort.
Es war eigentlich kein richtiges Gewitter, denn es bestand nur aus einem einzigen Blitz mit einem unmittelbar folgenden Donnerschlag. Bevor die Arbeiterinnen und Arbeiter sich vom Schreck erholt und sich aus den Ackerfurchen, in die sie sich geworfen hatten, hochstemmen konnten, waren die weißen Wolkentürme weiter gezogen, verschwanden hinter den mächtigen Hügeln im Osten.
Dieser einzige Blitz aber, der fand den Weg in die elektrischen Kabel der Kolchose, schmolz Kupferleitungen, sprengte Steckdosen von den Wänden und ließ die Maschinen noch einmal aufheulen, bevor sie für lange Zeit verstummten.
Zwei Tage später mußte Vera Boronowa einen Bericht schreiben, in dem die Schäden aufgezählt, Ausfallzeiten summiert, die Schadenssumme geschätzt und der Verantwortliche benannt wurde: Iljitsch Boronow!
Nicht ein teuflisches Naturereignis, nicht die schlechten Materialien, nicht die veraltete Technik, nein, ein verantwortlicher Mensch mußte her. Vera Boronowa schrieb mit zittrigen Fingern und Nebel vor den Augen den fälligen Bericht, den ihr Pjotr Koltschin diktierte.
Sekundenlang mußte Vera überlegen, wie man den Namen Boronow schreibt. Ihren eigenen Namen, den sie schon Hunderte mal geschrieben hatte. Und als sie das Schriftstück endlich fertig hatte, war ihr so übel, wie in der Zeit, als sie mit Wladimir schwanger war – und genau wie damals fiel sie für Minuten in Ohnmacht.
Drei Tage später hielt ein Lieferwagen vor dem Verwaltungsgebäude der Kolchose. Ein grauer Wagen mit zwei kleinen, dunklen Schlitzen auf jeder Seite, die mit schwarzem Glas verschlossen waren. Und darunter prangte auf jeder Seite eine glänzendgrüne Sektflasche, deren Korken gerade aus dem Flaschenhals sprang und zuließ, daß das kostbare Naß in Fontänen auf die graue Wagenfläche spritzte, wo es gelb herunter tropfte.
„Zu allen festlichen Anlässen Schampanskoje", hatte der Maler in wunderschöner Schrift, über die ganze Fläche verteilt, unter die Flasche geschrieben.
Und drei Männer in langen Ledermänteln stiegen aus dem Lieferwagen. Sie blickten sich um, zogen die Hüte tiefer ins Gesicht und verschwanden im Büro des Direktors Pjotr Koltschin. Nach etwa fünf Minuten lief Valeriy Stepanskoy rüber in die große Halle.
„He! Iljitsch Boronow! Sie sollen sofort ins Büro kommen. Da sind Männer aus Roslawl, die Sie sprechen wollen. Ich glaube, die wollen Sie verhaften", sagte er mit einem häßlichen Grinsen.
„Verschwinde, du Nichtsnutz!", fauchte Iljitsch Boronow. „Eines Tages hau ich dem eins in das freche Gesicht", sagte er zu den Frauen, die Säcke mit Weizen füllten.
Er hatte gerade die neue Kupferleitung durch die Halle zum maroden Schredder gelegt und sagte beim Rausgehen: „Beschissene Ersatzteile. Wie soll hier was funktionieren?"

Zwei Minuten später betrat er das Verwaltungsgebäude und weitere fünf Minuten später verließ er es wieder in Begleitung der drei Ledermantelmänner.
Olga, Angelas Mutter, die gerade eine Schubkarre mit Weizenspreu aus der Scheune schob, sah das blasse Gesicht von Iljitsch Boronow und sie war die letzte aus dem Dorf, die ihn damals gesehen hat.
Immer wieder mußte sie an den folgenden Abenden beschreiben, wie seine dunklen Augen sie angeblickt hatten, mußte seine Verzweifelung beschreiben und wie fahrig seine Hände den Hosengürtel stramm zogen. Sie mußte erklären, wie er mit Nachdruck in den Lieferwagen geschoben worden war, wie grimmig und doch seltsam unbeteiligt die Männer der Organi ausgesehen hatten.
„Sie trugen glatte, sehr schöne Lederschuhe", wußte sie zu erzählen, weil sie das beeindruckt hatte. „Solche schönen Schuhe trägt man nur in der Stadt. Und ihre Hosen! Graue, Hosenbeine schauten unter den langen Mänteln raus. Es sah aus, als gingen die Männer auf ein Fest."
Selbst die dunklen Scheiben, durch die man die Insassen nicht erkennen konnte, beschrieb sie genau. „Wie die Augen eines Ungeheuers sahen sie aus. Furchtbar! Und dann erst die Flasche! Gemalt, so schön, daß man glatt daraus trinken mochte."
„Warum ein Lieferwagen für Schampanskoje? Was machen sie damit?", fragten sich die erschütterten Zuhörer. „Was soll einer denken, den man damit abholt, he?"
„Man sagt in Roslawl, daß die Organi damit ihre Gefangenen transportiert. Mag sein, daß es so ist", vermutete Jurij Rasskasy.
Alle nickten, denn wenn es einer wissen konnte, dann der Jurij, denn er war häufig in der Stadt bei der Partei.
„Aber mit der Organi hab ich noch nie zu tun gehabt", versicherte er jedes Mal, wenn er von dort zurück kam – und man glaubte ihm, denn er war in Gurka geboren.
Das Entsetzen der Zuhorer wollte jedenfalls kein Ende nehmen und sie konnten es nicht fassen, was ein einziger Blitz im Leben eines Menschen anrichten konnte.
„Vom Blitz erschlagen werden, das war schon mal", erinnerte man sich. „Aber so etwas, nein, unfaßbar!"
Sie schwankten zwischen dem unverbrüchlichen Glauben an die Gerechtigkeit des großen Jossif Stalin und der ehrlichen Haut Iljitschs, der ihnen von Kindesbeinen an ein Freund gewesen war.
„Es geht über unseren Horizont", stellte der alte Pjotre Akbulak schließlich fest. „Wir wissen nicht alles, wir hier auf dem Dorf. Die Städter waren schon immer klüger als die Dörfler. Oder hat es schon mal einer aus Gurka zum Parteivorsitzenden geschafft? In der Zarenzeit, da …"
„Kirjucha – Alter Freund – Das ist gefährlich. Laß die Zaren ruhen. Du weißt ja: Nje Poloscheno ", riet ihm Helenka Duborowaja, „sonst holen sie dich auch noch."
„Ach, hier auf dem Dorf", sagte Iwan Dantschenko versonnen. „Ich sage

immer: Der Himmel ist hoch und der Zar ist weit."
„Nun, das hat der Iljitsch gerade erfahren, wie weit sie von uns weg sind", sagte Olga Pawlowska.
Nach einigen Wochen erfuhr Vera Boronowa von Direktor Pjotr Koltschin, unter dem Siegel der Verschwiegenheit – „sonst holen sie mich auch ab" –, daß der Iljitsch, im Dienste des kapitalistischen Auslands, nach Artikel 58, Absatz 6, 8 und 10 des Strafgesetzbuches wegen Spionage, politischem Terrorismus und antisowjetischer Propaganda zu 25 Jahren Zwangsarbeit verurteilt worden war.
„Ihr seht, da muß doch mehr gewesen sein", sagte beim nächsten Schwatz der stellvertretende Dorfsowjet Jurij Rasskasy, der den Vorteil hatte, von Dingen zu hören, die nicht für jeden bestimmt waren.
Schlimm war für alle Gurkaner nur, daß der Nikolai Stepanskoy seit dem Tag, an dem sie Iljitsch abgeholt hatte, mit einem verzückten Lächeln und einem gesummten Lied durchs Dorf strich.
Vera Boronowa kam an keinem der folgenden Abende zu den Plauschstunden der Nachbarn. Man sah sie zwar auf der Kolchose, nickte ihr zu, sprach auch schon mal mit ihr übers Wetter, aber niemand erwähnte die Sache mit dem Lieferwagen und dem Iljitsch.
„Sie will uns schützen. Sie ist verbrannt", sagten die Nachbarn. „Mit ihr darf man keinen Kontakt haben, sonst kommt man auch in Verdacht. Paragraph 58! Wer weiß, was da alles geschrieben steht. Und da ist einer, der könnte den Mund aufmachen."
Dabei schauten alle die Straße herunter, zur Desna hin, wo im vorletzten Haus der Dorfsowjet Nikolai Stepanskoy mit seiner Frau Marina und seinem Sohn Valeriy wohnte.
Bei den beiden folgenden Versammlungen las Nikolai Stepanskoy ihnen den Paragraphen 58 mit seinen vielen Absätzen vor. Unter dem Bild des geliebten Genossen Stalin giftete er und schimpfte über alle Verräter der geliebten Sowjetunion.
Zum Schluß ergoß sich eine Anklageflut auf alle Ausländer, ihre Verräterfreunde in der geliebten Sowjetunion und ganz besonders auf die Familie Boronow. Die Gurkaner gingen still und bedrückt in ihre Häuschen zurück; sie hatten einen guten Freund wohl für immer verloren.
„Dieser Nje Poloscheno, meine kleine Aja, hat unser Dorf vergiftet; er und die Menschen in der Organi, die nicht wissen, daß Gott die Blitze sendet. Sie sind deshalb so dumm, weil sie nicht an ihn glauben – und an die Heilige Jungfrau", sagte Olga Pawlowska traurig. „Aber still! Ich habe nichts gesagt."
In der sechsten Woche nach dem Blitzeinschlag wurde Vera Boronowa als Sekretärin entlassen; wegen ihrer fortgesetzten Unaufmerksamkeit, erklärte Direktor Pjotr Koltschin bei der folgenden Betriebsversammlung.
Außerdem habe sie die Bilanzen der Kolchose völlig falsch dargestellt. Zur Strafe müsse sie nun, es ging an die Kartoffelernte, auf dem Feld mitarbeiten.
Drei Wochen später, die Kartoffelernte war noch in vollem Gange, erschien

der Lieferwagen für Schampanskoje wieder und drei genau so aussehende Männer, in genau gleich aussehenden Ledermänteln, gleich guten Schuhen und grauen Hosen, gingen in das Büro des Kolchosdirektors Pjotr Koltschin.
Es dauerte wohl zwanzig Minuten, bis der Valeriy die Vera vom Feld geholt hatte. Nach fünf Minuten stieg sie mit den drei Ledermantelmännern in den Lieferwagen.
Hätte Olga, Angelas Mutter, nicht die ganze Zeit über aus dem großen Scheunentor geschaut, während sie die angelieferten Kartoffeln auf der Rüttelmaschine durchsuchte, hätte keiner der Nachbarn erfahren, wie schrecklich starr – „wie bei einer Toten“ – die verweinten Augen der Vera Boronowa ausgesehen hatten. Und noch einmal mußte sie die Männer, ihre Kleidung, die starren Gesichter und den besonderen Lieferwagen beschreiben.
„Früher kamen sie mit einem ‚Schwarzen Raben’. Jetzt muß man sich wohl umstellen“, befürchtete Jurij Rasskasy.
„Es wird wohl keinen Unterschied machen für den Armen, den sie holen“, seufzte Olga Boronowa.
„Ja, ja. Noch nie hat es ein solches Unglück in Gurka gegeben“, ergänzte Jurij Rasskasy, der seine Aufgabe als Stellvertreter des Dorfsowjets noch nie hatte wahrnehmen müssen. „Der Nje Poloscheno hat bestimmt seine Finger im Spiel gehabt.“
Man erfuhr nicht, was aus ihr geworden war, ob und warum sie verurteilt worden war, ob sie überhaupt, und wenn ja, zu wie viel Jahren Zwangsarbeit sie deportiert worden war. Swetlana Issakowna, die Mutter von Vera, fuhr deshalb sogar zum NKWD nach Roslawl.
Alle Verhaftungen und Untersuchungen wurden ja von den Leuten der Organi durchgeführt und deren Büros waren in Roslawl. Aber sie sagten ihr, daß sie ihre Tochter nicht kannten. Niemand gab ihr Auskunft, keiner wollte einen solchen Lieferwagen kennen.
Sie blieb einen ganzen Tag, lief von Zimmer zu Zimmer, mußte jedes Mal Ewigkeiten warten, weinte viele Taschentücher voll und bekam dafür weder eine Erklärung für den Vorgang noch einen mitleidigen Blick. Vera Boronowa war einfach weg.
Swetlana Issakowna war entfernt mit Olga Pawlowska verwandt und deshalb nannte Olga den Wladimir immer den Cousin von Aja.
Swetlana war bereits Etliches über siebzig und wurde auch wegen ihrer offenen Beine schon lange nicht mehr auf der Kolchose eingesetzt. Aus diesem Grund hatte sie auch schon vorher den Haushalt der Boronows geführt, hatte für Wladimir und auch für Angela gesorgt, ihnen das Essen zubereitet, wenn ihre Eltern auf der Kolchose arbeiteten.
Daran änderte sich nichts; nur ärmer war sie ab jetzt. Es gab kein Geld mehr, und mit ihrem schrecklich krummen Rücken konnte sie nicht einmal ein eigenes Feld bestellen.
Olga gab ihr für die Aufsicht über Angela reichlich, schenkte ihr Schweinefleisch, Ziegenmilch und Gemüse. Und trotzdem reichte es nicht.

Deshalb übernahm Wladimir das Hüten aller Ziegen des Dorfes.
Fast alle Dorfbewohner hielten sich ein paar Ziegen und in den Sommermonaten trieb man sie auf die Hügel, die zwischen dem Dorf und dem Wald lagen. Diese Weiden schienen niemandem zu gehören; das harte Gras schmeckte nur den anspruchslosen Ziegen.
Wladimir beklagte sich nicht und Angela leistete ihm oft Gesellschaft, saß still neben ihm oder trieb schon mal entlaufene Ziegen zur Herde zurück. Sie liebte diese Stille, in der das Geräusch Gras rupfender Ziegen, ihr wohliges Gemecker und der Ruf der Zeisige die nicht enden wollende Ruhe untermalten.
In den ersten Tagen, nachdem sie seine geliebte Mutter abgeholt hatten, weinte Wladimir leise und ohne ein Wort zu sprechen, fast während des ganzen Tages, während er seine Arbeit gewissenhaft erledigte. Nach ungefähr einer Woche hörte er auf zu weinen, aber er sprach nur das Nötigste, antwortete einsilbig auf alle Fragen.
„Bitte, lieber Wladi, sag etwas“, bettelte Angela. „Erzähl mir eine Geschichte. Bitte!“ Er schwieg, sah sie todtraurig an.
„Du versündigst dich an deinen armen Eltern“, sagte seine Babushka Swetlana. „Die würden das nicht verstehen. Du bist jetzt der Mann im Haus; also benimm dich auch wie ein Mann.“
Aber er sprach nicht oder nur, wenn es gar nicht anders ging. Sein Gesicht war blaß und seine Mundwinkel zuckten ständig, als wolle er gleich anfangen zu weinen.
„Er ißt kaum und wenn ich nicht hinsehe, schüttet er die Milch wieder in die Kanne. Er ist schon dünn wie eine Heuschrecke“, klagte Swetlana und erzählte, daß er in den Nächten weinen und mit seinen Eltern laut hadern würde.
„Er gibt ihnen die Schuld“, klagte sie bei einem abendlichen Treffen der Nachbarn. „Er glaubt wohl, daß sie wirklich Volksfeinde sind. Sonst hätte unser gerechter und geliebter Genosse Stalin sie nicht bestraft. Er liebt seine Mutter und verehrt seinen Vater – und er glorifiziert den großen Führer Jossif Stalin. Es zerreißt ihn noch. Mal sagt er: ‚Etwas wird schon sein’ und ein anderes Mal ruft er: ‚Warum meine unschuldigen Eltern?’ Was mag nur richtig sein?“, sagte sie leise und wirkte verzweifelt.
In der Woche danach hütete Wladimir die Ziegenherde. Die Tiere waren unruhig; zwei abseits grasende Böcke gerieten ständig aneinander. Etliche Tiere sonderten sich ab, gingen grasend auf den Wald zu.
„Kümmere dich um die Ziegen, Wladi. Die Tiere haben etwas, was sie beunruhigt. Du sitzt nur und schaust Bilder“, sagte Angela vorwurfsvoll.
Wladimir saß auf der Weide, hatte den Rücken an einen Birkenstumpf gelehnt und blätterte in einem Bilderbuch. Er schaute nur kurz hoch und blickte rüber zum Wald.
„Da!“, sagte er leise. „Hol sie bitte zurück.“
Sie sah gerade noch das Hinterteil einer Ziege, die kurz darauf im Wald verschwunden war. Sie ergriff den Treibstock vom Wladimir und lief zum Wald. Zwei Ziegen zupften gelangweilt an den herben und harten Blättern

eines Brombeerstrauches und ließen sich widerstandslos von ihr zurücktreiben.
Sie trieb die meckernden Ziegen aus dem Wald, den Hügel herunter. Im selben Augenblick stürmte der Dorfsowjet Nikolai Stepanskoy hinter dem letzten Haus hervor, rannte keuchend den Hügel herauf. Sein Gesicht war so rot wie beim Lesen der Verordnungen. Er stapfte direkt auf Wladimir zu, der noch am Boden hockte und die Bilder im Buch betrachtete, das Ludmilla Kurunowa ihm geliehen hatte.
„Podjom! Du Drecksjunge, Kind von Vaterlandsverrätern. Wenn dein Dorfsowjet kommt, dann steh gefälligst auf."
Als Wladimir ihn nur ruhig ansah, sitzen blieb und nicht einmal das Buch zur Seite legte, schrie er wieder: „Podjom! Podjom!"
Da endlich stand Wladimir auf und Nikolai Stepanskoy schlug ihm sofort die Faust links und rechts an den Kopf. Immer wieder. Wladimir taumelte und stürzte rücklings zu Boden; das Buch flog durch die Luft und verschwand im hohen Gras.
Angela war am Waldrand stehen geblieben, als Nikolai Stepanskoy den Hügel hoch rannte. Sie stand wie erstarrt da, hörte die wilden Schreie des Dorfsowjets und begriff nicht, was er wollte.
Als der Mann zuschlug, rannte sie los, schwang den Treibknüppel über dem Kopf und schrie: „Aufhören! Aufhören! Ich melde das der Organi. Aufhören!".
Nikolai Stepanskoy schlug noch einmal ins Gesicht von Wladimir, der bereits aus Mund und Nase blutete. Sie holte aus und schlug ihm den Knüppel in den Rücken; wäre sie größer gewesen, hätte sie ihm den dikken Stock auf den Kopf geschlagen. „Sie sollen aufhören, Sie … Sie Nje Poloscheno", schrie sie und holte noch einmal aus.
Der Dorfsowjet drehte sich zu ihr um, grunzte wütend, riß ihr den Knüppel aus der Hand und warf ihn ins Gras.
„Du dummes Kind! Du gehst besser nach Hause, Angela. Dieser Junge ist kein Umgang für dich; seine Eltern sind Volksfeinde, sein Vater ist ein 58er."
„Was hat er Ihnen getan? Warum schlagen Sie ihn?", schrie sie und trommelte mit den Fäusten auf seinen Bauch.
Er warf sie mit einer schnellen Bewegung auf den Rücken und da blieb sie liegen und weinte, bis er weg war.
„Warum, Wladi? Warum hat er dich geschlagen?", schluchzte sie, als er ihr die Hand reichte und sie hoch zog.
Er wischte sich mit dem Jackenärmel das Blut aus dem Gesicht, zog die Nase geräuschvoll hoch und holte den Knüppel. Dann erst sah er sie an.
„Du mußt mich nicht verteidigen. Ich bin der Mann im Haus, hat die Babushka gesagt. Also mache ich das auch alleine. Egal was. Alles! Hörst du?"
„Aber … Ja, du bist der Mann im Haus. Trotzdem! Warum hat dich der Nje Poloscheno geschlagen?"
„Weil ich seinen Sohn, den Valeriy, beim stellvertretenden Dorfsowjet

angezeigt habe, beim Rasskasy. Er hat bei meiner Babushka den Kuchen gestohlen und ich hab ihn erwischt. Aber ich konnte ja schlecht zu seinem Vater gehen und ihn melden. Deshalb bin ich zum Rasskasy gegangen und hab es dem erzählt. Darum hat der Nje Poloscheno mich geschlagen."
„Oh! Dieses dumme Schwein", sagte Angela bitter.
„Ja, er ist ein Schwein. Denk an das Sprichwort: ‚Setzt du ein Schwein an den Tisch, legt es bald auch seine Füße drauf.' Ich will ihm den Tisch wegziehen – ihm und seinem schrecklichen Valeriy."
„Er ist so schrecklich. Wenn das unser geliebter Jossif Stalin wüßte. Man müßte ihm schreiben, daß unser Dorfsowjet nicht seine Befehle befolgt. Unser Genosse Stalin liebt doch die Kinder."
„Ja", sagte Wladimir. „Wenn ich schon schreiben könnte, dann würde ich genau das machen, das ist wohl wahr. Es wird Zeit, daß ich ein richtiger Mann werde. Ich will mir nichts mehr gefallen lassen – von keinem!"
Von da an redete er wieder wie zuvor und weinen sah ihn Angela auch nicht mehr. Er lachte sogar manchmal, wenn die Ziegen es gar zu bunt trieben, sich die Böcke mit den Hörnern den Platz an der heißen Ziege erkämpften. Ja, dann war er wie früher. Es war so, als hätten die Faustschläge ihn wachgerüttelt.
Und jetzt erzählte er ihr auch wieder Geschichten. Keine wirklichen. Geschichten, die der Wladimir erzählte, die waren nicht wirklich. Sie brauchte oft lange, um zu merken, daß es keine richtige Geschichte war; aber so lebhaft, bunt und herrlich war es, was Wladimir mit seiner schönen Stimme erzählte.
Und von diesem Tag an waren Angela und er noch enger befreundet, wenn das überhaupt möglich war. Sie steckten täglich vom Morgen bis zum Abend zusammen, halfen nach dem Ziegenhüten der Babushka von Wladimir oder machten für Olga die Gartenbeete sauber. So ging es im Sommer und im Winter, solange, bis sie in die Schule kamen.

Schon seit Wochen hatten die künftigen Schulkinder in Gurka kein anderes Thema mehr gekannt. Alles drehte sich um ihre Einschulung. In der Schule gab es nur einen Klassenraum und alle Jahrgänge hatten gleichzeitig Unterricht. In drei große Gruppen waren die Kinder eingeteilt, die in Bankreihen zusammengefaßt waren.
Die Lehrerin, Ludmilla Kurunowa, war noch jung. Sie hatte vor drei Jahren Malwina Fuvarowa abgelöst, die aus Altersgründen ausgeschieden war.
Ludmilla war keine Frau aus dem Dorf; nicht mal aus Roslawl kam sie. Nein, sie stammte aus dem weit entfernten Smolensk, das die meisten Dorfbewohner nur vom Hörensagen kannten.
Jeder, der aus Smolensk kam, war ein Fremder, dem man am besten nicht traute. Daß das richtig war, hatte man ja wieder mal durch den Nje Poloscheno bestätigt bekommen.
Darum mußte es eigentlich jeden wundern, daß Ludmilla Kurunowa von allen – von fast allen – Gurkanern geliebt und geachtet wurde. Und das lag nicht nur daran, daß sie eine Schönheit war, wunderbar große Augen und

– aber das besprachen nur die Männer, wenn ihre Frauen weit genug weg waren – einen tollen Busen besaß. Sie war einfach gut, so, wie sich die Männer, Frauen und Kinder in Gurka eine Lehrerin vorstellten.
Ludmilla kleidete sich städtisch, jedenfalls anders als alle Dorffrauen, trug leichte Lederschuhe, während die Frauen aus dem Dorf im Sommer meistens barfuß gingen. Sie war so blond wie der reife Weizen und ihre Augen waren so blau, daß man dachte, man blicke in den Himmel.
Sie war damals kurz vor dem Neujahrsfest angekommen. Im Dezember, als der Schnee gerade mal nicht so hoch lag, war die alte, gebrechliche Malwina Fuvarowa weggezogen, nach Roslawl, wo ihre Schwester wohnte. Alle hatten sie verabschiedet, wirklich alle. Man hatte sich so an sie gewöhnt, sie gehörte zum Dorf wie die alte Brücke, und niemand mochte sich vorstellen, wen die Behörde nun schicken würde.
Ein Gefährt, das den Namen Lastwagen eigentlich nicht verdiente, schaukelte mit knatterndem Motor und scheppernden Kotflügeln über die holprige Dorfstraße und hielt vor der Schule.
Als die junge Frau ausstieg, stand bereits das halbe Dorf neben dem Wagen und der Rest kam langsam nach. Trotz der Kälte und des gerade einsetzenden Schneefalls, trug Ludmilla nur einen leichten Sommermantel.
„Guten Morgen“, sagte die Frau, die aus dem Führerhaus stieg und blickte alle der Reihe nach an; sie lächelte und zeigte dabei ihre Zähne.
„Sind Sie die Neue?“, fragte Nikolai Stepanskoy.
„Die neue Lehrerin, ja“, sagte die Frau. „Ich heiße Ludmilla Kurunowa. Ich bin aus Smolensk.“
„Ich weiß“, sagte Nikolai Stepanskoy. „Ich bin der Dorfsowjet, Nikolai Stepanskoy. Man hat Sie mir gemeldet. Sie werden in der Wohnung über der Schule wohnen. Sie ist leer, weil sie nur für den Lehrer reserviert ist. Da hat auch Ihre Vorgängerin gewohnt. Lebt jetzt in Roslawl, ist in Rente. Malwina Fuvarowa hieß sie; sie hat nichts drin gelassen. Sagte, alles gehöre ihr. Konnte ihr keiner widerlegen, darum …“
„Was auch stimmte“, sagte Olga Pawlowska. „Brauchte sie nicht erst zu behaupten. Sie war eine ehrliche Frau, jeder mochte sie. Sie ist hier, in Gurka, geboren!“
„So? Wem das reicht“, schnaufte der Dorfsowjet. „Jedenfalls werden hier im Dorf die Anordnungen aus Moskau genau so befolgt – und Übertretungen bestraft – wie in der Stadt. Solange ich hier zu sagen habe. Damit das gleich klar ist.“
„Nun, viele Möglichkeiten, unsere Gesetze zu brechen gibt es hier wohl nicht“, sagte Ludmilla Kurunowa und schaute die Straße herauf und herunter, betrachtete die Schneewehen, die holprige Straße, die blauen Häuser und die verfallene Kirche.
„Man wird sehen“, sagte Nikolai Stepanskoy und das klang wie eine Drohung. „Manche finden noch im Himmel eine Gelegenheit zur Sünde.“
„Sagt einer, der bezweifelt, daß es den gibt“, schnaufte Olga empört.
„Russische Sprichwörter sind Bilder“, knurrte Nikolai Stepanskoy. „Niemand glaubt an Himmel und Hölle. Oder?“, fragte er und drehte sich

um die Achse, blickte mit finsterem Gesicht die Gurkaner an, die aber gerade den Himmel betrachteten.
„Es gibt noch mehr Schnee. Laßt uns schnell die Sachen ins Haus bringen“, rief eine Frau aus dem Hintergrund.
„Hoffentlich haben Sie genug mitgebracht“, sagte Olga besorgt und schaute auf die Ladefläche des Wagens, auf der unter Decken die Umrisse von Möbeln und Kartons erkennbar waren.
„Es wird fürs Erste reichen“, sagte Ludmilla Kurunowa. „Kann mir jemand helfen?“
Alle Männer, außer Nikolai Stepanskoy, drängten sich vor, faßten an, knurrten Kommandos und in wenigen Minuten war der Einzug erledigt.
„Ist das Ihr Mann?“, fragte Olga und zeigte auf den Fahrer des Lastwagens, der nicht ein Stück getragen hatte. „Nur Ehemänner benehmen sich so.“
„Nein, nein! Oh nein!“, rief Ludmilla entsetzt. Der? Ein Kirjucha, ein alter Freund“, sagte sie.
Der Mann sah die Frauen wütend an, stieg wieder in den Wagen, wendete und fuhr in Richtung Smolensk aus dem Dorf.
„Ach ja. So ist das mit der Freundschaft. Es war eigentlich ein früherer Freund“, sagte Ludmilla mit Wehmut in der Stimme und sah dem schaukelnden Gefährt hinterher. „Freunde erkennt man im Unglück. Und das hier war wohl sein letzter Freundschaftsdienst.“
Und diese traurige Stimme war es wohl, die in Olga die mütterlichen Instinkte weckte. „Wir alle hier sind für Sie da. He! Du kannst ruhig gehen“, sagte sie zum Dorfsowjet. „Du hast deine Pflicht getan. Den Rest erledigen die Nachbarn.“
Nikolai Stepanskoy ging tatsächlich; wahrscheinlich war er froh, in der nassen Kälte nicht anpacken zu müssen. Als alle Sachen im Obergeschoß abgeladen waren, verschwanden die Männer, und auch die meisten Frauen gingen in ihre warmen Häuser zurück. Ludmilla packte ihre wenigen Sachen aus und nun standen die übrigen Frauen neben und hinter ihr, beäugten Bett, Schrank, Tisch, Stuhl das wenige Geschirr, die dünnen, bunten Kleider und die Bettsachen.
„Ich bin Hals über Kopf umgezogen; ich durfte nur wenig mitnehmen“, sagte Ludmilla wie zur Entschuldigung, als sie die fragenden Blicke der Frauen sah. „Ich mußte!“
„Warum mußten Sie?“, fragte Irina Solowjew, ihre direkte Nachbarin.
„Strafversetzt. Ich sage es Ihnen lieber gleich, bevor Sie es hinten herum erfahren. Ich wurde bestraft, weil ich mehrmals geschminkt zur Schule gekommen bin. Der Lippenstift hat wohl meine Direktorin so geärgert, daß sie mich melden mußte. Es war auch ein aufregendes Rot. Ich hatte Glück und bin um ein Haar am Gefängnis vorbeigekommen.“
„Ist es eine Strafe, wenn man nach Gurka versetzt wird?“, fragte Swetlana Issakowna.
„Ja, wenn man das Leben in der großen Stadt gewohnt ist, sicher. Theater, Restaurants, Büchereien, Museen, all das gibt es hier wohl nicht?“
„Nein, das alles gibt es hier wohl nicht“, seufzte Angelas Mutter, und

lächelte weise. „Wir vermissen das aber auch alles nicht. Weil …“, sie dachte nach. „Ach, es ist einfach so, weil wir uns haben. Wir brauchen kein Theater und so etwas. Wenn wir müde sind von der Arbeit, dann können wir uns beim Plausch mit der Nachbarin, beim Zuhören oder Erzählen, erholen. Was braucht man mehr als eine gute Nachbarschaft und Freunde.“
„Vielleicht – vielleicht auch nicht. Es gibt einsame Stunden, ohne daß ein Freund da ist. Freunde und Nachbarn hatte ich in der Stadt zwar auch, aber als man mich angeklagt hat, waren sie alle weg, als hätte es sie nie gegeben. Der, der mir die Sachen hergebracht hat, war der letzte – ich mußte ihn überreden und bezahlen.“
„Das waren keine Freunde, keine Nachbarn. Als der Iwan Dantschenko vor einiger Zeit im Suff den Direktor der Kolchose Nowaja Shisn bedroht hat, da waren wir alle da, haben alle für ihn gebürgt und einen Monat lang dafür zehn Prozent mehr gearbeitet. Er ist unser Freund“, erklärte Olga.
„Keine hundert Rubel brauchst du, aber hundert Freunde. Freunde stehen über Silber und Gold“, sagte Irina Solowjew.
„Wenn die Organi erscheint, sieht alles anders aus“, antwortete Ludmilla. „Dann ziehen alle den Schwanz ein.“
„Das ist wohl war. Es gibt eben Grenzen – für alles gibt es Grenzen. Wenn die Organi kommt, dann bleibst du besser unsichtbar, da kann der stärkste Nachbar nur noch schweigend zuschauen“, sagte Irina Solowjew.
„Ich fühle mich so fremd, so – einsam“, seufzte Ludmilla und alle sahen, daß sie feuchte Augen hatte.
„Na, dann warten Sie mal ab. Bald werden Sie gar nicht mehr von hier weg wollen“, sagte Olga und zog Angela mit sich zur Tür.
Bevor sie ins Treppenhaus trat, drehte sie sich noch einmal um. „Sie gefallen mir. Seien Sie vorsichtig – besonders vor Nikolai Stepanskoy. Wir nennen ihn hier ‚Nje Poloscheno‘. Alles, was in der Stadt verboten war, gilt auch hier.“
„Danke! Danke Ihnen allen für den Empfang“, sagte Ludmilla und weinte tatsächlich.
„Und, wenn Sie Töpfe und Pfannen brauchen – oder ein paar vernünftige Schuhe“, sagte Olga mit einem Blick auf die feinen Lederschuhe von Ludmilla, „dann helfen wir auch. Schreiben Sie einfach auf, was Sie nicht mitnehmen durften und hier dringend brauchen. Wir schauen nach, was bei uns unbenutzt rum steht.“
Nur ein paar der sehr alten Frauen beäugten die neue Lehrerin am Anfang mißtrauisch. Ihre Kleidung, die gepflegte Frisur und die dünnen Lederschuhe ließen sie tuscheln und Abstand halten. Das legte sich aber schnell, als sie feststellten, daß sie freundlich und zuvorkommend war – und sich nicht schminkte.
Die jungen Männer aus dem Dorf verschlangen sie mit ihren Blicken; besonders in den heißen Sommermonaten, wenn ihre Kleiderausschnitte tiefer rutschten und die Ansätze der kräftigen Brüste sichtbar wurden.
„Solche hübschen Dinger hat es zuvor in unserem Dorf nicht zu sehen gegeben“, sagte der Rasskasy zu seinen Nachbarn, während sie die

Wodkaflasche kreisen ließen. „Ich hätte nicht übel Lust, mir mal mehr davon in Smolensk anzusehen.“
„Das“, sagte der Morosow, sein Freund und immer noch Junggeselle, „das wäre wohl für deine Tatyana sicher Anlaß genug, dich endgültig zu verlassen und mich zum Mann zu nehmen – was ihr gut täte.“
"Die jagt dich zum Teufel. Aber du mußt zugeben", entgegnete Rasskasy, „daß noch niemand hier so schöne Beine gesehen hat; besonders, wenn sie durch den Matsch unserer Straße staksen – diese ewig langen, wunderschönen Beine.“
„Du hast ja keine Ahnung von wunderschönen Frauenbeinen. Du hältst ja sogar Ziegenbeine für wunderschön“, rief Iwan Dantschenko.
„Und du kennst nicht einmal den Unterschied zwischen Männlein und Weiblein. Alle schauen ihr nach, aber keiner wagt zu sagen, wie schön sie ist. Haben alle Angst davor, von ihren Weibern den Wodka gestrichen zu bekommen. Ha! Und warum, frage ich dich, lungern alle Männer unseres Dorfes an der Desnabrücke herum, wenn die Ludmilla im Fluß badet? He? Ihre Haut ist wie Samt, ich meine, aussehen tut sie so. Wie mag sie sich anfühlen?"
„Hört ihr's? Er ist verliebt, dieser Gockel. Kann nicht mal eine Frau richtig ernähren und schwärmt schon von der nächsten", sagte der Morosow. "Ja, ja. Im Alter. Wenn ich das täte, ich bin ..."
"Du bist zu häßlich für so eine wunderschöne Frau. Streng dich gar nicht erst an", sagte der Rasskasy und sein Gesicht war nicht nur rot vom reichlich genossenen Wodka.
Die alten Männer im Dorf aber sagten, so eine junge Frau könne Kindern nichts beibringen. Sie hätte keine Lebenserfahrung und woher so eine Person das alles wissen wolle, was sie den Kindern beibringen sollte.
Die Kinder aber, die liebten sie vom ersten Tag an, ohne Vorbehalte. Ludmilla sang mit heller, klarer Stimme die alten russischen Lieder, trug deutsche Gedichte vor und kannte alle wichtigen Menschen, die jemals auf der Erde gelebt hatten.
Swetlana Issakowna nähte für Wladimir und Angela die Schuluniformen aus braunem Stoff, den Olga vom Händler aus Roslawl besorgt hatte.
Der nahm diesmal nur lebende Ferkel als Zahlungsmittel. „Keine Rubel! Kein Speck! Kein Ziegenkäse! Brauner Stoff ist knapp. Jeder will ihn, weil jedes Schulkind eine Uniform tragen muß. Angebot und Nachfrage …“, sagte er und verdrehte dabei die Augen.
Nur selten sah man den ansonsten mürrischen und knurrigen Händler mit so einem fröhlichen Gesicht. Er pfiff sogar, als er mit den quiekenden Ferkeln über die Desnabrücke ratterte.
Wladimir bekam eine kurze braune Hose und ein weißes Hemd. Angela ein knielanges braunes Kleid mit Faltenrock, weißem Kragen und weißen Manschetten. Außerdem mußte sie eine weiße Schürze tragen und ihre Haare mit schwarzen Bändern schmücken. Und das ganz Besondere waren die Schuhe, die Olga für beide gekauft hatte.
Am Morgen des ersten Schultages mußte Angela auf Befehl ihrer

Mamotschka Wladimir ins Haus holen.
„Bleibt stehen! Rührt euch nicht!“, ordnete sie an, als die beiden sie neugierig ansahen.
Umständlich kramte sie in ihrem Schrank, räumte Bettzeugs und Wäsche beiseite und als sie sich aufrichtete glänzte ihre Stirn vom Schweiß und ihre Augen zeigten einen noch stärkeren Glanz.
„So! Ich hatte sie gut versteckt“, sagte sie und hielt Angela und Wladimir je ein paar Schuhe hin. „Nur für die Schule! Wehe ihr zieht sie auf dem Feld oder beim Ziegenhüten an.“
Das gelobten sie feierlich, schlüpften in die braunen, rauhen Lederschuhe.
„Sie sind etwas zu groß“, sagte Wladimir und hob den rechten Fuß.
Tatsächlich schlabberte der Schuh so sehr, daß er ihm fast vom Fuß rutschte.
„Steckt euch Lappen in die Schuhe. Ich hab sie etwas größer machen lassen, damit ihr sie zwei oder drei Jahre lang tragen könnt“, sagte Olga. „Jedes Jahr können wir keine kaufen. Ihr müßt ja nicht damit rennen können.“
Sie wickelten sich Wollappen um die Füße und jetzt paßten die Schuhe recht gut.
„Ja, sie sehen wunderbar aus“, sagte Angela und sie fühlte sich groß und erwachsen.
Gemeinsam mit Swetlana, Wladimirs Babushka, gingen sie zum Schulgebäude. Unter dem Bild des freundlich lächelnden Genossen Stalin, dem Freund aller Kinder, hockten sie nun in ihren harten Holzbänken und schauten in das Gesicht der Ludmilla Kurunowa. Die lächelt alle Kinder an und gemeinsam trällerten sie ein Kinderlied von der Holzpuppe Matrioschka, das sie alle kannten und oft an den langen Winterabenden sangen.
Plötzlich entdeckte Angela, daß es im Klassenraum zwei Bilder des Jossif Stalin gab. An der Wand in ihrem Rücken, auf die Ludmilla Kurunowa ständig schauen mußte, hing ein anderes Bild des großen Führers, auf dem er gerade von seiner Tochter Swetlana umarmt wurde.
Später, als sie lesen gelernt hatte, konnte sie den Text entziffern, der unter dem Bild stand: „Es lebe der große Stalin, der Freund der Kinder.“
Ihre Mutter erklärte ihr später sehr leise, draußen auf dem Feld am Fluß, daß dieses Bild unbedingt sein müsse. Das hätte der Dorfsowjet persönlich aufgehängt. „Damit die Ludmilla stets an Nje Poloscheno denkt.“
Sie saßen auf der Kuppe eines Kurgan, von dem man aus ins Dorf und auf den Fluß schauen konnte. Das ganze Land war stark hügelig; man konnte nicht sehr weit sehen.
„Und außerdem: Stell dir vor, welche Verachtung gegenüber unserem geliebten Jossif Stalin das wäre, wenn sie ihm den ganzen Tag den Rücken und den schönen Arsch zeigen würde. – Aber das hab ich nicht gesagt. Hörst du? Nie darfst du sagen, was wir miteinander besprechen.“
Für Angela wurde der Schulalltag zur Last; es war eine schwere Zeit. Sie hatte Mühe, Schritt zu halten mit den anderen Kindern. Das Lesen ging mehr schlecht als recht und im Rechnen war sie überhaupt die schlechteste Schülerin. Wenn sie vorlesen mußte, schluchzte sie aus Verzweifelung und

Ludmilla Kurunowa hatte Mühe sie zu trösten.
„Schau, kleine Angela“, sagte Ludmilla Kurunowa und zeigte auf das Bild des Genossen Stalin. „Stalin, der wunderbare Stalin, sieht dich an. Schau in seine gütigen Augen. Er liebt dich und möchte, daß du dich anstrengst.“
Da mußte sie noch mehr weinen, denn den großen Genossen Stalin betrübt zu haben, das ging über ihre Vorstellungskraft. Und so saß sie nach Schulschluß mit Wladimir zusammen auf der Ziegenweide und buchstabierte, ließ sich willig von ihm helfen. Sie lernte langsam, aber es ging wirklich vorwärts.
Wladimir hatte nicht die geringste Mühe. Er las jeden Text fließend, konnte jede Rechenaufgabe als erster Schüler lösen. Wenn er Angela nicht mit Hilfe der meckernden Viecher, die sie an den Nachmittagen – und sonntags, wenn keine Schule war – noch immer hüteten, das Zählen, Teilen und Addieren beigebracht hätte, sie wär schrecklich gescheitert.
„Eine Zahl! Versteh doch, eine Zahl ist ein Wort für Sachen, Dinge. Und sie nennt dir nur, wie viele solcher Sachen da sind.“
Für sie war jede Zahl erst mal ein Geheimnis, hinter das sie nicht schauen konnte. Sie brauchte Bilder, die sie abspeichern konnte. Eine ‚4’ sagte ihr nichts. Erst, als Wladimir ihr mit dieser Zahl die Beine der Ziege verknüpfte, hatte sie ihr Bild.
Er ließ sie immer wieder die Ziegen zählen, trieb die Herde auseinander und sie mußte die Anzahl der Ziegen aus beiden Gruppen zusammenzählen. Die Beine, die Hörner oder die Zitzen und die Ohren waren willkommene Hilfen beim Teilen und Malnehmen.
„Als Ziegenhirtin kannst du schon Erfolg haben“, seufzte er im zweiten Schuljahr, als sie über ihre Ziegenzählkunst jubelte.
Jossif Stalin nahm den größten Raum im Denken und Reden der Kinder in Gurka ein. In den Lesebüchern, in Liedern und Gedichten war er allgegenwärtig. Lehrerin, Nachbarn und alle Schüler einte das gleiche Gefühl für diesen wunderbaren Mann, diesen stärksten, klügsten und wichtigsten Menschen auf der ganzen Erde. Mit lauter Stimme sangen sie alle die Internationale. Und Angela hatte regelmäßig Tränen in den Augen und konnte das Bild des geliebten Jossif Stalin nicht mehr sehen, wenn sie die Schlußstrophe sangen:

‚In Stadt und Land, ihr Arbeitsleute,
wir sind die stärkste der Partei'n.
Die Müßiggänger schiebt beiseite.
Diese Welt muß unser sein;
Unser Blut sei nicht mehr der Raben
und der mächt'gen Geier Fraß!
Erst wenn wir sie vertrieben haben,
dann scheint die Sonn' ohn' Unterlaß!’

Und eines Tages fiel Angela auf, daß in ihrem Haus kein Bild des großen Stalin hing. Überhaupt kein Bild von ihm gab es bei ihnen.

„Warum nicht?“, fragte sie vorwurfsvoll. „Liebst du ihn nicht, Mamotschka?“
„Weil ich kein schönes, dem Ruhm des Führers entsprechendes, Bild kaufen kann. Wir haben zu wenig Geld, mein Engelchen. Aber du hast die Bilder in der Klasse gesehen, siehst sie täglich. Pack sie in dein Kopfalbum. Dort kannst du sie dir hervorholen, so oft du willst. Es sind deine Bilder.“
Das tat sie auch und als eines Tages Ludmilla Kurunowa sie während der Politikstunde bat, den großen Genossen zu beschreiben, da schloß sie die Augen ganz fest, holte sich das Bild, auf dem er seine Tochter umarmt und beschrieb ihn so umfassend, so genau, daß alle ihr zujubelten und Beifall klatschten.
„Wunderbar, Angela“, sagte Ludmilla Kurunowa und strich ihr über die Haare. „Ja, du liebst ihn sicher sehr. Und er hat es verdient.“
Im dritten Schuljahr sollten sie, es waren acht Kinder des gleichen Jahrgangs, in die Organisation der Jungen Pioniere aufgenommen werden. Sie fieberten dem Jahrestag der Oktoberrevolution entgegen, sehnten sich nach dem roten Halstuch, das als Zeichen der Zugehörigkeit getragen werden durfte.
Feierlich legten sie den Eid ab: „Ich, Junger Pionier der Union der Sozialistischen Sowjetrepubliken, schwöre und gelobe, mit bestem Wissen und Gewissen den Lehren des großen Lenin zu folgen …“
Nun waren sie Schulpioniere, Nikolai Stepanskoy, der Nje Poloscheno, legte ihnen das rote Halstuch um und Wladimir wurde von Ludmilla Kurunowa zum Anführer vorgeschlagen. Die Kinder klatschten und riefen immer wieder seinen Namen.
„Einspruch!“, schrie Valeriy Stepanskoy.
Er saß mit anderen Jungen im Hintergrund, direkt unter dem Bild des Genossen Stalin; fast alle Bewohner von Gurka schauten der feierlichen Zeremonie zu.
„Was soll das, Valeriy?“, fragte Ludmilla Kurunowa scharf.
„Er ist der Sohn von Vaterlandsverrätern. Es ist nicht erlaubt, daß Angehörige von Verhafteten und Verurteilten Funktionen in der Partei übernehmen. Er hätte nicht einmal in die Organisation der Jungen Pioniere aufgenommen werden dürfen.“
„Zum Glück entscheidest du das nicht“, rief Ludmilla Kurunowa. „Wladimir Iljitsch Boronow liebt unseren großen Genossen Stalin. Er ist der beste und fleißigste Schüler und hat sich, im Gegensatz zu dir, nie etwas zu Schulden kommen lassen. Also halte deinen Mund!“
Es wurde still. Das war so ungeheuerlich, daß es keiner fassen konnte. Ihre Lehrerin hatte dem Sohn des Dorfsowjets den Mund verboten.
„Oh, Heilige Frau!“, sagte Olga Pawlowska so laut, daß es alle hörten.
Die Jungen Pioniere schauten mit großen Augen auf ihr Lehrerin, fühlten die Spannung, die plötzlich herrschte. Es war so still, daß man das Wasser der Desna hörte. Wladimir hatte den Kopf gesenkt, betrachtete seine Schuhe, die fleckenlos waren und wie neu aussahen. Nikolai Stepanskoy trat vor, räusperte sich und schaute Ludmilla Kurunowa mit einem bösen Blick an.

„Da muß ich dem Valeriy voll und ganz zustimmen, Ludmilla Kurunowa. Gerade Sie sollten sehr vorsichtig sein. Sie wissen, daß ich ständig über Sie berichten muß? Machen Sie das rückgängig“, sagte er und stemmte die Arme in die Hüften.
Ludmilla Kurunowa wurde blaß, biß sich auf die Lippen und schaute sich im großen Klassenraum um. Da standen sie alle an den Wänden, die Frauen und Männer ihres Dorfes, die sie lieb gewonnen hatte.
Sie mochte diese einfachen Menschen, die weder Theater noch Kino vermißten, die ihre harte Arbeit klaglos erledigten und so gerne an den Abenden zusammen sitzen mochten, mit ihren Nachbarn und Freunden.
Sie wußte inzwischen, wie groß ihr Zusammenhalt war, selbst wenn es einmal Streit gegeben hatte. Niemand ließ den anderen im Stich, jeder wußte, daß er selber eines Tages Hilfe nötig haben würde.
Jetzt standen sie da, reglos, mit weit aufgerissenen Augen und schauten den einzigen Mann des Dorfes Gurka an, der nicht zu ihnen gehörte, der gefährlich und unberechenbar war.
Ludmilla zögerte noch, überlegte einen Ausweg, als sich Jurij Rasskasy aus der Menge löste und in die Mitte trat.
„Ihr alle wißt, daß ich der stellvertretende Dorfsowjet bin. Und ihr wißt auch, daß ich damit keinen Handel treibe. Aber ich lese aufmerksam, was unser geliebter Führer anordnet. Deshalb sage ich: Hör zu, Nikolai! Ich muß dich ausnahmsweise einmal korrigieren. In den Anweisungen unseres geliebten Jossif Stalin steht ausdrücklich, daß Kinder und andere Angehörige von Leuten, die bestraft wurden, nicht mitbestraft werden dürfen. Es gibt keine Sippenhaft.“
Man konnte hören, daß Ludmilla Kurunowa seufzte, daß Wladimir einen kleinen Jammerton hören ließ. Alle wußten, daß das wohl so da stand, aber nie galt. Diese Verordnung war nur Schein, um die Liebe des Genossen Stalin zu seinem Volk und besonders zu den Kindern, hervorzuheben.
„Danke, Heilige Frau!“, sagte Olga in die Stille.
Und alle Anwesenden, mit Ausnahme der beiden Stepanskoys, klatschten und riefen: „Hoch lebe unser geliebter Genosse Stalin!“
Das war nun eine wunderbare Lösung und so eine breite Zustimmung zu einer Anordnung des großen Genossen hatte es im Dorf noch nicht gegeben.
Ludmilla Kurunowa strahlte und sagte: „Dann ist ja alles klar. Mach deine Sache gut, lieber Wladimir. Zu Ehren unseres Dorfes, der Sowjetrepubliken und unseres Genossen Stalin.“

„Ja“, dachte Angela, und lauschte auf das gleichmäßige Rattern der Räder. „Es war eine schöne und friedliche Zeit. Und so viel hatte ich in meinem Kopf. Hoffnungen, Träume, Ahnungen, gute Gefühle. Alles Schöne dieser Welt wollte ich erleben. – Nichts! Nichts davon ist so gekommen.“
An den kleinen Bahnstationen, in Baranovichi, in Brest und auch in Terespol wechselten immer wieder die Mitreisenden. Bäuerinnen und Bauern, mit alten Gesichtern, mit Runen, Runzeln und Falten, quetschten sich mühsam

in das Abteil, wuchteten ihr Gepäck auf die Ablage und ließen sich schwer atmend in die Sitze fallen.
„Sie sehen aus wie ihr karges, zerfurchtes Land", dachte Angela, die alle Neuankömmlinge freundlich anlächelte.
Die Zugestiegenen blickten ernst und forschend, manche sogar mißtrauisch, in die Gesichter der Reisenden. Es waren stille, in sich gekehrte Menschen, die in prall gefüllten Rucksäcken und Wolltüchern ihre Waren zu Markte trugen.
An der nächsten Station wechselten sie sich mit müde blickenden Männern in grauen Anzügen ab, die schäbige Koffer und Taschen mitbrachten. Sie blickten ständig besorgt in den Gang, fürchteten wohl eine plötzliche Kontrolle.
In Terespol stiegen dicke Landfrauen mit Kopftüchern und weiten Röcken zu. Sie schleppten Tragetücher voller Früchte, lachten und schwätzten, erzählten schmuddelige und derbe Witze. Auch sie wollten ihre Waren auf dem Markt verkaufen und stiegen schon beim nächsten Halt wieder aus.
Zuletzt kamen Männer, die offensichtlich als Händler reisten, wie man an den Prospekten sehen konnte, die sie auffällig lasen und reihum zeigten.
Es war ein Kommen und Gehen; keine Zeit für lange Gespräche, für langsames Kennenlernen, wie Angela es gerne gehabt hätte. Aber trotzdem schwätzten die meisten Mitreisenden untereinander, boten sich gegenseitig gesalzenen Fisch, frisches, duftiges Brot und auch selbst gebrannten Wodka an, den sie in langen Flaschen ohne Etikett mitführten.
Man tauschte dies gegen das, beroch hingehaltene Würste sehr fachmännisch, erlobte sich eine besonders dicke Scheibe Schinken und bot dafür ein Stück gebratenes Huhn an.
„Wenn ihr einmal diese Wurst probiert habt“, sagte Angela, „dann mögt ihr wohl keine andere mehr essen. Meine Mamotschka, die Olga, die wußte, wie man würzt. Oh ja! Und ich hab es von ihr gelernt, als ich noch ein Kind war. Nun riecht nur mal dran“, sagte sie und hielt der Reihe nach allen das fette Wurststück unter die Nase. Zuerst durfte Wladimir kosten und erst, als er genickt und „Gut!“, gesagt hatte, reichte sie ihre Wurst weiter.
Das ergab „Oha!“ oder auch schon mal „Herrlich, darf ich kosten?“ und Angela gab freiwillig und großzügig. Dafür bekam sie zum Beispiel ein großes Eck vom harten Ziegenkäse.
„Oh!“, sagte sie nach dem ersten Bissen. Und noch einmal „Oh!“, als sie daran gerochen hatte. Sie wußte sofort, daß es kein reiner Ziegenkäse war – nie und nimmer. „Mit Kuhmilch versetzt, haben sie ihn, diese Betrüger. Verkaufen ihn an nichtsahnende Stadtleute als wunderbaren Ziegenkäse.“
Trotzdem lobte sie ihn, denn wie sollte ausgerechnet sie, die alte Angela aus dem einsamen Dorf Gurka, sich ein Urteil erlauben können bei solchen weit gereisten Leuten?
Wenn alle satt waren, ließ ganz sicher jemand die Wodkaflasche kreisen und man trank, schnaufte, sagte: „Auf das Wohl unseres Präsidenten Vladimir Putin“, oder auch schon mal: „Auf gute Geschäfte“, und reichte die Flasche weiter.

„Nein, nein!“, rief Angela immer wieder. „Das ist nichts für mich. ‚Was der Nüchterne im Kopf hat, trägt der Betrunkene auf der Zunge’, hat meine Mamotschka immer gesagt. Und ich plappere so schon genug.“
Es war eine angenehme, wenn auch anstrengende Reise. Je länger sie dauerte, je mehr Reisende sie kennenlernte, desto unverständlicher erschien ihr die Angst, die sie vor dem Zugfahren gehabt hatte.
„Du bist ein dummes Schaf, Aja“, schalt sie sich. „Die Welt ist friedlich und niemand wird dir etwas tun. Also, sei freundlich und freue dich auf alles, was noch kommen mag.“
Am polnischen Grenzort Siedlce, stiegen die letzten russischen Frauen und Männer aus, beladen mit großen Rucksäcken voller Wodka.
„Unsere ‚Selbstgebrannten Wässerchen’ lieben die Polen", schwärmten sie. „Wir brauchen auf dem Markt nur ein halbes Stündchen, bis alles weg ist. Alle Polen saufen, mehr sogar als unsere an Wodka gewohnten Männer – und das will wirklich was heißen. Und sie haben Geld.“
Es dauerte ewig lange, bis sie weiterfahren konnten. Der Austausch der Lokomotiven machte wohl Probleme. Durch die geöffneten Fenster hörten sie Geschrei und Flüche.
„w lewo!“ – „w lewo!“, schrie ein Mann ständig mit sich überschlagender Stimme. „Idiota“, schrie der nächste.
„Polen!“, seufzte Wladimir. „Dummkopf, nennt er seinen Kollegen. Und der nennt ihn Idiot. Schreckliche Leute, diese Polen. Würde mich nicht wundern, wenn sie statt eines Dampfrosses alte Ackergäule einspannen.“
Die neuen Mitreisenden waren ausnahmslos Polen, die wortlos das Abteil betraten und sich mit meist mürrischen Gesichtern einen freien Platz suchten.
Keiner von ihnen bemühte sich, Gespräche mit den anderen Reisenden zu beginnen. Sie musterten sich heimlich, prüften mißtrauisch Gesichter und Kleidungen, drehten sich demonstrativ den eigenen Partnern zu oder lasen.
„Sie mögen uns nicht“, flüsterte Angela in das Ohr von Wladimir. „Ich spüre ihre Ablehnung. Mit ihnen essen wir keine Würste.“
„Wir haben sie nie wie Freunde behandelt. Und sie mich damals auch nicht. Du weißt, wie sie im Lager zu mir waren. Wir sind für sie ‚Moskwas’. Laß sie! Sie können nicht unterscheiden“, flüsterte er zurück.
In Brest fuhren sie in den Moskauer Bahnhof, wo die russischen Fahrgestelle der Waggons gegen die in Europa üblichen ausgewechselt werden mußten. Das gab einen längeren Aufenthalt. Die meisten Fahrgäste stiegen aus, um sich ein wenig umzusehen und in Ruhe ein Glas Kwas zu trinken.
„Komm“, sagte Wladimir, „wir wollen uns die Beine vertreten, ebenfalls ein Glas Kwas trinken und den Rücken gerade machen.“
„Und unser Gepäck, lieber Wladi? Nachher ist es verschwunden.“
„Ach, du meine Güte! Schau! Alle steigen aus. Und niemandem wird einfallen, ausgerechnet deine billige Gummitasche zu stehlen oder meinen zerkratzen Pappkoffer. Komm mit.“
„Was machen sie mit unserem Wagen? Kann nichts passieren, Wladi?“,

fragte sie erschrocken, als Hebebühnen unter ihren Wagen fuhren und ihn fast bis zum Bahnhofsdach anhoben.
„Oh, du heilige Einfalt. Warum hat dich deine liebe Mamotschka nicht genügend unterrichtet? Was weißt du vom Leben? He?“
„Weil sie zu wenig Zeit dazu hatte. Man hat sie mir zu früh weggenommen, meine arme Mamotschka. Sie hat mich alles gelehrt, was möglich war. – Ob sie mich jetzt sieht?“, fragte sie und schielte zum Bahnhofsdach.
„Na, wird sie wohl, oder? Glaubst du etwa, sie wäre nicht dort oben? Wo sie doch so eine fleißige und gottesfürchtige Frau war. Wenn es einen Gott gibt – was ich ein bißchen bezweifle – und wenn der dann auch noch gerecht ist – was man ja bei Allgewaltigen nie weiß –, dann müßte sie einen Logenplatz dort oben haben.“
„Ach, Wladi, wie du das sagst. Ich kann so was nicht mal denken.“
„Du bist und bleibst ein kleines Gurkamädchen.“
„Und du ein Heide. – Was machen die denn da? Schau dir das an, Wladi.
„Nun, das ist schon immer so gewesen und auf dem Rückweg werden wir zuerst im Warschauer Bahnhof halten und dort nehmen sie uns das europäische Fahrgestell und geben uns dieses russische zurück, was sie gerade abschrauben.“
Sie gingen auf den Schaffner zu, der sich mit einem bunten Tuch den Schweiß aus der Schirmmütze wischte. Er war sehr jung und sein schmales, blasses Gesicht erinnerte Angela an den jungen Wladimir. Der fragte den Mann nach der Dauer des Aufenthaltes.
„Mindestens vier Stunden. Dieser Zug hat viele Wagen und das wird dauern. Sie können drüben ins Hotel Belarus gehen. Es gibt dort gutes und preiswertes Essen. Und es ist kühl da drinnen; man hat eine Klimaanlage eingebaut. Sie sind schon seit Smolensk im Zug, nicht wahr? In ihrem Alter ist das Reisen bei der Hitze …“
„Na, junger Mann!“, rief Angela. „Wollen Sie sagen, ich wäre alt? Russische Frauen sind hart, wir können euch jungen Wölfe selbst im hohen Alter noch ausstechen.“
„Ich meinte es nur gut mit Ihnen“, sagte der Schaffner verlegen und drehte die Dienstmütze verlegen in seinen Händen.
„Entschuldigen Sie!“, sagte Wladimir. „Sie ist todmüde; sie meint es nicht so.“
Er zog sie zum Ausgang. „Aja, Aja! Du tust immer so, als wenn du gerade achtzehn geworden wärst. Du bist ein altes russisches Mütterchen. Eines Tages kannst du nicht mehr gehen, das Bücken fällt dir ja heute schon schwer. Was sagst du dann? Behaupest du dann immer noch, du wärst so stark wie diese jungen Frau da drüben?“ Er zeigte auf drei Mädchen, die Schuluniformen trugen und lässig an einer Säule lehnten.
„Das ist nicht das Alter, Wladi. Es sind die Folgen von damals. Ich habe alles in den Knochen stecken. Da hinten hat es sich angesiedelt“, sagte sie und zeigte auf ihren Rücken.
„Nun gut. Ins Hotel werden wir nicht gehen, aber laß uns in die Stadt rein schauen. Bestimmt haben sie hier Fenster an den Geschäften, in denen du

erstaunliche Dinge sehen kannst. Vielleicht wachsen ja dann die Wünsche in deinem alten Kopf. Wann, glaubst du, wirst du noch einmal nach Brest kommen?“
„Auf der Rückfahrt.“
„Oh, du heilige Einfalt! Meine Einfalt, wollte ich sagen. Du hast natürlich recht. Und trotzdem, laß uns gehen.“
Sie bummelten eine Weile in der Nähe des Bahnhofs durch die Einkaufsstraßen und blieben vor einem hell erleuchteten Schaufenster stehen, in dem lebensecht ausschauende Frauenfiguren weinrote, weiße und schwarze Spitzenunterwäsche trugen.
„Am Tage Licht! so eine Stromverschwendung. Und wofür? Um diese nackten, verdorbenen Frauen anzustrahlen.“
„So kann man erkennen, wie sich eine feine, seidene Kostbarkeit macht, wenn eine Frau sie trägt.“
„Wenn eine Frau sie trägt. Ha! Wenn! Ich glaube nicht, daß ein einziger vernünftiger Mensch sich solche Dinge kauft“, sagte Angela.
„Oh! Dann willst du also sagen, daß alle, die diese wunderbaren Hemdchen und Höschen erwerben, unvernünftig sind?“
„Nicht nur das. Das ist so ein Nichts, daß ich mich schämen würde, es zu tragen. Ein Strick im Hinterteil. Wozu? Macht doch keinen Sinn. Nie würde ich das anziehen. Nie!“
„Ach, ich weiß nicht. Sieht es denn nicht …“
„Männer! Du hast im Zug drei Mal einen Schluck Wodka getrunken. Merkst du ihn? Besinn dich! Das trägt man nicht. Obschon es ja keiner sehen würde, außer mir. Hoffentlich. Wie, meinst du, sähe das aus, wenn mir der heiße Sommerwind den Rock heben würde, während ich Unkraut ausziehe? Na? Wenn dann der Petrovitsch hinter mir stehen würde, der fiel glatt tot um.“
„Ja, würde der wohl. – Und vorstellen kann ich es mir auch nicht sehr gut, wie du darin aussehen würdest“, sagte Wladimir und musterte ihr ziemlich ausgeprägtes Hinterteil. „Und außerdem ist es nicht für die Feldarbeit gemacht, sondern für intime Stunden mit einem Mann.“
„Sieht der im Dunkel der Kammer doch gar nicht. Wozu also?“
„Sie zeigen sich bei hellem Licht, Aja. Du bist nicht von gestern, sondern von vorgestern. Sie wollen sich gerne ansehen.“
„Oh, Heilige Frau! Was für eine verdorbene Zeit! Und dann so eine Unterhose! Wie soll die im Winter wärmen? Na? Sag es!“
„Sollen sie ja gar nicht. Weißt du, wenn sie es sich leisten können, ich meine, wenn es ihnen paßt. Was spricht dagegen? In Moskau …“
„Aha! Also doch.“
„Ich sagte ja: Frauen schon, aber keine, die mich bemuttert hat. Nicht eine fürs Leben.“
„Ach, Wladi, schau, was das alles kostet. Für eine solche Hose …“
„Sag nicht immer Hose. Höchstens Höschen, darfst du es nennen.“
„Jedenfalls müßte ich drei Monatsrenten hinlegen für so eine Sünde, für so ein … Die Welt wird zugrunde gehen. Was der Krieg nicht geschafft hat,

schaffen die mit Unterhosen und Hemden."
„Na, das wär eine wackelige Welt, wenn sie an Hemdchen und Höschen zerbrechen würde. Allerdings, den einen oder anderen Soldaten könnte es schon umwerfen – wenn es die richtige Frau trägt", sagte Wladimir und lachte so, daß sie ihn wegziehen mußte vom Fenster mit den sündigen Seidensachen.
Sie staunte über Feinkostgeschäfte, deren Auslagen und Preise sie reinweg verrückt machten, schüttelte den Kopf über die Kleidchen und Röcke, die nicht einmal „meinen Arsch bedecken könnten", wie sie empört schnaufte. Als ihre Füße schmerzten, kehrten sie um.
„Es reicht, Wladi. Ich weiß einfach nicht, was mir mehr weh tut, der Kopf, der völlig verwirrt ist, oder die Beine, die dieses harte Pflaster nicht gewohnt sind. Wie schön ist es in Gurka."
Im Bahnhof kauften sie sich Kwas, aber Angela verzog nach dem ersten Schluck Dünnbier das Gesicht.
„Nicht einmal gekühlt haben sie es. Und es schmeckt scheußlich, nach schimmeligem Brot. Bestimmt haben sie ihn aus alten, gammeligen Brotresten gemacht. Sie müßten mal unser herrliches Kwas aus Weizen probieren, diese Pfuscher. Sie würden dieses Zeugs in hohem Bogen ausspucken."
Sie warteten vor ihrem Waggon, bis sie einsteigen konnten und als der Zug endlich anfuhr, sagte Angela: „Ich glaube, wir in Gurka wissen zu leben. Ja, noch habe ich nirgendwo etwas Besseres gesehen, als bei uns."
Als der Zug am späten Abend im Warschauer Bahnhof Warszawa Wschodnia hielt, schlief sie und verpaßte den planmäßigen, fast zweistündigen Aufenthalt.

Mitten in der Nacht, kurz vor Rzepin in Polen, wurde sie wach, lauschte im Dämmerlicht des verdunkelten Abteils den Schlafgeräuschen der Fahrgäste.
Sie war müde, doch die starken Rückenschmerzen ließen sie nicht wieder einschlafen. An ein Aufstehen war auch nicht zu denken. Dafür hätte sie mindestens die Hälfte der Leute wecken müssen.
Sie hielt die Augen geschlossen, wollte entspannen, doch dann tauchten die Bilder wieder auf, die sie fast in jeder einsamen Nacht sah.
Diese Bilder, die ungerufen kamen, machten ihr immer wieder Angst. Nur, wenn sie von der Arbeit todmüde war, ging sie ohne Furcht vor den Nachtbildern ins Bett. Im Halbschlaf, wenn sie ihre Träume steuern und die Schreckensbilder wie mit einem Wischtuch einfach wegputzen konnte, dann träumte sie allerdings gerne.
Ja, sie konnte sich Bilder machen, so oft und so lange sie wollte. Das hatte sie von Olga, ihrer Mutter, geerbt – sagte die wenigstens.
Sie erinnerte sich an den heißen Augustnachmittag, als sie mit ihr am Feldrain, im Schatten des Handwagens saß und Ziegenmilch trank.
Sie waren viele Stunden über den Acker gekrochen und hatten die frühen Kartoffeln aufgelesen, die ihre Mutter gerne mit Schalen kochte.

Der Sonntag war ihrer Mutter früher immer heilig gewesen, aber es blieb keine andere Wahl, wollten sie ihre kleine Ernte einbringen.
„Als der Pope noch da war, kleiner Engel, haben wir uns am Sonntag das frisch gewaschene Kleid und sogar Schuhe angezogen. Es war richtig feierlich, wenn wir in unsere Kirche gingen, die damals noch heil und schön war.“
„Und keiner hat gearbeitet?“
„Nicht auf dem Feld; nur im Haus. Was man halt so machen muß. Und gesungen haben wir und waren fröhlich – bis sie ihn erschlagen haben, an einem dunklen Winterabend, am Tag vor dem Neujahrsfest. Männer aus Roslawl. Von der Organi, sagte man, wären sie geschickt worden.“
Angela sagte ihr nie, daß sie die ganze Geschichte auswendig kannte, sie sogar schon fertig mit Bildern in ihrem Kopf dalag, damit sie später einmal darüber so erzählen konnte, als wäre sie dabei gewesen.
„Ach ja, Angela. Das war das Ende. Dann ist nie mehr ein Pope gekommen“, sagte Olga traurig. „Wer will sich schon erschlagen lassen? Seit der Zeit gehen wir sonntags auf die Felder, was auch nicht so schlecht ist. Beten kann ich auch ohne Kirchendach über meinem Kopf.“
„Warum haben sie ihn erschlagen? War er nicht gut?“
„Nicht gut? Er war der Stellvertreter unseres Gottes. Nein, kleine Aja, warum unser großer Führer Jossif das gemacht hat, wer weiß es schon. Hat er es angeordnet? Oder irgendein Kommunist in Roslawl und der Führer weiß es nicht einmal? Das Schlimmste, was sie bisher getan haben, das ist die Zerstörung der Kirchen. Aber sie werden sich schon was dabei denken. Nicht umsonst haben wir in Rußland aus alten Zeiten das Sprichwort bewahrt: Niederreißen, nicht aufbauen – dann gibt es keine Kopfschmerzen.“
„Mag Jossif Stalin unseren Gott nicht, Mamotschka?“
„Vielleicht. Wer weiß schon alles, was da im fernen Moskau wichtig ist. Vielleicht geht es nicht zusammen – Kommunismus und Gott.“
Ihre Mutter war erschöpft, wie so oft in letzter Zeit; die nassen Haare klebten an der breiten Stirn und die Augen sahen müde aus.
Die faltigen Hände ihrer Mutter, braun gebrannt von der Sonne, lagen erschlafft auf dem Rock. Still saßen sie, lauschten den Vögeln, die sich um die Körner zankten, die aus den überreifen Ähren auf die Erde gefallen waren.
„Mamotschka, ich kann sehen, wenn ich die Augen geschlossen habe“, sagte sie und kniff, wie zur Demonstration, die Augen fest zu. „Ich sehe jetzt den Wladimir, wie er mit dem Stock die Sau vom Boris Stankow zum Wasser treibt. Richtig sehen kann ich ihn. Er lacht!“
„Mein Engelchen, das ist, weil du ihn in der letzten Woche mit der Sau vom Boris gesehen hast. Weißt du“, sagte ihre Mutter mit müder Stimme und strich ihr über die blonden, langen Haare, „weißt du, du hast in deinem Kopf ein Album, ein großes Album für unendlich viele Bilder. Nur als du geboren wurdest, war es leer. Bald danach legtest du die Bilder, die deine Augen gesehen haben, da hinein. Immer mehr, immer neue. Dein Album

hat unendlich viele Seiten. Gute, schlechte, böse, traurige, tröstende und verzeihende Bilder legst du dort hinein. Bis an dein Lebensende."
„Wozu? Was macht man mit ihnen? Brauche ich sie später?"
„Oh, ja. Viel später, wenn du ein altes Mädchen bist, nur noch wenige neue Bilder – oder gar keine mehr – in dein Kopfalbum kommen, dann blätterst du darin. Du wirst sehen, es sind tröstliche Augenblicke, wenn du die Bilder der Vergangenheit betrachtest."
„Einfach so? Wie die Bilder im Album des Juriy?", fragte sie und dachte an den alten Mann, der so unheimlich war.
Die Kinder, besonders die jüngeren, fürchteten sich etwas vor dem alten Juriy Armatow, der sommers wie winters seine graue Uschanka, die Mütze mit Ohrenklappen, trug.
Sein faltiges Gesicht war steif, konnte nicht mehr lachen. Er sagte, Mörder, elende Mörder hätten ihm das Lachen aus dem Gesicht geprügelt.
„Sie haben ihn umgebracht, meinen lieben Zar Nikolaus; ihn und seine ganze, wunderbare Familie. Wenn du es erlebt hättest, Angela, dann könntest du auch nie mehr lachen."
Auf den Bildern, die er ihnen zeigte, lachte er aber oft; man konnte sehen, daß er noch alle Zähne hatte. Jetzt war sein Mund eingefallen, zahnlos. Und sie mußte immer wieder in diese rosafarbene Höhle schauen und sie mit dem lachenden Mund auf den Bildern vergleichen.
Nur wegen seiner Bilder überwanden die Kinder ihre Angst, setzten sich zu ihm vor seinem Haus auf die Bank und ließen sich die Fotos aus der großen Zeit der Zaren zeigen.
Sie verstanden nicht viel von dem, was er erzählte – und das lag nicht nur daran, daß er ziemlich nuschelte. Aber schön waren sie, diese Bilder; schöne Menschen in festlichen Kleidern sah man da und große Häuser mit hundert und mehr Fenstern.
„Und das hier", seufzte der Alte, „das ist das schönste Bild, das ich habe. Ein hoher Offizier hat es mir geschenkt. Seht ihr? Das ist der wunderbare Zar Nikolaus. Sein Mantel! Er ist aus lauter kleinen Zobelfellen gemacht, bodenlang. Seht ihr seine guten Augen?"
„Warum hat er rote Hosen an? Sieht aus wie Blut", rief ein kleines Mädchen.
„Nur Zaren trugen so kostbare Sachen", sagte Juriy Armatow und klappte sein Büchlein zu. „Und daß ihr es niemandem sagt. Habt ihr gehört? Sonst verschwinden die Bilder in der Desna und werden von den Fischen gefressen."
„Juriy Armatow?", fragte Olga. „Ja, der alte Armatow. Fast hundert ist der schon. Der hat viele Bilder aus St. Petersburg im Album – und im Kopf. Aus guten Zeiten, sagt der immer, stammten sie. Der meint damit die Zeit, als es noch den Zar Nikolaus gab. Der Juriy hat nur noch die Bilder der Vergangenheit. Nie sagt er, woher er sie hat, aber er wird sie wohl richtig gesehen haben."
„War er ein Freund von Zar Nikolaus?"
„Weiß man nicht. Man sagt aber, er hätte seine Orden vom Zar persönlich

verliehen bekommen. Aber wer will das schon wissen?"
„Ich!"
„Ja, du! Du willst alles wissen. Immer alles. Wenn der Juriy klug ist, dann spricht er zu niemandem darüber. Zu keinem Menschen! Und ganz besonders nicht zum Nikolai Stepanskoy."
„Warum haßt unser Jossif Stalin den Zar Nikolaus?"
„Alle Zaren, nicht nur ihn. Vielleicht weil der Zar klüger und schöner war als er? Ach, lassen wir das. Du darfst nie zum Nikolai Stepanskoy darüber reden. Wenn er weiß, daß der Juriy Zarenbilder zeigt, werden sie ihn abholen."
„Nein, ich weiß doch, daß man manche Sachen für sich behalten muß. Hat der Juriy auch schon gesagt. Auch alles, was du mir sagst, kommt nie aus meinem Mund."
„Ja, das ist gut. Erzähle auch niemandem von deinen Bilder, die du sehen kannst. Wer weiß, was sich manche dann denken."
„Diese Bilder, Mamotschka, die … Ich kann sie mir immer holen? Auch … sagen wir mal, wenn ich schon eine Frau bin?"
„Du meinst nicht die Bilder vom Juriy Armatow? Nein? Deine eigenen? – Du kannst sie wieder herausholen, wann immer du willst. Du kannst sie rufen und sie kommen. So wie gerade, als du den Wladimir, deinen Cousin, geholt hast – weil du an ihn gedacht hast, mein Engel. Das hast du von mir. Ich kann das auch. Es ist ein Geschenk der Heiligen Mutter Gottes, sie hat es den Menschen geschenkt, die ihr wichtig sind."
„Bin ich der Heiligen Frau wichtig?"
„Oh, ja. Du bist ihr sogar wichtiger als ich. Weil ich schon das Leben fast hinter mir habe und nicht mehr viel tauge. Du bist noch so jung und sollst ihr oft helfen, Gutes tun und zu ihr beten. Darum bist du ihr wichtig. Du hast eine große Aufgabe vor dir."
„Der Wladimir kann Bilder sehen, die er noch nie wirklich, ich meine mit den Augen, gesehen hat."
„Das wird so sein; das können viele, besonders die klugen Menschen. Ich bin eine einfache Frau und du wirst auch eine einfache Frau sein. Wir können nur mit den Bildern umgehen, die wir kennen."
Ja, ihre Mutter hatte recht. Sie konnte nur die Bilder sehen, die sie vorher einmal richtig, mit offenen Augen, betrachtet hatte. Wladimir, ihr Cousin, der konnte Bilder sehen, die er noch nie gesehen hatte. Behauptete er.
Er hatte ihr oft von seinen Tagträumen erzählt, seinen Träumen von Dingen, die sich nur in seinem kleinen Kopf befanden. Wenn sie auf der Weide bei den Ziegen Wache hielten, erfand er Geschichten, in denen sie mitspielte; manchmal dachte sie, er würde die Geschichten nur erfinden, weil sie darin vorkam.
„Erzähl mir noch ein Geschichte, in der ich bin", bat sie ihn oft, weil sie darin so anders war, weil diese Geschichten nie im kleinen Gurka spielten, sondern irgendwo auf der Welt.
„Schau mal da oben, Aja", sagte er dann zum Beispiel und zeigte hoch in die blaue Luft. „Ich sehe uns da oben. Da, ganz oben, in dem unendlichen Himmel."

„Wie denn? Auf einer Wolke?“, fragte sie und stieß ihn an, damit er aufwachte aus seinen Träumen.
„Nein, nein! Sieh doch hin. Mach die Augen zu und schau in den Himmel. Wir sitzen in einem großen Flugzeug, mit Flügeln, so groß wie … Nun, wie von dem Baum da drüben bis zum Wald. Ich bin mit dir ganz alleine und fliege mit unserem Flugzeug bis zum Mond. Dort oben, sieh hin!“, rief er und zeigte auf die bleiche Sichel, die vom Blau des Tageshimmels fast verschluckt wurde.
Sie legte den Kopf in den Nacken, suchte und fand den blassen Mond, auf dem sie mühsam einige dunklere Flecken erkennen konnte.
„Gibt es Hügel oder Berge da oben?“
„Oh ja! Siehst du die dunklen Flecken? Das sind Berge, Riesenberge. Tausend mal höher als unsere Kurgane. Und auf dem höchsten Mondberg baue ich uns ein Schloß. Uns beiden! Also, eins aus glitzernden Mondsteinen natürlich. Ein Mondschloß mit vielen Türmen und einem großen Tor. Da darf nur der durchgehen, den wir sehen wollen.“
„Gibt es da oben auch eine Desna? Können wir Fische fangen?“
„Oh ja. Ich lasse das Wasser rund um den Mond fließen. Die Fische sind bunt und haben blaue Augen – so wie die von Ludmilla Kurunowa. Und Brunnen bohre ich. Ich seh das silbrig glänzende Mondwasser fließen. Und Sternenfeuer fang ich ein, damit du kochen kannst.“
„Ich will nicht kochen. Und wo, bitte, können unsere Schweine und Ziegen leben? Was dürfen sie fressen? Wo kratzen unsere Hühnchen die Erde auf? Sollen sie etwa Mondsteine fressen?“
„Oh! Hab ich es vergessen zu sagen? Für sie habe ich eine unendlich große, saftige Wiese angelegt. Und kochen mußt du auch nicht. Mit dem Sternenfeuer geht alles von ganz alleine. Ich seh alles ganz deutlich. Es wird ein herrliches Leben.“
„Wie kannst du das sehen?“, hat sie ihn gefragt. „Man kann nur Bilder aus dem Kopfalbum holen, die man schon einmal gesehen hat. Warst du vielleicht schon auf dem Mond? Na also! Du lügst!“, hat sie gesagt und ihn strafend angesehen.
„Nein, Aja. Du bist dumm. Das ist Fantasie. Das sagt man, wenn man sich selber Bilder malen kann – im Kopf. Das kannst du nicht, weil es dir keiner beigebracht hat. Frag deine Mamotschka. Sie bestätigt es dir.“
Ja, der Wladimir war anders als alle Jungen im Dorf. Nicht nur, weil er ohne seine Eltern aufwuchs. Oh nein! Er war der schwächste, der kleinste und unscheinbarste Junge – und der klügste von allen.
„Ich hole mir manchmal Bilder, wenn ich nicht einschlafen kann“, sagte sie zu ihrer Mutter und mußte dabei immer noch an den Wladimir denken. „Dann kann ich lächeln, bin glücklich und schlafe mit den Bildern ein.“
„Ja, siehst du. Und so betrachte ich Konstantin, deinen Vater, sein Gesicht, seine Augen, den schönen Mund. Immer wenn ich traurig bin, rufe ich seine Bilder, und dann bin ich getröstet.“
„Konstantin“, flüsterte Aja, ließ jeden Buchstaben einzeln erklingen, schmeckte ihn auf der Zunge und den Lippen ab. „Ein so schöner Name.

Ich möchte ihn auch sehen können, meinen Vater. Mit Uniform, dem großen Schiff und vielen, vielen Fahnen und Wimpeln. – Warum kann ich ihn nicht sehen? Ich kann nur das Bild von seinem Schiff sehen, das du unten im Schrank liegen hast."

„Das Bild magst du, was? Du kannst deinen Vater nicht aus dem Album holen, weil deine Augen ihn nie gesehen haben. Du hast ihn nie gesehen, darum. Er ist nur in meinem Kopf."

„Warum hast du kein Bild von ihm? Nur das von seinem Schiff, das hast du unter der Wäsche liegen."

„Weil er vergessen hat, eins machen zu lassen."

„Schade! Aber ich werde ihn schon noch sehen. Ich weiß es einfach."

„Das, meine kleine Angela, wird unsere Heilige Jungfrau und Gottesmutter entscheiden. Nur sie. Und wenn sie es tut, dann hole ich persönlich einen Popen nach Gurka, der die Begrüßungsmesse feiern soll – und wenn ich den Nikolai Stepanskoy vorher umbringen muß. Ich schwöre es bei der Heiligen Frau."

„Mamotschka, hast du auch böse Bilder im Kopf?"

„Böse Bilder? Oh, ja. Die bringt ein langes Leben so mit sich", seufzte ihre Mutter und schloß die Augen. „Die hat wohl jeder Mensch. – Aber sie gehören nur mir. Niemandem erzähle ich davon. Sonst leben sie in anderen Köpfen weiter und lachen mich höhnisch aus."

„Ich auch, Mamotschka. Ich habe sie auch. Manche Bilder sind so schrecklich häßlich. Sie kommen und gehen, wann sie wollen. Sie tun mir weh."

„Du mußt lernen, mit ihnen umzugehen. Sie können dir auch helfen, dich warnen, dir etwas erklären, was du sonst übersehen würdest."

„Ich will aber diese Bilder nicht sehen. Die sollen verschwinden aus meinem Kopfalbum", sagte sie heftig und schlug mit der geballten Faust auf die Milchkanne.

Erst da wurde Olga stutzig. Noch nie hatte sie gesehen, daß ihre kleine Angela zornig oder wütend war. Sie schaute ihre Tochter lange an.

„Welche Bilder sind das? Kannst du sie mir beschreiben? Du hast doch noch keine häßlichen Bilder gesehen. Hier ist nur Frieden, in unserem Dorf Gurka. Niemand hat Streit mit dir; keiner hat dich geschlagen; niemand hat dich verlassen und verraten – alle lieben dich."

„Doch, Mamotschka. Ich habe sie gesehen, so richtig, mit den Augen, meine ich. Und sie wollen jetzt nicht mehr aus meinem Kopf verschwinden. Sie sind so stark und häßlich."

„Was sind das für Bilder? Sag es mir. Erzähl, wie sie da rein gekommen sind, in deinen lieben, kleinen Kopf."

„Nie! Ich will sie nicht erzählen. Nein!", schrie sie und stand auf. „Du hast auch gesagt, daß man sie nicht erzählen darf. Sie bleiben da drin!", schrie sie und schlug sich mit beiden Fäusten vor die Stirn.

Sie öffnete die Augen und blickte zu Wladimir hinüber. Sein kleiner Kopf hing tief herunter, pendelte leicht und wippte bei jedem Stoß der Wagenräder. Seine schmalen Hände lagen im Schoß und öffneten und

schlossen sich schnell.
„Wovon mag er wohl träumen“, dachte sie. „Ich weiß so wenig von ihm. Sie haben unser ganzes Leben gestohlen und niemand kann es uns zurückgeben.“
Es war still im Abteil; die Räder des Waggons klackten in gleichmäßigem Abstand und nur die leisen Atemgeräusche der Mitreisenden waren zu hören. Sie schloß die Augen und lehnte sich zurück. Und sofort tauchten die Bilder auf, die sie damals der Mutter verschwiegen hatte.
Nie hätte sie ihr das sagen können, niemandem auf der ganzen Welt. Es waren ihre Bilder, auch wenn sie sie haßte. Sie würde schon lernen, damit umzugehen – und vielleicht würde sie diese Bilder eines Tages sogar löschen können, hatte sie damals gedacht. Für immer auslöschen.
Damals, als ihre Mutter sie nach den bösen Bildern fragte, da steckten sie schon lange in ihrem Kopf. Im Sommer des Vorjahres war es auch so sehr heiß gewesen, wie an diesem Tag.
Am späten Nachmittag, als sie ihre Arbeiten erledigt hatte, war sie deshalb zum Fluß gegangen, um sich im Wasser der Desna zu erfrischen; sonst ging sie nie allein, immer begleitete sie Wladimir an den Fluß.
Er war ihr liebster Spielkamerad, mit ihm konnte sie über die Wiesen rennen, kopfüber ins Wasser springen. Mit ihm tauchte sie um die Wette und mit ihm konnte sie sich ohne Scheu herumbalgen – nackt und ohne einen Gedanken an ihre Nacktheit zu verschwenden. Sie dachte nie darüber nach, wenn Wladimir sie berührte oder sie ihn.
Aber der war nicht da, an diesem heißen Spätnachmittag; er hütete wegen der Hitze die Ziegen nicht am Fluß, nicht auf dem von der Sonne in Gluthitze getauchten Kurgan, sondern im schattigen Wald. Auch die anderen Kinder, die sonst mit ihnen oft am Wasser spielten, waren nicht zu sehen.
Sie zog ihr dünnes Sommerkleid aus und sprang kopfüber in den langsam strömenden Fluß. Sie war ganz alleine und ihre Nacktheit war ihr nicht bewußt. Als sie sich erfrischt hatte, legte sie sich ins Gras, ließ sich von der Sonne trocknen.
Sie wollte sich gerade anziehen, als Valeriy, der Sohn vom Nje Poloscheno, oben am Flußabhang erschien. Er war sehr groß und hatte breite Schultern; die Jungen im Dorf fürchteten seine Stärke. Ständig protzte er mit seinen Muskeln, spannte die Arme und ließ die Kleinsten auf die Muskelstränge drücken.
„Hart wie Eisen“, sagte er und wenn einer lachte, trat er ihm zwischen die Beine.
Sein breites, flaches Gesicht mit den wulstigen Lippen, erinnerte Angela immer an den mächtigen Fisch, den ihr der Akbulak einmal in den Schoß gelegt hatte.
„Igitt!“ hatte sie geschrien. „Er ist glitschig und er lebt noch. Er schnappt nach Luft. Wirf ihn zurück.“
„Oh nein. Den werfe ich nicht zurück. Schau ihn dir an, diesen Herrn des Flusses. Er hat geglaubt, er wäre der Größte, der Stärkste – und warum? Na, weil er zu dumm war. Er hat nicht gewußt, daß es über dem Wasser stärkere und mächtigere Lebewesen gibt, eben so einen wie mich. Das hat er nun

davon. Und so geht es vielen Menschen, die nicht über den Wasserrand schauen können."
Valeriy war schon lange als Arbeiter auf der Kolchose beschäftigt, aber das hatte ihn nicht verändert. Er galt im Dorf als Rüpel und unehrlicher Mensch. Er stahl, betrog und quälte sogar die Ziegen. Aber niemand wagte es, ihn zurecht zu weisen.
„Die Arbeit – wenn man das so nennen kann, was der macht – ermüdet ihn nicht. Da bleibt zuviel ungenutzte Kraft, die raus muß", sagten die Männer und nickten sich verständnisvoll zu, wenn wieder mal über den Valeriy und seine Untaten gesprochen wurde.
„Wartet nur, bis der den Wodka entdeckt hat. Dann könnt ihr was erleben", sagten sie, weil sie sich selber kannten.
Alle fürchteten seinen Vater, den Dorfsowjet, der in der Kolchose auch für die Erntemaschinen zuständig war und hier im Dorf für die Einhaltung der Gesetze und Verordnungen.
Er regiere fast wie ein Zar, sagte der alte Juriy Armatow verächtlich; ihm fehle nur der Zarenverstand. Das hatte er aber gesagt, als an einem Abend die Wodkaflasche sehr schnell im Kreis herum gegangen war und seine Augen feurig glänzten. Zum Glück hatte er es so genuschelt, daß man es auch anders verstehen konnte; jedenfalls hatten sich alle erschrocken umgeschaut.
Er konnte sie nach Roslawl oder vielleicht sogar nach Smolensk melden, wenn er bei ihnen etwas entdeckte, das gegen Verordnungen oder Gesetze verstieß. Und eigentlich verstießen sie ja täglich gegen irgendein Gesetz, das sie zumeist nicht einmal kannten.
Besonders schlimm waren wohl ketzerischen Äußerungen, etwa, wie sie der Juriy Armatow getan hatte. Darauf, so Nikolai Stepanskoy, stünde gnadenlos die Todesstrafe.
In den wöchentlichen Versammlungen, die Nje Poloscheno im Klassenzimmer der Schule abhielt, las er ihnen vor, was in Moskau oder Smolensk verordnet worden war, verkündet ihnen die neuen Pflichten, mahnte das Einhalten der alten an und verkündete Strafen. Er rügte ihre Versäumnisse oder Verfehlungen, prangerte sie namentlich an und drohte bei Wiederholungen mit „schärferen Maßnahmen".
Sie saßen alle still und lauschten seinen Ermahnungen und Beschimpfungen. Nie wäre es einem eingefallen, sich über seinen Sohn zu beschweren, wenn er unbefugt Äpfel vom Baum pflückte oder kleinere Jungen verprügelte. Und so beschlich Angela ein flaues Gefühl, als sie den Valeriy dort oben entdeckte.
„He, du! Willst du mich reizen?", rief er. „Nackt am Flußufer liegen? Bist du so eine? Du weißt, was unser Väterchen, Jossif Stalin, zu solchen Mädchen, wie du es bist, gesagt hat? Mädchen wie du, die müssen ins Arbeitslager, hat er gesagt, damit was Gescheites aus ihnen wird. Für viele Jahre! Oder für immer! Also, willst du dort hin?"
„Hau ab! Du sollst verschwinden!", rief sie voller Angst und hielt sich das Kleid vor die Brust. „Ich liebe unseren Führer und würde nie etwas

Ungesetzliches tun. Geh! Du willst mir bloß Angst machen."
Er lachte und sprang mit zwei Sätzen den Hang herunter, entriß ihr das Kleid, fasste sie an der Schulter und warf sie zu Boden; ihr Kleid schleuderte er achtlos zur Seite.
Sie starrte ihn an, wie er da so groß und breit über ihr stand. Sein Oberkörper war nackt wie seine behaarten Beine. Nur eine kurze Wollhose hatte er an. Er setze seinen nackten Fuß auf ihre Brüste, drückte sie so fest auf den Boden und zog sich dabei blitzschnell die Hose aus.
„Ich will dir mal was zeigen", sagte er dabei und reckte seinen Unterleib vor. „Na? Was sagst du dazu? He? Hast du noch nicht gesehen, was?"
Angela schloß die Augen und ein leiser Jammerton entrang sich ihr. „Bitte", sagte sie mit hauchdünner Stimme. „Bitte, bitte."
„Oh! Bitte, bitte? Kannst du haben. Bist ja schon erwachsen, was? Kannst es schon vertragen, was? Oha! Schau ihn dir an. Na? Schau hin, kleine Hure, was ich da habe", rief er und spielte mit dem Ding zwischen seinen Beinen. „Ah! Hast ja schon richtige Brüste. So ist es recht. Ich liebe so kleine Brüste", rief er.
Sie öffnete die Augen und blickte hoch, sah sein fettiges Grinsen und ihr Blick glitt herunter zu seinen Händen. Und dann konnte sie nur noch das Ding anschauen, für das sie keinen Namen wußte.
„Seine Kolbasa', oh, Heilige Jungfrau, so eine entsetzliche Wurst", dachte sie schließlich und spürte zum ersten Mal in ihrem Leben eine lähmende Angst. „Was für ein entsetzliches Ding! Was tut er damit? Heilige Mutter Gottes! Hilf mir doch."
Und schon kniete er sich hin, griff zwischen ihre Beine, riß sie auseinander und schob seine ‚Kolbasa' hinein. Es tat schrecklich weh. Er stieß rücksichtslos, mit einem tiefen Grunzlaut, in sie, stieß immer wieder und seine Augen wurden riesig.
Sie riß vor Schmerz die Augen weit auf, blickte in seinen halboffenen Mund, sah den herauslaufenden Speichel, der ihr ins Gesicht tropfte. Sie schrie und schrie und als der Schmerz nicht mehr zu ertragen war, wurde sie ohnmächtig.
Als sie wieder zu sich kam, lag er schwer auf ihr, atmete tief und sie roch seinen Atem, den er ihr direkt ins Gesicht blies. „Knoblauch", dachte sie. „Kolbasas' riechen nach Knoblauch. Sie stinken nach Knoblauch. Oh, Heilige Frau, wo warst du?"
Irgendwann stand er auf. Sie blieb liegen, blickte in den bleiern aussehenden Himmel und wünschte sich den Tod. In ihrem Kopf rasten die Bilder, quetschten sich in ihr Kopfalbum. Sie schloß die Augen und sofort war die Kolbasa' wieder da.
„Wenn du was erzählst", sagte er, während er sich anzog, „dann sage ich meinem Vater, du hättest mit dem da spielen wollen." Dabei zeigte er auf seine ‚Kolbasa'. „Und bei der nächsten Versammlung wird er es allen im Dorf erzählen. Dann schicken sie dich weg. Nach Sibirien, weil du eine Hure bist."
Sie zog sich das Kleid über den Kopf und stieg den Hang hoch. Nichts, kein Gedanke war in ihrem Kopf, nur Bilder, abscheuliche Bilder – und in ihren

Nasenflügeln klebte der Geruch nach Knoblauch.
„Hör zu, Angela!“, rief er und sie blieb stehen, drehte sich nicht um. „Du wirst heute in einer Woche wieder hier sein. An der gleichen Stelle und zur gleichen Zeit. Ist das klar? Wenn nicht, erzähle ich allen, was wir beide hier gemacht haben – weil du es unbedingt wolltest.“
Sie ging weg, hatte noch immer keinen Gedanken in ihrem Kopf, spürte nur Schmerzen zwischen den Beinen und eine Scham, die ihr das Blut in den Kopf trieb. „Ich bin eine Hure. Ich bin jetzt eine Hure.“ Immer wieder flüsterte sie denselben Satz und die Scham wurde unerträglich.
Sie war eine Hure! Jeder, der ihr begegnete mußte es ihr ansehen. Da war sie sich drüber klar; so was mußte man sehen. Also bog sie vor den Häusern ab ins Feld, ging hinter den Gärten weiter, bis zu ihrem Haus. Und auf dem ganzen Weg umwehte sie der Knoblauchgeruch, saß fest in den Riechnerven.
Sie zog sich nackt aus, stieg hinter dem Haus in den Pumpentrog und pumpte hektisch. Zuerst legte sie sich flach in das kühle Wasser, dann wusch sie sich gründlich, immer wieder und schrubbte sich mit der Kernseife die Haut fast wund.
Weil der Knoblauchgestank nicht weichen wollte, zog sie klares Wasser mit der Nase hoch, schnaubte und prustete. Es war zwecklos.
Sie ließ das Wasser ablaufen, pumpte noch einmal und wusch sich erneut, diesmal nur zwischen den Beinen und an den Oberschenkeln. Danach versuchte sie im klaren Wasser des steinernen Trogs ihr Gesicht zu erforschen. Wieder einmal bedauerte sie, daß ihre Mutter keinen Spiegel im Haus haben wollte. Im unruhigen Wasserspiegel sah sie nur ihre Augen und die Haare klar genug. Wo konnte man es sehen? Wie sah das Hurenzeichen aus?
Sie zog ihr anderes Kleid an und warf das alte in den Wäschezuber. Und sie legte einen Schwur ab. Nie würde sie darüber sprechen, mit keinem Menschen.
Ihre Scham brannte immer noch im Gesicht und als ihre Mutter von der Arbeit kam, versuchte sie nach Möglichkeit deren Blick auszuweichen. Sie bückte sich unnötig, drehte ihrer Mamotschka beim Sprechen den Rücken zu und hatte nur den einen Gedanken: „Ich bin jetzt eine Hure.“
Erst als Olga ihr im Vorbeigehen das Kinn anhob, liebevoll die Haare aus der Stirn strich, sie anlächelte und ihr einen Kuß auf den Mund gab, war sie sicher, daß man es nicht – nicht mehr – sehen konnte. „Ich habe es abgewaschen. Danke, liebe Heilige Frau!“
Die Folgewoche wurde zu einer einzigen Qual. Es war die Hölle für sie; bei jedem Schritt aus dem Haus suchte sie die Straße nach Valeriy Stepanskoy ab. Aber er ließ sich nicht blicken. Hinter jeder Hausecke erwartete sie seinen dicken Schädel mit den wulstigen Lippen. Wenn aus einem geöffneten Fenster kräftiger Knoblauchgeruch wehte – und der waberte im Sommer ständig in der warmen Luft – dann rannte sie davon, die Hügel hoch, bis sie die reine, frische Luft der Weide atmete.
Wladimir erzählte ihr eine neue Geschichte, während sie bei den Ziegen hockten.

„Kennst du die wahre Geschichte von einem armen Mädchen aus Sibirien? Nein? Sag was?“
Aber sie sprach nicht, mochte Wladimir nicht mehr ansehen. Er lachte nur laut und warf den Stock einem Ziegenbock an die Beine, der weitab von der Herde stand.
„Also, paß auf. Das Mädchen hieß Angela. Und sie war ungefähr so alt wie du. In ihrem Dorf wohnte ein Junge, der war nur ein wenig älter als sie. Er war stark und klug. Kein Junge wagte es, ihm etwas weg zu nehmen oder über ihn zu lachen. Dieser Junge, er hieß Wladimir, war in die Angela verliebt.“
„Hör auf!“, schrie sie. „Nimm einen anderen Namen oder ich laufe weg.“
Er blickte sie still an, legte sich auf den Rücken und schaute hoch in den Himmel. „Die Geschichte geht nur mit diesen Namen“, sagte er.
In den nächsten Tagen ging sie nicht mit zum Ziegenhüten und als er sie an einem besonders heißen Tag mitnahm zum Fluß, wollte sie sich zuerst nicht ausziehen.
„Bist du krank?“, fragte er. „Oder hast du Pickel auf der Brust? Warum willst du nicht ins Wasser springen?“
Sie gab keine Antwort, starrte den nackten Wladimir an, begriff nicht, daß sie bisher noch nie das Ding, diese Kolbasa’, betrachtet hatte, die da zwischen seinen Beinen hing.
Sie drehte sich weg, zog das Kleid über den Kopf und sprang blitzschnell in den schwarzen Fluß. Mit einem Jauchzer folgte er ihr, packte sie und wirbelte sie durchs Wasser.
„Du tust mir weh“, rief sie und drehte sich aus seinen Armen. Wladimir schwamm rüber auf die andere Seite und zog sich ans Ufer. Da drüben saßen sie oft, halb verdeckt durch das Schilf und betrachteten das Dorf, die Brücke und die Menschen, die sie durch das Schilf nicht sehen konnten.
„Komm, drüben tut sich was. Es gibt Ärger mit dem Händler. Er hat Streit mit dem Nje Poloscheno.“
„Nein, ich will nicht“, rief sie und tauchte unter.
Wladimir wartete noch einen Moment und sprang ihr dann nach; mit dem Hinterteil zuerst. „Du bist komisch“, sagte er zu ihr und prustete ihr Wasser ins Gesicht.
„Heute nicht“, sagte sie, als er sie untertauchen wollte. „Ich habe Schmerzen im Kopf.“
An dem Tag, der ja doch kommen mußte, war ihr übel, als sie aufwachte. Sie konnte nicht essen und brach die Milch wieder aus. Sie schlich zur Schule wie ein geprügelter Hund und zuckte nur mit den Achseln, als Wladimir sie besorgt fragte, ob ihre Kopfschmerzen noch nicht besser seien.
„Geht es dir nicht gut, Angela?“, fragte Ludmilla Kurunowa besorgt, als sie zum zweiten Mal keine Antwort auf eine Frage gab.
Sie schüttelte nur den Kopf und ließ den Unterricht willenlos und ohne Anteilnahme über sich ergehen.
Wladimir und sie aßen, wie an jedem Tag, bei seiner Babushka Swetlana.
„Mir ist nicht gut. Bitte, ich muß gehen“, sagte sie, als sie würgen mußte

und schlürfte mit gesenktem Kopf nach Hause.
Knapp vor der Zeit ging sie hinten aus dem Haus, schlich sich durch den Gemüsegarten, über die Felder, bis zum Fluß. Sie war weit weg von der verabredeten Stelle, aber sie zögerte es bewußt hinaus.
Als sie den Weidenbusch vor der Brücke passiert hatte, sah sie ihn. Er stand da, völlig nackt, sah ihr entgegen und grinste.
„Da bist du ja, meine kleine Hure, mein Täubchen. Ich hatte schon Sehnsucht nach dir. Komm, beeil dich. Siehst du", sagte er und zeigte nach unten auf seine Kolbasa', „wie ich auf dich gewartet habe? Es kann sofort losgehen."
Sie war wie gelähmt, konnte keinen Schritt gehen. Er kam auf sie zu, zog ihr mit einem schnellen Griff das Kleid über den Kopf und warf sie ins Gras.
Sie schloß die Augen und holte sich das Bild vom Wladimir aus dem Kopfalbum.
Sie sah Wladimir, wie er lachte, über die Ziegenweide hüpfte und zur Mondsichel zeigte. - Er knetete ihre kleinen Brüste.
Sie dachte an das Mondschloß, das Wladimir gebaut hatte. – Sie spürte den neuen Schmerz, als die Kolbasa' in sie eindrang.
Sie stellte sich in den Schloßhof und steckte den Kopf ins Brunnenwasser, das so silbrig leuchtete, und sog mit der Nase das Wasser in sich hinein. – Sie roch Knoblauch, der sich wie Klebstoff in ihrer Nase festsetzt.
Sie lachte laut und schüttelte die Wassertropen aus dem Gesicht; es war frisch und kühl. – Sie hörte Valery keuchen und spürte die Stöße.
„Hier bin ich", rief eine Stimme und sie erblickte den Wladimir an einem der Schloßfenster. – Valery zuckte stöhnte und es war vorbei.
Sie nahm ihr Kleid, als er neben ihr stand und deckte ihre Blöße zu. Sie öffnete nicht einmal die Augen.
„Tu nicht so, als würdest du dich schämen, du kleine Hure. Hat dir gefallen, was? Nächste Woche, gleiche Zeit, gleicher Ort. Und denk dran: Ich mach dich fertig, kleine Hure."

Sie erlebte eine gleich schlimme Woche. Sie wurde sogar noch schrecklicher, weil ihr am zweiten Tag, auf dem Weg von der Schule zum Haus, Nikolai Stepanskoy entgegen kam. Sie wurde rot, merkte, daß ihr Gesicht wie Feuer brannte und wollte vor ihm hinter den Häusern verschwinden.
„He!", rief Nikolai Stepanskoy. „Bleib sofort stehen!"
Sie stand still, drehte sich nicht zu ihm um. Er faßte sie an der Schulter und mit einem schmerzhaften Ruck drehte er sie um.
„Sie mich gefälligst an! Was ist? Hast du ein schlechtes Gewissen? Man sieht es dir an. Was ist es? Wieder mal was ausgefressen? Treibst dich ständig mit diesem Boronowjungen herum. Ist kein guter Umgang. Paß auf, daß du nichts Unrechtes tust."
Sie stand da, wie angewurzelt, wagte nicht, den Blick zu heben. „Er hat es gesehen! Ich bin eine Hure! Woran hat er das gesehen? Ist es meine Nase? Meine Stirn? Nein! Es sind die Augen, bestimmt sind es die Augen. Weil sie die Kolbasa' gesehen haben."

Als sie Schritte in ihrem Rücken hörte, ging sie langsam weiter, hob den Kopf nicht, bis sie am Haus ankam. Sie spülte die Augen immer wieder mit dem Wasser aus dem Trog, versuchte im Wasserspiegel etwas zu erkennen. Erst als ihre Augen unerträglich brannten, hörte sie auf.
Als der Tag, trotz aller Bitten zur Heiligen Frau, dann doch da war, raste er an ihr vorbei wie eine flüchtige Ziege. Alles, die Schule, jedes Wort ihrer Mutter, das Lachen von Wladimir, erlebte sie wie in einem Traum. Sie ging durch einen dichten Nebel, der sich wie Watte anfühlte, wie im Herbst, wenn die Schwaden von der Desna sich ins sterbende Land wälzten.
Sie schlich am Spätnachmittag wie ein geprügelter Hund zum Fluß – aber Valeriy war noch nicht da. Sie ging zum Weidenbusch, bog sogar die Zweige auseinander. Nichts. Sie blickte zur Brücke, die leer und schwarz dastand. Nichts.
Sie stand still, gedankenlos, blickte ins Wasser, sah die Fischmäuler nicht, die sich schnappend an die Oberfläche wagten, hörte die Rohrdommel nicht, die am jenseitigen Ufer im Schilfgürtel versteckt war und ihre Jungen lockte.
Sie wartete, hoffte, mochte es nicht glauben; die Erleichterung wollte sich einfach nicht einstellen. Ihre Beine zitterten und das Atmen wurde immer schwerer. Sie setzte sich schließlich ans Ufer, rupfte Grashalme und in ihrem Kopf hatte sie keinen Raum für auch nur einen vernünftigen Gedanken.
Die Sonne rötete sich in ihrem Rücken, küßte die Hügelkuppen. Sie wartete. Sie rupfte Gras und erste kleine, noch unfertige Gedanken wagten sich an die Oberfläche.
„Ob er tot ist? Hat ihn der Nje poloscheno eingesperrt? Hat ihn ein Blitz erschlagen? Ach, es war ja kein Gewitter. Hat er sich ein Bein gebrochen?“
Die Sonne war gerade hinter dem Hügel verschwunden, als sie leichte Schritte hörte. Sie erschauerte und die Übelkeit stieg langsam hoch, vom Magen bis in den Hals; widerlicher Knoblauchgeruch breitete sich in ihren Riechnerven aus.
„Komm, meine kleine, liebe Aja“, sagte Wladimir und strich ihr übers Haar. „Komm, wir gehen zu meiner Babushka. Sie hat eine wunderbare Himbeermarmelade gekocht; die liebst du doch so sehr, stimmt es?“
Sie stand auf, fühlte einen ungeheuren Schwindel. Die Beine waren nicht mehr da. Sie lehnte sich an Wladimirs Schulter und weinte lange. Der Knoblauchgestank war verschwunden. Wladimir stand still, atmete kaum, sprach nicht und bewegte nicht einmal den kleinen Finger.
Valeriy Stepanskoy sah sie in den folgenden Wochen nur von weitem. Er ging ihr offensichtlich aus dem Weg. Doch jedes Mal war sofort der Knoblauchgestank in der Nase. Ein stechender Schmerz zog von der Scham bis in den Rücken und sie schlug die Augen nieder, damit niemand ihr Hurenmal sehen konnte.

„Hast du auch Durst, Aja?“, fragte Wladimir. „Gibst du mir etwas Tee?“
Sie nickte, froh aus den Bildern gerissen worden zu sein. Sie öffnete ihr Tuch und entnahm ihm die große Kanne mit Kräutertee. Langsam, mit

kleinen Schlucken, trank Wladimir den lauwarmen Tee.
„Er erfrischt mehr als ein Glas Kwas“, sagte er und hielt ihr den Becher hin.
Sie schüttete sich den Rest ein und trank ihn mit geschlossenen Augen.
„Ich mache ihn aus Brombeerblättern, Pfefferminze und Löwenzahnblättern. Dazu ein wenig Honig; der gibt Süße und Geschmack. Ein Rezept meiner Mamotschka“, sagte sie leise und in ihrem Hals saßen die Tränen.
„Gibt es etwas in deinem Leben, das du nicht von deiner Mamotschka gelernt hast? Sie hat dich nur knappe zwölf Jahre erziehen können. Was für eine Mutter!“
„Ja, aber es gibt viele Dinge, die ich erst später kennen gelernt habe. Angst vor dem Tod, Entsetzen über grausame Menschen.“
„Alles nichts, was man lernen müßte“, sagte Wladimir. „Deine Kindheit, deine frühe Kindheit, war zum Glück frei von Tod und Grausamkeiten.“
„Ja“, sagte sie versonnen. „Fast immer.“
Es hatte sie gegeben, diese wunderbare Welt, die sie unbeschwert hatte träumen lassen. Nichts Konkretes, nichts Greifbares war es; mehr ein Ahnen, ein Hoffen auf Glück und Freude. Sehr oft ließ sie Szenen aus dieser unbeschwerten Zeit an sich vorüber ziehen. Sie konnte sich alles sehr genau ausmalen; sie hatte es sorgsam in ihrem Gedächtnis verwahrt.
Ihr Lieblingsbild war das lachende Gesicht ihrer Mutter Olga; sie konnte es immer wieder hervor holen. Und ihr fielen dazu Worte ein, die ihre Mamotschka gesagt hatte: „Schön hast du gesagt, wär ich? Oh, du kleiner Engel. Du mußt lernen, daß es unwichtig ist, wie einer aussieht. Schau dir den alten Akbulak an. Ist er nicht häßlich? Und sieh dir den Stepanskoy an. Ist er nicht ein schöner Mann? Und was denkst du? So ist es. Der schönste Mann im Dorf ist der alte Pjotre Akbulak. Und warum? Weil er innen schön ist; im Kopf und im Herzen. Äußere Schönheit ist so unwichtig wie das schöne Gefieder von unserem Hahn. Erst sein Fleisch, das du nicht sehen kannst vor lauter plusterigem Gefieder, das schmeckt und ist schön. Hühner sehen das allerdings wohl anders. Aber wir sind ja keine Hühner“, rief ihre Mamotschka und dann lachte sie so herrlich, laut und mit einem dunklen Vibrieren. Ja, das Lachen ihrer Mamotschka kannten und liebten alle.
Aber es gab auch eine andere Mamotschka. Meistens stellte sie ihre Mutter dazu auf den kleinen braunen Acker, ganz unten am Fluß, den sie selber bewirtschaftete.
Sie erinnerte sich, wie sie mit ihr die Kartoffeln aus dem Boden grub, sie in einem Drahtkorb einsammelte. Sie sah, wie sich ihre Mutter aufrichtete, sich auf dem Spaten abstützte; wie sie den warmen Ostwind durch die langen Haare streichen ließ und sich mit einer durchaus anmutig wirkenden Bewegung eine widerspenstige Locke aus dem schönen Gesicht strich.
An den Feldrand stellte sie die Handkarre für die Kartoffeln, legte daneben das buntkarierte, große Tuch, in das ihre Mutter immer Brot, Wurst und eine Kanne mit Milch steckte, die sie aus der Kolchose mitbrachte.
Sie sah sich nie selbst, wußte nur, daß ihr das Lächeln galt, wenn sie das gebrochene Brot reichte. Sie fühlte die stille, glückliche Zufriedenheit, die

ihre Kindheit fast immer ausgefüllt hatte.
Ein anderes Mal ließ sie zu, daß sich ihre Mutter matt auf die Hofbank fallen ließ; sie selber hockte wohl zu ihren Füßen, denn sie sah die streichelnde Hand auf einem braunen Bein.
Es war immer spät am Abend, wenn ihre Mutter sich hinsetzen konnte. Die Sonne war schon eidottergelb, die Schatten waren lang und in ihrem Schutz schliefen die Hunde; die Luft hatte sich abgekühlt; sie hörte das leichte Stöhnen der Mutter, die den schmerzenden Rücken streckte.
Sie gab ihr zerrissene Kleider auf den Schoß, die sie mit schweren, schwieligen Händen nur mühsam zu nähen vermochte. Wenn ihre Mamotschka traurig war, sang sie eines der langsamen, schwermütigen Lieder – und sie summte diese Lieder sogar mit.
„Mamotschka!“, dachte sie und fühlte den geheimnisvollen Schauer auf dem Rücken, den sie immer gespürt hatte, in diesen wunderbaren Stunden.
„Ja“, dachte sie, „ich war glücklich, ich hatte ein schönes Leben. Es war Frieden in meinem Leben und in meinem Dorf. Fast immer. Fast immer.“
Als ihr das Bild des Valeriy Stepanskoy in den Sinn kam, der Geruch von Knoblauchs in ihren Kopf stieg, schüttelte sie sich heftig und Bild und Geruch verschwanden.
Vom Vater gab es in ihrem Kopf keine Bilder. Darüber trauerte sie während ihrer ganzen Kindheit. Alle ihre Freundinnen und Freunde hatten Väter.
Manche Väter waren nicht so gut, tranken Wodka, schrieen Ehefrau und Kinder im Suff an. Aber sie waren da. Väter und Wodka, das gehörte schon immer zusammen; sie hatte es immer als selbstverständlich angesehen.
Väter konnte man an die Hand nehmen und sie fragen, ob sie mitgingen in den dunklen Wald, in dem es Bären gab. Man konnte ihnen das verschrammte Knie zeigen, konnte sie bitten, das schwere Holz aus dem Wald zu holen, das man mühsam zusammengetragen und gebündelt hatte. Sie kletterten aufs Dach, richteten die morschen Dachschindel, fluchten so herrlich, daß die Heilige Frau rot werden mußte. Sie konnten laut furzen und darüber auch noch lachen, daß sie kaum noch Luft bekamen. Ein Vater gehörte ins Haus und ohne Vater war man keine Familie.
Ihr Vater war schon längst weg gewesen, als die Erinnerungen sich festsetzen konnten. Es hätte keine Arbeit für ihn gegeben, hatte ihre Mutter erzählt; also war er zur Rotbannerflotte gegangen. Und seit der Zeit fuhr er mit einem großen Schiff über die Meere, besuchte alle Häfen der Welt und hatte deshalb nie Zeit.
„Wie soll das Schiff ohne ihn denn fahren können? Oder soll es da im Hafen liegen, weil dein Vater mal eben nach Gurka reisen will, um seine kleine Angela auf den Arm zu nehmen?“
„Ja!“, hatte sie gesagt. „Das soll es. Er soll kommen!“
Aber die Nachbarskinder hatten verstohlen geflüstert und geheimnisvolle Gesichter gezogen, wenn sie stolz von den Abenteuern ihres Vaters schwärmte.
„Ha! Das war alles ganz anders, hat mein Vater gesagt. Frag doch deine Mutter“, rief eines der Kinder, als sie von ihrem Vater schwärmte.

Es habe da wohl ganz andere Gründe gegeben, habe man von den Eltern gehört; Gründe, über die man nicht sprechen dürfe, sagten andere.
Aber dann hatten sie doch erzählt, bruchstückhaft, ohne Verständnis für die Tragödie. Weggelaufen sei er, weil er es nicht mehr ausgehalten habe, in der Armut, mit der vielen Arbeit und mit dieser Frau, von der er so plötzlich ein Kind bekommen hatte.
„Er durfte nie selber ‚Wässerchen' brennen. Nie! Nicht einmal am Samstagabend hat er sich einen Wodka gönnen dürfen", sagte die großen Kinder und schüttelten verständnislos den Kopf.
„Das hält kein Mann aus, hat mein Vater gesagt", sagte Pawel Chadajew mit wichtiger Miene.
„Dafür trinkt dein Vater schon vor dem Frühstück, hat meine Mutter gesagt", antwortete sie und das stimmte wenigstens.
Ihre Mutter hatte nur verächtlich gelacht, als sie das erzählte und den Kummer nannte, den ihr diese heimlich zugeflüsterten Vermutungen bereiteten.
„Kindergeschwätz! Laß dir deinen Vater nicht schlecht machen. Das bist du ihm schuldig. Denk doch nur: Er kann sich nicht verteidigen. Er kämpft da draußen mit den großen Wellen, mit Wasser, das höher ist als unsere Schule. Du mußt für ihn reden."
Nein, ihre Mamotschka hatte nichts davon hören wollen und ihr statt dessen den Vater als bärenstarken, aber liebevollen Mann beschrieben. Und sie hatte ihr das Bild aus dem Schrank geholt. Das Bild dieses prächtigen, russischen Kriegsschiffes der Rotbannerflotte.
„Siehst du dieses wunderbare Schiff der sowjetischen Rotbannerflotte? Siehst du die tausend Wimpel? Und da, die Kette der stolz aufgereiht stehenden Matrosen vor der Reling? Dort, ja, genau dort. Der zwölfte von rechts, das ist er. Ist er nicht schön? Und so stark ist er."
Jetzt hatte sie nicht nur ein Schiff, sondern auch einen Körper, einen großen, starken. Ja, das war ihr Vater. Er war viel größer als alle anderen Matrosen, seine Arme waren dicker und seine Brust war breiter. Ja. Jetzt war alles gut. Fast alles.
„Ich kann sein Gesicht nicht sehen. Nur ein weißer Fleck ist da. Mamotschka, warum hat Vater kein Gesicht?"
Sie hatte keine Antwort bekommen, aber wenn ihre Mutter abends beim flackernden Herdfeuer vom Vater erzählte, dann hatte sie stets von wilden Abenteuern auf weiten Meeren zu berichten gewußt, hatte versucht, ihm ein Gesicht zu geben.
„Stolz blickt er aus seinen grauen Augen. Und lange, blonde Haare hat er. Seine Nase ist so kräftig wie bei einem Boxer. Wenn er lacht, dann siehst du seine starken, weißen Zähne. Und er lacht ständig."
Aber es ging einfach nicht; ihre kleine Fantasie erlaubte es nicht. So entstand für sie das Bild eines stolz am Schiffsbug stehenden Matrosen der Rotbannerflotte – die Mütze mit den flatternden Bändern schief aufgesetzt, den gewaltigen Brustkorb in ein enges, gestreiftes Hemd gepreßt und die wuchtigen Fäuste tief in die Taschen der dunkelblauen Hose vergraben.
In furchtlos herausfordernder Haltung dem Sturm trotzend – das war Vater.

Nur ein Gesicht – ein Gesicht besaß er nicht.
Es gab keinen Brief, keine Karte, nicht ein einziges Bild von ihm – nicht von der Hochzeit in Gurka und nicht in Uniform bei der Rotbannerflotte.
Sie hatte heimlich alle Schubladen durchsucht, ohne etwas zu finden. Aber sie wollte, sie mußte, etwas haben, was sie sich vorstellen konnte; sie brauchte ein Gesicht für ihr Kopfalbum, damit sie von ihm träumen konnte.
Also holte sie sich einen Ersatz für Konstantin, ihren Vater. In den Träumen stellte sie ihn sich mit dem Gesicht des Pjotre Akbulak vor, der unten im Dorf wohnte, direkt an der Desna, gegenüber der Schule.
Pjotre Akbulak verdiente sich den Lebensunterhalt ausschließlich durchs Fischen. Er mußte wohl oft hungern, denn die Desna gab ihre wenigen Fische nur sparsam und äußerst unwillig ab.
„Einen Acker bearbeiten? Dazu bin ich zu alt, Angela“, sagte er und zeigte ihr mit den immer wieder durchgezählten Fingern, wie alt er war. „Neunundachtzig! Das ist eine Zahl, was? So alt wird kein Fisch.“
Er dachte nur in Fischen. Und er kochte nur etwas, was mit Fisch zu tun hatte.
„Es gibt nichts, was sauberer ist als ein Fisch. Er lebt im Wasser und wäscht sich vom Morgen bis zum Abend. Du mußt meine ‚Ucha rjadowaja iz retschnoj ryby’ probieren. Iß! Na? Gibt es etwas, was so schmeckt?“
Auch die anderen Kinder im Dorf mochten Akbulak. Sie rannten immer wieder zu ihm, denn fast immer hatte er eine Leckerei in einer der weiten Jackentaschen versteckt – und außerdem liebten sie es, wenn er ihnen sanft über die Haare strich.
Seine Taschen waren metertief, wie Wladimir ausgerechnet hatte. Es waren aufgenähte Riesentaschen, in denen sich Köder für die Fische, Angelhaken, Bindfäden, Angelschnüre, Hartbrot, Sonnenblumenkerne, aber auch bunte Bonbons den Platz teilten.
Die Bonbons und andere lebenswichtige Dinge tauschte er für Fische ein, die er auf dem Markt in Roslawl anbot. Er fuhr dazu immer, wenn er einen größeren Fang gemacht hatte, mit dem Pferdefuhrwerk in die Stadt.
Der alte Akbulak besaß das einzige private Pferdefuhrwerk im Ort. Das mochte Fremde wundern; die Einheimischen wußten von seinem Geschäft mit dem Kolchosdirektor, der für sein Leben gerne Fisch aß.
Das Pferd, von ihm Evgenia gerufen, war schon auf dem Weg zum Schlachter gewesen, als Pjotre Akbulak „Halt!“, gerufen hatte. „Ich will euch ein Geschäft vorschlagen“, hatte er dem Kolchosdirektor, Pjotr Koltschin, gesagt und nach einem Gespräch mit ihm, das länger als eine Stunde gedauert hatte, führte er das Pferd in seinen Schweinestall, in dem noch nie eine Sau gelebt hatte. Die zweirädrige Karre hatte er sich anschließend aus alten, von der Kolchose als Schrott abgelegten Teilen, zusammengebaut.
„Siehst du, kleine Angela, so haben auch die Tiere ihren Schutzengel“, sagte er. „Wenn der Pjotr Koltschin nicht so versessen auf Aal aus der Desna wäre, dann weidete die Evgenia schon auf einer Wiese im Pferdehimmel.
Das wenige Heu für seine ‚Lebensgefährtin’, wie er Evgenia im Scherz

nannte, schnitt er auf den hinteren Kurganen. Er wolle den Ziegen nicht das Futter nehmen, hatte er gesagt und alle hatten das gut gefunden.
Akbulaks Bart war lang und weiß; die Augen blau – eisblau im Sonnenlicht – und mit ihnen blinzelte er so lustig, wenn er ihnen etwas zusteckte.
Manchmal besuchte Angela ihn in seinem einfachen Haus, das nur zwei Zimmer hatte.
„Was brauche ich alter Mann mehr? Sag! In dem einen bin ich tot und in dem anderen lebe ich", sagte er und lächelte. „Weil, wenn man schläft ist man doch tot. Wußtest du das nicht, kleine Angela? Kannst du denn noch etwas sehen, wenn du schläfst? Kannst du nicht. Kannst du etwas essen, wenn du schläfst? Kannst du nicht. Kannst du Wodka trinken? Kannst du leider nicht. Kannst du lachen, wenn du schläfst? Eben. Nichts davon kannst du, also ist schlafen wie tot sein. Leben tue ich nur hier", sagte er und zeigte auf seinen Herd, den Tisch mit zwei Stühlen und dem alten Schrank, den er sich aus Birkenholz selber gezimmert hatte.
Oben auf dem Schrank stand ein Kasten aus glänzendem schwarzem Holz – und daneben lag ein Helm.
Der Helm hatte eine schön geformte Spitze, die glänzte und im Sonnenlicht Blitze ausschickte. An der linken Seite des Helms konnte man eine mächtige Beule erkennen; der Helm sah wegen der vielen Schrammen ziemlich schäbig aus.
Wenn Pjotre Akbulak sehr gute Laune hatte, also, wenn er viele Fische oder Aale am Haken gehabt hatte, dann holte er den Kasten vom Schrank und setzte sich den Helm auf.
„Siehst du, mein kleines Engelchen, dieser Helm hat mir im großen Krieg das Leben gerettet. Schau dir diese Beule an. Da ist die Kugel eines deutschen Soldaten eingeschlagen. Was denkst du, wo ich wäre, wenn dieser wunderbare Helm sich nicht geopfert hätte? Na? Eben. Zwei Meter tief in der Erde läge ich, längst zu Staub zerfallen wär ich, und niemand würde dir leckere Bonbons schenken."
Und dann kam hoffentlich der Moment, auf den sie immer mit großer Spannung wartete. Pjotre Akbulak öffnete den schweren Kasten. Er machte das nicht einfach so, nein, er mußte dazu ganz bestimmte Vorbereitungen treffen.
Zuerst setzte er den Holzkasten auf den Tisch, genau in die Mitte. Dann putzte er mit dem Ärmel unsichtbaren Staub vom Kastendeckel, in dem Buchstaben eingeritzt waren. Nun mußte sie sich auf den einzigen Stuhl stellen und auf den Kasten herunter schauen. Sehr langsam löste er den Haken aus dem Messingbeschlag, faßte den Deckel vorsichtig an und hob ihn Millimeter für Millimeter hoch, bis er schließlich ganz nach hinten kippte.
Auf einem dunkelroten Stoff lagen drei bunte, glänzende Orden. Den ersten, groß wie ein Handteller, nahm er mit den Fingerspitzen heraus, hauchte ihn an, putzte mit dem Ärmel drüber und heftete ihn an ihr Kleid.
Der Orden war bunt, zackig und in der Mitte war ein Bild des Zaren Nikolaus zu sehen. Er war schwer, zog das Kleid und sie fast zu Boden. Die

beiden anderen Orden behandelte er auf die gleiche Weise und steckte sie sich an die graue, zerrissene Jacke.
„So!“, sagte er dann, reckte die Brust und machte ein sehr ernstes Gesicht. „Die, mein kleines Mädchen, hat mir der große Zar Nikolaus verliehen, weil ich ein tapferer Soldat war. Weil ich Mütterchen Rußland und seine Zarenfamilie verteidigt habe. Leider ohne Erfolg. Aber heute“, sagte er und seufzte abgrundtief, „heute will unseren lieben Zaren niemand mehr kennen. Komm, mein Täubchen“, sagte er traurig, „legen wir sie wieder in ihr Verließ.“
Sorgfältig nahm er die Orden ab, legte sie nebeneinander in den Kasten und wischte noch einmal ein vielleicht vorhandenes Staubkorn mit seinem großen Taschentuch vom Kastendeckel, bevor er den Kasten wieder auf den Schrank stellte.
Und mit der nächsten Wischbewegung putzte er eine vielleicht vorhandene Träne aus dem faltigen Gesicht.
„Wer weiß. Vielleicht kommt er eines Tages zurück und dann werde ich sie wieder tragen. Nur dann! Sonst wird sie niemand zu Gesicht bekommen. Niemand außer dir. Das habe ich dem Zaren geschworen, damals als sie ihn, seine Alexandra und die Kinder in Jekaterinburg ermordet haben. Diese elenden Mörder! Nur einem unschuldigen Kind werde ich meine Orden noch einmal zeigen, habe ich gesagt. Weil ich dachte, ich hätte einmal ein eigenes Kind. Aber mich hat ja keiner gewollt, keine Frau wollte den Akbulak haben. Und du, du schweigst über mein Geheimnis, das da im Kasten steckt.“
Sie nickte und konnte nicht genug sehen von dem lieben, faltigen Gesicht. Die grauen Augen, das weiße Haar, alles war so, wie ihr Vater aussehen mußte. Ja, er war schön. Ihre Mamotschka hatte recht. Sie hätte dieses alte Gesicht gerne einmal angefaßt, aber nie traute sie sich. Er sah so aus wie ihr Vater aussehen mußte. Genau so sah er bestimmt aus. Das wußte sie.
Aber nicht nur sein Aussehen war ihr wichtig. Die ruhige, immer verständnisvolle Art, die träge Stille, die ihn umgab, die liebte sie.
Wenn sie mit ihm am Ufer der Desna saß und er sie bat, leise zu sein und auf die Fische zu hören, die sich gerade was erzählten, dann war das so gut, daß sie in der Nacht davon träumte.
Seine Brummstimme, mit der er ihr die Lieder vorsang, die sonst niemand kannte, und deren Text sie nicht verstand, die war so schön, daß es ihr auf dem Rücken kribbelte. Diese Zuwendung und Nähe, die machten ihn für sie so wichtig. Also nahm sie sich dieses gute Gesicht und vermachte es ihrem Vater.
Sie gab ihm dazu das Schiff vom Foto, machte es größer als ihr Haus, ließ ihn von ganz oben winken und mit den Armen rudern. Sie ließ ihn mit flatternden Haaren über den staubigen Weg nach Hause eilen, in einem bunten Anzug, so schön wie der, den Zar Nikolaus auf dem Bild trug, das ihre Mutter ebenfalls in der Schublade aufbewahrte.
Auf einem Rappen saß er, der Zar. So wirkte seine weiße Uniform noch strahlender. Eine weiße Schirmmütze mit einer roten Umrandung bedeckte

seinen Kopf. Hinter dem Zar verharrte eine berittene Gruppe Kosaken mit roten Uniformen.
Dieses Bild war ganz unten, unter allen Wäschestücken, versteckt. Sie hatte es zufällig gefunden, als sie Wäsche einräumte. Aber das Bild mit dem stolzen Schiff, auf dem ihr Vater die Weltmeere befuhr, das lag auf der Wäsche, ganz oben.
Und lachen ließ sie ihn jetzt, wo er ein Gesicht hatte; ständig und genau so, wie der alte Akbulak lachte, wenn ihre Mutter ihn ausschimpfte, weil er wieder einmal von der wilden Soldatenzeit erzählt hatte.
„Verdirbst nur die Kinder mit deinen Weiber- und Soldatengeschichten", rief sie dann und drohte dem Akbulak mit der Faust.

„Ich hätte es mir denken können, lieber Gerber", sagte Klaus Schmitz. „Seitdem die den Anton Klepper rausgeworfen haben, sind die nur noch die Hälfte wert. Das war noch ein Trainer. Hat früher selber viele Jahre das Leder gedroschen. Aber der Neue? Ich werde diesmal einen Bericht schreiben, daß den Verantwortlichen bei dieser Firmen-Mannschaft die Köpfe rot werden."
Klaus Schmitz hatte eine untersetzte Figur, war breit und wuchtig gebaut. Obwohl er gerade erst die vierzig überschritten hatte, war er grauhaarig und sein Schnurbart hatte dieselbe Farbe. Dieser lange, zitternde Schnurbart galt als sein Markenzeichen. Und er trug eine randlose Brille, über deren Oberrand er ständig seine Gesprächspartner anschielte.
Er war zwar nur Reporter der regionalen Tageszeitung ‚Rheinbote', trotzdem ging sein Ruf – „ein sehr guter Ruf", wie man sich in den Kneipen erzählte – weit über die Grenzen der Region, über die er berichtete, hinaus.
Er schrieb „parteilos", wie er immer wieder betonte: „Weil ich keiner angehöre und mit keiner sympathisiere. Die Partei, in die ich mal eintrete, die muß noch gebacken werden", hatte er vor der letzten Kommunalwahl zu Ewald Krüger, dem Bürgermeister gesagt, als der ihn offen aufforderte, doch Mitglied seiner Partei zu werden: „Dann bekommen Sie bessere Infos, können quasi aus dem inneren Kreis heraus berichten – nach Absprache mit mir, selbstverständlich."
Es gab nicht viele Offizielle in der Stadtverwaltung und den Parteien, die diesen erfahrenen Mann nicht gerne zum Freund gehabt hätten. Er war ein mit allen journalistischen Wassern gewaschenen Haudegen, der mit sehr viel Respekt und sogar einer gewissen Furcht behandelt wurde.
„Andererseits, wenn ich mir manche dieser Oberliga-Fußballer ansehe", sagte Klaus Schmitz zum Reporterkollegen Fred Gerber, „dann hilft nicht mal ein Klinsmann, um die in Schwung zu bringen. Die laufen, als ob sie Bleischuhe statt Fußballschuhe an den Füßen hätten. Das geht alles auf die Kappe dieses unsäglichen Viktor Brenner. Wie der den Verein leitet. Und die TUG will damit auch noch renommieren und werben."
Fred Gerber war noch jung, hatte eine schlaksige Figur und seine aschblonden Haare berührten im Nacken den Hemdkragen. Er wirkte oft gehemmt, brauchte Ewigkeiten, um seine Fragen zu formulieren. Und diese Fragen

zog er meist quälend in die Länge, erläuterte sie, begründete sie, fast als müsse er sich für seine Neugier entschuldigen.
Er arbeitete noch nicht lange als Reporter, hatte nach dem Studium der Journalistik bei der Wochenzeitung ‚Blickpunkt' seine erste Stelle bekommen und das erst nach zermürbend langer Suche. Er hatte mehr als hundert Bewerbungen geschrieben und sich bei Redaktionen in ganz Deutschland vorgestellt.
„Die suchen erfahrene Journalisten, die zuvor mindestens schon für die FAZ geschrieben haben", hatte er seiner Frau Silvia erklärt, die nicht verstehen wollte, warum er keine Anstellung fand. „Selbst das letzte Käseblatt aus Hintertupfingen verlangt Erfahrung und Referenzen. Wo soll ich die hernehmen?"
Er war deshalb froh gewesen, als er bei dem Werbeblatt zunächst auf Probe eingestellt wurde. Aber abgesehen von der Sportberichterstattung, die man ihm zugeteilt hatte, hatte er bisher nur wenige Artikel verfaßt.
Auf dem Weg zum Parkplatz, auf dem sie ihre Wagen abgestellt hatten, blieb Klaus Schmitz stehen und zog seinen Terminkalender aus der Brusttasche des Jeanshemdes.
„Sagen Sie mal, Gerber, hat Ihre Zeitung auch eine Einladung von der Gesamtschule? Zu den Veranstaltungen der Projektwoche zum Thema Zwangsarbeit?"
„Ja, haben wir. Und weil wir krankheitsbedingte Ausfälle haben, darf ich sogar selber dahin. Diskussionsrunde in der Aula, Rundfahrt und Empfang beim Bürgermeister. Hoffentlich gibt es da was Interessantes zu berichten. Ich bin noch in der Probe. Würde mir gut tun."
„Wird schon was zu erzählen sein. Sie können sich ja ein Privatinterview von den Russen geben lassen. Da kann man immer mehr rauskitzeln, als bei einer Großveranstaltung. Wir haben eh nicht soviel Platz dafür vorgesehen."
„Ein guter Tipp. Danke, Herr Kollege. Glauben Sie, daß die einen Aufreißer liefern könnten?"
„Die Russen? Ich glaube kaum. Rechnen Sie mal nach, wie alt die sind. Damals, als die hier in die Stadt kamen, waren sie noch Kinder. Deren Erinnerungen, nach rund sechzig Jahren, dürften mehr als dürftig sein. Von Mord und Totschlag haben die nichts mitgekriegt. Aber Sie können ja vielleicht was rauskitzeln. Die richtige Frage stellen, das ist die eigentliche Kunst; eine gute Fragestellung ist wichtiger als alle Schreibkunst. Manchmal löst sich was im Kopf des Befragten und es kommt was raus, was der selber nicht mehr wußte."
Er lachte und schlug Fred Gerber auf die Schulter. „Sie haben doch im Studium gelernt, wie man das macht. Also, dann mal ran."
„Okay! Wir sehen uns."

In Magdeburg wurden die Reisenden langsam wach; streckten die steifen Glieder und dehnten sie, daß es knackte. Alle Mitreisenden, außer Angela und Wladimir, verließen den Zug.
Angela ging zur Toilette, deren Tür klemmte und erst durch einen hilfsbe-

reiten Mann geöffnet werden mußte. Sie war Sauberkeit gewöhnt, in ihrem Haus gab es keinen Dreck und Schmutz. Ihr Abort aus glatt gehobelten Birkenbrettern wurde jeden Tag geschrubbt, die Jauche frühzeitig, bevor sie zu hoch im Silo stand, auf die Felder gefahren.

Die Toilette in diesem Zug aber war dermaßen verdreckt, stank so übel, daß ihr schlecht wurde; nur mit Widerwillen konnte sie sich erleichtern.

Als sie zurückkam, ging Wladimir raus. „Wir müssen etwas essen und trinken. Ich werde einkaufen“, sagte er.

Sie sah ihm durchs Fenster nach. Er ging zu einem Kiosk und kaufte Kaffee, Wurst und Brot; die eigenen Vorräte waren schon längst verbraucht.

In den Stunden mit den russischen Mitreisenden hatten sie mehr gegessen, als man es sonst tat. Als der Zug den Magdeburger Bahnhof verließ, schlief sie wieder ein.

Die in Magdeburg eingestiegenen Reisenden wollten wohl nicht in den verdreckten, unheimlich wirkenden, russischen Waggon. Sie setzten sich lieber in die neu angehängten deutschen Waggons.

Sie befanden sich kurz vor Bielefeld, als der Schaffner ihnen Bahn-Prospekte hereinreichte und sie von seinem Gruß wach wurde.

In Düsseldorf würden sie umsteigen, sagte Wladimir, sie hätten nur wenige Minuten Zeit, könnten sich nichts ansehen. Er las das aus dem bunten Reisebegleiter, in dem er eifrig blätterte und die fremden Ortsnamen prüfend aufsagte. Es war ein deutscher Text und Wladimir mußte langsam lesen, weil er nicht alles verstand.

Je näher sie dem Ziel kamen, um so stärker spürte sie eine Beklemmung, die ihr das Atmen schwer machte. Sie wunderte sich über Wladimir, der anscheinend völlig unbelastet und ohne Ängste war.

Seine Erläuterungen sagten ihr nicht viel; alle Namen klangen fremd, und sie wollte eigentlich auch nichts wissen. Die immer stärker aufkommende Angst vor diesem fremden Land und dem Wiedersehen mit der Vergangenheit vermochte er ihr auch mit dem leichten Plauderton nicht zu nehmen.

Mit jedem Kilometer, den sie hinter sich ließen, wurde der Druck in ihrer Brust größer; das Atmen fiel ihr schwer.

„Warum habe ich bloß zugesagt?“, fragte sie sich verzweifelt und versuchte, das Bild ihres blauen Häuschens zum Trost aus dem Kopfalbum zu holen. Sie fand es nicht.

„Oh, Heilige Frau! Wo ist mein Bild? Was heißt das? Was ist mit meinem schönen Haus geschehen?“, dachte sie entsetzt und versuchte es wieder und wieder.

Müde schaute sie aus dem Fenster des langsam fahrenden Zuges und versuchte die Landschaft auf sich wirken zu lassen, die so friedlich wirkte.

Wiesen dehnten sich an sanften Abhängen und dunkelgrüner Wald säumte den Horizont; schwarzweiße Kühe grasten, bewegten sich wie in Zeitlupe, hoben nicht einmal den Kopf, als der Zug vorbeizog; rot geklinkerte Bauernhöfe mit weit ausladenden Stallungen tauchten ab und zu am geschwungenen Horizont auf.

„Das ist ein schönes, reiches und friedliches Land“, dachte sie, verglich ohne

Neid und Groll die trockenen, staubigen Felder der Heimat, die braunen Weiden auf den Kurganen, mit diesem sattgrünen und gesunden Boden.
„Nichts ist so, wie ich's in meinem Kopf hatte – es sind zu viele Farben, weißt du", sagte sie zu Wladimir. „Alles ist so bunt hier, in diesem Deutschland. In meinem Kopf, in meiner Erinnerung, ist alles grau, düster und dreckig. Meine Bilder sind alle ohne Farbe. Das hier – das ist es nicht, was ich gesehen habe – damals, Wladi."
„Oh, doch! Ganz sicher, Aja. Es ist dasselbe Land; es sind dieselben Häuser. Ihre Kirchen, Schulen und Theater, alles ist wie damals; nur frisch gestrichen haben sie es wohl."
„Aber die Menschen? Die Menschen sind nicht mehr aus dieser Zeit? Die sind längst unter der Erde. Zwei Meter, wie der Akbulak immer sagte, und zu Staub zerfallen. Sag es!"
„Na ja. Körper kann man begraben, Gedanken und Ansichten nicht. Da gibt es immer noch Menschen, die nicht alles aus den Köpfen getilgt haben, was damals so schlimm für uns war. Sie laufen da draußen herum, tragen die Gedanken von gestern unsichtbar mit sich herum – und doch ..."
„Sie leben nicht mehr, hast du gesagt – nicht wahr?", fragte sie drängend. Ihre Stimme hatte einen Unterton, der ihre Angst und Unsicherheit verriet. Jetzt, wo alles näher kam, was sie so lange verdrängt hatte, verlangte sie nach Gewißheit und Klarheit.
„Ich weiß es doch nicht – aber ich glaube nicht, daß es sie noch gibt. Ängstige dich nicht, Aja. Sie werden wohl gestorben sein; oder sie sind so alt, daß wir sie nicht mehr erkennen werden. Sie liegen in Krankenbetten, hocken geistlos in Altersheimen und Irrenanstalten."
„Es ist nichts mehr von ihnen da? Nichts wird so sein wie damals, Wladi?", forderte sie.
„Ich weiß es nicht. Ich sagte es ja. Vielleicht lebt es in den Nachkommen weiter, was sie gesagt und gedacht haben. – Man spricht und schreibt viel über sie – liest du keine Zeitungen?"
Sie antwortete nicht. Für einen Moment senkte sie die Augen und es sah aus, als schäme sie sich, nicht einmal eine eigene Zeitung zu haben.
Der Petrovitsch Solowjew, ihr Nachbar, der bekam die Iswestija täglich vom Schulbusfahrer – und verlieh sie, wenn er sie gelesen hatte, an seine Nachbarn.
Die Nachbarn ärgerten sich allerdings darüber, daß der Petrovitsch regelmäßig zwei bis drei Seiten heraus gerissen hatte. Die viertelte er und benutzte sie als Klopapier. Aber nur einmal in der ganzen Zeit hatte es deshalb einen kleinen Aufstand gegeben.
„Du könntest dir doch angewöhnen, eine alte Zeitung für deinen Arsch zu nehmen", sagte Iwan Doroganow beim abendlichen Plausch. „Ich bringe dir die gelesene Zeitung immer zurück, das ist so sicher, wie die Tatsache, daß die Desna im Winter zufriert."
Der Iwan Doroganow bekam die Zeitung immer zuletzt, weil er ganz oben am Dorfeingang wohnte, fast am Wald, und er war schon so alt, daß er nicht mehr zur Kolchose ging. Seine winzige Rente erlaubte es ihm nicht, eine

eigene Zeitung zu kaufen.
„Was mag uns alles entgehen? Du bist nicht nett zu deinen Nachbarn", klagte er.
„So? Bin ich nicht? Wer zahlt die Zeitung? Du etwa? Wie, bitte, soll ich das überhaupt machen? Willst du, daß ich aufstehe, wenn ich auf dem Klo sitze und mir eine alte Zeitung hole? Ich lese die gerade gebrachte Zeitung immer auf dem Klo. Und da paßt es doch gut, wenn ich das, was ich bereits gelesen habe, zum Abputzen nehme? Was ist falsch daran?"
„Nun ja", überlegte Iwan Doroganow, „Du könntest dir einen Vorrat zum Abputzen anlegen; aus alten Zeitungen."
„Vorsorgen soll ich? Vorrat anlegen? Wozu? Ich lasse mir nicht sagen, womit und wie ich meinen Arsch abputze. Mit einer alten Zeitung! Ha!", donnerte der Petrovitsch und da schwiegen lieber alle, weil es war besser, eine nicht ganz komplette Zeitung zu bekommen, als gar keine.
Sie las selten, denn ihre Augen waren schlecht; sie war ungeübt, verstand auch oft nicht, wovon die Leute schrieben.
„Ist dein Fehler, Angela. Du mußt regelmäßig lesen, sonst kannst du nichts begreifen", sagte Petrovitsch, als sie sich über das Kauderwelsch der Schreiber beschwerte. „Man muß sich daran gewöhnen – und fast alle Berichte sind Fortsetzungsgeschichten."
„Und fast alle berichten nur schlechte und böse Sachen. Nie steht etwas drin über gute und hilfreiche Nachbarn; nie sieht man ein Bild mit lachenden Menschen auf diesem Papier. Wozu berichten sie? Wollen sie uns Angst machen?", hatte sie geantwortet.

Bielefeld wurde von einer knarzigen Blechstimme angekündigt; sie konnte am Rand des Fensters die ersten Bauten der Stadt, dicht gedrängte, farbenfrohe Häuser und nadelspitze Kirchtürme erkennen.
Der Zug hielt mit kreischenden Bremsen. Nur wenige Menschen standen auf dem Bahnsteig und betrachteten gelangweilt den Zug mit den fremdartigen, verstaubten Waggons.
Die wartenden Menschen trugen schöne Schuhe, fand sie. „Taugen aber kaum für die Arbeit, sind nur gut für Feste", dachte sie und besah sich die eigene ausgetretene, fettglänzende Fußbekleidung.
Sie war ohne Neid, überlegte nur, was diese Menschen da draußen machten, warum sie so untätig herumstanden, ob keine Arbeit auf sie warten mochte. Die Gesichter suchte sie einzeln ab. Männer und Frauen machten einen entspannten und ausgeruhten Eindruck. Direkt vor ihrem Fenster standen zwei Frauen mit ihren Männern. Die Frauen lachten laut und die Männer klopften sich lächelnd auf den Rücken.
„Sie haben schöne Kleider, als wollten sie zu einem großen Fest gehen. Sie sehen friedlich aus, Wladi, findest du nicht auch? Sie lächeln so herzlich."
„Schöne Kleider? Das ist die Mode der Städter. Das tragen die an jedem Tag. – Friedlich? Ich weiß nicht. Woran erkennt man das? Ist es nicht vielmehr so, daß du sie dir friedlich wünschst, weil du immer noch Angst vor ihnen hast?"

„Ich habe keine Angst. Hier ist es friedlich. Diese Menschen sind gut; sie tun niemandem etwas, das sehe ich“, sagte sie mit trotziger Stimme. „Ich habe in allen Gesichtern da draußen gelesen. Sie lächeln, haben Sorgen, sind traurig oder lustig. Keiner ist böse.“
Es war spürbar, daß sie bemüht war, der Stimme einen möglichst festen Klang zu geben. Ihre Angst und Sorge konnte sie trotzdem nicht verbergen. Wladimir sagte nichts, nur ein feines Lächeln umspielte seine Mundwinkel.
In dem breiten Abteilsitz wirkte er irgendwie verloren; seine dürren Beine steckten in viel zu weiten Hosen, das verwaschene weiße Oberhemd schloß eng am faltigen Hals. Am linken Revers des braunen Jacketts blinkte das Parteiabzeichen, und an einem breiten Stoffband baumelte der große Leninorden.
Sein Kopf, klein und schmal wie bei einem Kind, beeindruckte auf unerklärliche Weise die Gesprächspartner, ließ nie die Möglichkeit zu, sich über diesen Mann zu erheben. Dunkle Augen beherrschten das faltige Gesicht mit der Adlernase, Augen, von denen mancher sagte, er habe das Gefühl, sie würden brennen.
„Professor Wladimir Iljitsch Boronow, einem der besten Reaktorphysiker, die unser Land hervorgebracht hat“, stand in der Urkunde, die man ihm vor Jahren, zusammen mit dem Orden, überreicht hatte. Damit verbunden war seine Ernennung zum Leiter des Moskauer Instituts für Physik und Ingenieurwesen gewesen. Er erhielt den Lenin-Preis für seine Forschungsprojekte, mehrere Auszeichnungen für seine Errungenschaften in der Weltraumforschung und drei Auszeichnungen der Sowjetischen Gesellschaft für Ingenieurwesen. Man machte ihn zum Mitglied der ‚Russian Space Academy‘, der ‚Russian Society of Informatics‘ und der ‚Russian Engineering Society‘.
Ja, er war ein einflußreicher und mächtiger Mann geworden, dem man, schon aus Sicherheitsgründen, jeden Aufenthalt im westlichen Ausland untersagen mußte.
Jetzt lebte er von einer kleinen Rente, die ihm gerade mal das Überleben sicherte, alleine in einer Zweizimmerwohnung in Smolensk – und hätte reisen dürfen, wenn es die Mittel erlaubt hätten.
„Du hast ihnen schon lange verziehen, Angela?“, fragte er.
„Den Deutschen? Glaubst du das? Warum sagst du es so vorwurfsvoll?“
„Dein weiches Herz kann keinen Zorn festhalten, Aja, er zieht schneller aus, als er eingezogen ist; du bist wie unser Land, es verzeiht auch alles und jedem – ohne Rücksicht, ohne Moral.“
„Nein, Wladi, nein! Ich konnte sie nicht alle freisprechen. – Und auch nicht in gleicher Weise. Sie sind immer wieder angetreten, weißt du – jede Frau und jeder Mann. Wie oft haben sie sich in langen Nächten aufgedrängt, wollten sich in Erinnerung bringen – wollten wohl, daß ich ihnen verzeihe. Sie drängen mich, geben nicht nach. – Ob es sie noch gibt?“
„Nein, du dumme Aja.“ Er beugte sich vor und streichelte zärtlich ihre Hand. „Nein, die existieren nur noch in deinem Kopf. Es gibt keine Geisterwesen,

keine Toten, die um uns herum schwirren. Das sind Spukgeschichten für das dumme Volk. – Mach dich nicht verrückt. Es gibt sie nicht.“
„Na ja, alles weißt du auch nicht, mein kluger Wladi. Ich habe meine Quälgeister befragt und ausgeforscht; ich wollte wissen, ich mußte wissen, was sie damals gedacht und gefühlt haben. Sie waren mir die Antworten schuldig – und ein ‚Verzeih mir Angela Pawlowska' hätte mir nicht gereicht.“
„Und? Haben sie geantwortet?“ Die Stimme klang spöttischer, als er es gewollt hatte. „Haben sie gesagt, warum sie es getan haben? Hast du die Gründe dieser Sadisten verstanden?“
„Sprich nicht so. Manche Menschen habe ich verstanden – im Nachhinein; ihnen konnte ich verzeihen. – Einigen anderen werde ich nie verzeihen können“, sagte sie zur sonnenbeschienenen Scheibe und drückte ihr weißes Haar dagegen.
„Was immer du dir auch denkst. Du hast kein Recht, ihnen zu verzeihen, Angela. Du verhöhnst damit die anderen Opfer. Nur wenn alle Opfer, wir alle gemeinsam, die sie unter der Knute hatten, es wollten, könnte man ihnen verzeihen. Nur eine Gegenstimme macht es unmöglich. Du weißt, das geht nicht. Zu viele haben sie getötet oder zu Krüppeln gemacht, viele sind längst gestorben. Willst du diese Toten vertreten und in ihrem Namen Verzeihung gewähren?“
Angela schüttelte den Kopf; sie verstand ihn nicht; ihre Art zu verzeihen war eine ganz persönliche. Sie war anders als er.

Dr. Erwin Kullog lehnte sich weit zurück, kippte den Bürosessel bis an die Grenze des Möglichen. Sein Körper füllte den Sessel vollständig aus. Das blaue Hemd spannte über dem Bauch und an den Achselhöhlen sah man die fransigen Schweißränder.
„Hör zu, Hans! Das ist kein Spaß. Ich habe dir dieses schwierige Projekt anvertraut, weil ich dachte, daß dir gewisse familiäre Beziehungen durchaus bekannt sind – und die Probleme, die daraus resultieren.“
„Für dein Vertrauen bin ich dir auch dankbar, Erwin. Nur hatte ich unterstellt, daß es an meiner Fachkenntnis, meiner Kompetenz gelegen hätte – und nicht an irgendwelchen familiären Randbedingungen“, sagte Hans Brosthaus, Lehrer der Jahrgangsstufe zwölf der integrierten Gesamtschule, die den Namen „Albert Einstein“ tragen durfte.
„Auch, lieber Hans, das auch, das auch. Audiatur et altera pars! - Es möge auch die andere Seite gehört werden“, sagte Dr. Erwin Kullog, der beim Aufsagen seiner geliebten Lateinsprüche das Gesicht machte, das alle ‚seine Lateinfratze' nannten.
„Mich interessiert das Projektziel, sonst nichts, keine andere Seite.“
„Es geht bei diesem Projekt – ein Wunsch des Düsseldorfer Bildungsministeriums, du verstehst? – um mehr. Absolute Verläßlichkeit, Feingefühl beim Umgang mit den Gästen, den Sponsoren, auch mit den Offiziellen der Stadt, und nicht zuletzt, mit der Industrie, sofern sie betroffen ist. Wir leben und arbeiten in dieser Stadt. Und die TUG ist der größte

Steuerzahler dieser Stadt. Fast aus jeder Schülerfamilie arbeitet einer dort. Das alles war mit ein Grund, warum ich dich ausgewählt habe.“
„Na fein“, seufzte Hans Brosthaus. „Und wo klemmt es nun? Hab ich was falsch gemacht?“
„Nein – oder anders gesagt, doch.“
„Soll ich darüber lachen? Hast du eine Ahnung von meinen Problemen mit diesem Projekt? Wohl kaum. Ich habe mühselig die paar Jungen und Mädchen rausgefiltert, die Interesse an dem Projekt haben und die aufgeschlossen dafür sind. Es ist ein schwieriges Thema und die meisten jungen Leute wollen lieber nichts mehr darüber hören. ‚Das war die Sache unserer Alten’, sagte mir einer. ‚Was haben wir damit zu tun? Das ist doch Gruftikram!’. ‚Gruftikram!’, stell dir das vor, sagte ein anderer. Jetzt steht nicht nur die Projektgruppe endlich, wir haben uns auch mit der Thematik ausführlich befaßt und, neben dem Material aus dem Stadtarchiv, eine Menge an Reaktionen aus der Öffentlichkeit gesammelt. Das alles wird, ergänzt um die Berichte und Erlebnisse der russischen Gäste, ausformuliert, gedruckt und verteilt. Als Projektabschluß. Was gibt es da zu meckern?“
„Finis coronat opus. - Das Ende krönt das Werk. – Ich hoffe, daß du keinen Sprengstoff produzierst. Ich mache mir Sorgen, große Sorgen.“
„Ich verstehe nicht. Und behandele mich nicht wie einen Schüler, hörst du? Was mache ich denn deiner Meinung nach falsch?“
„Du hast es selber aufgezählt. Punkt eins: Du hast kritische Geister – so möchte ich die aufgeweckten jungen Leute nennen, die nicht jeden Schwachsinn glauben – ausgeschlossen.“
„Ich habe keinen ausgeschlossen. Alle waren gebeten worden, sich zu beteiligen. Wen soll ich denn ausgeschlossen haben?“, fauchte Hans Brosthaus.
„Nun, zum Beispiel den Frank Wuttke.“
„Was? Ich fasse es nicht! Der Wuttke ist, gelinde ausgedrückt, ein Rassist und ein Dummschwätzer. Der und aufgeweckt! Nein, mein Lieber, der und seine Freunde? Da hätte ich doch gleich die Parteiführer der NPD als Gasthörer einladen können.“
„Na, na! Ich will ja nur betonen, daß du nicht nur Jasager einsetzen durftest. Vielleicht kannst du ihn noch integrieren. Ja? Und zweitens: Ihr habt mir zuviel gekramt und gegraben. Was sollte der Besuch bei der TUG durch diesen Körner und seine Freundin? Du hättest den Werksleiter mal hören sollen. Mann! Was soll das Nachforschen?“
„Das war gute Arbeit. Der Junge gibt sich große Mühe und er packt das richtig an. Wir können doch nicht nur blöde Plakate malen.“
„Natürlich nicht. Aber ein kleines bißchen Rücksicht auf besondere Befindlichkeiten müßt ihr schon nehmen. Verstehst du, was ich meine? Wen interessiert das heute noch, was im Archiv der TUG oder im Keller des Stadtarchivs ruht? Niemanden! Laßt die Finger davon! Ein bißchen Oberflächenkram, Okay. Aber keine Namen, keine Details – und keine Anschuldigungen. Hab ich mich klar ausgedrückt?“
„Sehr klar! Und das nennst du ein ‚Projekt’? ‚Zwangsarbeiterentschädigung – jetzt!’, heißt es doch. Wie sollen wir Druck ausüben, wenn wir nicht Roß

und Reiter nennen? Wie soll das ganze Erfolg haben, wenn wir nicht Schuld nachweisen, richtige, belegbare Schuld?"
„Du bist nicht der Staatsanwalt, lieber Hans! Laß das die Leute machen, die dafür bezahlt werden. Und drittens: Etwas mehr Fingerspitzengefühl bei der Auswahl der Gäste aus Rußland hätte ich schon von dir erwartet. Ich habe hier den Brief der Botschaft mit den Daten und Namen der Leutchen. Diese Angela Pawlowska ist ja wohl ungefährlich; ein Pflänzchen vom Lande. Aber dieser Professor! Professor Wladimir Boronow! Der war ein hohes Tier da drüben. Mit Orden behängter Wissenschaftler. Weißt du das? Glaubst du, den kann man unterbuttern? Nein, mein Lieber. Den nicht! Der wird Fragen stellen, nachforschen und eventuell äußerst peinliche Aussagen zum Besten geben."
„Ach, hör doch auf! Was soll da passieren? Das waren damals Kinder. Die waren, glaube ich, elf oder zwölf, als man die herbrachte. Kinder! Was denkst du, was die uns nach so langer Zeit erzählen werden? Sie mußten arbeiten, hatten keine besonders angenehmen Arbeitsbedingungen und erhielten keinen Lohn. Na und? Wir wissen das doch alles. Wir wollen es nur einmal von den Betroffenen selber hören. Weil es eindrucksvoller ist. Warum so ein Schiß?"
„Weil wir die Industrie brauchen. Erinnerst du dich an die große Spende für unseren Rechnerraum? Manus Manum Lavat! – Eine Hand wäscht die andere!"
„Du gehst mir auf den Geist mit deinen Lateinsprüchen. Und außerdem halte ich das nicht für moralisch."
„Ach, die Moral! Laß das mal meine Sorge sein. Und was die hier erzählen werden, das weißt du nicht. Wir kennen nur die Oberfläche. Und wenn da ziemlich scheußliche Dinge zur Sprache kommen? Wer kann das verantworten? Wir, die Schule? Ich, der Schulleiter? Du, der Projektleiter? Oder gar die Stadtverwaltung? Das kann böse ins Auge gehen, mein Lieber."
„War's das jetzt?"
„Noch nicht ganz. Daß du einen Dolmetscher brauchst, das ist klar. Aber warum, um Himmels Willen, mußte es diese Marita Schönen sein? Die ist drüben in Rußland erzogen worden, die atmet den Geist des Kommunismus bei jedem Satz. Hast du mal ihren Geschichtsunterricht verfolgt? Solltest du unbedingt machen, mein Lieber. Was die übersetzt oder nicht übersetzt, das kannst du nicht nachvollziehen. Das ist eine böse Falle. Hast du niemand anderes dafür?"
„Nein, mein Lieber! Habe ich nicht. Und Marita ist über jeden Zweifel erhaben. Sie wird nichts falsch machen. Meine Güte! Was hast du für einen Schiß! Vor wem eigentlich? Übersehe ich da was? Jedenfalls ziehe ich das jetzt so durch. Solltest du aber noch einmal einen Projektleiter suchen, dann vergiß meinen Namen. Hast du verstanden, mein Lieber?"
„Sei nicht sauer. Ich muß den Überblick behalten. Ich trage die Verantwortung; sonst keiner, wenn es drauf ankommt. Also, sei vorsichtig. – Ach, und noch was: Während die hier sind, sollten wir das unverbindliche ‚Sie' benutzen. Brauchen die nicht zu wissen, daß wir alte Freunde sind. Da läßt sich leich-

ter mal was korrigieren – durch mich, meine ich. Einverstanden?“

Dichte Rauchschwaden hingen über den Köpfen der drei Männer und zwei Frauen – das Redaktionsteam der Tageszeitung Rheinbote hatte seinen täglichen Jour Fix.
„Kann nicht mal einer für Frischluft sorgen?“, rief Inge, die Redaktionssekretärin. „Macht doch wenigstens die Tür auf. Man kommt ja um in diesem Mief.“
„Oder das Rauchen einstellen?“, fragte Klaus Schmitz. „Oder, verdammt noch mal, endlich dieses Scheißfenster reparieren lassen.“
Der kleine Konferenzraum hatte nur ein Fenster und solange er zurückdenken konnte, ließ es sich weder auf Kippen stellen noch öffnen.
Zwei der Redakteure und Gesine Stumm, die Redaktionschefin, rauchten pausenlos. Wie an jedem Morgen hatten sie sich um zehn Uhr getroffen, die Tagesabläufe besprochen und die frisch gedruckte Ausgabe des aktuellen Tages durchgesehen. Jetzt war es bereits nach zwölf und er mußte los, wenn er den Termin in der Fabrik halten wollte.
„Hör zu“, sagte er zu Gesine Stumm, „ihr könnt ja so lange weitermachen, wie ihr wollt, aber ich muß los. Ich bin um halbeins mit Dr. Kübler, dem Werksleiter der TUG, verabredet. Der Termin ist wichtig.“
„Wegen des Mittagessen mit dem Werksleiter“, rief Gesine Stumm und lachte.
„Quatsch! Seit wann steh ich auf Fressagen?“
„Gib es ruhig zu, Klaus“, antwortete Gesine und lächelte spitzbübisch. „Ist doch keine Schande – und Bestechung schon gar nicht.“
„Blödsinn! Du weißt genau, wie ungern ich solche Scheißeinladungen annehme.“
„Sag nicht immer Scheiße! Wir sind ja fertig, aber ich muß dich noch unter vier Augen sprechen. Kurz! Muß nicht lange dauern.“
„Hört, hört!“, rief einer der anderen Journalisten. „Es gibt Geheimnisse in unserer Redaktion.“
„Herbert, du bist ein Quatschkopf. Es gibt ja auch Dinge, die nicht alle Redaktionsmitglieder angehen“, entgegnete Gesine.
„Aha! Privat? Habt ihr beiden ein Techtelmechtel? Laßt hören!“
„Blödmann!“, sagte Gesine und ärgerte sich darüber, daß sie rot wurde. „Es gibt auch noch was dazwischen.“
Die Redakteure grinsten, klaubten ihre Blöcke zusammen, klemmten die Zeitungen unter die Arme, schnappten sich die dicken Büro-Kaffeetassen und verschwanden wortlos.
„Nun? Was gibt es den ‚dazwischen’?“, fragte Klaus Schmitz.
„Du hast doch morgen den Termin mit diesen Russen? Das ist das Thema ‚dazwischen’. Ich will das nicht vor allen diskutieren, verstehst du? Es geht um diese Geschichte mit den Zwangsarbeitern. Die hat mich schon mehr Nerven gekostet als die etwas undiplomatische, nicht ganz wasserdichte Berichterstattung über den Kölner Müllskandal.“
„Aha! Wieso aber blöde Geschichte? Ist da was nicht in Ordnung? Bisher

gibt es von uns doch nur den kurzen, und ich meine, sachlichen, Vorbericht. Wegen dieses Projektes habe ich ja auch gleich das Gespräch mit Dr. Kübler. Das heißt, die wollen mich deshalb sprechen. Ich denke, sie geben mir Hintergrundinfos, damit ich einen ihnen genehmen Artikel über die Sache verfasse."

„Ja, glaube ich auch. – War übrigens wirklich ein Scherz, das mit dem Essen. Ich kenn dich ja. Also! Wie soll ich's dir erklären? Es ist ein bißchen kompliziert – besser gesagt, politisch brisant."

„Oha! Oha! Laß hören!", sagte Klaus Schmitz und spannte die Schultern.

„Du weißt, fast besser als ich, wie die Struktur unseres Druck-Verlages, des Horstmann-Verlages, aussieht?"

„Ja, natürlich. Elisabeth Horstmann hält fünfundsiebzig Prozent. Der Rest ist verteilt auf die halbe Stadt."

„Du vergißt etwas: Etwa drei Viertel des Umsatzes läuft über die Druckereischiene. Unsere Zeitung, der Rheinbote, ist nur mit knapp fünfzehn Prozent am Umsatz beteiligt. Der Rest kommt von diesem unsäglichen Werbe-Wochenblatt, dem Blickpunkt. Man könnte also durchaus Überlegungen anstellen, diese Zeitungen aufzumischen, sie zusammenzulegen – ohne all zu großes Risiko."

„Was soll der Quatsch, Gesine? Machst du hier in Zukunftsphilosophie?"

„Nein, ich will dir nur erklären, daß dein und mein Arbeitsplatz wegrationalisiert werden könnten. Etwa, indem man die beiden Redaktionen zusammenlegt und künftig nur noch ein kostenloses Werbeblättchen laufen läßt, das sich ausschließlich über Anzeigen finanziert. Kapiert?"

„Nee, nicht wirklich. Alles ist zwar möglich, aber nie schmeißt die Horstmann dich raus. Die hat dich entdeckt und gefördert; du bist ihr Ziehkind, liebes Gesinchen."

„Du sollst mich nicht so nennen! Nicht hier in der Redaktion. Soll das heißen, bei mir hätte nur Vitamin B geholfen? He? Nee, mein Lieber. Ich kann auch was, und nur das war ausschlaggebend. Die Frage, die wir hier diskutieren, Wirtschaftlichkeit und Nutzung von Synergieeffekten, die hat damit nichts zu tun. Wenn zusammengelegt wird, werden die personellen Karten neu gemischt."

„Sicher, sicher. Aber was ist daran neu? Darüber reden wir doch schon seit mehr als einem Jahr. Und passiert ist nichts. Die Leute wollen richtige Zeitungen, Artikel mit Substanz von echten Profis geschrieben. Nicht so ein Blabla mit dicken Überschriften. Das weiß die Horstmann genau. Also, mach dir nicht in die Hose, Gesinchen! – Moment! Moment! Angefangen hast du das Gespräch mit der Zwangarbeitersache. Warum? Gibt es da etwa einen Zusammenhang?"

„Na endlich! Genau den gibt es. Ich habe einen Anruf bekommen. Von Elisabeth Horstmann, höchstpersönlich. Zum ersten Mal, seitdem ich den Laden hier leite, hat sie mich angerufen. Weißt du, wie sie früher hieß, ich meine, bevor sie diesen Verlagsgoldesel, Günther Horstmann, geheiratet hat?"

„Müßte ich? Warte mal! – Na klar! Die stammt aus dem Hause Wuttke, Helmut Wuttke, Wuttke Immobilien, das ist ihr Bruder. Natürlich. Dem

Vater von dem Immobilien-Wuttke, Johannes Wuttke, gehörte doch die Vorkriegs-Fabrik, also diese Textilfabrik. Hat sie, glaube ich, sogar gegründet. Wie hieß die damals noch? Ah! Ich hab's: Deutsche Textil- und Garnfabrik', DTG! Jetzt heißt sie Tuch und Garn, TUG. Die haben damals, 1949, die Firma aufgelöst. Die Neugründung erfolgte bereits ein Jahr später, und die TUG hat – angeblich – nichts mit der alten Firma zu tun. Das hatte Gründe, unter anderem wohl finanzielle Gründe."
„Familienbande! Ahnst du nichts? In dieser Fabrik haben während des Krieges viele Zwangsarbeiter die schwersten und gefährlichsten Arbeiten machen müssen, jahrelang und ohne das geringste Entgelt."
„Gefährlich? Na, da übertreibst du aber. Schwer sicher, ungerecht auch, aber gefährlich?"
„Du hast keine Ahnung, mein Lieber. Weißt du, was das für Säuren waren, mit denen die damals umgegangen sind? Unbedenklich umgegangen sind? Es waren ja auswechselbare Arbeiter. Krepierte einer, war der Nachschub schon da. Die haben in der Färberei und in der Nachbehandlung mit äußerst gefährlichen Mitteln gearbeitet, um die Textilien nach dem Färben auszuwaschen. Ich bin nicht vom Fach, aber soviel weiß ich, daß bei der Textilveredlung, also dem Färben, Bleichen und Ausrüsten, früher mit gefährlichen Stoffen gearbeitet wurde."
„Ich beginne zu begreifen. Diese Wuttke-Textilfabrik setzte Zwangsarbeiter ein. Sie wurden nicht gerade pfleglich behandelt. Elisabeth Horstmann fürchtet um den guten Ruf ihrer Familie. Wir sollen diese Zwangsarbeiterkiste totschweigen. Stimmt das?"
„So ungefähr. Es geht ihr aber wohl um mehr, ums Geld. Sie fürchtet Forderungen des Entschädigungsfonds. Ich will dir nur sagen, daß du vorsichtig sein sollst. Es geht vielleicht um mehr, als wir beide wissen. Aber warum sage ich dir das überhaupt? Ich weiß ja, daß du dir nie reinreden läßt. Trotzdem! Sei auf der Hut. Die Horstmann könnte böse reagieren."
„Danke für den Tipp. Gehst du heute Abend mit mir aus? Ich möchte dich gerne mal wieder eine ganze Nacht neben mir liegen haben. Die Nächte sind kalt für einsame Wölfe."
„Aha! Für einsame Wölfe. Scheinst ja nicht oft einsam zu sein, wenn ich mir ansehe, was darüber in meinem Feierabendkalender steht."
„Ich brauche mal wieder eine heilsame, entspannende Kuscheleinheit. Und die gibt es nur bei dir."
„Bin ich deine Krankengymnastin? Als was betrachtest du mich eigentlich? Wenn du so viel Wert auf Entspannungsübungen mit mir legen würdest, dann hättest du dein Junggesellenleben längst aufgegeben."
„Ich bin für Dauerbetrieb nicht geeignet. Das weißt du. Andererseits kann ich auf dich und die Lust auf deinen wunderbaren Körper nicht verzichten. Was soll ich machen?"
„Aha! Ich bin also dein Lustkörper? Das verstehst du unter ‚dazwischen'? Was bin ich doch blöde! Jede andere würde dich zum Teufel jagen", sagte Gesine und legte sich Zornfalten auf die Stirn.
„Na, na! Nicht beißen. Ich lade dich auch zum Essen ein."

„Ahh! Das hört sich schon besser an. Mal sehen, wann wir hier wegkommen. Ich hätte schon Lust auf ein schönes Essen beim Japaner. Danach … Mal sehen, ob ich Lust aufs Kuscheln habe."

Es war still im Abteil; die gleichmäßigen Fahrgeräusche machten sie schläfrig, und sie hätte sich gerne auf ein Bett gelegt.
„Wie kannst du ihnen verzeihen wollen – auch nur einem von ihnen?", fragte Wladimir.
Sie blickte ihn aus kleinen, müde aussehenden Augen an. Sie brauchte Sekunden um sich zurecht zu finden. „Sie waren nicht alle böse. Ich weiß es. Ich weiß es einfach", antwortete sie mit leiser Stimme.
„Nur wenige waren gegen diese Verbrecher, nur sehr wenige. Es waren viele, zu viele, liebe Aja, die mitgemacht haben. Sie waren in der Überzahl – und das weiß ich. Ich habe es auf den Schulen in Moskau gehört."
„Ach, deine Moskauer Schulen. Die da hinten in der Hauptstadt, die wissen auch nicht alles. Die meisten Leute in Deutschland waren nur Zuschauer, Wladi", antwortete sie und sah ihn zärtlich an. „Beim Petrovitsch haben wir es im Fernsehen verfolgt, was sie darüber aus Deutschland berichtet haben."
Sie liebte ihren Wladi, wie sie alle Familienmitglieder liebte, die sie leider nur selten oder nie zu Gesicht bekam. Voller Inbrunst betete sie an jedem Abend für die Dorfbewohner, Cousinen und Cousins; es gab ihr das Gefühl, Teil einer großen Gemeinschaft zu sein, in der auch sie eine Bedeutung hatte und Sorge tragen durfte für die anderen.
„Auch Zuschauer haben Schuld", knurrte Wladimir. „Wären sie nicht Zuschauer geblieben, Aja, dann wäre das alles nicht möglich gewesen. Willst du sie freisprechen, weil sie weggeschaut haben, weil sie feige waren? Verzeihst du denen auch?"
„Nein, nein, Wladi, die meine ich nicht. Die haben kein Gesicht für mich, ich kenne sie nicht. Ich weiß auch nichts über das alles, was du gelernt hast in Moskau. Ich spreche von den anderen, die ich selbst kennen gelernt habe, die mir das angetan haben, die meinen Körper gequält und meine Seele verdüstert haben."
Sie dachte an die langen, einsamen Abende, wenn sie schlaflos im Bett lag. Dann holte sie die Vergangenheit wieder ein, dann stiegen die Gesichter aus der Dunkelheit des Vergessens hoch, blätterte das Kopfalbum ganz alleine die bösen Seiten auf.
„Das verfluchte Kopfalbum!", dachte sie dann manchmal und bat gleich darauf, erschrocken über ihren Fluch, die Heilige Jungfrau um Verzeihung.
Wie aus einem Nebel tauchten sie auf, sahen sie an, reglos, mit toten, kalten Augen – oder auch spöttisch lachend. Mühsam versuchte sie mit ihren langsamen Gedanken zu verstehen, warum alles so gewesen war.
Sie wollte verzeihen, um sich selber – und vielleicht auch ihnen – Ruhe zu geben. Ihr war elend zu Mute, und der krumme Rücken schmerzte vom langen Sitzen.
„Als wir 1941 hier gefahren sind, hatten wir es nicht so bequem, Wladi", sagte sie.

Er schaute sie nachdenklich an. „Stimmt", antwortete er. „Es war nicht vergleichbar."
„Ich denke zum ersten Mal wieder daran, wie es in dem Waggon gewesen ist; es war verschwunden in meinem Kopf. Ich sehe in meinem Album immer nur die schwarze Höhle, die mich verschlingen wollte, als wir vor dem Waggon standen. Warum es wohl wieder gekommen ist, das Erinnern, wie es im Waggon war, das meine ich. Ich rieche ihn, den alten Viehwagen."
„Das macht die Fahrt mit diesem Zug. Damals war es dunkel im Waggon, weißt du noch? Das einzige Licht fiel durch die Ritzen zwischen den Brettern und es war furchtbar eng. Ja, du hast recht, es stank nach Urin und Kot und wir hatten Durst und Hunger. Urin und Kot der Tiere, das war am Anfang. Später stanken unsere eigenen Exkremente viel schlimmer. Manchmal haben sie mit einem Wasserschlauch das Gröbste rausgespritzt – während wir im Waggon waren und beschmutzt wurden."
„Ja, ja, liebe Mutter Gottes."
„Weißt du noch, meine kleine Aja, daß du auf mir gelegen hast, weil auf dem verdreckten Boden kein Platz war? Mein Gesicht war naß von deinen Tränen."
„Ja, Wladi", murmelte sie mit halb geschlossenen Augen. „Ich hatte doch nur dich. Meine Mamotschka war weg, vielleicht in einem anderen Waggon, einem anderen Zug. Keinem war das wichtig; wir kannten niemanden in diesem schrecklichen Viehwaggon. Wie lange waren wir unterwegs, Wladi?"
„Was weiß ich? Sechs Tage? Oder sieben? Wer weiß das schon, wenn er so reisen muß, wie wir es mußten. Da zählte nur der Halt, an dem sie uns die dreckigen Eimer mit Wasser gaben; drei Mal haben sie uns Wasser gegeben – nur drei Mal! Und trockenes Brot mit Schimmel drauf."
„Ja, und du mußtest um jeden Schluck Wasser kämpfen; du hast nicht viel getrunken, hast fast alles mir gegeben. Ohne dich wäre ich gestorben."
„Du warst krank, verletzt, Aja. Erinnerst du dich an die anderen Frauen? Manche waren schlimm, besonders die jungen Frauen aus Roslawl; sie beschimpften uns, weil wir zu viel Platz brauchen würden, dann wieder, weil wir für dich Wasser haben wollten. Die hielten sich für was Besseres; jeder war sich damals wohl selbst der Nächste."
„Ja, ich erinnere mich. Diese jungen Frauen hatten Hunger und Durst wie wir; sie wollten doch auch nur überleben."
„Sie haben gebettelt und sich und ihren Körper angeboten – für Wasser und Brot. Es war schrecklich. Jeder Rest von Stolz war weg, wenn die Deutschen vor der offenen Waggontür standen und sie auslachten. Ich habe mich für die Frauen geschämt."
„Ich weiß – und trotzdem hatte ich Mitleid mit ihnen. Ich mochte nicht mehr denken; die Traurigkeit kam in Wellen, wollte mich ertränken. Ich war verzweifelt wegen meiner Mamotschka, die ich so vermißte. Ich war traurig, weil sie Ludmilla Kurunowa, unsere Lehrerin, und den lieben alten Pjotre Akbulak erschossen hatten."

„Ach ja. Ich hab sie nicht vergessen, unsere Ludmilla. Vielleicht, liebe Aja, ist ihr dadurch viel erspart geblieben.“
„Nein. Das darfst du nicht sagen, Wladi. Das ist falsch. Mamotschka sagte immer: ‚Tot ist tot! Kannst du nicht wieder gut machen. Nichts ist dann mehr mit Gänsebraten und leckerem Schinken; nichts mehr mit Baden im Fluß und mit saftigen Äpfeln oder kühler Ziegenmilch. Wünsch dir so etwas nie!‘ Das hat sie zum ersten Mal zu mir gesagt, als ich unglücklich verliebt war und sterben wollte.“
„Was? Du warst verliebt? Unglücklich verliebt? Das glaube ich nicht. In wen denn?“
„Ach, du wirst ihn nicht kennen. Lassen wir das, Wladi. Es wäre trotzdem gut gewesen, wenn sie weiter gelebt hätte, sie war so schön und so klug – fast so klug wie du, Wladi.“
„Warum mußten sie das tun? Sie hatte doch keinem Menschen je etwas getan. Denk an die Musikstunden, Aja! Sie liebte die deutschen Komponisten und ihre Lieder. ‚Ein schönes und gutes Land, das solche Menschen hat‘, sagte sie, wenn sie gerührt war von der Musik. Sie wußte nicht, daß das Land nicht nur Komponisten und Dichter, sondern auch Mörder hatte, Aja.“
Sie nickte und lehnte den Kopf ermattet an den Sitz; sie wollte jetzt schlafen. Und schon im Weggleiten in die Dunkelheit spürte sie, daß die Quälgeister sie auch hier fanden. Die Bilder strömten in ihren Kopf, vor ihr inneres Auge.

An einem Sonntag im Frühjahr 1941 fuhr ein grauer Lieferwagen mit dem lustigen, fröhlich stimmenden Bild einer Flasche Schampanskoje über die Desnabrücke. Er fuhr langsamer als eine Ziegenherde ging und hielt schließlich vor dem Haus der Stepanskoys.
Niemand aus dem Dorf wagte sich aus dem Haus, aber alle Gardinen bewegten sich, als schüttele sie ein leichter Wind.
„Angela Pawlowska“, flüsterte ihre Mutter, die am Fenster stand. „Das Auto kenne ich. Sie kommen immer mit so einem Lieferwagen, bei dem man nicht durch die Scheiben sehen kann und auf dem eine Flasche Schampanskoje zu sehen ist. Immer!“
„Wer ist das Mamotschka? Wer kommt mit so einem Wagen?“, fragte sie.
„Es sind die Leute von der Organi, unserer geheimen Staatspolizei. Wenn sie kommen, dann gibt es nichts Gutes.“
„Ich habe Angst“, murmelte Angela.
„Oh, mein Gott! Genau so war es, als sie die Eltern vom Wladi abgeholt haben“, flüsterte Olga, als drei Ledermantelmänner ausstiegen und ins Haus der Stepanskoys gingen.
„Der verfluchte Nje Poloscheno hat bestimmt wieder jemanden angezeigt. Oh, mein Gott, verzeih mir; daß ich geflucht habe. Wen mögen sie holen?“, sagte ihre Mamotschka mit gepreßter Stimme.
Mit einem leisen Jammerlaut sackte Angela zusammen, fiel auf die Knie und verbarg den Kopf im Schoß.
„Mich, Mamotschka, mich holen sie.“

„Sei nicht albern, Kleines. Du hast nichts verbrochen. Du bist ein Engel“, sagte Olga und legte ihre Hand auf Angelas Scheitel.
„Oh, nein! Ich bin eine Hure, Mamotschka. Verzeih mir“, flüsterte sie, schluchzte, drückte das Gesicht fest in ihre Armbeuge, damit die Mamotschka ihr Weinen nicht hören konnte.
„Was hast du gesagt? Ich hab es nicht verstanden. Sag es noch einmal. – Nein!“, rief ihre Mutter laut und zog die Gardine zur Seite. „Steh sofort auf, Aja. Schau dir das an. Du glaubst es nicht.“
Mühsam drückte sie sich hoch und schaute über den Fensterrand nach draußen. Ganz rechts, ein ganzes Stück weiter oben an der Straße, stand der Wagen.
Auf seiner Rückseite stand ein Ledermantelmann und hielt die Wagentür auf. Die beiden anderen Männer stießen den Nje Poloscheno und seinen Sohn Valeriy vor sich her, drückten sie mit rüden Bewegungen in den Wagen.
„Sie holen die Stepanskoys! Die Welt geht unter! Was ist bloß passiert?“, fragte ihre Mutter und drückte das Gesicht an die Scheibe. „Schau! Schau dir das an, Aja. Ausgerechnet den Nje Poloscheno und seinen Sohn, diesen Flegel und Rüpel, holen sie ab.“
Sie starrten das Auto an, das sich langsam in Bewegung setzte, umständlich wendete und im Schrittempo die holprige Straße herunter fuhr, vorbei an ihrem Haus. Und auf der ganzen Strecke zitterten und wackelten die Gardinen, als führe der Steppenwind durch die Häuser. Selbst die fröhlich und festlich aussehende Flasche mit Schampanskoje wackelte so stark, daß man befürchten mußte, der Rest des guten Naß würde auslaufen.
„Um ihn und seinen Sohn ist es nicht schade. Einen Buckligen macht erst das Grab gerade. Aber die arme Frau!“, sagte ihre Mutter und zeigte auf das Haus der Stepanskoys. „Schau, Aja, da ist sie. Die kleine, stille Frau. Warum hat die Heilige Frau ihr keinen besseren Mann gegeben?“
In der Tür stand die zarte und unscheinbare Marina Stepanskoya und blickte dem schaukelnden Wagen nach, der ihren Mann und ihren Sohn wegbrachte. Selbst aus dieser Entfernung konnte man sehen, daß ihr Gesicht leichenblaß war. Sie hob den rechten Arm hoch und wischte sich über die Augen. So blieb sie stehen und blickte dem Wagen nach.
Als sich die kleinen Staubfahnen gelegt hatten, verschwand sie im Haus und aus den Türen aller anderen Häuser kamen Männer, Frauen und Kinder gelaufen, blickten straßauf und straßab, suchten die Blicke ihrer Nachbarn.
„Komm!“, sagte ihre Mutter. „Komm, laß uns nach draußen gehen und hören, ob einer was weiß.“ Aber niemand wußte etwas; nur Gerüchte gab es, die keiner glauben mochte und die so schnell vergessen wurden, wie das Eis auf der Desna beim ersten Frühlingssturm schmolz. Und in der Woche danach verschwand die kleine stille Marina Stepanskoya. Sie ging so heimlich, so leise, wie sie im Dorf gelebt hatte.
Nur langsam begriff Angela, daß die Qual endgültig vorbei war. Nie mehr mußte sie sich vor dem Valeriy fürchten; aber verstehen konnte sie es nicht. Und die Bilder in ihrem Kopf, die blieben. Die ‚Kolbasa’, wie sie vor

ihren Augen baumelt, der auf ihrer Brust stehende Valeriy, und wie er seine ‚Kolbasa', die immer größer wird, bei ihr reinschiebt.
Seine Froschaugen, sein Speichel, der vom wulstigen Mund herunter hängt, der Geruch nach modrigem Knoblauch, sein hüpfender Kehlkopf, all das kam in den einsamen Nächten wieder und jedes Mal spürte sie Übelkeit und zuckende Schmerzen zwischen den Beinen. Und sogar jetzt, im rüttelnden Waggon, glaubte sie den Schmerz zu spüren.

Er war bereits zehn Minuten zu spät dran. Er war kein Pünktlichkeitsfanatiker, wenn es um seine Termintreue ging. Andererseits konnte Klaus Schmitz ziemlich kiebig werden, wenn er selber warten mußte. Also ärgerte er sich über sich selber, so gerecht war er halt.
Die Empfangshalle im Verwaltungsgebäude der TUG war pompös – zu protzig, nach seinen Vorstellungen. Weißgraue Marmorplatten, ebenso verkleidete Rundsäulen und mitten im riesigen Raum eine überbreite Teakholztheke, hinter der eine hübsche junge Frau auf einen Bildschirm starrt.
„Hallo! Ich bin mit Dr. Hugo Kübler verabredet."
„Ah! Sie sind Klaus Schmitz? Einen Moment, bitte. Sie werden bereits erwartet", sagte sie mit süßer Stimme.
Sie sprach leise ins Telefon, legte auf und lächelte. „Warten Sie, bitte. Sie werden abgeholt."
Der Mann, der aus dem Fahrstuhl trat, den kannte er. Kein Gespräch in dieser Firma, weder mit einem Lagerarbeiter noch mit dem Werksleiter, ohne Viktor Brenner, den Leiter der Öffentlichkeitsarbeit. Jeder Auftritt der Vereinsfußballmannschaft wurde von ihm angeführt, besonders wenn es einen der seltenen Siege zu bejubeln gab.
„Hallo, Herr Schmitz. Schön, daß Sie für uns Zeit haben. Kommen Sie", sagte Viktor Brenner, während er ihm schwungvoll die Hand schüttelte und Klaus Schmitz mußte an die gestellten Handschütteleien bei Staatsempfängen denken.
„Wirklich? Sind Sie so erfreut?", fragte er und als Viktor Brenner die Augen zusammenkniff, war er fast glücklich.
Sie fuhren rauf in die Chefetage. Über schallschluckende Teppiche ging es vorbei an alten Bildern, die den ganzen Flur auf beiden Seiten schmückten.
In stilvollen, zur Tapeten passenden, Rahmen hingen Fotos, die die Entwicklung der Firma DTG von einem kleinen, mittelständischen Betrieb aus der Zeit der Jahrhundertwende bis zum großen Unternehmen TUG dieser Zeit wiedergaben.
Ein Mann mit einem dichten Bart, gestützt auf einem Gehstock, war auf mehreren Bildern zu sehen. Er stand vor häßlichen Backsteinbauten oder an Webmaschinen. Er blickte grimmig in das Objektiv, als wolle er dem späten Betrachter etwas mitteilen. Am Ende des Flurs hingen die Luftaufnahmen der großen TUG.
„Ja", dachte Klaus Schmitz, „hier wenigstens leugnen sie ihre Wurzel nicht. Diese Pharisäer und Heuchler!"

Dr. Hugo Kübler stand auf dieser Seite seines Schreibtisches, blickte beim Eintritt von Klaus Schmitz auffällig auf seine Armbanduhr und lächelte maskenhaft.
„Willkommen, lieber Schmitz."
„Guten Tag, Dr. Kübler", antwortete er und hoffte, daß der bemerken würde, daß er ebenfalls das Wort ‚Herr' in der Anrede vergessen hatte.
„Er hat", dachte er mit zufriedenem Grinsen, als er den Blick des Werksleiters sah, der ihm seine kühle Hand reichte.
„Sie sind etwas spät. Nun, macht nichts. Wir werden unser Thema eben beim Essen erledigen; es heißt ja nicht umsonst Arbeitsessen", sagte Dr. Kübler, lachte gönnerhaft und faßte ihn am Arm.
„Gehen wir. Wir sitzen im Nebenraum. Ungestört. Kommen Sie." Er zog ihn in den Flur und drei Türen weiter in einen fast quadratischen Raum, in dem weiße Schleiflackmöbel, pastellfarbene Tapeten, expressionistische Landschaftsbilder und ein dicker Teppich ein gediegenes Ambiente erzeugten.
Der runde Tisch war für drei Personen gedeckt. „Ein Arbeitsgespräch mit drei Gängen", dachte er, als er die Besteckreihenfolge sah.
Sie tranken einen trockenen Sherry, aßen den Krabbensalat wortlos und ließen sich einen Chablis, Premier Cru, servieren, der angeblich „nur für besondere Gelegenheiten und sehr nette Gäste" serviert wurde.
Unmittelbar nach dem Hauptgang, einem Filet Mignon mit Chicoree und Schalotten, lehnte sich Dr. Kübler zurück und blickte Klaus Schmitz an.
„Hat es Ihnen geschmeckt?"
„Vorzüglich! Wenn Sie jeden Tag so hervorragend essen, kann man neidisch werden. Kann unsere Kantine nicht leisten."
Dr. Kübler nickte. „Wissen Sie eigentlich, lieber Schmitz, wie viele Menschen dieser Stadt und ihrer unmittelbaren Umgebung vom Wohl und Wehe meiner Firma abhängen?", fragte er, betonte ‚meiner' überdeutlich und klopfte mit dem Messerrücken den Silbentakt auf dem Rand seines Tellers.
Klaus Schmitz multiplizierte die ihm bekannte Zahl der Werksangehörigen mit drei. „Rund dreitausend, würde ich sagen."
„Aha! Das glauben Sie, weil Sie einfach die Zahl der Mitarbeiter mit drei multipliziert haben, was? Nicht schlecht. Eine gängige Methode, aber trotzdem falsch. Sie haben damit nur die Familien des Beschäftigten berücksichtigt. Ich nenne Ihnen eine andere Zahl: Siebentausend. Siebentausend, lieber Schmitz. Da staunen Sie, was? Sie denken, der spinnt, was?"
„Tatsächlich!", dachte Klaus Schmitz. „Da hat er mal recht." Er lächelte, ließ seinen Schnauzer wippen – und schwieg.
„Das ist aber ganz einfach. Und das sieht so aus: Wenn diese dreitausend Menschen brotlos sind, dann sterben die Zulieferer unserer Firma, die hier in der Stadt und im Umland ihre Fabriken haben, ebenfalls. Dann sterben die Bäckereien, Metzgereien, die Autohäuser und die Kaufhäuser. Und alle haben Mitarbeiter, die wieder Angehörige haben. Eine Kettenreaktion! Verstehen Sie?"

„Sicher, verstehe ich. Das dürfte nicht ganz falsch sein, was Sie da ausrechnen. Nur, ich … Warum erzählen Sie mir das? Wollen Sie die Fabrik dicht machen?“
„Oh, nein! Das ist ein Szenario, das Realität werden könnte. Könnte! Von ‚wollen’ kann keine Rede sein. Aber vielleicht von ‚müssen’? – So! Und jetzt beginnt unser Arbeitsgespräch“, sagte Dr. Kübler, kippte den Stuhl nach vorne, beugte sich weit über den Tisch und stierte Klaus Schmitz an. „Das Essen war also vorzüglich? Wie schmeckt Ihnen der Chablis? Auch gut, nicht wahr? Und warum können wir uns das alles leisten?“, fragte er und blickte Klaus Schmitz und Viktor Brenner abwechselnd an. „Warum kann ich mir einen Mann wie Viktor Brenner leisten? Warum eine Fußballmannschaft, die nicht mal gut spielt? Ganz einfach, meine Herren: Weil wir Gewinn machen! Und das ist nur möglich, weil wir unternehmerisch denken, weil wir sehr sorgfältig mit unseren kostbaren Ressourcen umgehen – und nicht zuletzt, weil wir alles tun, um den Ruf unserer Firma zu pflegen. Und weil wir Kunden haben, denen dieser Ruf so wichtig ist, wie die Qualität unserer Produkte. Haben Sie verstanden?“
„Nicht nur das. Wir diskutieren darüber, wie die Presse Ihren Ruf schützen oder sogar verbessern kann. Habe ich recht?“
„Sie verstehen schnell. Wir sind der größte Arbeitgeber und der mit Abstand größte Steuerzahler dieser Stadt. Und alleine das, mein lieber Schmitz, müßte Ihrer Elisabeth Horstmann soviel Wert sein, daß Sie nur noch Loblieder auf unser Werk singen dürfen – bildlich gesprochen.“
„Ja, da könnten Sie recht haben. Allerdings … Frau Horstmann schreibt keine Artikel in unserer Zeitung. Sie bestimmt auch nicht, was und wie berichtet wird. Davon hat sie auch gar keine Ahnung. Verstehen Sie? Sie hat nur insoweit mit der Redaktion zu tun, als ihr der Löwenanteil der Firma gehört. Verantwortung für den redaktionellen Teil tragen Frau Gesine Stumm, unsere Chefredakteurin, und meine Wenigkeit, als ihr Stellvertreter. Das ist übrigens in allen Redaktionen unserer Republik so. Stimmt's, Herr Brenner?“
Der schweigsam und konzentriert lauschende Viktor Brenner nickte, blickte mit zuckenden Augen auf die Hände der Bedienung, die gerade die Teller abräumte. „Nun ja“, sagte er schließlich und man konnte hören, daß seine Stimmbänder klemmten. „Äh … Ich meine aber …“
„Egal, Brenner, was Sie meinen. Fakten zählen und die werden berücksichtigt. Wie viel zahlen wir jeden Monat für Anzeigen in Ihrem Blatt – Herr Schmitz? Nun? Wissen Sie nicht? Dann erkundigen Sie sich mal bei Ihrer Frau Horstmann. Sie wird auch wissen, ob ihr Blättchen ohne diese Anzeigen überleben kann. Haben Sie verstanden, Herr Schmitz?“, sagte Dr. Kübler und das ‚Herr’ klang scharf wie ein Messer.
„Sicher, sicher“, sagte Klaus Schmitz. „War nicht schwer. Ich kann zusammenfassen: Sie erwarten künftig eine wohlmeinende Presse, die jeden erdenklichen Schmutz, der bei Ihnen auftaucht, schleunigst unter den Teppich kehrt. Sie drohen ansonsten mit Anzeigenentzug und beschweren das Ganze mit den möglicherweise entfallenden Steueraufkommen und einer unsicheren Arbeitsplatzzukunft. Habe ich was vergessen, Herr Dr.

Kübler?“, entgegnete Klaus Schmitz und sein ‚Herr‘ klang so scharf wie eine Degenspitze.
Während das Dessert, Himbeeren an weißer Mousse, aufgetragen wurde, schwiegen sie, sahen den zwei Mädchen zu, die mit freundlichem Lächeln servierten.
Als sich die Tür hinter der Bedienung schloß, setzte Dr. Kübler sein geschäftsmäßiges Lächeln auf und seine Stimme klang sanft wie Seide.
„Es gibt einen konkreten Grund für meine Sorgen, lieber Herr Schmitz. Sie kennen das Projekt der Gesamtschule? Bisher sind wir ja verschont worden von dieser Ausgleichszahlungs-Hysterie. Jetzt scheint es aber auch in unser verschlafenes Städtchen zu schwappen – und sie machen sich offensichtlich zum Handlanger von ein paar kindischen Wirrköpfen, die das Ganze weder sehen noch verstehen können.“
Einen Moment lang blickte Klaus Schmitz in die Augen seines Gegenübers. Er sah hinter dem Lächeln die Kälte und Berechnung, die er so häufig bei Politikern und Geschäftemachern aller Couleur entdecken mußte. Er warf seine Servierte auf den Tisch und stand auf.
„Der sicher auch sehr teure und gut schmeckende Nachtisch dürfte mir jetzt nicht mehr bekommen, Herr Dr. Kübler. Mir scheint was auf den Magen geschlagen zu sein. Danke für den Wein und das Essen. Meine Zeit ist leider um; ich muß in die Redaktion.“
An der Tür drehte er sich um, schaute in die erstarrten Gesichter der beiden Männer und sagte freundlich lächelnd: „Auf Wiedersehen, meine Herren.“

Sie wurde wach und blickte zu Wladimir. Er schlief; sein Kinn hing auf der Brust, die sich gleichmäßig hob und senkte.
Bald würde sie da sein, dachte sie, wo sie nie, nie mehr, sein wollte.
„Was wird sein, wenn ich es nicht aushalte? Was, wenn die Bilder dort einfach kommen, wenn ich bei ihnen bin? Was wird dann mit mir sein?“
Und plötzlich war sie ganz sicher, daß sie die Bilder jetzt sehen wollte; die Bilder und Stimmen, die sie in den Nächten quälten. Jetzt – bevor sie dieses fremde Land betrat – sollten sie kommen. Vielleicht würden sie verbraucht sein, wenn sie deutschen Boden betrat, dachte sie verzweifelt. Sie schloß die Augen und ließ die Bilder strömen.
Warum sie das Klacken der Räder auf den Schienen an Gewehrschüsse erinnerte, wurde ihr nicht bewußt. Jedenfalls flammte plötzlich das Bild vor ihren Augen auf, das sie nie wieder betrachtet hatte.
Sie begriff, daß mit diesem Bild alles angefangen hatte, mit den Händen und Armen, die zu Jurij Rasskasy gehörten.
Sie flatterten wild, diese Hände und Arme. Richtig komisch sah das aus und sie erinnerte sich daran, daß sie unwillkürlich gedacht hatte, der Jurij wolle das Fliegen lernen.
Er rannte die Straße herunter, taumelte, wenn er in eine Furche geriet, schrie heiser und fuchtelte ständig in der Luft herum.
„Ja. Es ist wohl wahr. Genau damit hat das Böse angefangen“, dachte sie.
„Krieg!“, schrie Jurij Rasskasy. „Krieg! Krieg mit Deutschland!“

Immer wieder rief er dasselbe, rannte die Dorfstraße rauf und runter, schwenkte seine Arme über dem Kopf, als wolle er damit Fliegen fangen und blieb schließlich vor ihrem Haus stehen.
„Krieg mit Deutschland", sagte er noch einmal, atemlos und jetzt sehr leise. „Krieg! Die Deutschen haben unser Mütterchen Rußland überfallen. Hört ihr?", schrie er plötzlich und fragte die Gesichter der alten Männer, der Frauen und Kinder ab, die sich um ihn sammelten. „Habt ihr es begriffen?"
„Ist das wirklich wahr? Gibt es keinen Irrtum?", fragte Angelas Mutter.
„Nein, nein! Sie sagen es ständig im Radio. Immer wieder, immer wieder: Krieg!"
„Oh, mein Gott! Was haben wir ihnen getan?", rief Ludmilla Kurunowa. Sie war blaß und ihre Lippen zuckten. Am Morgen hatten sie ein deutsches Gedicht eingeübt. Friedrich Schillers Sprache hatte sie immer schon begeistert und die Kinder hatten andächtig gelauscht, als sie ihnen die Sehnsucht nach Frieden und Völkerverständigung vortrug:

„Freude, schöner Götterfunken, Tochter aus Elysium!
Wir betreten feuertrunken, Himmlische, dein Heiligtum.
Deine Zauber binden wieder, was die Mode streng geteilt,
alle Menschen werden Brüder, wo dein sanfter Flügel weilt.
Seid umschlungen, Millionen! Diesen Kuß der ganzen Welt!
Brüder, überm Sternenzelt muß ein lieber Vater wohnen!"

Und diese Menschen überfielen nun ihr Land? Sie mußte weinen und als die anderen Frauen sahen, daß ihrer klugen und geliebten Lehrerin die Tränen liefen, da mußten sie auch weinen.
Und die alten Männer standen da, schauten auf den morastigen Boden der Dorfstraße und konnten nicht mehr denken.
Die Kinder scharrten mit den Füßen, faßten das Schreckliche nicht, das ihre Lehrerin weinen ließ. „Was ist Krieg?", fragte Angela.
„Komm, laß uns zum Fluß gehen, Aja", sagte Wladimir. „Ich muß nachdenken. Und du mußt dich hinlegen und in den Himmel schauen; hoch zum Mondschloß. Da oben gibt es keinen Krieg. Das würde ich nie zulassen. Töten, andere Menschen töten, das ist Krieg."
„Töten sie uns? Werden wir sterben müssen, Wladi?"
„Nein. – Oder doch. Das weiß man nie, wenn Krieg ist. Ich habe so vieles gelesen von dem großen Krieg, den sie Weltkrieg nennen. Alles, was unser Jossif Stalin dazu gesagt und geschrieben hat. Nie weiß man, ob sie einen töten."
„Die Schule! Wir müssen zurück in die Schule, Wladi."
„Nein. Ich geh heute nicht in die Schule. Wozu? Vielleicht stirbt ja die ganze Welt und was sollen wir da mit dem Gedicht eines Mannes, der uns überfällt?"
„Nicht er, Wladi. Bitte, bitte! Das Gedicht war so schön, daß ich Bilder gesehen habe, die ich noch nie vorher richtig gesehen habe. Kein Bild aus

meinem Kopfalbum. Es war wie noch nie. Ich hatte Fantasie, wie du das nennst. Ich hab Leute gesehen, die sich umarmten. Fremde Menschen. Und gelacht haben sie. Dieser Mann, der Schiller, hat uns nicht überfallen, das sind andere."
„Du bist klug, kleine Aja. Klüger, als alle denken. Du hast recht. Laß uns auf die Lehrerin warten und sehen, was sie vorschlägt. – Und vielleicht geht es ja doch weiter. Wir müssen zuhören, wenn die anderen sich für die Aufnahmeprüfung in den Komsomol vorbereiten. Ich will lernen!"
„Du weißt ja schon alles, viel mehr jedenfalls als die aus dem siebenten Schuljahr. Wenn du in zwei Jahren geprüft wirst, weißt du mehr als die Prüfer."
„Nicht genug, Aja, längst nicht genug. Ich will alles wissen."
Aber es stimmte, er wußte so viele Dinge, weil er beim Ziegenhüten ständig die Bücher mitschleppte, die ihm Ludmilla Kurunowa lieh.
Er kannte die Sowjetische Verfassung, die der große Stalin 1936 geschrieben hatte, wußte, daß jedem Sowjetbürger Redefreiheit, die Möglichkeit zum Demonstrieren und die freie Wahl der Religion zustand.
Trotz allem, was mit seinen Eltern geschehen war, gab es für ihn keinen Zweifel; nicht an Jossif Stalin. Nein, an den Menschen, die seine Gedanken und Gesetze umsetzen und befolgen sollten, da zweifelte er manchmal.
„Nirgendwo steht, daß man, wenn der Blitz einschlägt, wegen Sabotage verurteilt werden darf. Und auch nicht, daß Angehörige mitbestraft werden müssen", hatte er ihr kürzlich gesagt.
„Aber Wladimir! Wenn unser Führer sie verurteilt hat, dann haben sie etwas verbrochen", hatte sie empört geantwortet.
„Ja und nein. Hat Jossif Stalin sie verurteilt? Ganz sicher nicht. Oder einer wie dieser Nje Poloscheno? Dann wären sie wohl zu Unrecht verurteilt worden. – Oder haben sie wirklich sabotiert und unser Land verraten?"
„Was ändert das? Du kannst nichts tun. Lerne und gehorche, sagen sie – und sie werden recht haben."
„Wenn aber", und er hob drohend die Faust, „wenn aber irgend so ein Nje poloscheno die Gesetze mißbraucht und meine Eltern zu Unrecht bestraft hat, dann werde ich ihn töten. So wahr ich Wladimir Iljitsch Boronow heiße."
Sie hatte Angst, wenn er so sprach. Er war so klug, aber auch so unbeherrscht und unvorsichtig. Und ihre Mutter sagte immer wieder, daß man viele Dinge nur denken und nicht laut sagen solle. „Man weiß nie, wer dir damit etwas Böses will. Trau niemandem!"
Seitdem die Boronows weg waren, hatten viele im Dorf solche Gedanken und die Gespräche an den Abenden waren schon lange nicht mehr so offen wie früher.
Wladimir konnte die ungewöhnliche Karriere von Stalin aufsagen, er wußte alles über die Gründung des ersten sozialistischen Staates, führte ohne Stottern die Namen sämtlicher Erster Sekretäre der Partei an und kannte viele Aussagen des großen Führers Stalin auswendig.
„Wenn er nur nicht so viel Gerechtigkeitssinn und so wenig Angst hätte", dachte sie oft.

Schon am Tag nach der Kriegsmeldung mußten sich alle jungen Männer aus Gurka in Roslawl melden; sie wurden vom ganzen Dorf verabschiedet.
Frauen, alte Männer und Kinder begleiteten die verängstigt ausschauenden Jungen bis zu Desnabrücke. Viele Frauen weinten und alle winkten mit Kopftüchern und Taschentüchern, bis der letzte Junge hinter den Hügeln verschwunden war. Keiner von diesen jungen Männern kam nach Gurka zurück.
Trotz Krieg, trotz aller Unsicherheiten und Fragen, die sie beschäftigten, ging das Leben in Gurka bald wieder normal weiter. Nachdem sie eine Woche lang Tag und Nacht vergeblich auf die üblichen Geräusche eines Krieges – dröhnender Flugzeuglärm, mahlende Panzerketten, Motor- und Geschützlärm – gewartet hatten, vergaßen sie den Krieg fast. Sie hörten im Radio des Jurij Rasskasy zwar die täglichen Nachrichten, aber weil sie so schrecklich waren, konnten sie das alles kaum begreifen. Der Krieg war so abstrakt, so unfaßbar für sie, daß er sie immer weniger berührte.
Das Grausen kam nach Gurka, als sie es nicht mehr erwartet hatten. Es riß die Gurkaner aus der beschaulichen Ruhe, die sie hatte vergessen lassen, daß rundum ein furchtbarer Krieg tobte. Dunkel wurde es über Gurka und für alle Zeit wurde die Unschuld auch von diesem Flecken Land genommen.
Schon seit Tagen hatten sie die Explosionen und Schießereien gehört. Als die ersten Schüsse in der Ferne fielen, waren sie aus den Häusern geströmt, hatten sich, obschon gerade ein Wolkenbruch die Straße in einen Sumpf verwandelte, vor der Schule versammelt.
„Nun kommt er doch zu uns, dieser Krieg“, sagte Angelas Mutter und weinte.
„Mamotschka! Du darfst nicht weinen. Bitte! Warum weinst du?“
„Vor Angst und Trauer, Liebes“, sagte sie. „Ich glaube, es wird nichts mehr so sein würde wie zuvor, mein Engel.“
„Ich schicke die Kinder nach Hause“, sagte Ludmilla Kurunowa. „Die größeren Kinder können auf die Tiere aufpassen und die Kleinen sind jetzt besser bei ihren Familien aufgehoben. In die Kolchose ist ja auch keiner gegangen.“
„Sie werden uns schon nichts tun, diese deutschen Verbrecher“, verkündete der Dorfsowjet Rasskasy, als sie sich auf der Straße versammelten. „Das wagen sie nicht. Außerdem wäre das dumm. Ich weiß, daß die unsere großen Städte erobern wollen; unser kleines Gurka ist für die nicht wichtig. Und zudem ist unsere hölzerne Brücke für ihre Panzer und Geschütze zu schwach. Die werden südlich von uns, bei Roslawl, über die Desna wollen – oder weiter oberhalb von Gurka.“
„Alles weiß keiner; auch die Partei nicht“, sagte Angelas Mutter und wischte sich mit dem Ärmel die Tränen aus dem Gesicht.
„Oh! Unser Jossif Stalin wird ihnen bei lebendigem Leibe die Herzen ausreißen, wenn sie einem seiner unschuldigen Kinder auch nur ein Haar krümmen. Also, seid ruhig und macht keine Dummheiten!“
Niemand wußte, welche Dummheiten man nicht machen sollte, aber alle hatten Angst. Das Schießen und Knallen war weit weg und trotzdem meinten sie

bei jedem Schuß, er sei schon deutlich näher gefallen als alle vorherigen.
In der Nacht war es sehr ruhig, kein Schuß fiel, kein Geschützdonner war zu hören, und trotzdem schlief kaum jemand.
Und leise, wie auf Samtpfoten, schlich der Krieg näher, kam schließlich bis auf wenige Meter ans Dorf Gurka heran.
In der Morgendämmerung hörten sie plötzlich aus dem Wald vor dem Dorf trockene Gewehrschüsse und das Krachen explodierender Granaten – vermischt mit den Schreien der verwundeten und sterbenden Menschen.
Die Leute verkrochen sich. Niemand verließ sein Haus, nur der Rauch aus dem einen oder anderen Kamin zeigte, daß Leben im Dorf war. Die Tiere schrieen, weil sie Hunger hatten und die Ziegen, weil sie gemolken werden wollten. Aber nur da, wo man die Ställe an die Häuser gebaut hatte, wagten es die Frauen, den Tieren Futter zu geben und die Ziegen zu melken.
Am Mittag walzten riesige Panzer, die mit ihren dröhnenden, dumpfen Motoren die Luft zittern ließen, die Weiden auf den Hügeln im Westen platt. Auf der östlichen Seite der Desna wurde geschossen und die deutschen Panzer machten Halt.
Granaten flogen von West nach Ost und von Ost nach West. Sie heulten auf, wenn sie sich begegneten, zumeist genau über den Dächern des Dorfes. Die Menschen lagen unter Tischen, Bänken und Betten. Manche beteten, andere fluchten und wieder andere bedauerten, daß sie den Rest des guten Wodkas nicht ausgetrunken hatten, bevor sie sterben mußten.
Aber es gab wohl gute Richtkanoniere auf beiden Seiten. Sie schossen von den Hügelspitzen und ihre tödlichen Granaten landeten auf eben solchen. Nur eine einzige Granate torkelte, fiel kraftlos in die Desna, wo sie explodierte und dem Fluß auf einen Schlag einen ganzen Haufen fetter Fische entriß, mehr jedenfalls, als der alte Akbulak in einem Jahr fangen konnte.
Plötzlich trat Ruhe ein. Auf beiden Seiten holte man Luft und die Menschen in Gurka krochen unter den schützenden Gestellen hervor. Die einen weinten erleichtert, die anderen mochten nicht ans Überleben glauben und andere tranken den Rest Wodka aus der Flasche.
Als ein Schuß knallte, krochen alle wieder unter ihre kaum schützenden Betten, Bänke und Tische. Es gab eine kurze, aber heftige Schießerei, dann fuhren schwere Panzer vor's Dorf, überquerten den Fluß auf blitzschnell angelegten Pontons.
Unendliche Kolonnen Lastwagen und Geschützlafetten kamen die Hügel herab und fuhren über die Desnabrücke. Sie zitterte und man mußte befürchten, daß sie die schweren Lasten nicht aushalten konnte.
Dahinter kamen Geländewagen, Mannschaftswagen und Motorräder über die Hügelkuppen gerast – dazwischen immer wieder große Gruppen von Soldaten, die hastig hinter den motorisierten Truppen her rannten, um in der Deckung der schweren Fahrzeuge zu bleiben.
Die Armee rollte nach Osten und Norden, auf beiden Seiten am Dorf vorbei. Dicht neben der Schule gruben sich die Räder in den weichen Boden, flogen die Dreckfontänen hoch und klatschten sogar an die Schultür.
Die Wagen hielten nicht einmal an; kein Soldat drehte den Kopf, um die

Häuser zu betrachten, in denen die Bewohner hinter den Scheiben hockten und erstarrt vor Angst die fremden Soldaten beobachteten.
Es sah aus, als könnten sie die kleinen, unbedeutenden Häuser nicht sehen, als läge ein Zaubermantel über ihnen, der sie unsichtbar machte.
„Wir sind gar nicht da für die“, wunderten sich die Frauen und flüsterten dabei, als wollten sie die fremden Soldaten nicht auf sich aufmerksam machen. Und tatsächlich: Die deutschen Soldaten ließen das verschlafene Dorf mit seinen alten Holzhäusern in Ruhe.
Die Panzergruppe 2 des Generals Heinz Guderian hatte es eilig, als sie am 13. Juli am Dorf Gurka vorbei durch das Land pflügte; die Panzer stießen von Süden her vor, wollten gleichzeitig mit der Panzergruppe 3 unter Hermann Hoth, die von Norden kam, vor Smolensk sein.
An den südlichen und nördlichen Desna-Übergängen gab es heftige Kämpfe, die man im Dorf während der ganzen Zeit hören konnte, aber es regte die Dorfbewohner nicht besonders auf. Rund ums Dorf fanden keine Kämpfe mehr statt. Der Krieg war vorbeigezogen, hatte das Dorf gestreift und nicht einmal berührt.
Das Leben ging also weiter, wie in den Tagen zuvor. Alle atmeten auf, sahen den Staubfahnen nach, lauschten den leiser werdenden Schießgeräuschen. Irgendwie schien sie das alles nichts anzugehen. Sie arbeiteten auf den Feldern in der Nähe des Dorfes, fütterten die Tiere, melkten die Ziegen.
Am Abend nach einem heißen Tag, als in der untergehenden Sonne das Holz der alten Häuser knackte, versammelten sie sich, wie früher, vor dem Haus von Angelas Mutter und schwätzten, mutmaßten und hofften, daß der Krieg bald vorbei sein würde – egal wie. Alles war gut gegangen.
„Es wird die Zeit kommen“, sagte Jurij Rasskasy, „da wird die Falle zuschnappen. Die Falle, die ihnen unser geliebter und unschlagbarer Jossif Stalin gestellt hat.“
„Mag sein oder auch nicht“, sagte Angelas Mutter. „Die armen toten Menschen wird es wohl nicht mehr interessieren. Und hast du ihre Panzer gesehen? In welche Falle wird er sie locken wollen? Sie fressen die Fallen auf, bevor sie zuschnappen.“
„Wenn du“, sagte Jurij Rasskasy, „dieses gesagt hättest, als der Nikolai Stepanskoy hier noch der Dorfsowjet war, dann könntest du dir die Knoblauchzehen von unten betrachten.“
„Ich habe sie gesehen. Und das muß ich doch sagen können. Die Deutschen werden unser Land besiegen.“
„Dann frag mal diesen Franzosen, den Napoleon, der wird dir Antwort geben können“, sagte Jurij Rasskasy.
Am Mittwoch, den 16. Juli, erreichten die deutschen Truppen Smolensk und eroberten in harten Kämpfen das Vorgelände.
„Du brauchst keine Angst zu haben, mein Mädchen. Wir tun ihnen nichts – und sie werden uns in Ruhe lassen“, hatte Angelas Mutter am Morgen gesagt, bevor sie mit der Handkarre aufs Feld am Fluß zog, um Schweinefutter zu holen.
Die Arbeit auf der Kolchose war längst eingestellt worden. Der

Kolchosdirektor, Pjotr Koltschin, war, wie alle wehrfähigen Männer der Kolchose, eingezogen worden. Die Frauen hatten die Ziegen der Kolchose aufgeteilt und mit in die Dörfer genommen. Man konnte die Tiere nicht sich selber überlassen.
„Bleib, Mamotschka! Bitte, bleib!“, sagte Angela. „Der Wladimir hat keine Zeit, er muß Ziegen hüten, alle Mütter bleiben bei ihren Kindern im Haus. Ich will nicht allein hier sein; ich habe Angst.“
„Unsere Heilige Frau hat uns bisher beschützt, hat den Krieg an uns vorbeigehen lassen. Sie wird uns weiter beschützen. Die Kämpfe um die Desna sind längst vorbei. Hörst du sie noch? Na also! Ich muß die Zeit nutzen, die Tiere haben Hunger und können nicht warten“, sagte sie und gab ihr einen Kuß auf die Haare.
„In meinem Bauch sitzt die Angst, Mamotschka. Sie redet ganz aufgeregt zu mir; aber ich versteh sie nicht. Sie ist nur still, wenn du bei mir bist.“
„Mach nur deine Arbeit, hol das Brennholz aus dem Wald; mach einfach alles wie immer, dann vergißt du die Angst. Alles ist in Ordnung, kleine Aja“, sagte ihre Mutter.
Olga trug ihren sehr alten bunten Kittel, der hinten zwei graue Stoffflecken hatte, wo ihr im letzten Monat ein Ziegenbock mit seinen spitzen Hörnern Stücke rausgerissen hatte. Ihre fülligen Haare hatte sie unter einem roten Kopftuch versteckt, aus dem eine einzige blonde Locke heraus schaute – und barfuß war sie, wie alle Gurkaner im Sommer. Dieses Bild, das sie aus so vielen Sommertagen kannte, vergaß sie nicht mehr, es brannte sich ein in ihr Kopfalbum.
Ja, der Krieg hatte sie wahrlich verschont, war weiter gezogen. In der Ferne waren die letzten braunen Staubfahnen der Front verschwunden. Gefechtslärm war nicht mehr zu hören, nur ab und zu war – sehr gedämpft – noch ein dumpfes Grollen zu vernehmen, wie es ein abziehendes Gewitter macht. Der anhaltende Westwind blies die Kampfgeräusche fort.
Angela hatte zunächst die Betten gemacht, im Haus aufgeräumt, wie ihre Mutter es ihr aufgetragen hatte, und war danach in den nahen Wald gegangen, hatte trockenes Holz gesammelt und schleppte es nun mühsam zum Haus.
Sie lief barfuß, hatte ihr leichtes Sommerkleid angezogen; es war schon am frühen Morgen sehr heiß und die Sonne brannte vom bleigrauen Himmel.
Wladimir, der mit seiner Babushka am Ende des Dorfes, dicht bei der alten Kirche, wohnte, trieb mit dem langen Stock die Ziegen aus dem Stall.
Angela sah ihm zu, überlegte, ob sie noch Zeit haben würde, später, wenn sie mit der Arbeit fertig war, den Hügel hochzusteigen um ihm beim Ziegenhüten Gesellschaft zu leisten. Sie könnte ihn bitten, ihr eine Geschichte zu erzählen; das würde die Angst ganz sicher verjagen.
Wladimir winkte aufgeregt mit dem Knüppel und zeigte auf graue Lastwagen, die zwischen den Birkenbäumen hervor krochen.
Es waren schwere und hohe Lastwagen; sie sahen aus wie Ungeheuer. Mit tiefem Brummen kamen sie näher, umkreisten das Dorf und umstellten es; sie kesselten es regelrecht ein. Mehrere Fahrzeuge lösten sich aus dem

Verbund, fuhren mit hohem Tempo in die Dorfstraße – von beiden Seiten des Dorfes rumpelten sie heran.
Auf den Ladeflächen standen Männer in grünen Uniformen mit Helmen über starren, eisigen Gesichtern, und trugen Gewehre auf den Rücken. Die Wagen blieben vor den ersten Häusern stehen.
In dieser Minute hatte sie ihr Haus erreicht, stand verdeckt hinter der geöffneten Stalltür. Die Männer sprangen nach einem harten Kommando, das sie nicht verstand, von den Wagen und liefen los; sie hatten grimmige, entschlossene Gesichter, die nichts Gutes verhießen. Sie bildeten einen Ring um die Häuser, einen Kordon, der immer enger wurde, je weiter sie vorrückten.
Einer von ihnen, ein großer Mann mit einem mächtigen Bauch, auf dem sich die Uniformjacke spannte, trat vor. Er schritt langsam zur Dorfstraße und blieb mitten auf ihr stehen. Er trug schwarze, glänzende Stiefel und eine senfbraune Uniform mit viel Gold.
Angela vergaß vor Anspannung fast zu atmen. Der senfbraune Mann drehte sich um die Achse, betrachtete die Häuser und als er alles gesehen hatte, hob er den rechten Arm. Wie ein Fallbeil ließ er ihn herunter sausen und jeder zweite aus dem Ring der Polizisten stürmte vorwärts.
Es waren sehr junge Polizisten. Sie drangen in die Häuser ein, schleppten Kinder und Frauen ins Freie. Wie Sklavenhändler, fingen sie alles ein, was sich noch bewegen konnte. Die Frauen wehrten sich, warfen sich zu Boden und stießen mit den nackten Füßen gegen die Stiefel der Männer. Die Kinder standen starr und still daneben.
„Oh, Mutter Gottes! Rette uns!“, flüsterte Angela und ließ das Brennholz fallen.
Fassungslos sah sie zu, wie Frauen und Mädchen hochgezogen, mit Tritten und Schlägen über die Straße und auf die Lastwagen gestoßen wurden. Sie konnte sich nicht bewegen, verstand nicht, was da ablief; es ging über ihren Verstand.
„Es ist doch kein Krieg mehr“, dachte sie verzweifelt. „Warum? Was machen sie mit uns?“
Erst als Ludmilla Kurunowa aus dem Eingang der Schule kam, getrieben von Gewehrkolben über ihre Füße stolperte, vom Podest stürzte und – mit dem Gesicht voran – in den Staub fiel, da wich ihre Starre, da überfiel sie Panik und sie schrie laut auf.
Als die Polizisten Ludmilla Kurunowa hochrissen und sogar mit den Gewehrkolben schlugen, war Angela einer Ohnmacht nahe. Es ging über ihren Verstand, diese schöne kluge Frau, die niemandem etwas getan hatte, die geliebte Lehrerin, die von allen im Dorf geachtet war, im Dreck liegen zu sehen, mit ansehen zu müssen, wie sie geschlagen wurde.
Es war unfaßbar für sie und es machte sie wütend und kopflos. Sie warf die Stalltür mit lautem Knall ins Schloß, wollte eingreifen, den Männer sagen, daß dies Ludmilla Kurunowa war, die Lehrerin aus Gurka, die Schiller und Goethe liebte und verehrte, und die man nicht stoßen und schlagen durfte.
Aber dann kam alles so schnell, viel schneller, als sie denken konnte. Sie

blieb wie angewurzelt vor dem Haus stehen, als Ludmilla Kurunowa losrannte.
Es waren nur wenige Meter von der Schule bis zum Fluß. Ludmilla Kurunowa war flink, außerdem eine gute Schwimmerin, war oft mit ihnen um die Wette geschwommen. Sie war sogar bis zum Grund getaucht und hatte ihnen die Pflanzen gezeigt, die da unten wuchsen. Angela begriff, daß sich ihre Lehrerin ins Wasser stürzen und untertauchen wollte.
Die Polizisten blieben stehen, sahen sich kurz an, sprachen wohl auch miteinander, rissen gleichzeitig die Gewehre hoch und zielten. Die Schüsse knallten trocken, hart, verhallten sofort.
Die Gewehre blieben angelegt, zielten auf den Rücken der Frau, die noch ein paar Schritte weiter lief, schwankend stehen blieb, und dann sehr langsam in die Knie brach. Als sie nach einer Ewigkeit nach vorne stürzte, lagen Kopf und Oberkörper im Wasser.
Die Polizisten drehten sich weg, hängten die Gewehre auf die Schultern und wollten ins nächste Haus gehen. Plötzlich zeigte einer auf Angela und sofort änderten die Männer die Richtung, kamen auf sie zu.
„Lauf, Aja, lauf!“ hörte sie von irgendwo her eine gellende Frauenstimme.
Sie lief, wie noch nie in ihrem Leben. Ihre langen, dünnen Beine wirbelten nur so durch die Luft; sie schlug Haken und versuchte den Waldrand zu erreichen; dort im dichten Gebüsch konnte sie Schutz finden. Durch das Suchen nach entflohenen Ziegen kannte sie gute Verstecke.
„Laßt das Kind in Ruhe! Barbaren!“, schrie eine Frau, als sie an den Wagen vorbei rannte.
Aber die Polizisten verstanden das nicht; es wäre ihnen auch egal gewesen.
Die langen Gräser schlugen an ihre nackten Beine; ihr Atem ging leicht; sie war gewohnt, schnell zu laufen. Der Waldrand kam näher, schon sah sie die dichten Brombeerbüsche, aus denen sie im Herbst die Früchte holte, die ihre Mutter zu Marmeladen verarbeitete.
Sie drehte sich nicht um, lief, flog und hörte plötzlich den harten Schritt, den stoßweisen Atem, das Klappern von Metall. In ihrem Kopf war ein greller Laut, ein ständiger Aufschrei; sie wußte nicht, daß es ihr eigener Schrei war.
Wenige Meter vor dem Waldrand war ihre Flucht zu Ende; der Polizist packte sie, warf sich auf sie, schlug ihr mit der geballten Faust ins Gesicht, an die Schläfen, schrie dabei in harter Sprache unverständliche Worte, schlug sie immer wieder, bis sie Blut spuckte und das Bewußtsein verlor.
Er warf sie wie einen Kartoffelsack über die Schulter, ging zum nächsten Wagen und schleuderte sie einfach auf die Ladefläche. Sie schlug hart auf, fühlte trotz der Benommenheit, das Stechen in der Schulter und im rechten Arm. Sie war in der Woche zuvor zwölf Jahre alt geworden.
„Wirst dich bald nach einem jungen, kräftigen Mann umsehen“, hatte ihre Mutter an dem Tag gesagt und verschmitzt gelacht. „Bist ja schon eine Frau. – Aber komm mir nicht wieder mit der Idee, den Wladimir heiraten zu wollen.“
In der Nacht hatte sie zum ersten Mal geblutet, hatte sich geschämt und war

ratlos gewesen, als sie das helle Rot auf der Bettdecke gesehen hatte. Ihre Mutter hatte gelächelt, die Decke in den Waschzuber gesteckt und ihre eine dicke Windel in die Hand gedrückt. „Preß sie zwischen die Beine. Bald ist es vorbei – bis zum nächsten Monat.“
„Warum? Was geschieht mit mir?“, hatte sie entsetzt gefragt.
„Nichts Schlimmes, mein Mädchen. Es ist nur das Zeichen, daß du empfangen kannst, ein Kind bekommen kannst.“
„Oh, Heilige Frau! Ich? Ein Kind? Wie denn, Mamotschka? Jetzt gleich?“
„Ich hoffe nicht“, hatte ihre Mutter gesagt und dabei gelächelt. „Später, wenn du einen Mann gefunden hast und ihn heiratest. Dann bekommst du auch ein Kind.“
„Und bis dahin ist das …“. Sie zeigte auf ihren Schoß, „Immer ist das so?“
„Ja. Immer wieder kommt das jetzt. Das ist so bei den Frauen; es ist unsere Strafe seit der Vertreibung aus dem Paradies.“
„Oh, Mamotschka!“, hatte sie geflüstert. „Nie wird das aufhören?“
„Doch. Später einmal, wenn du alt bist. Bis dahin zeigt es dir, daß du empfangen kannst, daß du Mutter werden kannst.“
„Ich bin jetzt eine richtige Frau?“
„Ja, jetzt bist du eine Frau, mein Engelchen. Schau dir deine Brüste an! Ja, ja, schau hin. Faß sie an! Nun? Hübsch wirst du sein, mein Engel, in ein paar Jahren. Und deine Hüften erst. Wirst keine Mühe haben, wenn du ein Kind bekommst. Sie werden sich den Hals nach dir ausrenken, die Männer. So früh schon eine Frau. Ja, ja. Das liegt in der Familie, wir wurden alle immer sehr früh reif.“
Sie dachte an Valery, der sie genommen hatte, als sie gerade elf geworden war und an die Schmerzen, die sie dabei erleiden mußte. Sie hatte gedacht, daß sie nie mehr mit einem Mann etwas zu tun haben wollte, mit keinem, außer mit Wladimir.
Er war ja nur ein halbes Jahr älter, und sie hatte in ihren Träumen immer nur ihn gesehen. Sie liebte sein helles, übermütiges Lachen; er konnte so herrlich pfeifen, und sie mochte es, wenn sie im Sommer nackt in der Desna schwammen und er sie unter Wasser drückte, bis sie bunte Bilder sah. Ihn wollte sie heiraten, das hatte sie sich fest vorgenommen. Sie hatte es am Abend ihres letzten Geburtstages der Mutter gestanden, aber die hatte laut gelacht.
„Aja, dumme Aja! Vergiß es, mein Täubchen. Es geht nicht. Er ist entfernt mit dir verwandt; du solltest ihn nicht heiraten. Wir haben immer darauf geachtet, daß wir nicht untereinander heiraten. Das macht die Kindern anfällig für Krankheiten, gibt ihnen Wasserköpfe und macht sie blöde; das haben schon die Alten gesagt. – Und er wird nicht im Dorf bleiben. Er wird kein Bauer und auf der Kolchose ist es auch nicht richtig für einen wie ihn. Sie sagen, er hätte zwei Köpfe, so klug sei er. Du bist zu dumm für ihn. – Vergiß es und träume was anderes.“
„Aber … Was muß er klug sein? Er kann doch weiter Ziegen hüten, Honig für den Kwas sammeln und alles über Schweine weiß er auch.“
„Dummerchen! Das ist doch nicht die Welt. In den Städten brauchen sie

gescheite, sehr gescheite Menschen. Da gehört der Wladimir hin – und nicht an einen Ziegeneuter. Die Gebildeten sind keine Pilze, sie werden nicht alle vierundzwanzig Stunden geboren."
Sie hatte geweint und wollte sofort sterben; sie hatte es überlebt und sich später geschworen, dann eben nie zu heiraten.

Der Lastwagen fuhr über die holprige Dorfstraße und jeder Stoß tat ihr weh. Sie sah das Gesicht von Wladimir dicht über ihren Augen und dachte, sie hätte es aus dem Kopfalbum geholt.
„Aja, meine kleine, liebe Aja, du bist wieder wach? Was haben die Schweine mit dir gemacht? Mein liebes Mädchen. Wach auf, schau mich an."
„Komm", flüsterte eine Frauenstimme. „Komm, werde wach, Aja. Leg deinen Kopf auf meinen Schoß. Du blutest und bist sehr blaß. Diese Tiere! Vergreifen sich an einem Kind!"
„Ich bin schon eine Frau", sagte sie mit heiserer Stimme; das Blut lief ihr dabei in den Hals und sie mußte würgen.
„Aja, lieg still", flüsterte Wladimir.
„Pst! Laß die das nie hören, daß du eine Frau bist. Bleib lieber ein Kind", flüsterte die Frau und zeigte auf die Rücken der Polizisten, die rund um die Wagenbrüstung aufgereiht standen. „Sie könnten es prüfen wollen."
Angela drückte sich hoch, als der Wagen schneller fuhr, steckte den schmerzenden Kopf in den Fahrwind. Wladimir lehnte mit dem Rücken an ihrem und stützte sie. Sie wär sonst gefallen, denn der Weg blieb holprig und der Laster war kaum gefedert.
Er fuhr durchs Dorf, in Richtung Desna, auf die Brücke zu, vorbei an der alten Kirche und der Schule. Sie reckte sich und starrte runter zum Fluß. Sie riß die Augen auf, hoffte, daß alles ein Irrtum war, daß Ludmilla Kurunowa lebte.
Aber da lag sie. Ihr dünnes, buntes Kleid klebte am Körper, hatte sich voll gesogen mit dem Wasser der Desna. Der Rücken war rot. Ihr Kopf wurde von den leichten Wellen sanft gewiegt.
„Stoi! Stoi!"
Der Wagen blieb ruckartig stehen. Die Frauen auf dem Wagen fanden keinen Halt, purzelten übereinander; die Polizisten fielen auf die Knie, richteten die Gewehre auf einen Punkt vor dem Lastwagen. Der Blick wurde frei für Angela.
Pjotre Akbulak stand mitten auf der Brücke. Der Alte hatte seine drei Orden aus dem großen Weltkrieg auf die zerknitterte, schmuddelige Jacke geheftet. Der Helm, der ihm einmal das Leben gerettet hatte, hing lächerlich schräg auf seinem Kopf.
Seine Rechte hatte er hoch erhoben, zeigte den Polizisten die Handfläche.
„Stoi! Laßt sofort unsere Kinder und Frauen frei. Nehmt mich als Geisel. Laßt sie! Sie sind unser Salz und unser Brot. Ohne unsere Kinder und Frauen sind wir …"
Schüsse knallten, zerfetzten das gute, faltige Gesicht, rissen den alten Mann von den Beinen. Sein Helm wurde von einer Kugel getroffen, die sirrend abprallte.

„Noch eine Beule“, dachte sie unwillkürlich und sah das zerrissene Gesicht, das spritzende Blut; sie verlor fast den Verstand.
„Vater! Vater!“, schrie sie und riß dem Polizisten, der immer noch auf den toten Mann zielte, das Gewehr zur Seite.
Der Mann drehte sich nicht einmal zu ihr um, stieß zwei Mal mit dem Kolben zu. Er traf sie an der Stirn und an der Brust.
Sie fiel nach hinten und im Wegtreiben aus dieser Welt hörte sie eine Frauenstimme fragen: „Dein Vater? Pjotre Akbulak war dein Vater?“
Erst als man sie brutal vom Lastwagen zerrte, wurde sie wach, kam das Bewußtsein ganz langsam zurück und damit das Entsetzen und die Angst, die in ihrem Schädel wüteten. Ihr war übel, und sie weinte vor Angst, Trauer und Schmerzen. Ihre nackten Füße schmerzten und das dünne Sommerkleid war zerrissen.
„Komm! Bitte, bleib wach, Aja“, bettelte Wladimir und versucht, sie zu halten.
Die Polizisten stießen die Frauen und Kinder mit den Gewehrkolben vor sich her, schrieen Kommandos, die niemand verstand. Einige Frauen waren verletzt wie sie, bluteten und wankten, mußten von anderen gestützt werden.
Es wurde dunkel vor ihren Augen und sie wäre gestürzt, wenn Wladimir sie nicht gehalten hätte. Seine Arme zitterten; er war so schwach, viel leichter als sie. Sie schaute auf den Boden, der schwankte und Wellen schlug.
Ein hartes Kommando, ein brutaler Stoß in ihren Rücken, ließen sie hochblicken. Sie waren auf freiem Feld, keine Straße weit und breit.
Sie stand unmittelbar vor einem langen Zug mit graugrünen, fensterlosen Waggons. Auf den Dächern befanden sich Lüftungsrohre und eine Rampe lag in der weit geöffneten Tür des Waggons, direkt vor ihr.
„Wie für den Viehtrieb“, dachte sie.
Einen ähnlichen Zug hatte sie einmal auf der Kolchose gesehen, als sie eine Ziegenherde verluden. An dem Tag war die Babushka von Wladimir krank gewesen und Olga hatte sie mitgenommen.
Links von ihr, vor dem nächsten Waggon, trieben sie eine große Gruppe Frauen auf die Rampe zu. Sie sah den bunten Kittel, das rote Kopftuch, das schöne Gesicht und schrie auf: „Mamotschka! Mamotschka! Hier! Ich bin hier!“
Aber die Frau drehte sich nicht um, wurde bereits rüde auf die Rampe und in den Waggon geschoben.
Die Männer drängten Wladimir und sie in den glühendheißen Waggon, der nach Tierscheiße stank. Der Boden in ihrem Wagen war uringetränkt.
Es war ihr Glück, daß Wladimir in den gleichen Waggon kam wie sie; ohne ihn wär sie gestorben. Das wußte sie so sicher.

Nur mühsam konnte sie die Bilder wieder aus dem Kopf bekommen. Sie weinte leise und drehte das Gesicht zur Scheibe, damit Wladimir die Tränen nicht sehen konnte. Sie schämte sich und fühlte sich so unglücklich wie schon seit Jahren nicht mehr.
Sie blieb sitzen, als der Zug in Düsseldorf hielt, verkrampfte die Hände um

die Griffe der Tasche. Immer noch rauschten die Bilder der Vergangenheit durch ihren Kopf, schoben weg, was sie gerade sah, wollten unbedingt betrachtet werden.
Auf dem Bahnsteig sah sie Männer in grünen Uniformen. Ihre weißen Gesichter hatten schwarze Löcher, wo die Augen sein mußten und der Mund war ein blutroter Fleck. Sie trugen Gewehre!
„Oh, nein!“, dachte sie und schloß die Augen.
Als sie zaghaft durch einen schmalen Spalt linste, waren die Männer weg. Vor dem Fenster stand eine Frau mit einem roten Kopftuch. Die Frau dreht sich zum Fenster und hatte das Gesicht von Ludmilla Kurunowa. Sie winkte ihr zu und war verschwunden.
Sie wußte nicht mehr, wo sie war, starrte auf die Menschen, die vor dem Abteilfenster hin und her liefen. Solche Bewegungen, solch hektisches Gerenne, eine solche Hast – das konnte nur bedeuten, daß Gefahr drohte, daß etwas im Gange war, das sie nicht sehen konnte.
„Sie rennen fort wegen der Polizisten“, dachte sie und spürte einen unbändigen Drang zu fliehen.
„Wladimir! Siehst du es? Was ist das? Oh, meine Mutter Gottes, steh uns bei! Wir hätten nicht hier her kommen sollen.“
„Sei nicht albern, Angela. Es sind viele Menschen hier; die haben es eilig und müssen den nächsten Zug erreichen. Die haben hier nicht den langsamen Gang wie in Gurka; sie machen Geschäfte, haben viel zu tun.“
„Darum rennen sie so hastig? Wo sind die Polizisten mit den Gewehren?“
„Hier sind keine Polizisten. Du hast einen bösen Traum gehabt, Angela.“
„Sonst ist nichts? Niemand will uns etwas antun?“
„Sonst ist nichts. Du hast wirklich geträumt, Aja. Und wenn du nicht aussteigst, fährt der Zug gleich ab und nimmt dich mit nach wer weiß wo hin. Komm, der Anschlußzug wartet schon.“
Zögernd folgte sie ihm, hielt sich ängstlich an seinem Ärmel fest. Auf dem Bahnsteig überfluteten sie der Lärm der Züge, die Durchsagen aus den Lautsprechern, die Rufe und das Lachen der Menschen. Es vermengte sich alles in ihrem Kopf, der an die Stille des weiten Landes gewöhnt war, zu einem einzigen Brausen.
Der Zug nach Köln stand auf dem gegenüber liegenden Gleis, wie Wladimir zuvor vom Zugbegleiter erfahren hatte. Die Zugtüren waren weit geöffnet und sie starrte in den Waggon.
„Warte“, sagte sie so leise, daß Wladimir sie fast nicht gehört hätte. „Bitte, Wladi, es geht nicht.“ Sie blieb einfach stehen.
Er sah sie an, ihre Augen waren riesig groß, starr und ihr Mund zuckte. Er dachte, sie hätte etwas vergessen.
„Was ist …“ Er stutzte und verstand. Sie hatte nichts im Zug gelassen, sie hatte nichts vergessen, überhaupt nichts hatte sie vergessen.
„Vergiß doch einfach alles, kleine Aja. Das war einmal und nichts ist heute mehr so.“
„Nein, es geht nicht, es geht einfach nicht. Die Bilder …“
„Du kannst jetzt nicht aufgeben. So weit bist du jetzt schon gefahren; die

wenigen Kilometer wirst du doch …"
„Hör auf!", schrie sie und als sie die Blicke der Menschen bemerkte, die sich zu ihr umdrehten, senkte sie den Kopf und sagte leise. „Ich will nicht immer tun, was du sagst, Wladimir. Nicht mehr, nicht wegen dieser Sache. Es ist doch mein Gefühl, meine Angst."
Sie spürte, daß ihre Beine sie nicht mehr lange tragen würden, die Oberschenkel zitterten und das Atmen fiel ihr schwer.
„Aja! Ich … Verzeih mir. Komm, wir gehen nach unten, vielleicht können wir uns setzen und reden. Wir lassen diesen Zug fahren." Er faßte ihren Arm und zog sie mit sich zur Rolltreppe.
Sie fanden nichts, wo sie sich setzen konnten, verließen den Bahnhof und blieben auf dem Vorplatz stehen; ratlos er, voller Angst, schuldbewußt und ohne einen klaren Gedanken, sie. Um sie herum brandete der Verkehr, liefen die Menschen kreuz und quer über den Platz, scheinbar ziellos und in großer Hast. Wie zwei Felsen in der Brandung standen sie da, blickten sich an.
„Ich bin so traurig, Wladi, so traurig, daß ich weinen und in meinen Tränen ertrinken möchte."
„Das wollte ich nicht, Aja. Was kann ich tun?"
„Laß uns zurück fahren. Was sollen wir in dieser Stadt? Bitte!"
„Es geht kein Zug zurück – jetzt nicht. Morgen. Vielleicht morgen."
„Dann fahren wir morgen zurück, ja?"
„Laß uns nachdenken, Aja. Sie haben es bezahlt; nicht wir. Können wir sie im Stich lassen? Betrügen wir sie nicht?"
„Ich kann nicht; ich kann nicht mehr. Ich schaffe es nicht; ich habe nicht gewußt, wie schwer es sein würde. Ich will aber doch niemanden betrügen, Wladi."
Dann könnten wir …", sagte er und blickte sich um. „Komm, kleine Aja. Komm, wir gehen zuerst in ein Hotel. Da drüben."
Er drehte sie zur Seite und zeigte auf ein riesiges Gebäude aus Beton mit unendlich vielen Fenstern, in denen sich das Sonnenlicht spiegelte. „Hotel Nikko, steht da an dem Gebäude. Sie werden Platz haben für uns."
„Warum willst du …?"
„Willst du auf der Straße schlafen, Aja?"
Sie schüttelte den Kopf, ließ die Arme hängen und starrte auf den Boden.
„Komm", sagte er, nahm ihren Arm und zog sie mit sich bis zum Hotel. Sie blieb im Foyer stehen, als er sie losließ und hob den Kopf nicht einmal hoch.
„Ich habe zwei Einzelzimmer für eine Nacht gebucht", sagte er, als er zurück kam.
„Warum tust du das?", fragte sie. „Ich kann auch auf einer Bank …"
„Du bist ein Schaf. Das kann man nicht machen, in einer Stadt."
„Aber wer bezahlt das?"
„Muß ich wohl selber bezahlen; sie werden es kaum für uns tun, diese Schüler", seufzte er, als sie die breite, geschwungene Treppe zum ersten Stock hochstiegen.
Der Hotelboy ging vor ihnen her und trug den schäbigen Koffer von Wladi-

mir. Ihre Tasche hatte sie nicht abgeben wollen.
„Bei uns in Gurka tragen wir unsere Sachen auch selber", hatte sie dem Boy gesagt, der sie verständnislos angestarrt hatte.
„Komm zuerst mit in mein Zimmer, Aja. Laß uns noch ein wenig reden", sagte Wladimir und zog sie mit.
Sie blieb in der Tür stehen, schüttelte den Kopf und wagte es gerade noch, den nächsten Sessel anzusteuern.
„Soviel Luxus! Wie in diesen Filmen im Fernsehen. Was ist das für eine Welt, Wladi? Ich will nach Hause, zurück in unser Dorf. Das hier ist alles falsch. So wohnt man nicht! Warum machen sie das? Ich will sofort zurück!" Sie blickte Wladimir traurig an.
„Warum, kleine Aja? Warum? Ich hab dich noch nie so gesehen, so traurig und hilflos."
„Die Bilder! Ich habe sie alle wieder gesehen, auf der Fahrt. Alles ist wie gestern. Es war zuviel."
„Du bist doch so stark. Du hast alles geschafft in deinem Leben, dies wirst du auch noch …"
„Nein! Werde ich nicht. Ich bin nicht stark. Du weißt so wenig von mir. Du glaubst, du weißt alles und weißt doch nichts. Fast sechzig Jahre liegen dazwischen, zwischen uns. Sechzig Jahre, in denen aus der kleinen Aja die dicke, alte Angela geworden ist."
„Du bist immer noch dieselbe Aja. Egal, wie dünn oder dick du bist. Oder soll ich dein Wesen, deine Art von deinem Hinterteil ablesen? He?"
„Wie du sprichst! Wie einer aus der Stadt. Soll ich mich schämen, Wladi? Du weiß nicht, wie ich bin, daß ich Schmerzen habe, die nicht aus meinem Körper kommen, gegen die kein Pulver hilft, das der Arzt in Roslawl verschreiben könnte."
„Doch, ich weiß, wie gut du bist, wie viel wertvoller, als all die Leute, die so ein Luxushotel bewohnen dürfen."
„Nichts weißt du von mir. Du denkst nicht darüber nach, was geschehen ist. Du denkst nur an heute und morgen. Ich denke immer an gestern. Wir haben uns so viele Jahre nicht gesehen. Du hattest ein Leben, ich hatte ein Leben, und beide hatten nichts gemeinsam. Wie solltest du mich verstehen können?"
„Aja! Wir haben doch so unendlich viele gemeinsame Kindheitserinnerungen. Auch schöne – und solche, über die wir lachen können. Weißt du noch, wie du einmal nach dem Tauchen aus dem Wasser stiegst und deine Haare grün waren? Was haben wir gelacht über dein Gesicht. Alles war voll Algen und Grünzeug, das im Fluß schwamm."
„Ach, die guten Erinnerungen sind verschüttet. Ganz tief unten. Die anderen, die kennst du nicht. Nichts weißt du von mir."
„Was weiß ich denn nicht? Daß du eine Dorfpflanze geblieben bist? Weiß ich. Daß du schlimme Zeiten erlebt hast? Wie sollte ich das vergessen? Daß du arm bist und schwer arbeiten mußtest, dein ganzes Leben lang? Natürlich weiß ich das."
„Und alles andere weißt du nicht. Du weißt nicht einmal alles aus der Zeit,

als wir noch Kinder waren. Nichts von dem, was mich so schwer getroffen hat, daß ich sterben wollte. Nichts, gar nichts weißt du. Und immer sagst du: Komm, Aja! Mach das, Aja! Du weißt nicht, was mir weh tut."
„Ich weiß mehr, als du glaubst."
„Was mir einer angetan hat? Das willst du wissen? Niemand weiß es!", schrie sie, umklammerte ihre Sessellehnen und war fluchtbereit.
„Doch! Ich weiß, was dieser elende Valeriy Stepanskoy dir angetan hat, daß er dich fast zerstört hätte."
„Nein!", schrie sie. „Nichts! Nichts weißt du! Nichts! Woher, Wladimir, willst du das wissen? Alles ist anders, als du denkst."
„Nein, es ist so gewesen, wie ich es weiß – genau so. Ich hab gewußt, daß da was passierte, etwas mit dir nicht stimmte. Weißt du noch, daß er damals nicht gekommen ist, an dem Fluß? Daß er nie mehr gekommen ist?"
Sie starrte ihn an, ihre Augen waren weit aufgerissen. „Du … Als du damals gekommen bist? Was weißt du? Warum …"
„Wir haben es verhindert. Meine kleinen Freunde und ich. Wir haben ihn am Tag zuvor fast tot gemacht, wir haben ihn beinahe ertränkt. Wir durften ihn nicht schlagen, weil sein Vater, der Nikolai, uns sonst vernichtet hätte. Aber so …", flüsterte sie und eine heiße Schamwelle überrollte sie.
„Warum? Was wußtest du? Was habt ihr gemacht? Er war doch so stark! Er war der stärkste Junge in Gurka. Wer war bei dir? Wer hat dir geholfen? Warum?"
„Weil es ein Ende haben mußte. Sicher, wir waren kleiner, schwächer, als er. Aber wir waren viele, sehr viele. Wir haben ihn so lange unter Wasser gedrückt, bis er fast ertrunken war. Im letzten Moment haben wir ihn hochgezogen. Wenn er Luft geholt hatte, haben wir ihm gesagt, was ihm gesagt werden mußte und haben ihn wieder untergetaucht. Immer wieder, immer wieder, bis er nichts mehr sagen konnte und nur noch ganz schwach atmete. Wir haben ihn zwei Stunden lang um sein Leben fürchten lassen. Zum Schluß haben wir ihm noch einmal gesagt, was er künftig im Dorf tun und lassen durfte und er hat genickt."
„Oh, Heilige Jungfrau! Ihr habt ihn gequält, ihr …"
„Ja, ja, Angela, ich weiß, wir waren grausam. Kinder sind manchmal so. Aber wir fühlten uns im Recht. Und wir haßten ihn, genau so wie seinen schrecklichen Vater. Sie gehörten nicht zu uns."
„Ihr hattet keine Angst? Wenn er es seinem Vater …"
„Ach wo! Was denn? Was wollte er erzählen? Das, was er verbrochen hatte? Wofür er bestraft worden war? Er hatte nichts, keine Verletzung, die er seinem Vater zeigen konnte."
„Das ist … Aber, woher wußtet ihr? – Sie haben es alle gewußt? Alle Jungen? Ich sterbe vor Scham! Oh, heilige Jungfrau! Wie kam …"
„Laß, kleine Aja. Du brauchst dich nicht zu schämen. Einer der Jungen hat gesehen und gehört, was er gemacht hat. Er hat alles beobachtet und belauscht und er hat es mir gesagt. Zitterte wie das Gras im Wind, starb fast vor Angst, aber er hat das Richtige getan, hat es nur mir gesagt. Und wir konnten etwas tun, um dich zu retten, ohne daß wir gefährdet waren."

„Wladimir, ich … Ich schäme mich so. Ich dachte, niemand hätte es gewußt.“
„Sie haben alle geschwiegen, auch zu Hause. Nur der Pjotr, der Sohn vom stellvertretenden Dorfsowjet, der hat es seinem Vater gesagt. Jurij Rasskasy war ein guter Mann, erinnere dich. Er ist nach Smolensk gefahren, zum NKDW und hat dort ein langes Gespräch gehabt. Die Folgen kennst du.“
„Deshalb? Deshalb haben sie die beiden abgeholt?“
„Ja, sie haben beide zwanzig Jahre Zwangsarbeit bekommen, sagte der Pjotr uns später; sein Vater hat es erfahren, als er der Nachfolger vom Nikolai wurde.“
„Heilige Jungfrau! Das alles meinetwegen?“
„Wegen eines jungen, unschuldigen Mädchens, das gerettet werden mußte. – Und für dich hätte ich ihn sogar totgeschlagen, wenn es nicht anders gegangen wäre.“
Sie lehnte sich zurück, schloß die Augen und saß still da. Er wartete, hörte ihren leichten Atem und wußte nicht, ob er es richtig gemacht hatte. So lange hatte er es bei sich behalten, hatte nicht einmal eine Andeutung gemacht und ausgerechnet in diesem kritischen Moment mußte er sie so schockieren.
„Du bist ein alter Esel, Wladimir“, sagte er. „Du lernst es nie, mit den Weibern umzugehen. Nie mehr in deinem Leben.“
„Laß, Wladi“, sagte sie und er schaute sie an.
Ihre Augen waren geschlossen und um ihren Mund spielte ein leichtes Lächeln. „Warst du in mich verliebt? In mich, in deine über so viele Ecken mit dir verwandte Cousine?“
„Sicher! Sicher! Wer war das nicht? So viel Auswahl gab es ja nicht für uns Jungen im Dorf. – Außerdem bist du nicht meine Cousine, auch wenn deine Mamotschka das immer sagte. Wir sind nur über sieben Sowjetrepubliken miteinander verwandt.“
„Oh!“, sagte sie und öffnete die Augen. „Deshalb? Weil es wenig Auswahl gab? Und ich kleines Schaf hätte dir fast einen Heiratsantrag gemacht. Aber da war ich ja auch noch dumm und gerade mal zwölf.“
„Ich hätte ihn angenommen“, sagte Wladimir und lächelte auch.
„Kannst du es noch rückgängig machen, Wladi?“
„Ob ich was? Ich verstehe nicht. Was …“
„Die Zimmer, das Hotel. Wir fahren! Ich will jetzt nach Köln fahren – und auch in diese Stadt.“
„Aber … Ja, ich könnte … Warte, ich muß erst … Telefonieren muß ich. Du bringst mich ganz durcheinander. Mit dieser Nummer muß ich telefonieren. Eine Handy-Nummer, nennen die das in Deutschland. Brosthaus, heißt der Mann, dem ich es sagen muß. Ich wollte ihn schon unten an der Rezeption anrufen und ihm sagen, daß wir erst morgen kommen. Jetzt sage ich ihm, daß wir nur den nächsten Zug nehmen. Oh, Aja. Was bist du für eine Frau. Wenn alle Russinnen so sind, dann geht unser Land nie unter.“
Er ließ sich mit der Handy-Nummer verbinden, die er von einem kleinen Zettel ablas, entschuldigte sich bei Hans Brosthaus und sagte ihm, sie hätten

den Zug verpaßt, müßten den nächsten nehmen.
Der Mann an der Rezeption verdrehte die Augen, als Wladimir ihm in gebrochenem Deutsch erklärte, daß sie die Zimmer nicht nehmen könnten, weil dringende Geschäfte es erforderten. Er zahlte das Telefongespräch und dann liefen sie eilig zum Bahnhof.
„Hier! Siehst du das?", rief Wladimir und zeigte auf die Anzeige der Zugverbindungen. „Wenn wir laufen, Aja, erreichen wir den Zug nach Köln. Aber rennen mußt du schon. Los!"
Sie liefen durch die Halle, stürmten auf den Bahnsteig, sahen den wartenden Zug und hörten die Durchsagen aus den Lautsprechern.
Sie stiegen sofort ein und hinter ihnen schlossen sich die Türen. Der Zug war nur schwach besetzt; sie fanden einen fast leeren Wagen vor und ließen sich in die weichen Polster des Interregio fallen.
„Was für ein Umweg", seufzte Wladimir. „Auf diesem Bahnsteig waren wir vorhin schon einmal."
„Alles nur, weil ich eine dumme Ziege aus Gurka bin", sagte Angela.
„Ach was! Wir haben den Umweg nicht umsonst gemacht. Er war für uns beide wichtiger, als man glauben sollte."
„Das ist aber ein schöner Zug", stellte Angela fest und strich immer wieder über die graublauen Polster.
„Hätten sie besser schon ab Smolensk fahren lassen sollen, diesen Zug. Bei dem kurzen Stückchen, das wir noch fahren, könnte ich ja sogar stehen", sagte Wladimir und lächelte Angela an. „Wir sind gleich am Ziel. Da kannst du dich endlich ausruhen, altes Mütterchen. Nach diesem Ausflug! Bucht ein Hotelzimmer und flüchtet!"
„Na, du alter Mann hast es nötig. Russische Frauen sind zäh. Die russischen Männer dagegen ... Oh je!", sagte sie. „Also werden wir uns beide ausruhen."
Die Fahrt dauerte gerade mal eine halbe Stunde und trotzdem schlief sie ein; das geräuschlose Rollen, die kühle, sanft rauschende Luft ließen sie einnicken. „Ein schöner Zug", murmelte sie im Halbschlaf.
„War es schlimm?", fragte Wladimir.
Sie öffnete nur ein Auge, sah ihren Wladimir lange an. „Ja", sagte sie schließlich. „Ja. Sogar viel schlimmer. Ich war ein Kind."
Er nickte und sah zu, wie sie einschlief; er bewachte ihren Schlaf, bis sie in den Kölner Hauptbahnhof einfuhren.
„Auf, Aja! Auf! Wir sind da!", rief er und rüttelte sie. „Russische Frauen sind zäh? Na ja!" Er grinste und zog sie hoch.
Der Bahnsteig war überfüllt mit hastenden, drängelnden Menschen. Der Lärm war noch schlimmer als in Düsseldorf, und die wild flatternden Tauben, die sich direkt vor die Füße setzten, erschreckten sie.
„Sdes! Sdes! Hier! Hier!", rief Professor Wladimir Iljitsch Boronow.
Er stand, wie ein Fels in der Brandung, mitten auf dem Bahnsteig, ließ die bepackten Menschen um sich herum rennen und schwenkte heftig den dürren Arm. In seiner Hand flatterte ein Lappen aus Stoff mit unbestimmbarer Farbe, auf dem in großen dunkelgrauen Buchstaben ‚OST' aufgenäht war.

Er blieb trotz der murrenden Leute, die ihn mit Trollys und Koffern anstießen, stur stehen, winkte, rief und wartete. Immer wieder drehten sich Leute um und betrachteten kopfschüttelnd die beiden Alten, die nicht nur durch die abgetragene Kleidung sondern auch durch ihr absonderliches Gebaren auffielen.
„Ich habe gesagt, sie sollen auf dieses Schild achten. Wie sollen sie uns sonst erkennen?“, sagte Wladimir zu Angela.
„Hallo, hier! Herr Professor!“
Ein lang aufgeschossener junger Mann in blauen Jeans und bunt kariertem Hemd tauchte in der Menge auf und stürmte auf sie zu. Die blonden Haare, als Pferdeschwanz gebunden, flatterten auf und ab, als er auf die Wartenden zulief.
„Oh!“, dachte Angela. „Das ist der Mann? Wie sieht der aus? In Gurka würden man einen Abend lang über ihn schwätzen.“
Direkt hinter dem Mann rannte eine junge, mollige Frau mit einem hübschen Gesicht, in dem die Sommersprossen um einen freien Platz kämpften.
„Hans Brosthaus! Ich bin Lehrer in der Gesamtschule und Leiter des Projektes ‚Zwangsarbeiterentschädigung – jetzt!‘ Herzlich willkommen in Köln!“, sagte er und bemühte sich, seinen Atem unter Kontrolle zu bekommen.
Die sommersprossige Frau übersetzte schnell und fließend. Sie stellte sich als Marita Schönen vor, die während dieser Tage ständig als Dolmetscherin verfügbar sein würde.
„Herzlich willkommen. Ich bin Lehrerin für Geschichte und unterrichte auch in der Klasse von Herrn Brosthaus. Wenn Sie irgendein Problem haben, dann sprechen Sie mich an. Ich will alles tun, um Ihnen den Aufenthalt so angenehm wie möglich zu machen.“
Angela schaute auf das lächelnde Gesicht von Marita Schönen. Sie mochte sie sofort. „So eine hübsche Frau – und so gut genährt. Ihre Stimme ist so warm; sie klingt wie die meiner Mamotschka.“
„Ich bin Professor Wladimir Iljitsch Boronow und das ist … äh … meine Cousine, Angela Pawlowska.“ Wladimir verbeugte sich leicht vor Brosthaus und reichte der Dolmetscherin die Hand. „Warum können Sie so gut russisch sprechen?“
„Oh, danke schön“, sagte Marita Schönen und errötete. „Ich komme aus Rostock, da bin ich geboren und aufgewachsen – als es noch die DDR gab. Ich habe schon in der Schule gerne russisch gelernt. Später hat man mich zum Studium nach Leningrad – also nach St. Petersburg – delegiert. Ich mag Rußland, die Menschen und ihre Geschichte.“
„Das ist schön. Sie kennen unser Land. Ja, man kann es lieben – nicht alles und sicher nicht jeden Menschen dort. Wir lieben unsere Heimat trotzdem. Aber bestimmt hat jedes Land seine kleinen oder großen Schmutzflecken, für die man sich schämt.“ Er nahm den Arm der Dolmetscherin und hängte sich bei ihr ein.
Angela ging neben Hans Brosthaus zur Rolltreppe; sie fühlte sich allein gelassen und spürte ein Ziehen in der Brust; trotzdem lächelte sie während der ganzen Zeit – aber ihr Lächeln wirkte unsicher und ängstlich.

Maritas Golf stand direkt hinter dem Bahnhof, unterhalb der Domplatte. Hans Brosthaus legte das Gepäck in den Kofferraum und öffnete die Türen.
„Wladimir, ist das ihre Kathedrale? Oh, bei allen Heiligen Rußlands! Sie ist fast so großartig wie unsere Uspenski-Kathedrale und noch schöner als die Ioann–Bogoslaw–Kirche. – Es fehlt nur etwas – ja, das Gold fehlt. Aber sonst ..."
„Sie nennen es ‚Dom', Aja! Ich staune! Hast du denn je eine andere Kirche gesehen als eure zerfallene Dorfkirche? Du warst doch nie in Smolensk, seitdem es wieder aufgebaut wurde."
„Sicher, du hast recht; auch vorher nicht. Aber Ludmilla Kurunowa, unsere Lehrerin, hat uns doch damals die Bilder gezeigt. Es gäbe noch viel mehr solcher Kirchen in Rußland, sagte sie. Sie hat die Bilder gesammelt – erinnere dich. Du hast sie auch gesehen, Wladi."
„Ach, das ist lange her. Ich habe fast alles vergessen, was damals war. – Aber du, du hast alles in deinem Kopf verwahrt, nicht wahr?"
Marita Schönen fuhr absichtlich langsam über die gewundene Landstraße und wies immer wieder auf Sehenswürdigkeiten hin. Die Fahrt dauerte etwa zwanzig Minuten, in denen fast nur die Dolmetscherin sprach. Einmal meldete sich Hans Brosthaus und wollte wissen, wie lange die Zugfahrt gedauert hatte und ob sie bequem gereist seien.
Angela betrachtete die Häuser am Straßenrand, die gepflegten Vorgärten und zupfte schließlich Wladimir am Ärmel.
„Nicht eine Bank haben sie draußen. Sie mögen das wohl nicht, glaube ich. Wo werden sie mit ihren Nachbarn schwätzen?"
„Vielleicht ist es hier zu kühl an den Abenden – oder es gibt keine Nachbarschaft wie bei uns."
„War es sehr anstrengend?", fragte Marita Schönen. „Es war sicher nicht leicht für Sie."
„Ja, es war ermüdend. Und wir sind nicht mehr die Jüngsten", antwortete Wladimir.
„Sie können ja heute früh schlafen gehen; wir lassen Sie nach dem Abendessen – zu dem wir Sie beide herzlich einladen – ganz in Ruhe", sagte Hans Brosthaus, als Professor Boronow schilderte, daß sie seit weit über dreißig Stunden unterwegs seien.

Im Hotelfoyer herrschte Hochbetrieb; Pagen schleppten Koffer, die Telefone klingelten, und die Gespräche der ankommenden und abreisenden Gäste vermengte sich zu einem dichten Geräuschteppich – die leise Hintergrundmusik wurde fast völlig verschluckt.
„Wir haben reserviert", sagte Brosthaus, als sie endlich an der Reihe waren. „Die Gesamtschule; unser Sekretariat."
„Für vier Tage?", fragte der nervös in den Unterlagen suchende Empfangschef. „Ah! Ja, ja. Alles in Ordnung." Er reichte Angela und Wladimir die Schlüssel und wies auf den Fahrstuhl: „Page, bitte!"

„Wir haben Messe in Köln – die Herren–Mode–Woche –, dann sind wir auch hier, auf dem Land, immer voll ausgebucht. Tut mir leid, daß Sie warten müssen“, entschuldigte er sich bei Brosthaus, als nicht sofort einer der Pagen auftauchte.
Die dunkelblaue Uniform des Empfangschefs war mit goldenen Knöpfen und Achselklappen bestückt. Angela beobachtete ihn, sah zu, wie er seine Mitarbeiter dirigierte, maskenhaft die Gäste anlächelte und sich immer wieder durch die grauen Haare strich.
„Fast so eine schöne Uniform, wie die vom Zar Nikolaus auf dem Bild in Mamotschkas Schublade", flüsterte sie Wladimir zu, als der Hotelboy endlich aufkreuzte und dem Professor den kleinen Koffer aus der Hand nahm.
„Mach dein Kopfalbum endlich mal zu, du alte Aja. Genieß einfach alles, was du siehst.“
Der Page griff auch nach ihrem Gepäck, aber sie riß die Tasche heftig an sich und preßte sie vor die Brust. „Ich trage selber“, sagte sie etwas scharf zu dem Pagen, der sie verständnislos ansah.
„Sie trägt es selber“, sagte Marita Schönen und der Page zuckte ergeben mit den Achseln.
„Mann, oh Mann! Was sagst du dazu? Da haben sie wohl die letzte Steinzeitfrau hinter dem Ural hervor gelockt, was?", sagte Brosthaus leise und grinste Marita Schönen an.
Sie antwortete nicht, beobachtete irritiert den Professor, der mit zornigen Augen ihren Kollegen ansah und leise murmelte.
Mit verkniffenem Gesicht führte der Professor seine Begleiterin die Treppe hoch in den zweiten Stock; sie hatte sich standhaft geweigert, den Aufzug zu nehmen.
„Hoffentlich geht das beim Bürgermeister gut. Die hat bestimmt noch nie Sekt getrunken“, seufzte Brosthaus, der den beiden nachblickte.
„Wenn das dein Zivilisationskriterium Nummer eins ist, dann könnte es sicher ein Problem geben“, sagte Marita Schönen und ihre Stimme war kälter als der Sekt, den es bei allen Bürgermeisterempfängen gab.

In ihrem Zimmer sank Angela auf das breite Doppelbett und sprang entsetzt wieder hoch. Sie hatte sich matt und gedankenlos auf die weiche, glatt gestrichene Bettdecke gesetzt.
Sie betrachtete die dekorativ aufgebauten Oberbetten und Kissen, in deren Mitte ein glänzendes, rotes Pralinenherz prangte. Und dieses Kunstwerk hatte sie gedankenlos zerstört, hatte mit ihrem breiten Hinterteil eine tiefe Kuhle hinterlassen.
Sorgfältig strich sie die schneeweißen, leicht duftenden Tücher wieder glatt, seufzte abgrundtief und setzte sich auf den Stuhl, der direkt vor dem Fenster stand.
Da blieb sie sitzen, die Tasche auf dem Schoß, betrachtete das rotbraune, glänzende Mobiliar, das Doppelbett, die Bilder an den Wänden, den riesigen Fernsehapparat, die zahlreichen Steh- und Hängelampen und strich mit ihrem festen Schuhwerk immer wieder über den flauschigen Teppich, bis es

an der Tür klopfte und Wladimir herein kam.
„Was machst du da, Aja? Träumst du? Zieh dich um, wasch dich, kämm dich. Sie warten auf uns; du weißt, daß wir zum Abendessen eingeladen sind. Es ist herrlich hier; schau doch nur mal raus – du mußt dir das Leben da draußen ansehen“, rief er und schob die schweren Vorhänge an die Seite.
„Ich will nichts sehen.“
„Da drüben ist eine alte Kirche – und die Häuser sehen alle aus, als wären sie aus dem Bilderbuch; sauber gestrichen sind sie. Fachwerkhäuser nennen die das hier – sagte diese Frau Schönen.“
„Ich will keine fremden Häuser sehen; ich will überhaupt nichts sehen. Ich will zurück! Ich will mein Haus sehen und in meinem Haus schlafen.“
„Nicht schon wieder, Aja! Geht es wieder los? Jetzt sind wir hier, in der Stadt, in die wir kommen sollten und wir reißen nicht aus.“
„Ich will ja nicht ausreißen. Aber wie soll ich hier schlafen? Hier darf man nichts anfassen, viel zu kostbar alles; das ist nichts für mich. Wofür ist ein Bett, wenn man es nicht benutzen darf? Sie machen es wohl nicht so schön, damit ich es zerdrücke. Schau dir den Schrank aus glattem Holz an und diesen schönen, glänzenden Tisch. Und der Fernsehapparat ist größer als jeder in Gurka. Das ist nicht für Leute wie mich gedacht.“
„Für wen denn sonst, du Gans? Los, mach dich frisch!“
Mit mißmutigem Gesicht schlich sie ins Bad, befühlte die blitzenden Armaturen, strich über den glatten Wannenrand und besah sich im goldumrandeten Spiegel. In ihrem Haus gab es keinen Spiegel. Wegen eines Spiegels hatte sie sich als junges Mädchen einmal mit ihrer Mutter gestritten. Sie hatte einfach nicht einsehen wollen, daß dieses wunderbare Glas teuflisch sei.
„Ein Spiegel ist wunderschön. Man sieht sich richtig; ganz anders, als im Wasser. Du kannst ihn so dicht vor dein Gesicht halten, daß du die Farbe deiner Augen siehst – und sogar die Sommersprossen zählen“, hatte sie zu ihrer Mutter gesagt, als sie den kleinen Spiegel bei Ludmilla Kurunowa gesehen hatten und auch einen haben wollte.
„Und dazu sollen wir uns einen Spiegel aufhängen?“, hatte ihre Mutter geantwortet. „Warum sind dir deine drei Sommersprossen wichtig?“
„Der Händler hat immer Spiegel dabei, hat unsere Lehrerin gesagt. Bitte, kauf mir einen.“
„Ludmilla Kurunowa soll sich um wichtige Dinge kümmern. Das sagt sie nur, weil sie aus der Stadt kommt. Da brauchen die Leute so etwas – vielleicht.“
„Hast du noch nie einen Spiegel gehabt, Mamotschka?“
„Nun ja, doch. Früher einmal. Das ist lange her. Damals, als ich deinen Vater geheiratet … Ach, das ist so lange her. Nein, man braucht dieses Teufelswerkzeug nicht.“
„Warum sagst du Teufelswerkzeug?“
„Weil es eines ist. Mit Eitelkeit macht dich der Teufel gefügig. Und Spiegel machen eitel.“
„Ich bin nicht eitel und will es auch nicht werden.“
„Aber Spiegel schaffen es, auch wenn du nicht willst. Spiegel machen

dich eitel und blind für das wahre Leben. Nicht lange, und du schaust ständig hinein; du gehst in den Garten und betrachtest dich vorher; du gehst zur Nachbarin und willst zuvor deine Haare sehen; du kommst von den Schweinen – und was machst du zuerst? Du schaust in den Spiegel. Dann wirst du bald nur noch dich sehen; deine Familie, die Nachbarn und Freunde kennst du nicht mehr. Du wirst spiegelblind. Und der Teufel lacht sich eins. Also, bleib, wie du bist und vergiß die Spiegel."

Das klare, kalte Wasser erfrischte sie, und sie strich sich die Haare bedächtig aus dem Gesicht – ohne noch einmal in den Spiegel zu sehen.

„Fertig!", sagte sie zu Wladimir, der nervös auf dem Stuhl wippte.

„Und das andere Kleid? – Shenski! – Frauen!", sagte er und schüttelte seinen schmalen Kopf.

„Du mußt ihnen zeigen, daß wir nicht dumm sind, daß wir nicht aus dem Urwald kommen. Wir sind Russen, lieben unser fortschrittliches und modernes Land. Wenn du ängstlich bist, dann glauben sie, du hättest noch nie eine Stadt, niemals ein Auto gesehen. Zeig ihnen, daß du eine stolze Frau bist, Aja."

Also zog sie sich um und ordnete ihre Haare erneut – ohne in den Spiegel zu sehen. Arm in Arm gingen sie aus dem Zimmer und diesmal ließ sie sich widerstandslos in den Aufzug ziehen. Während der Fahrt hielt sie die Augen geschlossen und lauschte auf die leise Musik.

„Wenn Mamotschka das noch erlebt hätte", sagte sie zu Wladimir.

„Dann hätte sie es genossen und gesagt: „Nimm alles mit, Aja, was das Leben dir bietet. Sie war eine kluge Frau."

Die große Pause hatte gerade angefangen; auf dem Schulhof rannten lärmende Kinder, stießen und boxten sich. Jugendliche standen in Gruppen zusammen, beachteten die jüngeren Schüler nicht, hatten nur Augen und Ohren für ihre gleichaltrigen Kameradinnen und Kameraden.

Hans Brosthaus führte die Gäste in Schlangenlinie durch die Schülergruppen, ignorierte die flapsigen Bemerkungen einiger Jungen; selbst ihr Lachen nahm er offensichtlich nicht zur Kenntnis.

„Sind das die Russen, Brosthaus? He, Russki! Willste einen Euro?", rief ein junger Mann, als Angela an ihm vorbei ging. Sie lächelte ihn freundlich an und nickte ihm zu.

„Nicht übersetzen. Hörst du?", sagte Brosthaus zu Marita Schönen und schob sich energisch durch das Gedränge.

In der Aula standen ein großer Tisch und fünf Stühle auf dem Podium; jeder Platz war mit einem Mikrofon bestückt. Das Licht in diesem schmucklosen Saal fiel durch vier raumhohe Fenster und dank des warmen Sonnenlichtes wirkte die Aula nicht gar so kalt. Die Wände waren in gleichmäßige, einen Meter breite, Streifen in weiß und grün gestrichen; es gab kein einziges Bild im Raum. Angela fröstelte in ihrem dünnen Kleid.

„Wir warten noch auf den Leiter unserer Schule, Dr. Erwin Kullog. Er müßte gleich kommen; wir sind schon angemeldet, nicht wahr Marita?", sagte Lehrer Brosthaus.

„Ja, es dauert nicht mehr lange – sagte seine Sekretärin."
„Sie stellen sich bitte nachher, wenn die Schülerinnen und Schüler Platz genommen haben, kurz vor und erzählen, was Sie in ihrer Heimat heute machen, wie Sie leben und so fort. Dann werden die Schüler Fragen stellen. Frau Schönen wird alles übersetzen; lassen Sie sich bei den Antworten ruhig Zeit."
Professor Boronow nickte zustimmend und schlug vor, als erster zu berichten.
Angela schaute wie gebannt auf den Mund der Dolmetscherin und spürte, wie sich zu der Unsicherheit auch eine wachsende Angst gesellte.
„Siehst aus, als solltest du hier wegen Diebstahl angeklagt werden, Aja. Mach ein anderes Gesicht. Es sind unsere Freunde; sie wollen uns helfen. Du wirst sehen, wir können gleich lachen. Denk daran, was ich dir gestern gesagt habe."
„Ja, Wladi, ich gebe mir Mühe."
Sie nahmen Platz und warteten. Von draußen hörte man den auf- und abschwellenden Lärm, den die Schüler verursachten; die Pause ging dem Ende zu. Die bedrückende Stille im Raum – nur vom nervösen Hüsteln des Lehrers Brosthaus unterbrochen – wurde dadurch noch deutlicher.
Angela sah sich hilflos im kahlen Raum um, fand keine Ablenkung; sie wollte ihre Gedanken beschäftigen, sie aus der klammernden Angst befreien.
„Was mache ich hier? Es ist nicht so ein Spaß, wie der Wladimir gemeint hat. Er weiß nichts von mir. Nein, keiner weiß, wie einsam ich mich fühle."
Eine Welle der Traurigkeit schlug über ihr zusammen und es hätte nicht viel gefehlt, dann hätte sie weinen müssen. In vielen einsamen Nächten war das so gewesen; dann hatte sie geweint, still, lange und war darüber eingeschlafen. Jetzt machte sie alle Anstrengungen, um ihre Trauer nicht zu zeigen, um gleichgültig auszuschauen.
Die unruhigen Hände von Hans Brosthaus, die nervös mit dem Schreibstift spielten, machten ihre Angst noch stärker. Sie verstand diesen jungen Mann nicht, fand keinen Zugang zu ihm, zu seinem Wesen.
Er blickte ihr nie in die Augen. Er lachte nicht, wie man lacht, wenn man sich freut. Mal war er liebenswürdig, zuvorkommend, dann wirkte er so überheblich, schweigsam und zurückhaltend.
„Du bist so – oder so", hatte ihre Mutter ihr beigebracht. „Wechsle nicht dein Wesen, du bist keine Schmetterlingsraupe."
Sie dachte an den gestrigen Abend. Sie hatten im Hotel gegessen und Mineralwasser getrunken. Während der ganzen Zeit war dieser Mann nervös gewesen, unruhig und ohne Lächeln. Sehr oft hatte er auf die Uhr gesehen; sie hatte keine Uhr und verstand seine Unruhe nicht.
Die Vielfalt auf der Speisekarte hatte Wladimir und sie verwirrt. Sie konnte nichts lesen, hatte die Übersetzung durch Marita Schönen, die mühsam nach den passenden Ausdrücken gesucht hatte, nur teilweise begriffen.
Wladimir hatte auf die erste Position gezeigt und zwei Finger erhoben. Es gab dann Schnitzel mit Pommes frites; sie hatte nur das Fleisch gegessen und ein paar der eigentümlichen, langen und dünnen Kartoffeln probiert. Es

hatte gar nicht so schlecht geschmeckt, nur fremd und ungewohnt.
Es war voll gewesen in dem Restaurant, und sie hatte die Blicke der Menschen gespürt, die von den Nebentischen zu ihnen hin sahen.
Festlich, wie eine Hochzeitsgesellschaft, hatten sie alle ausgesehen. So schöne Kleider hatte sie noch nie gesehen. Und die Männer trugen alle Krawatten, wie sie in Gurka nur der Bräutigam und der Brautvater trugen – aber nur am Hochzeitstag.
„Mein Kleid! Sie sehen immer mein Kleid an. Sollen sie doch, es ist mein bestes Stück", hatte sie trotzig gedacht und war doch so unsicher gewesen.
Brosthaus hatte sie während des ganzen Abends nicht einmal angesprochen. Wladimir hatte er zunächst ein wenig ausgefragt und wissen wollen, wie Smolensk aussehe, ob es eine typisch russische Stadt sei und wie man dort lebe. Er hatte nichts von ihnen selber, von ihrem Leben und dem Alltag wissen wollen.
Wladimir hatte geredet; sie war einfach zu müde gewesen und Smolensk kannte sie nicht. Wladimir war gut informiert über die Geschichte und Besonderheiten von Smolensk, streifte er doch den ganzen Tag durch die Stadt, besichtigte die historischen Gebäude und besuchte Museen und Kirchen.
„Wissen Sie, daß man Smolensk immer das ‚Tor Rußlands' genannt hat?", hatte er gefragt und Marita Schönen hatte wissend gelächelt.
"Meine Stadt", hatte Professor Boronow gesagt und sich sofort selber korrigiert. "Diese Stadt könnte man auch den ‚Hafen des Schwarzen Meeres' nennen, denn die Schiffe, die vom Schwarzen Meer kommen und den Dnepr hochfahren, bis nach Smolensk, die brachten der Stadt schon immer Reichtum. Unsere Altstadt ist schön, sehr gut restauriert und von einer prächtigen Stadtmauer umgeben. Wir Russen suchen gerne nach poetischen Namen und so sagen wir, sie sei ‚Die Schatzkette Rußlands' – was an den vielen Türmen liegt, die wie Perlen um die Stadt gereiht sind."
„So, so", hatte dieser Brosthaus ständig gesagt und wieder auf die Uhr geschaut.
Ihr waren immer wieder die Augen zugefallen; sie hörte die Stimmen wie durch einen dicken Nebel, wie er so oft über dem Ufer der Desna aufstieg. Schließlich bemerkte Wladimir ihre nicht mehr zu unterdrückende Müdigkeit.
„Entschuldigen Sie uns bitte. Wir sind ziemlich erschöpft von der Reise. Dürfen wir uns verabschieden?", hatte er gefragt und war ohne eine Antwort abzuwarten aufgestanden.
Auf dem Weg zum Zimmer war sie auf den gefühllos gewordenen Beinen mehr gewankt als gegangen. Sie hatte sich auch diesmal nicht gewehrt, als Wladimir sie zum Fahrstuhl zog.
Den kunstvollen Bettenbau ignorierend, war sie angezogen aufs Bett gesunken und in tiefen traumlosen Schlaf gefallen.

Die Tür der Aula wurde aufgerissen und Angela schreckte auf. Ein kantiger Riese stürmte herein, als würde er verfolgt. In dem breiten, roten Gesicht

leuchteten Hektikflecken und die Stirn glänzte vom Schweiß.
Sein dunkelblauer Anzug ließ die Fettpolster erahnen, mußte ihn an allen möglichen Stellen kneifen und zwicken. Das Jackett war weit geöffnet und auf dem hellblauen Hemd, dessen oberster Kragenknopf trotz der Krawatte offen stand, zeigten sich dunkelblaue Schweißflecken.
„Hallo! Und herzlich willkommen, liebe Freunde, in unserer Gesamtschule Albert Einstein. Seinem Namen wollen wir stets alle Ehre machen. – Ich hoffe, Sie hatten eine gute Reise?"
Er hatte mit dem Sprechen schon an der Tür begonnen und erreichte exakt beim letzten Wort das Podium. Mit ausgestreckten Händen, strahlendem Lachen und glänzenden Augen, stürmte er auf Angela zu, umfaßte mit beiden Händen ihre Rechte, drückte und schüttelte sie.
Sie lachte ihn an. Ja, dieses Lachen, diese Begrüßung gefielen ihr. Sie mochte den großen, schwergewichtigen Mann sofort.
„Sie sind Angela Pawlowska, nicht wahr? Wunderbar, daß Sie zu uns kommen konnten, liebe Frau Pawlowska", rief er.
Er hörte nicht auf, ihre Hand zu schütteln, lachte und schwitze. „Entschuldigen Sie, liebe Frau Pawlowska, daß ich mich verspätet habe. Der Streß! Also, ich bin Dr. Erwin Kullog, Leiter dieser Gesamtschule", sagte er, drehte sich suchend um die Achse, fand Professor Boronow und strahlte ihn an.
„Und Sie – Sie müssen dann ja wohl der berühmte Professor Wladimir Iljitsch Boronow aus Moskau sein. Eine Ehre für unsere Stadt, für unsere Schule – und natürlich für mich. Herzlich willkommen, lieber Professor! Herzlich willkommen in unserer Schule!", rief er und schüttelte – noch länger als bei Angela – die zögernd ausgestreckte schmale Hand des Professors.
„Aus Smolensk!"
„Wie?"
„Nicht aus Moskau, aus Smolensk, sind wir angereist", sagte Professor Boronow und lächelte bitter.
Marita Schönen dagegen übersetzte mit einem schadenfrohen Lächeln.
„Aha! Nun ja, das macht nichts, oder? Rußland ist riesig groß, was? Und eine Stadt ist wie die andere. Hauptsache, Sie haben gut hergefunden."
Er drehte sich zu Hans Brosthaus herum, der beobachtend im Hintergrund stand; er hatte Marita Schönen den Vortritt gelassen, die schnell und flüssig übersetzte.
„Nun, Hans – äh – Brosthaus? Ich kann davon ausgehen, daß Sie alles im Griff haben? Hotel, Presse und was sonst noch? Natürlich, wie immer, alles bestens geregelt, was?"
„Ja, Herr Dr. Kullog, es ist alles in Ordnung."
„Wunderbar! Dann wollen wir loslegen. Holen Sie die Schüler rein, Frau Schönen, ich habe – leider, leider – nicht viel Zeit. Ich muß gleich zur Kreisschulleiterkonferenz. Aber die offizielle Begrüßung will ich mir doch nicht nehmen lassen. Wir sehen uns später beim Empfang wieder. Beim Bürgermeister."
Die beiden großen Türen flogen auf, klatschten an die Wand und mit Lärm

und Gelächter stürzten Jungen und Mädchen herein. Sie füllten die Reihen von hinten auf und in der Mitte des Raumes blieben etliche Plätze frei.
Die Schüler der Projektgruppe gingen sofort nach vorne, besetzten die ersten Reihen; sie trugen alle einen auf dem PC erstellten, gelbschwarzen Sticker auf der Brust: „Zwangsarbeiterentschädigung – jetzt!".
Sie setzten sich schnell, legten Mappen und Stifte auf die Tische und blickten sich nicht einmal zu den Mitschülern um.
Tim saß neben Conny in der ersten Reihe. Beide betrachteten neugierig die russischen Gäste, von denen sie nur die Oberkörper sehen konnten.
„Sie sehen gar nicht so alt aus", flüsterte Conny.
„Sie nicht, aber er. Er hat tausend Falten und sie keine einzige", flüsterte Tim zurück.
„Du siehst nur die Falten. Ich meine ihre Augen."
Angela musterte die Jugendlichen der zwölften Jahrgangsstufe, die beim Eintreten nur einen kurzen Blick zum Podium warfen.
Sie sahen alle sehr erwachsen aus, dachte sie. Die Jungen waren zumeist groß und schlank, trugen Jeans und T-Shirts mit bunten Aufdrucken; ihre Frisuren waren oft kleine Kunstwerke; teilweise grün und blau gefärbte, mit Gel zu Stacheln geformte Haare fesselten ihren Blick.
Die Mädchen, die fast ausschließlich Jeans und bauchfreie Tops trugen, zeigten mehr oder weniger deutlich die gut geformten Brüste und gepiercten Bauchnabel.
„Sie sehen so anders aus, als meine Kinder in Gurka", dachte sie. „Sie müssen alle sehr reiche Eltern haben. Und schön sind die Kinder – nein, es sind schon richtige Frauen."
„Setzen, setzen!", rief Dr. Kullog ungeduldig. „Kinder, ich habe wenig Zeit. – Also, liebe Gäste aus Rußland. Äh … Nun, ich habe veranlaßt, daß wegen der Bedeutung des Themas – und weil wir ja auch selten von so weit angereiste Gäste haben – äh … Was wollte ich sagen? Nun, deshalb haben wir heute den Normalunterricht kurzerhand ausgesetzt und alle Schüler der Stufe, die im nächsten Jahr ihr Abitur machen werden, in die Aula gebeten. Ich glaube, liebe Kinder, daß ich diesen Tag ruhig als einen historischen Tag für unsere noch so junge Gesamtschule bezeichnen darf."
Die Stimme von Dr. Kullog wurde während seiner Ansprache automatisch lauter, je stärker der Lärm im Auditorium anschwoll. Jetzt trat er etwas zur Seite und wendete sich den Gästen aus Rußland zu.
„Ruhe, bitte!", rief Lehrer Brosthaus mit mahnender Stimme, als der Lärm in den hinteren Reihen nicht abnehmen wollte; seine Blicke spießten gezielt drei oder vier besonders laut lachende Jungen auf.
Als der Lärm etwas nachließ, schritt Dr. Kullog erneut nach vorne, federte auf den Zehenspitzen, fixierte die Schüler in der ersten Reihe.
„Ähm! Liebe Frau Angela Pawlowska, sehr geehrter Herr Professor Boronow, ich begrüße Sie hier im Namen unserer Schule, des Lehrerkollegiums und der Schüler sehr herzlich. Wir wollen Ihnen hier einige angenehme Tage bereiten. Die gesamte Leitung dieser Aktion hat unser bewährter Kollege Hans Brosthaus, der mein vollstes Vertrauen besitzt. Da ich gleich weiter

muß – dringende Termine lassen mir keine Wahl –, wird Herr Brosthaus gleich die Diskussion leiten."
Er machte die eingeplante Klatschpause, die aber nur sehr zögernd, fast ausschließlich von den Schülern in den ersten Reihen, genutzt wurde.
„Ich darf an dieser Stelle anmerken, daß es zahlreiche Spenden gegeben hat, die Ihre Anreise und Unterbringung, liebe Gäste aus Rußland, erst ermöglicht haben. An erster Stelle nenne ich da die Gewerkschaften, dann unsere Sparkasse, auch die hiesigen, im Rat vertretenen, Parteien, den Stadtrat und – last, but not least – unsere Firma TUG. Die dürfen wir zwar keinesfalls als Nachfolger der damaligen Textilfirma DTG betrachten – äh, rein rechtlich, meine ich – aber sie hat es sich nicht nehmen lassen, mit einer großen Spende, was ich als sehr noble Geste betrachte, zum Gelingen des Projektes beizutragen."
Dr. Kullog mußte sich nun mehrfach räuspern, das Taschentuch über die Stirn ziehen und sichtlich nachdenken. Nach einem blitzschnellen Blick auf die Armbanduhr straffte er sich und lächelte.
„Nun, auch das ist ein Stück unserer Stadtgeschichte. Sicher … äh … nicht immer ein rühmliches Stück. Jedenfalls … Die Vorgängerfirma DTG, also die Deutsche Textil und Garn, die Sie, verehrter Herr Professor, ja kennen gelernt haben, gibt es schon seit 1949 nicht mehr. Insofern können wir uns alle ganz unbelastet und frei mit dem Thema Zwangsarbeit beschäftigen."
Frau Schönen ließ bei der Übersetzung einfach den letzten Satz weg; sie hatte dabei keine Gewissensbisse.
„Kennen lerrnen ist nich meglich gewesen. Ich mussen arrrbeiten in Lager von Faabrrick. Ich sonst nix kennen von Faabrrick. Man nicht durrfte gähen, wo man wollte hiin", sagte Professor Boronow.
Die Überraschung war perfekt. Der Russe sprach deutsch! Marita Schönen lief puterrot an, Projektleiter Brosthaus rollte verzweifelt mit den Augen und Dr. Kullog blieb für einen Moment der Unterkiefer hängen. Doch dann hatte er sich wieder in der Gewalt.
„Oh, lieber Professor! Sie verstehen und sprechen unsere schöne deutsche Sprache? Und so gut! Da können Sie unsere großen Dichter und Schriftsteller noch viel mehr genießen. – Und das wird den Meinungsaustausch erleichtern, nicht wahr? Was Sie eben sagten, gehört ja ohnehin schon zu ihrem Erfahrungsbericht, den wir gleich hören werden."
Und an die Schüler gewandt, fuhr er fort: „Nun, wie ihr alle wißt, haben wir uns diese Gäste eingeladen, damit sie uns zu unserem Projekt etwas erzählen, damit wir hautnah begreifen, wie berechtigt die Forderungen der ehemaligen Zwangsarbeiter sind."
Er warf einen scharfen, fordernden Blick auf die Schülerinnen und Schüler in den hinteren Reihen, die sich gelangweilt auf den Plätzen rekelten.
„Der Herr hier links", er zeigte hinter sich, „Professor Wladimir Iljitsch Boronow und rechts seine Verwandte – Angela Pawlowska – waren Zwangsarbeiter in unserer schönen Stadt. Beide wurden fast vier Jahre lang, während des 2. Weltkrieges, von 1941 bis 1945, – sie waren noch Kinder, äh … deutlich jünger jedenfalls als ihr – hier festgehalten und mußten als

Zwangsarbeiter schwer arbeiten. Und! – Sie erhielten nie eine Entschädigung für ihre Arbeit. Und darum geht es hier – nur darum! Wir …“
„Ich denke, es geht um mehr“, rief Tim Körner sehr laut.
„Tim!“, rief Hans Brosthaus und stand auf.
„Rote Socke!“, schrie ein Junge aus den hinteren Reihen.
„Nun, nun, junger Mann! Tim Körner, nicht wahr?“, sagte Dr. Kullog mit Gönnerstimme. „Das überlassen Sie mal ruhig den Leuten, die hier den Überblick haben. – Ich fahre fort. Wir wollen an alle betroffenen Firmen in Deutschland appellieren, endlich das versprochene Geld auszuzahlen. Es geht also nicht vorrangig um die heimischen Firmen. Ich wollte sagen, äh … Also, man könnte dieses Projekt auch durchführen, wenn es gar keine Firma mit Zwangsarbeitern am Ort gegeben hätte.“
„Aber es gab sie! Und Hunderte Zwangsarbeiter sind hier umgekommen!“, rief Conny Berger.
„Rote Strumpfhose!“, schrie derselbe Junge.
„Brauner Sumpf!“, rief Conny und drehte den Kopf nach hinten, um den Zwischenrufer zu erkennen.
„Genau!“, bestätigte Tim Körner.
„Na, na! Bitte Ruhe! Nun, äh … wir wollen hier keine Grundsatzdiskussion führen, nicht wahr, Herr Brosthaus? Solche Auseinandersetzungen gehören ins Vorfeld des Projektes, nicht wahr, Herr Brosthaus?“, sagte Dr. Kullog und aus seiner gemütlichen Stimme war eine Eisbrecherstimme geworden. Er reckte sich hoch auf, ließ den Blick durch die Aula schweifen, hängte ihn am hintersten Fenster auf und stellte fest: „Jedenfalls weist uns der Name des Projektes das Ziel. Ihr seht, wie alt diese ehemaligen Zwangsarbeiter schon sind. – Äh! – Ich meine, man darf es nicht länger hinauszögern.“
Die meisten Jungen und Mädchen saßen bewegungslos da, starrten die Fremden ohne sonderliches Interesse an. In den hinteren Reihen drückten die Gesichter Langeweile, offen zur Schau getragenes Desinteresse, teilweise auch deutliche Ablehnung aus.
Sie lagen auf ihren Stühlen, hatten die Beine lang ausgestreckt, die Hände tief in den Taschen vergraben, und schoben die Kaugummis von einer Backe in die andere.
Einige Mädchen spielten gelangweilt mit den Haaren, andere starrten sinnlos auf ihre Notizblöcke oder tuschelten mit den Nachbarn. Zwei Mädchen tippten eifrig in ihre silberblauen Handys, hoben ab und zu den Blick, um die Lage zu sondieren.
Dr. Kullog machte eine Pause, um den Schweiß abzuwischen und bereitete dann seinen Abgang vor.
„Nun, meine lieben Gäste, muß ich mich leider verabschieden. Wir sehen uns ja heute Abend beim Bürgermeisterempfang wieder. Bis dahin – viel Vergnügen und ich hoffe, Sie werden manche ihrer Erinnerungen auffrischen können. Äh – also, ich meine, unsere Stadt hat sich verändert. Vielleicht entdecken Sie trotzdem …“
Mit großen Schritten verließ er das Podium, nahm den kleinen Absatz mit Schwung und warf die Tür mit einem Knall hinter sich zu.

„Uff!“, sagte Marita Schönen leise und Hans Brosthaus stand auf.
„Nun, ihr habt ja gehört, was unser Direktor gesagt hat. Hört genau zu, merkt euch, was gesagt wird, macht euch Notizen. Wir werden in der nächsten Woche eine Arbeit über dieses Thema schreiben“, sagte er.
„Eh! Wir doch nicht!“, rief ein Mädchen aus der letzten Reihe.
„Doch! Nach Absprache mit meinen Kollegen schreiben es alle Schüler dieser Jahrgangsstufe.“
Zunächst leise gemurmelter Unmut wurde immer lauter artikuliert und schließlich ertönte eine tiefe Jungenstimme: „Auch das noch! Ist das vielleicht eine Strafe für die von unseren Vorfahren verschuldete Zwangsarbeit?“
„Das könnt ihr nehmen wie ihr wollt“, antwortete Brosthaus, der den Sprecher nicht ausmachen konnte. „Ich weiß aus der Vorbereitung in meiner Klasse, daß einige unter euch nicht einverstanden sind mit diesem Projekt. Wir haben das ja ausführlich besprochen – und ich akzeptiere auch diese Sicht.“
„Auch die dicke braune Soße“, rief Tim.
„Nimm dich zusammen, Tim. Also! Die Mitglieder der Projektgruppe haben sich gefunden, weil sie alle – wie ich – der Meinung sind, daß das, was unsere Industrie im Augenblick veranstaltet, nicht gut und keinesfalls anständig ist. Die anderen Schüler bitte ich jetzt, aufmerksam zu lauschen und sich Notizen zu machen. Vielleicht ändert der eine oder andere nach dieser Stunde noch seine Meinung.“
Er setzte sich und zeigte auf die Gäste, die aufmerksam auf die Übersetzung gelauscht hatten.
„Wir wollen nun aber endlich unsere Besucher aus Rußland hören. Sie sind nicht hier, um von uns zu lernen, sondern wir wollen von ihnen etwas erfahren. Es beginnt Professor Wladimir Iljitsch Boronow. – Bitte, Herr Professor!“
„Oh, doch, Herre Brrosthaus! Ich lerrne gerrade – viel sogarr“, sagte Professor Boronow und lächelte.
Aber anders, als die Anwesenden wohl erwartet hatten, sprach er nun russisch. Er redete, nachdem er sich mehrfach geräuspert hatte, routiniert, fließend, ließ Marita Schönen an genau der richtigen Stelle Zeit für eine Übersetzung.
Das hier, sagte er lächelnd, das kenne er, könne auf jahrelange Erfahrung zurück blicken. In der Zeit am Moskauer Institut habe er ständig referieren und diskutieren müssen; seine Gäste seien meistens hohe Funktionäre gewesen, bei denen nur ein selbstsicheres Auftreten genügend Schutz gegeben hätte.
„Man wußte nie, ob man schon auf einer Liste stand, deren Mitglieder besonders beobachtet wurden. Man war sozusagen ständig in der Gefahr, sein Leben – oder mindestens seine Freiheit - zu verlieren. Oh ja, man lernte, mit der Gefahr zu leben.“
Von seinem Werdegang in der Armee als Offizier, der speziellen Ausbildung, der Stellung in der Wissenschaft – von allem erzählte er ausführlich. Die Zeit seit der Pensionierung bedachte er dagegen nur mit einem einzigen Satz:

„Danach habe ich mich zur Ruhe gesetzt, bin nach Smolensk gezogen, in die Nähe meiner alten Heimat, und dort genieße ich das schöne, aber ärmliche Leben eines russischen Rentners."
Er blickte zu den hintersten Bänken, lächelte die Schüler an, die gleichgültig zurück blickten. „Nun, es geben Fraggen?", sagte er auf Deutsch, mit weicher Stimme und einem starken, aber gefälligen Akzent.
Es gab keine. Hans Brosthaus blickte Tim an, aber der zuckte nur mit den Achseln.
„Nun ja", sagte Hans Brosthaus schließlich. „Dann wollen wir nun hören, was Frau Angela Pawlowska zu berichten hat. Sie ist, wie sie wissen, die Verwandte des Professors, ihr Leben hat aber einen ganz anderen Verlauf genommen. Bitte, Frau Pawlowska."
Alle Augen richteten sich auf Angela. Die Stille war beachtlich, man konnte hören, daß eines der Mädchen Buchstabenkombinationen ins Handy tippte und in der zweiten Reihe von einem Projektmitglied ein Blatt gewendet wurde.
„Also, ich bin Angela", sagte sie leise und sah Marita Schönen an, die aufmunternd lächelte und übersetzte.
Wieder dauerte es, bis sie sich durchringen konnte. Sie schloß die Augen, sah ihr Dorf, die Gänse, Hühner, Ziegen und Schweine, die Kinder des Petrovitsch, die barfuß, in Unterhosen oder dünnen Kleidchen, zur Desna rannten und fröhlich lachten. Was sollte sie diesen Schülern, die so ganz anders aussahen als ihre Jungen und Mädchen in Gurka, nur sagen?
„Sind es überhaupt noch Kinder? Wie spreche ich mit ihnen? Wie mit Erwachsenen?", überlegte sie und suchte verzweifelt den Anfang.
Lange dachte sie an die Kinder im Dorf, fragte sich, woran sie Spaß hatten und ihr wurde klar, daß sie unbedingt etwas aus ihrem schönen Dorf berichten mußte. Ein Bild wollte sie diesen Schülern geben, einen Eindruck vermitteln vom alten und stillen, wenn auch ärmlichen, Leben in Gurka.
„Nun, ich komme aus einem kleinen Dorf mit sehr alten Häusern", sagte sie schließlich und lächelte, als sie das Bild ihres Dorfes vor Augen hatte. „Fast alle sind blau oder grau und meines sieht genau so aus wie alle anderen Häuschen im Dorf. Gut, es regnet manchmal rein in diese Holzhäuser, aber das ist kein Weltuntergang. Die Nachbarn sind gut und flicken mir das Dach. Abends, wenn die Sonne untergeht und alle Arbeit getan ist, sitzen wir oft zusammen und reden miteinander."
„He! Was wird das?", ertönte eine Stimme im Hintergrund. „Romantik und Kitsch nach Art der Russkis?"
„Ruhe!", rief Marita Schönen und übersetzte den Zwischenruf nicht.
„Meine Gänse sind in diesem Jahr besonders fett geworden", sagte Angela und ihr rundes Gesicht strahlte. „Ich weiß nicht warum. Es war so trocken im ganzen Sommer und trotzdem haben sie sogar fleißig Eier gelegt. Die älteste Sau, meine Saranka, wird bald werfen." Hier machte sie eine längere Pause und Marita Schönen übersetzte mit hochrotem Kopf.
Das brüllende Gelächter der Schüler – besonders der Jungen – dröhnte Angela in den Ohren; die Jungen klatschten sich vor Begeisterung auf die

Oberschenkel, während die meisten Mädchen nur grinsten.
Die beiden, bis dahin völlig abwesenden, Mädchen unterbrachen sogar ihren SMS-Dialog, stießen sich an und zeigten mit dem Kopf auf Angela.
„Eh, Udo! Ihr habt doch auch Schweine. Wie viele? Tausend? Sogar mehr? Wie heißt eure Hauptsau eigentlich? Oder habt ihr gleich mehrere?“, schrie ein dicker Junge aus der drittletzten Reihe. Das ließ erneut alle laut losprusten.
„Ruhe!“, rief nun Brosthaus und stand auf.
Angela lächelte; sie verstand die Heiterkeit nicht, aber sie lachte halt auch gerne, und Menschen, die lachen, hatte ihre Mutter gesagt, die tun nichts Böses. Sie beschloß, trotz der Unruhe fortzufahren.
„Meine Nachbarn sind sehr nette Leute. Sie helfen mir auf dem Feld; ich kann mich nicht mehr so gut bücken, seit damals in Deutschland. Sie haben mir mit einem Knüppel den Rücken“ – sie stand mühsam auf, drehte sich um und zeigte mit der rechten Hand auf die Mitte des Rückens – „da, ungefähr da, die Rückenwirbel zerschlagen. Ich hatte etwas zum Essen gestohlen. Ja, sonst weiß ich nicht viel zu sagen.“
Einige Schüler lachten verlegen über Angelas Bemühungen, ihnen den kaputten Rücken zu zeigen. Aber es wurde still, als die Dolmetscherin, mit verzweifeltem Blick zur Decke, die Erzählung wiederholte.
Lehrer Brosthaus stand auf und blickte mit finsterem Gesicht über die Köpfe. „Was ist hier eigentlich los? – Irgendwelche Fragen?“
„Habt Ihr auch ‘ne Disko im Dorf?“, rief eine piepsige Stimme aus dem Hintergrund und löste ein befreites Lachen aus.
„Paulsen, das reicht! Das werden wir nicht übersetzen und du stellst heute keine Frage mehr, verstanden?“
„Jawohl, Herr Lehrer!“, kam es mit einem sehr süffisanten Unterton zurück.
„Wer hat ernsthafte Fragen zu der Erzählung von Frau Pawlowska?“, sagte Brosthaus, sah sich fragend und gleichzeitig drohend um
Drei Arme streckten sich in die Luft. Ganz vorne in der ersten Reihe, aus der Projektgruppe, waren es Tim Körner und Petra Halsig, und weiter hinten schlackerte Frank Wuttke seinen rechten Arm und lächelte dabei vertrauenserweckend.
Warum es ihn juckte, Tim eins auszuwischen, das wußte Hans Brosthaus nicht. Vielleicht war es das Lächeln von Petra, das ihn wieder einmal fesselte. Jedenfalls zeigte er auf sie und lächelte zurück. „Petra, fang du an.“
„Sind Sie Kommunistin? Oder waren Sie es vorher? – Ich meine, vor der Perestroika?“, fragte Petra und schaute sich Beifall heischend um; sie hatte sich zuvor mit der Gruppe abgesprochen und die Frage auf dem Notizblock notiert. „Was halten Sie überhaupt vom Kommunismus?“, schob sie nach einer kleinen Pause nach.
„Ach – ich weiß nicht. Kommunisten und nicht Kommunisten? Wir hatten sehr heiße Sommer ohne Regen, da war die Ernte schlecht, und warme Sommer mit Regen, da war sie auch schlecht. Wir hatten Kommunisten, die waren schlecht, und wir hatten Kommunisten, die waren gut. Kommunist ist nicht Kommunist. Aber mich … Nein, mich hat nie einer gefragt, ob

ich in die Partei wollte. Weil, ich bin doch ein Nichts; mich brauchten sie nicht. Ich bin nur die Angela, die in der Kolchose gearbeitet hat, solange sie da war, und die jetzt ihr Haus ordentlich hält – und jeden Abend, für alle Menschen, die sie kennt, betet. Ich weiß nicht genau, was ein Kommunist macht. – Ach, ich bin eine einfache Frau. Meine Mamotschka sagte immer, wir in Gurka hätten keinen Weitblick, was daran läge, daß unser Land so hügelig wäre und wir nicht gewohnt wären, weit voraus zu sehen. Ich weiß nichts über Politik."

Jetzt entstand wieder Unruhe; Füße scharrten, Köpfe drehten sich zueinander, es murmelte, raunte, brabbelte quer durch die Reihen.

„Ruhe!", rief Brosthaus erneut. „Ich bitte euch, benehmt euch gegenüber unseren weit gereisten Gästen anständig."

„Ich war in den letzten Weihnachtsferien in Kapstadt, das ist doch wohl weiter weg", ertönte eine Stimme aus der letzten Reihe.

Der Zwischenrufer, ein kleiner drahtiger Junge mit militärisch kurzem Haarschnitt schaute sich grinsend um, ließ sich von den begeisterten Kameraden auf die Schultern klopfen.

„Mit dem Flugzeug, für das deine vermögenden Eltern dir einen bequemen Platz gebucht hatten, nicht wahr, Grundmann? Das willst du nun vergleichen? Oder was soll deine dumme Bemerkung?", fragte Marita Schönen.

„Die sollen bloß nicht so tun, als ob sie eine schwierige Reise hinter sich hätten", antwortete der Schüler. „Wir wollen demnächst nach St. Petersburg und die Stadt besichtigen. Na und? Wir leben im 21. Jahrhundert und da ist Reisen selbstverständlich."

Wieder füllte dröhnendes Gelächter den Raum. Das ließ Brosthaus vor Wut rot werden und Angela blickte verlegen und unsicher umher.

Wladimirs Augen funkelten zornig. Er stand auf, sah den Sprecher und die lachenden Schüler streng an; trotz der Kleinwüchsigkeit beherrschte er sofort die Lage; es wurde still.

„Ich mussen saggen, daß ich verstehe alles. Ich nicht gutt sprechen, abber gutt hörren. Warrrum ihrr so sprrechen?", fragte Wladimir sehr laut.

„Es reicht!", rief Brosthaus noch einmal und stand ebenfalls auf. „Tim, deine Frage bitte."

„Liebe Frau Pawlowska, ich …"

„Habt ihr gehört? ‚Liebe Frau Pawlowska!' Warum nicht gleich … Äh … Wie heißt sie noch? Angeldingbums!"

Brüllendes Gelächter belohnte den anonymen Zwischenrufer. Sie lachten, schlugen sich auf die Schenkel und gegenseitig auf die Schultern. Die Mädchen grinsten und strichen sich die Haare aus dem Gesicht.

„Jetzt reicht es!", rief Hans Brosthaus.

„Lassen Sie die doch", unterbrach ihn Tim. „Mit solchen Hasenhirnen muß man sich nicht abgeben. Die würden ja sogar noch eine Stunde lang über ihren eigenen Tod lachen, weil sie ihn nicht mitgekriegt haben. Noch einmal: ich habe aufmerksam zugehört, als Sie geschildert haben, wie Sie und die anderen in Ihrem Dorf leben. Wie hieß es noch?"

„Gurka, Tim", sagte Marita Schönen.

„Ach ja, Gurka. Ja, also, wie Sie in Gurka leben. Bitte, nehmen Sie es mir nicht übel, wenn ich – und sicher auch andere hier – den Eindruck haben, daß Sie sehr bescheiden, um nicht zu sagen ärmlich, leben.
„Nein", sagte Angela nachdem Marita Schönen übersetzt hatte. „Nein, es ist gut, daß du das fragst. Und es ist wohl so, wenn ich sehe, wie ihr hier lebt. In dieser Stadt, im Hotel und überhaupt. Eure Straßen … Die unzähligen Autos. Niemand in unserem Dorf hat ein Auto. Ach, es sind so viele Dinge. – Und eigentlich müßte es ja wohl anders sein, ganz anders", sagte sie mit einem schelmischen Lächeln. „Deutschland, dieses reiche Deutschland hat den Krieg verloren und unser armes Rußland war der Sieger – oder auch nicht. Und wir sind ein riesiges und armes Land; wenigstens wir Menschen, die in den Dörfern wohnen und weder eine Arbeit noch Geld haben."
„Das stimmt", sagte Tim und stand jetzt auf. „Und das ist auch schon ein Teil meiner Frage: Sie haben ja schon einen winzigen Teil von unserem Land gesehen, sind mit dem Zug durchgefahren, haben unsere Stadt ein wenig gesehen. Wie denken Sie darüber? Das reiche Land, das ihr Land 1941 überfallen hat und dagegen Ihr Land und Ihre – nun, sagen wir mal, ärmlichen Verhältnisse?"
Angela überlegte einen Augenblick und dann hellte sich ihr Gesicht auf: „Wie heißt du?"
„Tim, Tim Körner", sagte Marita Schönen.
„Ah! Tim also. Unsere Kinder heißen anders, aber in jedem Land nennt man Kinder eben so, wie man es mag. Jedes Land ist anders und seine Menschen sind es auch. Und ist es nicht egal für diese Menschen, wie reich ihr Land ist? Für mich und meine Nachbarn ist es wichtig, daß wir genug zu essen haben, gesund sind und damit sind wir glücklich."
„Und Wodka! Trallala!", schrie es aus den hinteren Reihen, als Marita diesen Teil übersetzte.
„Ihr seid widerlich!", sagte Marita mit verächtlichem, angewidertem Gesicht. „Ihr müßtet eigentlich jeden Morgen kotzen, wenn ihr euch im Spiegel betrachtet. – Bitte machen Sie weiter", sagte sie zu Angela.
„Ob ich ein Schlafzimmer mit kostbaren Möbeln brauche, wie in diesen Hotels? Ich sage: Nein! Brauche ich Kleider und Wäsche wie diese Mädchen und Frauen, die ich auf der Straße sehe? Ich sage: Nein! Ob wir solche Musik, solche riesigen Fernseher und solche Straßen wirklich brauchen? Ich sage: Nein!"
„Aber manches hier wäre doch auch für Sie sinnvoll und …", warf Tim ein.
„Ach ja, vielleicht. Vielleicht auch nicht. Wünsche erzeugen Wünsche, hat meine Mamotschka immer gesagt. Heute brauchst du dies und morgen wünscht sich dieses herbei gewünschte Ding selber etwas und so geht es weiter. Nichts! Nichts würde mich glücklicher machen, als es mein kleines, einfaches Gurka tut. Verstehst du, was ich dir sagen will, Tim?"
„Ja, ich denke, ich habe Sie völlig verstanden."
Der Arm in der hintersten Reihe schlackerte auffällig, drängte heftig und die Finger schnalzten dazu ohne Pause.

„Ja, ja! Wuttke, du bist dran mit deiner Frage. Ich warne dich!“
Frank Wuttke stand langsam auf und er lächelte noch immer. „Angela, so heißen Sie doch, oder? Sind Sie wirklich so arm? Würden Sie sich selber als arm bezeichnen? Mal abgesehen von diesem Gesülze über Glück und so.“
Das Wort ‚Gesülze' ließ bei Hans Brosthaus die Augenbrauen hoch schnellen. Er runzelte ärgerlich die Stirn.
Professor Boronow schien eine Falle zu spüren, fürchtete offensichtlich eine Attacke. Er beugte sich vor, fixierte den Sprecher, versuchte seine Augen einzufangen.
Marita Schönen überlegte lange, bis sie die Fragen übersetzte.
„Ich arm?“, fragte Angela. „Warum soll ich arm sein? Ich habe gerade gesagt, daß ich glücklich bin. Wer ist denn ärmer? Der, der sich keine zehn Paar Schuhe leisten kann? Oder der, der jeden Tag krank, traurig und unglücklich ist?“
„Geld macht nicht glücklich, aber ohne wäre man doch viel unglücklicher“, versuchte sich Frank Wuttke an dem alten Sprichwort.
„Na gut, man muß leben können. Ich bekomme nur eine kleine Rente. Gerade einmal neunhundertdreißig Rubel gibt man mir. Davon kann man nur sehr schlecht leben.“
„He! He! So viel?“, rief Frank Wuttke. „Das sollten Sie mal einer Witwe bei uns erzählen; die würde staunen über so einen Reichtum.“
„Wuttke, du hast keine Ahnung“, rief Marita Schönen. „Das sind gerade mal sechsunddreißig Euro, mein lieber Wuttke. Und jetzt nenn du mir einmal eine deutsche Witwe, die sich über diesen Reichtum freuen würde. – Aber so geht das, wenn man keine Ahnung hat, aber ständig seinen Schnabel aufreißt, weil man sich für so toll und cool hält.“
Mit verlegenem Lächeln legte sich Frank Wuttke zu seinem Freund rüber und tuschelte hinter vorgehaltener Hand.
„Zum Glück habe ich ein paar Tiere, die mir helfen, jeden Tag satt zu werden. Ich habe ein paar Gänse, einen Stall voller Hühner, zwei Schweine, eins davon ist die trächtige Saranka, die bald Ferkel werfen wird, zwei Ziegen, ein kleines Stück Land, ein Haus und sehr, sehr liebe Nachbarn. Allerdings bekommt der Petrovitsch, also mein Nachbar, immer einige von den Ferkeln, weil ihm gehört der Eber Gogol.“
Marita Schönen übersetzte sichtlich gequält, brachte mit Anstrengung sogar den Eber Gogol des Petrovitsch heraus. Und wieder ging es los, das Lachen nahm kein Ende. Man hätte meinen können, in einem Lustspiel zu sitzen.
„Reißt euch zusammen, ihr Arschlöcher!“, rief Tim.
„Schnauze, du Schmachti!“, schrie einer zurück.
Angela begriff endlich, daß die Schüler sie verlachten, sie und die Tiere, sie und die geliebte Heimat. Trotzig raffte sie sich auf, dehnte den schmerzenden Rücken, um größer zu erscheinen.
„Ja, freut euch nur; ich freue mich auch. Alles das ist meine Heimat und ich liebe sie. Ich liebe meine Tiere, mein Dorf und meine Nachbarn; ich habe doch sonst nichts. Lacht ihr darüber? Die Arbeit ist schwer; jeden Tag vom Hellwerden bis zur Dunkelheit muß ich arbeiten. Lacht ihr darüber? Unser

Land ist arm, unsere Böden sind schlecht. Lacht ihr darüber? Aber ich klage nicht, oh nein! Meine Nachbarn sind gut und lieb. Wir mögen uns; es gibt keinen Streit – höchstens mal über weggelaufene Ziegen, und wer sie einfangen muß. Aber da lachen wir am Abend schon wieder drüber, wenn wir ein Glas Kwas zusammen trinken. – Ja, lacht ihr nur. Ich glaube … Ich glaube, ihr wißt nicht, was Heimat und Liebe ist. Darüber kann man nicht lachen, das ist traurig."

„Es sind unreife, pubertierende Kinder", sagte Marita Schönen auf Deutsch und Russisch. „Sie haben recht, es sind traurige Zustände. Entschuldigen Sie, liebe Angela."

„Danke dafür, Frau Schönen", sagte Petra Halsig. „Ich schäme mich, diese Idioten zu kennen."

„Super! Klasse, Petra!", rief Tim und zu Angela gewand: „Können Sie uns sagen, was Kwas ist?"

„Einen Moment, bitte", sagte Marita Schönen zu Angela und hob die Stimme. „Ich kann es euch auch selber sagen. Kwas ist so eine Art Leichtbier. Es wird aus vielen verschiedenen Sachen gemacht. Aus altbackenem Roggenbrot, Weizen oder Gerste. Dazu kommen Zucker und Hefe. Oft wird auch Honig zugegeben. Das alles läßt man gären und gibt verschiedene weitere Dinge hinein, von Rosinen bis Fruchtsirup. Es gibt unendlich viele Rezepte und viele sind schon uralt. Den besten Kwas macht man angeblich aus Weizen."

„He! Die Russkis haben noch nichts vom Reinheitsgebot gehört. Die sollten mal unser Kölsch probieren, dann wüßten die, was Sache ist. Sollen wir denen auch noch Kultur beibringen?", rief einer der Freunde von Frank Wuttke.

Das ergab zustimmendes Lachen und einige unverständliche Zwischenrufe.

„Ich glaube, daß wir den Russen schon eine Menge beigebracht haben. Zum Beispiel, was Mord und Totschlag, was Folter und Qualen heißt. Wenn du, Bernd, allerdings meinst, daß wir mit dem Kölsch den Kulturgipfel erklommen haben, dann zeigt das nur, was du für ein Verständnis von Kultur hast", entgegnete Marita Schönen.

„Kannten die schon vor uns – Mord und Totschlag und so!", schrie Bernd, und seine Stimme überschlug sich dabei.

Die Schüler schwiegen und an einigen Gesichtern konnte man sogar ablesen, daß sie nicht unbedingt mit dem Zwischenrufer Bernd übereinstimmten.

Angela wartete einen Moment, bis Ruhe herrschte und fuhr fort: „Also, die Nachbarn. Nachbarn sind besondere Freunde. Sie helfen, ich helfe. Sie lachen, ich lache. Wir erzählen alle eine Geschichte und dann lachen wir. Ich habe keine großen Wünsche, außer, daß es Tage ohne Schmerzen geben sollte; nur ein paar Tage. Ich bin glücklich und darum sage ich: Ich bin reich, sehr reich. – Ach, und manchmal lächelt die Glücksgöttin, wenn am Morgen die Sonne hinter den Hügeln aufgeht, besonders warm. Dann schickt sie mir zu allem Glück des Tages auch noch einen lieben, lange vermißten Menschen."

Schon während der Übersetzung lachten einige in den hinteren Reihen. Frank Wuttke lachte nicht. Er stand wieder auf, sah sich um, fragte die Kameraden still ab und drehte sich zu Angela um.
„Wenn Sie nicht arm sind, wenn Sie glücklich sind, wie Sie selber sagen, warum kommen Sie dann zu uns, um Geld zu erbetteln? Ein eigenes Haus hat hier noch lange nicht jeder. So viele Tiere wie Sie hat mancher Bauer bei uns nicht. Sie sind reich, sagen Sie. Also, was wollen Sie dann hier?"
In das zustimmende „Genau!" und „So ist das!", rief Hans Brosthaus: „Wuttke, jetzt reicht's! Ich hätte es wissen müssen! Raus! Sofort raus! Kein Wort mehr – und du kommst nach der Pause ins Lehrerzimmer!"
„Seit wann haben wir Rede- und Frageverbot an dieser Schule? Ich werde das öffentlich machen", rief Frank Wuttke in den anschwellenden Lärm.
„Bravo! Wir sind deine Zeugen", rief eine grelle Mädchenstimme.
„Das ist diese kleine Gruppe um den Wuttke. Die haben das abgesprochen und vorbereitet. Schlimm ist nur, daß der ganze unbedarfte Rest da einfach nachläuft. Was sind das für Idioten! Wirf sie endlich alle raus – alle!", sagte Marita Schönen zornig zu Brosthaus; sie übersetzte nicht, saß wie versteinert und ihr sommersprossiges Gesicht wirkte grau.
„Vier Mann genügen, um fast den ganzen Rest des Jahrgangs mitzuziehen! Keiner ist dabei, der sich dagegen stellt", flüsterte Brosthaus resigniert zurück.
„Doch! Oh doch! Sieh dir die Projektgruppe an. Ist das nicht ein Hoffnungsschimmer?", flüsterte Marita Schönen.
Professor Wladimir Boronow stand langsam auf, trat hinter Angela und faßte ihren Arm. Er blickte herunter auf die Jugendlichen, die sich unterhielten oder kopfschüttelnd zum Podium zeigten.
„Komm, Aja. Es ist genug an Hohn und Spott. Du mußt das nicht ertragen. Ich hatte Unrecht; der Krieg ist noch nicht vorbei. – Und ich hatte recht; es ist noch in den Köpfen, sie haben es ihnen vererbt. Komm, wir müssen gehen."
„Warum? Was ist denn? Die Kinder wollen von uns hören. Laß sie doch fragen; ich habe keine Angst vor den Fragen und dem Lachen. Es sind nur wenige, die so sind. Ich habe nie etwas Böses getan, außer einmal stehlen, weil du Hunger hattest. Ich kann immer antworten. Laß sie lachen. Sie wissen nichts, nichts wissen sie. Ich werde es ihnen sagen."
Den gesamten Dialog übersetzte Marita Schönen, wortgetreu und sehr betont. Professor Wladimir Boronow setzte sich, mit zweifelndem Blick den Projektleiter Brosthaus fixierend.
„Ich wollen nicht, daß man beleidigt diese Frrau. Sie sein werrtvoller als alle hierr zusammen. Diese hierr ..." Er schaute wieder die Schüler an und beendete den Satz nicht.
„Was sprichst du, Wladi?"
„Ich habe ihnen gesagt, daß wir nur noch wenig Zeit haben, sie sollen uns fragen."
„Bevor wir weitermachen, verlassen alle Schüler diesen Raum, die nicht Mitglieder der Projektgruppe sind. Ihr geht in euren Klassenraum und

schreibt eine Einschätzung – und Begründung – eures ungeheuerlichen Verhaltens. Ich will, daß ihr die fertigen Arbeiten nach Schulschluß euren jeweiligen Klassenlehrern vorlegt“, rief Brosthaus in die wieder aufkommende Unruhe hinein.
Sie lachten, schubsten sich, machten launige Bemerkungen; zeigten nicht das geringste Schuldbewußtsein, als sie lärmend den Saal verließen. Zurück blieben die Mitglieder der Projektgruppe. Keiner von ihnen hatte sich zu den Klassenkameraden umgesehen.
Hans Brosthaus wollte sich gerade wieder den Gästen zuwenden, als sich die Tür erneut öffnete und vier Männer eintraten.
„Die Presse! Mist!“, sagte er leise zu Marita Schönen. „Bloß gut, daß die den Eklat nicht mitbekommen haben.“
„Aha! Die Presse gibt sich – etwas spät, meine Herren – die Ehre. Bitte nehmen Sie Platz“, rief er. Er lächelte die Männer freundlich an, war bemüht, einen ungezwungenen Ton anzuschlagen.
„Wir sind aufgehalten worden. Entschuldigung. Kann uns jemand nachher eine Zusammenfassung des bisher Besprochenen liefern?“, fragte Klaus Schmitz.
„Tim Körner“, sagte Hans Brosthaus und zeigte auf den Jungen in der ersten Reihe, „Er ist der interne Projektverantwortliche. Er wird Ihnen nach diesem Gespräch die wichtigsten Informationen geben. Sie haben ja einiges verpaßt.“
Und zu Tim gewannt, sagte er deutlich leiser: „Faß das aber kurz zusammen, ja? Und nur die wirklich wichtigen Sachen, hörst du? Und nichts von Wuttke und seinen Kumpanen! Ist das klar?“
Tim sah seinen Lehrer zweifelnd an. „Man sollte aber doch …“
„Halte dich geschlossen, Tim!“
Zwei Presseleute hoben die Kameras, schossen rasch aufeinander folgend Fotos von den Leuten auf dem Podium. Professor Wladimir Boronow mußte sich neben Angela Pawlowska stellen, lächeln und dabei das Schild ‚OST’ vor die Brust halten.
„Fertig! Bis später!“ Die Fotografen nickten den Reportern zu und verschwanden.
Die beiden Journalisten setzten sich mit betont gleichgültiger Miene und lässigen Körperbewegungen hinter die Schüler.
„Bisher haben wir über die Herkunft unserer Gäste gesprochen, über ihr Alltagsleben. Ich bitte jetzt Professor Wladimir Iljitsch Boronow und anschließend Frau Angela Pawlowska, uns ihre Erlebnisse während der Zeit der Zwangsarbeit zu schildern.“
„Ja, also. Ich fange an. Es waren harte Jahre. Wir bekamen nur wenig zu essen und mußten viel arbeiten. Es war die Hölle hier, in der Textilfabrik. Als die Amerikaner kamen, wog ich noch ganze dreißig Kilo; das hat der amerikanische Arzt festgestellt, der uns alle gewogen hat“, sagte Wladimir leise auf Russisch, schaute dabei die Schüler aufmerksam an, war bereit, jedes Lachen gleich abzufangen.
„Ich war doch erst sechzehn Jahre alt, schwach und todkrank und mußte mit

dem Lazarettzug in die Heimat gebracht werden."
Als niemand lachte und er die konzentrierte Aufmerksamkeit der Jugendlichen sah, faßte er neuen Mut.
„Angela und ich wurden getrennt, als wir hier ankamen. Man verteilte uns auf Lastwagen. Sie sortierten uns nach Geschlecht, Alter, Gesundheitszustand. Angela kam zu der Gruppe, fast nur Frauen und Kinder, die bei Landwirten eingesetzt wurden. Sie hat geweint, als wir getrennt wurden. Sie hat immer nach mir gerufen; ich habe es noch im Schlaf gehört. Viele andere, meistens Jungen und Männer, mußten zur Textilfabrik, die hieß ‚Deutsche Textil- und Garnfabrik'. Die Wagen hielten vor einem Barackenlager, das wir später Rattenburg nannten. Wir lebten zu acht in einem Raum, auf schmutzigen Matratzen, die man einfach auf den Boden gelegt hatte. Es gab keinen Schrank und keinen Tisch. Wir waren so viele. Die Fabrik brauchte ständig Nachschub, denn es starben zu viele weg – besonders in der Färberei und in der Nachbehandlung."
Er machte eine Pause, faßte sich ans Revers, drehte den Orden um und betrachtete die Rückseite; er brauchte Zeit, um die auftauchenden Bilder ohne all zu große Emotion zu beschreiben.
„Wir gingen nur zum Schlafen in diese Rattenburg, die voller Läuse und Wanzen war. In der kurzen Freizeit, die wir hatten, standen wir lieber am Zaun und starrten hinüber zu den Häusern und zu den Menschen, die nicht weit von uns entfernt über die Straße gingen, aber meistens den Kopf wegdrehten, wenn sie uns da stehen sahen. Es war grausam, diese ‚normalen' Menschen in Anzügen und Kleidern zu sehen. Sie sahen gesund und zufrieden aus."
„Sind Sie mal angesprochen worden von den ‚Normalbürgern'? Hatten Sie Kontakt?", fragte der Reporter Klaus Schmitz.
„Nein", sagte Wladimir erstaunt. „Kontakt? Nein, den konnte es nicht geben. Mit uns sprach man nicht. Die Nächte waren fürchterlich. Es war feucht, die Matratzen schimmelig; die Ratten liefen in der Nacht ständig umher – sie waren so hungrig wie wir; wir konnten sie rennen und fiepen hören. Im Sommer war es stickig heiß, im Winter froren wir uns tot.
Morgens gab es lauwarme Wassersuppe aus Rettich oder Wirsing. Zum Abendessen kippten sie uns eine Schöpfkelle Kohlsuppe ohne Kohl in das Blechgefäß. Dazu gab es eine Scheibe trockenes Brot, altes, hartes Brot. An Sonntagen bekamen wir dazu einen Keks – hart wie Stein. Wir lutschten ihn trotzdem mit Genuß; er war ein Symbol für die überlebte Woche. In der Lagerhalle arbeiteten wir hart und mußten schwere Lasten schleppen; am Abend war mein Rücken krumm wie ein Bogen", sagte er tonlos und blickte zu Angela.
Er machte wieder eine Pause, schien sich mit den Gedanken in den Erinnerungen zu verlieren.
„Wenn Angela nicht gewesen wäre …", sagte er langsam mit einer zärtlichen Stimme und lächelte.
Marita Schönen übersetzte flüssig, fast wortgetreu.
„Du hast mir mein Leben gerettet, kleine Aja."

„Ruhig, Wladi, es war zu wenig. Ich war zu schwach und zu feige.“
Selbst diesen vertraulichen Dialog übersetzte Marita Schönen, weil sie einfach glaubte, daß er zum Verständnis der damaligen Situation beitragen konnte.
„An allen Tagen arbeiteten wir zwölf Stunden, samstags nur acht. Danach mußten wir stundenlang die dreckigen Matratzen entwanzen. Wir Kinder wurden genau so behandelt wie die Erwachsenen – vielleicht sogar schlechter.“
„Gab es eine Solidarität unter den Zwangsarbeitern? Half man den Kindern?“, fragte Conny Berger.
„Manche ältere Gefangene haben uns geholfen; aber nicht alle waren so. Jeder für sich, sagten manche und nahmen uns alles weg, was sie gebrauchen konnten. Wir wurden von den Aufsehern geschlagen, wenn wir nicht schnell genug waren, wenn wir Durchfall hatten und deshalb zu oft auf die Toilette mußten, oder wenn uns vor Hunger schlecht war.“
„Wie waren Sie als Zwangsarbeiter erkennbar? Konnten Sie nicht einfach fliehen?", fragte Fred Gerber. „Ich meine, wenn Sie mit normalen Sachen unterwegs waren, dann …“
„Ach, hören Sie auf!“, rief Wladimir empört. „Sie haben keine Ahnung, wie wir bewacht wurden. Außerdem hatten wir keine ‚normale’ Kleidung. Einen gestreiften Arbeitskittel mit einer Nummer und ein Stoffschild. Wir, die Russen, trugen ein Schild „Ost“, die Polen eins mit „P“, die Juden hatten den Stern – sie waren sicher die Ärmsten, denn sie wurden von den anderen Gefangenen unterdrückt und sogar geschlagen.“
Während Professor Boronow sprach und Marita Schönen übersetzte, war es still wie in einer Kirche. Er zeigte den alten Lappen mit dem Wort „Ost“, und Brosthaus ließ ihn durch die Schüler befühlen.
„Einige Aufseher schlugen uns – es machte ihnen Freude. Wir halfen uns, indem wir sie nachher lächerlich machten, mit Zoten und Witzen auf ihre sexuelle Abartigkeit anspielten. Ich bekam sehr oft Prügel – die Aufseher mochten mich wohl nicht. ‚Russenbalg’ haben sie zu mir gesagt. ‚Du bekommst eine Extraration, damit du ein anständiger Mensch wirst’, sagten sie und lachten während der Extraportion Schläge. Meine Beine bekamen die Schläge immer zuerst; wenn ich fiel, schlugen sie mir auf den Rücken und auf den Kopf. Meine Mitgefangenen sagten dann immer: ‚Jetzt haben sie sich wieder an einem Kind aufgegeilt. Wer weiß …“
„War das häufig der Fall?“, fragte Brosthaus mit gepreßter Stimme.
„Oh, ja. So ging es mehrmals in der Woche, bis die Amerikaner kamen. An dem Tag habe ich nicht mehr aufhören können mit dem Weinen. Ich hatte hohes Fieber, meine Beine waren voller Blutergüsse und Schwellungen. Ich hatte eine schwere Lungenentzündung. Die Befreier kamen zur richtigen Zeit, sonst wäre ich einer von den Bedauernswerten, die es nicht bis zur Befreiung ausgehalten haben. Drei von uns starben noch in der Vorwoche, als man die Geschütze und andere Kampfgeräusche schon hören konnte. Ich habe es geschafft. Aber ich war leicht wie eine Feder, brüchig wie ein vertrocknetes Schilfrohr“, flüsterte er so leise, daß selbst durch das Mikrofon die Stimme kaum vernehmbar war. Er machte eine Pause und alle

im Raum starrten ihn an.
„Ich war zwölf, als sie mich fingen, und sechzehn, als man mich befreite", sagte er mit geschlossenen Augen, als ziehe er Bilanz, fasse das erlittene Elend zusammen. Jeder im Raum fühlte, daß er die Bilder der Rattenburg vor Augen hatte.
Die Schüler der Projektgruppe saßen still, abwartend, wollten sich nicht bewegen, nicht auffallen. Erst, als erkennbar war, daß Professor Wladimir Boronow nichts mehr sagen wollte, atmeten alle auf. Die Mädchen waren blaß geworden, sahen verschreckt aus.
Brosthaus forderte die Schüler auf, Fragen zu stellen, aber sie konnten zuerst nicht, suchten nach den richtigen Worten. Sie brauchten Zeit, malten, kritzelten verlegen auf den Notizblöcken. Endlich hob Tim zögernd seinen Arm.
„Hassen Sie uns dafür?", fragte er.
„Euch? Euch Kinder? Nein, nein! Euch doch nicht – aber die, die es getan haben, die mich fingen, die mich schlugen, die mich peinigten. Die aber vor allen Dingen, die das verantworten müssen, die es angeordnet haben."
„Kennen Sie die Namen der Verantwortlichen? Oder Ihrer Peiniger – wenigstens von einem?", fragte Klaus Schmitz.
Alle Schüler wendeten die Köpfe, sahen ihn an, als habe er ein Gebot übertreten. Tim ärgerte sich, daß ihm der Reporter zuvor gekommen war. Er hatte in der letzten Nacht lange wach gelegen und an seinen Großvater gedacht.
„Vielleicht höre ich ja seine Geschichte", hatte er gedacht. „Sie werden sich alle ähnlich sein, die Geschichten der Kriegsgefangenen und Zwangsarbeiter."
Und er hatte sich vorgenommen, nach Namen zu fragen. Es mußte Namen geben. Irgendwer mußte doch damals zuständig gewesen sein.
„Namen? – Ja, sie hatten Namen. Otto, Bruno und Heinrich. Mehr erfuhren wir nicht. Sie riefen einfach: ‚He, Bruno! Hau dem Russenbalg mal eins in die Fresse. Der faulenzt schon wieder.' Nur ihre Vornamen nannten sie. Aber einen, den kannten wir besser. Wir nannten ihn ‚Dann–wollen–wir–mal'. Das sagte er immer, wenn er vorhatte, uns zu schlagen. Wenn wir schon mit gefühllosen Beinen auf dem Boden lagen, und er seinen knorrigen Spazierstock in die linke Handfläche klatschen ließ, dann wiederholte er es immer wieder: ‚Dann–wollen–wir–mal'. Er war der Härteste, der Bösartigste, weil er so gerne schlug. Ihm war jede Gelegenheit dazu recht. Wenn er schlug, lachte er vor Freude. – Er war noch jung und hatte ein freundliches Gesicht. Ja, und sein linkes Bein war weg, er hatte eine Prothese. Vielleicht … Bestimmt war er deshalb so bitter und so böse."
„Wie hieß er richtig? Wissen Sie den normalen Namen noch?"
„Johannes – er hieß … Ja, Johannes Wuttke hieß er."
Hans Brosthaus sprang auf, kaum, daß die Dolmetscherin geendet hatte. Sein Gesicht war dunkelrot und seine Hände, das konnte jeder im Raum sehen, zitterten.
„Schluß! Schluß! Bitte! Das sind Dinge, die hier nicht erörtert werden soll-

ten. Ich bitte Sie, Herr Professor Boronow, das Thema zu wechseln. Und, meine Herren von der Presse, stellen Sie doch bitte nur Fragen, die das Projektziel betreffen, die uns im Projekt weiterhelfen.“
„Nein!“, rief Tim Körner und sprang auf. „Das ist falsch! Nicht aufhören! Ich … Wir wollen alles wissen.“
„So ist es“, skandierte Conny Berger.
„Das finde ich aber auch“, sagte Klaus Schmitz. „Wieso soll das nicht gesagt werden? Das ist doch sehr interessant für die Öffentlichkeit. Immerhin ist Johannes Wuttke einer der Ehrenbürger dieser Stadt. Der Rat hat ja damals nach dem Krieg auch eine schöne lange Straße nach ihm benannt.“
Obwohl er den Inhalt der kurzen Debatte verstanden hatte, wartete Professor Boronow ab, bis er die Übersetzung bekam. Marita Schönen zögerte und ließ den Blick hilflos zwischen Hans Brosthaus, dem fragenden Reporter und Professor Boronow hin und her gehen.
„Nun mach schon. Übersetz einfach“, zischte Hans Brosthaus wütend. „Der Professor hat ja sowieso alles verstanden.“
„Der Junge, der vorhin fragte, ob ich arm bin, der hieß auch Wuttke?“, fragte Angela und sah dabei Hans Brosthaus an.
„Ja, ja. Das war sein Enkel, Frank. Dieser Wuttke, ich meine Johannes Wuttke, ist schon lange tot. Es hat doch keinen Zweck, daß wir uns damit aufhalten. Unser Projekt ist enorm wichtig und heißt, Zwangsarbeiterentschädigung – jetzt!’ Darüber wollen wir reden, bitteschön, meine Herren! Vergessen Sie nicht, es geht nicht um Schuldsprüche sondern um die Auszahlung von Geldern für längst anerkanntes Unrecht.“
Die Reporter schrieben eifrig, hoben nur hin und wieder die Köpfe, tuschelten miteinander.
„Bitte, Herr Professor, fahren Sie fort.“
„Ja, ich verstehe. Ich verstehe vollkommen. Ich habe überlebt; Tausende sind gestorben. Auf euren Friedhöfen liegen sie, die zu schwach wurden. Sie machten Platz für neue Zwangsarbeiter, für Kinder, Frauen und Männer. Ich sage: Sie haben sie getötet. Ja, ich hasse! Ich bin voller Haß und ich werde immer hassen“, sagte er erregt, mit rotem Kopf.
„Oh, bitte Herr Professor! Bitte, beruhigen Sie sich“, flüsterte Marita Schönen. „Die hier haben keine Schuld, bitte!“
„Nein, er hat recht. Meine kleine, schwache Mutter haben sie hier getötet! – Meine junge, wunderbare Mamotschka, die niemandem in ihrem Leben etwas getan hat“, sagte Angela, bevor Marita Schönen den Ausbruch von Professor Boronow übersetzen konnte.
Sie sagte es mit heiserer Stimme, stockend und zögernd, schämte sich und war gleichzeitig stolz auf sich. „Ich … Ich … Entschuldigung. Ich wollte das nicht sagen“, flüsterte sie und senkte den Kopf.
„Ja, meine kleine Aja“, sagte Wladimir. „So ist das!“
In seinem kalkweißen Gesicht schienen die Augen vor Haß zu glühen. Und leise setzte er hinzu: „Sie hatte auch einen Namen, deine Mamotschka! Sie war nicht nur eine Nummer, irgendeine Zwangsarbeiterin mit einer Identitäts-Nummer und einem Schild ‚OST’. Aber nach ihr hat hier nie-

mand eine Straße benannt! – Niemand hat nach ihr gefragt. Auch nicht in Rußland! Aber sie hat gelebt! Sie hieß Olga, merkt euch den Namen! Olga Pawlowska hieß Angelas Mutter. Ihr habt sie getötet, hier oder sonst wo in diesem schrecklichen fremden Land“, sagte er und blieb mit hängenden Schultern stehen.
In der Stille schien das Keuchen des alten Mannes übernatürlich laut zu sein. Es war eine Erlösung für alle, als er sich wieder faßte, seinen Platz einnahm und im nahezu normalen Tonfall weiter sprach.
„Entschuldigung! Ich will keine Frage mehr; ich will nicht mehr sprechen.“ Er setzte sich umständlich und ordnete das Jackett.
„Wladi, lieber Wladi, was ist? Warum schreist du den Namen meiner Mamotschka? Warum bist du so erregt? Mir hast du gesagt, ich soll mich nicht aufregen, alles würde gut sein.“
„Ruhig? Angela, wie kann ich ruhig sein, wenn es mir so weht tut? Es waren meine Gefühle, weißt du. Ich mußte an deine Mutter denken, die einfach spurlos verschwunden ist. Ein wenig war sie ja auch meine Mutter, nachdem meine … Ach, meine kleine Aja. Warum tun wir uns das hier an? Aber deine Mutter darf nicht vergessen sein, wenn wir über damals sprechen. Sie war hier. Höchstens in irgendeiner Liste, die in Kellergewölben dieses Landes begraben sind, steht vielleicht noch ihr Name. – Und irgendwo in dieser Stadt oder einer anderen, haben sie deine Mamotschka in der Erde verscharrt wie eine pestkranke Ziege.“
Marita Schönen übersetzte leise, so leise, daß alle im Saal die Köpfe hoben, um nichts zu verpassen.
Tim war zusammengezuckt, als er den Namen Olga Pawlowska hörte. „Das kann nicht sein. Das darf nicht sein“, flüsterte er so leise, daß nur Conny etwas davon mitbekam.
Conny beugte sich zu ihm und flüsterte: „Was ist? Was hast du?“
Er sah sie an, ohne ihr Gesicht zu erkennen. „Olga Pawlowska“, sagte er leise. „Ich habe sie gefunden. In der Liste der toten Zwangsarbeiter.“
„Nein! Sie war hier? In unserer Stadt? Etwa zur gleichen Zeit wie ihre Tochter? Oh, Gott! Kannst du dich nicht irren?“
„Nein. Es sei denn …“
Er hob die Hand, wackelte mit dem Kopf, als müsse er unsinnige Gedanken abschütteln und fragte im selben Augenblick: „Frau Pawlowska, wie alt war Ihre Mutter, damals 1941, als sie deportiert wurde?“
Angela blickte irritiert, dachte nach und schloß die Augen. Tim glaubte schon, sie würde nicht antworten wollen, als sie leise sagte: „Sie war im Frühling, bevor man sie fing und wegbrachte, neununddreißig geworden. Wir haben … Warum willst du das wissen?“
„Stimmt das mit dem Alter?“, zischelte Conny.
„Ja. Es kann nur sie sein.“
„Tim. Warum hast du gefragt? Gibt es etwas, was ich wissen müßte?“, fragte Hans Brosthaus und seine Stirn lag so in Falten, wie es immer war, wenn er sich über einen Schüler ärgerte.
„Tim. Bitte! Willst du es wirklich?“, fragte Conny.

„Ja. Ich sage es ihr. Sie muß es wissen."
Er ignorierte Hans Brosthaus, stand auf und blickte Angela an. „Ich muß Ihnen etwas sagen. Es ist … Es ist sehr persönlich und es tut mir leid, daß …"
„Tim", sagte Marita Schönen. „Was ist es? Was hast du? Soll ich erst mal nicht übersetzen?"
„Doch, doch. Sofort. Jedes Wort. – Liebe Frau Pawlowska, Ihre Mutter – sie war hier. Olga Pawlowska, war hier in dieser Stadt. Sie war hier, als Sie auch hier waren."
„Woher … Tim. Mach keine Scherze!", sagte Marita Schönen.
„Es ist kein Scherz. Ich habe sie in der Liste gefunden, im Archiv. Alles stimmt überein mit dem, was sie sagt. Name, Alter, die Zeit – und sie kam aus Smolensk. Sie war in der DTG. Sie ist es."
„Oh, mein Gott!", sagte Marita Schönen und übersetzte endlich.
Fast synchron sprangen Angela und Wladimir auf. Und mit ihrem Aufsprung schrie Angela auf: „Mamotschka! Mamotschka", wiederholte sie in einem lang gezogenen Jammerton und fiel schwer auf den Stuhl zurück.
„Es ist wahr?", fragte Wladimir und als Tim nickte, fragte er: „Was weißt du? Wir müssen alles erfahren. Alles!"
„Ich weiß nur so wenig", sagte Tim mit schuldbewußter Miene. „Ich wußte ja erst nicht, ob der gleiche Name nur Zufall war. Darum habe ich auch nach dem Alter gefragt."
„Du hättest mich informieren müssen", sagte Hans Brosthaus mit scharfer Stimme.
„Ausgerechnet Sie, der alle Emotionen raus haben wollte? Nein, an Sie habe ich nicht gedacht. Wenn ich sicher gewesen wäre, dann hätte ich weiter geforscht."
„Sag, was du weißt", bat Marita Schönen.
„Sie ist im Juni 1941 hier in die Stadt gekommen. Damals soll sie neununddreißig gewesen sein; so steht es in der Liste."
Marita Schönen übersetzte Satz für Satz, ließ den Blick nicht von Angela, die starr auf Tim blickte.
„Sie war gerade neununddreißig. So jung war sie!", murmelte sie. „Wladi, Wladi, ich bin jetzt fast doppelt so alt; sie war erst …"
Sie schüttelt den Kopf und weinte. Tim zögerte, blickte Marita Schönen nach, die aufstand und sich hinter Angela stellte.
„Ruhig, Aja. Sei ganz ruhig", sagte sie mit ihrer sanften, dunklen Stimme und streichelte unablässig Angelas Haare. „Du hast sie doch wiedergefunden. Sie ist nicht mehr spurlos verschwunden. Du hast sie wiederbekommen, nach so langer Zeit."
„Was weißt du noch?", fragte Hans Brosthaus.
„Also, nur noch, daß sie in der Textilfabrik DTG arbeiten mußte und daß sie am 14. August 1944 gestorben ist. Nichts mehr; weder warum sie sterben mußte, noch, wo sie beerdigt wurde."
„Wo hat man sie verscharrt? Könnt ihr das herausfinden? Schnell?", fragte Wladimir. „Wir müssen ihr Grab sehen. Wir müssen!"

„Ja", sagte Marita Schönen. „Das werden wir versuchen. Hans, ruf im Grünflächenamt an, dem ist das Friedhofsamt angegliedert. Die müssen wissen, wo die Gräber der Zwangsarbeiter damals waren; die haben alle Pläne. Ich weiß das von meinem Mann, der arbeitet im Planungsamt."
„Ja, ich geh ins Sekretariat und rufe an. – Das wär alles nicht nötig gewesen, Tim", sagte er und blickte wütend zur Schülergruppe. „Du hättest dein verdammtes Maul vorher aufmachen müssen!"
„Lassen Sie Tim in Ruhe!", rief Conny. „Der hat mehr für das Projekt getan als Sie. Wo waren Sie denn in der ganzen Zeit? Haben Sie Ihre nächste Reise vorbereitet?"
Die Schüler hielten die Luft an, schauten in das Gesicht von Hans Brosthaus. Er war blaß geworden, und seine Augen waren zu Schlitzen geschlossen.
„Darüber reden wir noch, Berger und Körner", sagte er leise, stand auf und verließ den Raum.
„Wir warten am besten, bis er zurück kommt", sagte Marita Schönen und wiederholte es auf Russisch.
Die Schüler saßen still auf ihren Plätzen, wagten nicht, den Blick zu heben. Man konnte hören, daß Angela leise schluchzte. Von weither hörte man Schüler lachen und schreien; eine Klasse verließ wohl ihren Raum.
Tim räusperte sich. „Ich möchte die Zeit nutzen. Eine Frage noch, Herr Professor. Erlauben Sie?", fragte Tim.
Wladimir Iljitsch Boronow hob den Kopf und sah den Jungen lange an. Dann nickte er. „Ja, frag nur."
„Es geht mir um Ihre Heimkehr nach Rußland, ich meine, in die damalige Sowjetunion. Nein, eigentlich nicht Ihre, Sie waren ja kein Kriegsgefangener. Ich denke an Soldaten, die hier als Kriegsgefangene arbeiten mußten. Wie erging es denen, als sie 1945 zurück kamen?"
„Tim! Ich hatte gesagt, nichts Persönliches. Ich weiß, was du wissen willst", sagte Hans Brosthaus der soeben durch die Saaltür trat.
„Persönlich? Und das mit Olga Pawlowska war nicht persönlich? Wie wollen Sie das unterteilen? Was ist denn hier nicht persönlich?", fragte Tim und blickte zu Professor Boronow.
„Ja, Tim. Den meisten russischen Soldaten erging es nicht gut. Man hat sie verurteilt, zu Haftstrafen, zur Zwangsarbeit oder in vielen Fällen sogar zum Tode. Der Vorwurf war im Grunde immer gleich: Ihr habt den Feind, Hitlerdeutschland, durch eure Arbeit unterstützt; ihr seid Vaterlandsverräter. Es war nicht wichtig, daß sie gezwungen worden waren. ‚Ihr hättet euch lieber erschießen lassen sollen', hieß es. Wenn du so willst, waren die russischen Schergen nicht besser als die deutschen."
„Haben Sie zufällig einen von ihnen kennengelernt, der hier in der Stadt war? War er vielleicht in Ihrem Zug, in Ihrem Waggon? Ich suche einen bestimmten Soldaten. Sein Name war Capajew Nagovitsyn."
„Nein", sagte Professor Boronow nach langem Nachdenken. „In meinem Krankenzimmer in Moskau waren einige Soldaten, ehemalige Zwangsarbeiter. Nein, ich weiß ihre Namen noch. Der, den du suchst, war nicht dabei. Ich habe nicht viele kennen gelernt."

Tim setzte sich langsam. Man sah seinem Gesicht nicht an, wie enttäuscht er war. Conny faßte unter der Tischplatte nach seiner Hand und drückte sie.
„Also!“, rief Hans Brosthaus. „Zum Eigentlichen zurück! Ich habe Glück gehabt. Ich hatte gleich den richtigen Mann am Telefon. Theodor Maiwald. Der ist im Besitz aller Grabverzeichnisse, die es jemals gegeben hat. Auf dem alten Friedhof, dem heutigen Ehrenfriedhof, haben sie damals die toten Kriegsgefangenen und Zwangsarbeiter beerdigt.“
„Aber da ist doch gar nichts mehr …“, rief Klaus Schmitz.
„Ich weiß es nicht. Ich war noch nie da“, sagte Hans Brosthaus. „Wir werden zuerst da hin fahren. Wird nur wenige Minuten dauern und ist kein großer Umweg. Theodor Maiwald wird uns begleiten.“
Marita übersetze und zum Schluß hob Angela den Kopf. Sie lächelte und in ihrem tränennassen Gesicht spiegelte sich das helle Fensterglas. „Ich werde das Grab meiner Mutter sehen? Gleich? Wirklich? Wladi, hast du es gehört? Ich bin nicht mehr traurig. Nicht mehr so wie früher.“
Es wurde still. Tim atmete tief durch. Er spürte, was Angela durchmachte, wie sehr alles, was gerade geschehen war, in ihr arbeitete und sie schmerzte – und daß sie doch furchtbar unglücklich war; obwohl sie ihre Trauer besiegt hatte.
Endlich räusperte sich Hans Brosthaus, sah auf die Uhr, blickte Angela an, von der er keine besondere Erzählung erwartete, und forderte sie auf, von ihren Erlebnissen zu berichten.
„Ich weiß nicht, ob sie nach all dem noch wollen. Aber wenn doch, dann habe ich nur eine Bitte: Fassen Sie sich kurz! Das Wesentliche haben wir ja schon von Professor Boronow gehört. Wir haben leider schon viel Zeit verloren, und der Mann vom Friedhofsamt und der Busfahrer warten sicher auf uns.“
„Ja, will ich gerne machen. Jetzt ist sogar alles leichter. Wenn ich meine Mamotschka sehen darf, ihr Grab. Darf ich alles sagen, Wladi?“
„Natürlich, Angela, sprich, worüber du willst.“ Er saß zusammengesunken, mit steinernem Gesicht auf seinem Stuhl.
Sie brauchte lange, sortierte sichtlich ihre Gedanken, suchte den richtigen Anfang.
„Es war so: In vielen Orten hielt der Zug. Da standen Wagen, auf die man die Frauen und Kinder verfrachtete. So war es auch hier. Zuerst hat man unsere Namen und unser Alter erfragt. Auch aus welchem Land wir kamen, wollten sie wissen. Da saß ein Polizist und schrieb alles auf, was ein Dolmetscher ihm sagte. Danach wurden wir aufgeteilt. Ich mußte auf einen Lastwagen steigen, auf dem schon andere Frauen waren. Dann sind sie gefahren, haben angehalten an Bauernhöfen und immer mußten ein paar Frauen runter vom Wagen und zu den Höfen gehen. Irgendwann wurde ich aufgefordert, vom Wagen zu steigen – mit noch zwei älteren Frauen. Aber die kannte ich nicht; sie waren nicht aus unserem Dorf. Niemand auf dem Wagen war aus unserem Dorf. Auch meine Mamotschka war nicht da.“
„Hat sie jemand erwartet? Wurden Sie abgeholt?“, fragte Tim Körner.
„Ja, da stand ein Mann mit einem Pferdewagen, ein Bauer. Der Bauer hieß

Basten – Adolf, sagten alle nur zu ihm."
„Aha! Das ist ja interessant!", sagte Klaus Schmitz und machte sich eine Notiz.
Angela blickte zu Wladimir, zögerte und flüsterte in holprigem Deutsch: „Komm meiner Täubchen! Sag Adolf zu deinem Täuberich!" Dann weiter auf Russisch: „Das sagte er oft, sehr oft! – Dieser Adolf."
Als sie die ungläubigen Gesichter sah, dachte sie, es wäre falsch gewesen, suchte Hilfe bei Professor Boronow. „Alles? Ich soll alles sagen, lieber Wladi?"
„Ja, sag es ihnen", antwortete er tonlos, mit gesenktem Kopf.
„Immer hat er das gesagt, immer – ich meine oft. Ja, es gab Essen da, bei Adolf, und viel Arbeit. Ich mußte erst im Keller schlafen – mit den anderen beiden Frauen. Das war gut, wir konnten sprechen in der Nacht. Sie waren älter, sprachen russisch, wie ich – und sie konnten mich trösten. Ich war etwas geborgen, nicht so alleine. Ich war ein Kind, ich hatte Angst. – Wenn ich gewußt hätte, daß meine Mamotschka hier war, ganz dicht bei mir. Es hätte geholfen. Ich habe sie so gebraucht", flüsterte sie.
Sie atmete schwer; ihre Hände lagen flach auf der Tischplatte. Plötzlich zuckten sie, verkrampften sich zu Fäusten.
„Später, im nächsten Sommer, kam noch eine russische Frau. Ich glaube … Ja, vielleicht mußte ich ja deshalb raus aus dem Keller. Vielleicht …"
Wieder machte sie eine Pause, drehte den Kopf und blickte Marita Schönen an. Die Stille im Raum war erdrückend.
„Mach doch! Verdammt, mach voran!", flüsterte Hans Brosthaus und klopfte nervös mit dem Bleistift auf die Tischplatte.
„Es ist nicht leicht für mich", sagte Angela in die Stille.
Sie hatte nur zu Marita Schönen gesprochen. Marita verstand, nickte und übersetzte nicht. „Es ist, als müßte ich mich nackt ausziehen, vor allen Leuten hier im Raum. Ich habe furchtbare Angst", sagte Angela.
„Sprechen Sie ruhig weiter, ganz ruhig, so wie Sie es erzählen wollen. Ich paß auf Sie auf. Ich übersetze denen nur das, was erzählt werden muß", sagte Marita Schönen und Angela fand so viel Zuspruch in diesem runden, sommersprossigen Gesicht, daß sie neuen Mut bekam.
Sie atmete tief durch, ließ den Blick nicht mehr vom Gesicht der Dolmetscherin, sprach nur noch zu ihr.
„Ich hatte eine Matratze auf dem Dachboden, unter den Dachpfannen. Im Sommer war es heiß, im Winter kalt. Ich war alleine, da oben, unter dem Dach, ganz alleine. Ich konnte den Wind hören und manchmal die Tauben, die da gurrten und turtelten – wie zu Hause – es war fast wie zu Hause – aber nur das."
„Wie – wie haben Sie gefühlt? Ich meine … Was haben Sie gedacht, geträumt? Sie waren doch noch so jung", fragte Conny Berger. Ihre Stimme war kaum zu vernehmen. Tim hüstelte in die verkrampften Hände.
„Ich hatte keine Träume. Früher, vor dieser Zeit, da hatte ich Träume. Alles war zusammengefallen, mein Leben war einfach geworden. Es gab keine Vergangenheit, keine Zukunft; ich dachte nicht zurück und nicht voraus. Alles war das Jetzt: heute einmal nicht geschlagen, nicht ausgeschimpft

werden, nicht frieren, keine Schmerzen haben, nicht ausgelacht werden, satt sein und … Ja, und immer die Gedanken an meine Mamotschka und an Wladimir. Wie geht es ihnen? Leben sie noch? Der arme Wladimir. Er war doch so zart und schwach."

Sie schwieg erschöpft, schloß die Augen; man sah, daß sie nachdachte, sich mühsam durch den Berg der Erinnerungen kämpfen mußte.

„Wir arbeiteten, wenn die Sonne aufging, und hörten auf, wenn es dunkel war. Ich war fast immer draußen auf dem Feld. Unkraut jäten, Rüben vereinzeln, hacken und graben, Kartoffeln auflesen und auf die Karren schütten; es war schwere Arbeit; ich war so dünn damals." Sie zeigte mit den Händen eine schmale Figur, hielt die Hände hoch und weit nach vorne gestreckt.

„Ich glaube, liebe Anwesende, daß wir eine eindrucksvolle Schilderung der damaligen Zustände erfahren haben. Wir sollten nun … – Wir müssen jetzt …"

„Warum das, Herr Brosthaus? Was soll das?", rief Tim Körner. „Es geht um diese Frau und um das, was sie erlebt hat. Das wollen wir hören. Die blöde Fahrt zum Parkplatz der Fabrik, die können Sie von uns aus streichen. Wir fahren nur zum Friedhof. Lassen Sie die Frau weitersprechen. Oder befürchten Sie was?"

„Körner! Was soll das heißen? So langsam reicht es mir. Wir sprechen uns noch! – Ich dachte nur an das verabredete Programm. Wir haben schon viel Zeit verloren."

„Nein, wie haben nichts verloren; wir haben gewonnen!", rief Marita Schönen und wurde so rot, daß man ihre Sommersprossen nicht mehr sah.

„Bravo!", rief Fred Gerber. „Erzählen Sie weiter!"

„Wie wurden Sie ansonsten behandelt?", fragte Klaus Schmitz und linste über den Rand der Brille hinweg; sein Bart zitterte erheblich.

„Oh, ich weiß nicht, wie ich alles sagen soll. Es war so viel, so furchtbar viel. Wenn ich nicht gut war, dann hat mich Adolf geschlagen; seine Frau – die Wilhelmine hieß – auch. Wenn sie mich schlug oder einfach nur trat, dann schrie sie immer ganz fürchterlich. Sachen, die ich nicht verstand. Ich konnte ihre Sprache nicht verstehen. Aber ihre Augen haben alles gesagt."

„Wer war schlimmer?", fragte Fred Gerber. „Frau Basten oder er?"

„Mal so, mal so. Er hat schlimmere Sachen gemacht als sie, aber manchmal tat das, was diese Frau machte, mir genau so weh. Der Mann hat – er hat mich einfach für alles benutzt. Verstehen Sie? Für alles. Weil, meine Mamotschka hatte ja gesagt, ich wäre eine Frau. Er hat es auch gewußt."

Marita Schönen stockte während der Übersetzung, überlegte und übersetzte leise: „Ich mußte für ihn alle Drecksarbeit machen."

„Sie war sicher nicht gut zu mir, die Wilhelmine", sagte Angela, „aber sie hatte zwei Töchter, hübsche Töchter, die waren älter als ich – und stärker. Die schlugen mich auch. Sie waren die Einzigen, die immer lachten, wenn sie schlugen und das hat mich fast umgebracht – Adolf hat nie gelacht, und seine Frau hat nur geschrien."

„Warum schlug man Sie?", fragte Fred Gerber, und bekam dabei einen

roten Kopf, als fürchte er, etwas Unpassendes zu fragen. „Ich wollte fragen, haben Sie was angestellt? Oder war das nur Schikane?“
„Ach, ich weiß nicht. Vielleicht, wenn ich müde war, dann war ich langsamer bei der Arbeit als die anderen Frauen. Dann schlugen meistens die Töchter. Einmal haben sie mich geschlagen, die Töchter, als mir das Pferd durchgegangen war. Es hat die Karre umgeworfen; ich war so ungeschickt. Das war wohl meine Schuld.“
Sie machte wieder eine Pause, sah zu den Schülern, deren Köpfe über den Notizblöcken hingen; sie konnte nur die Scheitel sehen.
„Ich war zwölf Jahre alt, und als ich in unser Dorf zurück kam, vor unserem Haus stand, da war Geburtstag – ich wurde sechzehn.“
„Vier Jahre, mehr als vier Jahre. Meine Güte!“, sagte Tim Körner. „Wenn ich an meine wunderbare Kindheit denke. Und ich muß an meinen …“.
„Was wolltest du sagen?“, fragte Marita Schönen.
“Ach, nichts. Ich … Es ist nichts für diese Runde.“
Angela hatte still gesessen, gewartet und wieder nur auf ein Zeichen von Marita Schönen gewartet. Die nickte jetzt und sie fuhr in ihrer Erzählung fort.
„Die Frau, die Wilhelmine, die hat mich immer nur geschlagen und getreten, wenn der Adolf nachts gesagt hat: ‚Komm mein Täubchen! Sag Adolf zu deinem Täuberich!’ Sie hat dann mit mir geschrien: ‚Ich will dir zeigen, was ein Täubchen ist’ und war dann den ganzen Tag furchtbar böse. Meine Kameradinnen haben es mir immer übersetzt – und dabei gelacht. Das Lachen hat mir auch weh getan.“
„Das heißt ja … Sind Sie vergewaltigt worden?“, fragte Klaus Schmitz dazwischen. Man sah ihm die Erregung an; der Schnurbart zitterte auffällig, seine Augen waren weit aufgerissen.
Marita Schönen sah blaß aus, übersetzte sehr leise, mit abschätzendem Blick zu den Schülern.
„Willst du diese Frage beantworten, liebe Aja? Ich meine … Entschuldigen Sie. Ich habe schon wieder du gesagt. Entschuldigen Sie. Bitte, das ist hier kein Verhör. Wenn Sie wollen, hören wir auf“, flüsterte Marita Schönen.
„Nein, ich will es sagen – glaube ich. Ja, was soll ich sagen? Vergewaltigt? Ja, das war es. Oft, kam er; ich konnte es nicht verhindern. Ich weiß nicht, wie man das alles nennt. – Ich kann das nicht sagen, ich hab keine Worte dafür. Ich war ein Kind, so dünn und schwach. Nein, ich war schon lange kein Kind mehr, oder doch? War ich schon eine Frau? Ja, er machte mir viele Schmerzen, dieser Adolf. – Ich will jetzt doch nichts mehr sagen.“
Man konnte eine Stecknadel fallen hören, so still war es geworden. Die Mädchen der Projektgruppe waren rot im Gesicht und Connys Augen hatten einen fiebrigen Glanz.
Sie dachte an die zärtlichen Berührungen von Tim, seine suchenden Hände, die nur zögernd, fast als fragten sie um Genehmigung, ihre Brust berührten, sanft ihre Brustwarzen streichelten und immer wirkten, als wären sie fluchtbereit. Sie hatte immer nur Schönes und Kostbares darin gesehen; etwas, was sie beide wollten und genossen.

Diese Schilderung wirbelte all ihre Empfindungen durcheinander und sie war sich nicht sicher, ob sie beim nächsten Mal noch so unbefangen Tims Hände genießen würde.
„Bitte entschuldigen Sie, liebe Angela. Gab es denn auch andere Eindrücke, ich meine, außer dem, was Sie geschildert haben?“
Der Reporter Klaus Schmitz war aufgestanden; aus seinem Gesicht konnten alle ablesen, daß er sich unglücklich fühlte, seine Frage vielleicht schon bedauerte.
„Ach ja“, sagte Angela und schloß die Augen. Sie ließ ihren Erinnerungen freien Lauf, ließ die Bilder aufleuchten, die ohne Unterbrechung auftauchten. „Ich erinnere mich an so viele Dinge. Ich habe sie alle hier“, sagte sie und zeigte auf ihren Kopf.
„Wenn ich zurückdenke an manche Sommertage, dann sehe ich Felder, goldgelb und hellbraun, duftend, im Sonnenschein, das war schön – ich lache; ja ich habe auch gelacht, damals. Oh ja! Es gab nicht nur Tränen und Schmerzen. Ich war ein Kind und wollte manchmal lachen. Ich sehe mit Schnee und Eis bedeckte Wiesen, meine Füße in Holzschuhen, meine Hände weiß vom Frost – ich friere; ich habe geweint damals, viel geweint. Ich sehe ein Haus im Nebel, ein schreckliches Haus mit Gespenstern und bösen Geistern. Ein Haus, in dem der Teufel wohnt und das die Heilige Jungfrau nicht kennt. Die Angst vor diesem Haus hat mich krank gemacht. Ich liege in der Dunkelheit, nichts ist klar – ich hatte furchtbare Angst – und Schmerzen. Es war genug, nie mehr wollte ich das … Ich wollte aus dem Dachfenster … Aber ich dachte an Wladimir, immer an Wladimir. Das hat mir geholfen.“
„Angela! Es ist genug! Es ist genug!“, sagte Professor Boronow heftig.
„Ja, Wladi.“
„Nur noch eine Frage. Der Professor sprach vorhin vom Überleben durch Sie. Was meinte er damit?“, fragte Fred Gerber.
„Ja – darf ich das, Wladi?“
„Ja, Aja. Ja, natürlich.“
„Die älteren Russinnen wußten genau, wo man die Männer untergebracht hatte. Sie hatten Verwandte dort und gingen manchmal heimlich dort hin. Sie haben sie mir beschrieben, diese Rattenburg.“
„Konnten – ich meine, durften Sie da einfach hingehen, ohne Aufsicht und ohne Genehmigung?“, fragte Tim.
„Nein, wir durften nicht. Die Frauen haben gezittert, wenn sie in der Dunkelheit losgingen. Ich hatte so große Angst, aber dann bin ich doch einmal heimlich mit ihnen hingeschlichen; aber ich konnte Wladimir nicht sehen. Wir mußten draußen stehen, vor einem hohen Zaun. Dahinter waren die Baracken, alte Holzhäuser mit Pappe auf den Dächern. Viele Männer waren da; manche kamen an den Zaun und bettelten uns an; sie hatten furchtbaren Hunger. Dann kamen drei Männer, für die die Frauen, mit denen ich gegangen war, Brot gespart hatten. Sie waren so schrecklich blaß und dünn und haben es sofort aufgegessen. Wladimir war nicht da. Aber ich wußte jetzt, daß sie hungerten. Und ich wußte, was ich tun mußte.“

„Wie konnten Sie denn helfen? Sie hatten doch selber nichts“, fragte Tim.
„Ja, das ist wohl wahr. Wir hatten gerade soviel, daß wir satt wurden. Aber als ich diese halb verhungerten Männer sah, da begriff ich, was ich tun mußte. Von da an habe ich von meinem Essen gespart – bei jeder Mahlzeit etwas. Brot, ein paar dünne Scheiben Wurst, eine gekochte Kartoffel mit Schale. Es war ja nicht viel; was ich entbehren konnte.“
„Wie konnten Sie das verbergen? Wurden Sie nicht kontrolliert? Ich meine ... Das war doch verboten damals, oder?“, fragte Fred Gerber.
„Ja, es gab da einen Brunnen bei dem Bauern im Hof, einen, den sie nicht mehr benutzten. In dem alten Eimer, den ... Ich habe Schmalz vom Schwein auf die Ketten getan – weil es quietschte. Da hab ich dann immer was versteckt. Damit es keiner findet, habe ich den Eimer tief herunter gelassen. – Am nächsten Abend bin ich wieder zum Männerlager gegangen. Ich habe einem Mann ein Stück Brot gegeben – er war so dünn und hat geweint, als er in das Brot biß. Er hat mir dafür den Wladimir geholt. Wir haben beide lange geweint; wir waren doch noch Kinder! Kinder dürfen weinen. Und dann hat er gegessen, am Zaun, dicht bei mir, so dicht, daß ich seinen Schweiß riechen konnte; sie hatten ja so wenig Wasser. Er hat ganz schnell gegessen, geschlungen hat er, wie ein Tier. Er aß und sprach gleichzeitig. ‚Sie nehmen es mir weg, Aja, die anderen, die Polen‘, hat er gesagt, während er schluckte.“
„Du bist fast an jedem Tag gekommen, Angela“, sagte Wladimir. „Fast an jedem Abend, wenn es dunkel war. Alle wußten, daß du kommen würdest. ‚Dein kleiner Engel kommt gleich‘, sagten die Männer. Sie meinten dich.“
„Ja, aber nicht immer konnte ich kommen; sie haben es nicht gewollt. Es war ja auch verboten, von der Partei. Wir durften das Haus nicht alleine verlassen. Die Töchter haben aufgepaßt – die starken, schönen Töchter. ‚Hast einen Kerl, was?‘, haben sie gesagt und mir gedroht mit der Polizei. ‚Ist verboten, das Haus alleine zu verlassen, du Hure!‘ sagten sie und haben gelacht. Ihr Lachen war sehr schlimm. Ich habe nichts verstanden, aber die Frauen haben es übersetzt; es betraf ja auch sie.“
„Und du bist doch gekommen; du warst wirklich mein Engel.“
„Ja, aber dann war ich dumm. Weil doch Weihnachten war, habe ich gestohlen. Es war im Winter 1944. Im Winter 1944? Oh, Heilige Mutter Gottes! Da war meine Mamotschka ja schon gestorben. Wer hat sie nur umgebracht? Warum?“
„Vielleicht werden wir es erfahren“, sagte Marita Schönen. „Jetzt, wo wir wissen, daß sie hier gelebt hat und hier gestorben ist. Sprich weiter, Aja.“
„Ich habe nur einmal gestohlen – nur ein einziges Mal.“
„Darauf stand die Todesstrafe. Wußten Sie das?“, fragte Hans Brosthaus.
„Ja, ich glaube, ich wußte es. Aber es war mir nicht wichtig. Wladimir war wichtig. Er war so klug und er mußte überleben. Sie hatten ein Schwein geschlachtet und es roch überall nach Fleischbrühe, gekochtem Fleisch und Würsten. Es lagen dicke rote Würste in der Küche; sie wollten sie zum Trocknen auf den Boden hängen.“
„Bestimmt hat der auch schwarz geschlachtet“, rief Klaus Schmitz. „Der

durfte nicht einfach schlachten. Der konnte Sie gar nicht anzeigen."
„Davon wußte ich nichts. Ich sollte dem Herrn, dem Adolf, Kaffee aus der Küche holen – und da habe ich sie da liegen gesehen; dicke Würste, die rochen, wie bei uns zu Hause. Ich habe eine genommen und im Eimer versteckt."
Man sah ihr an, daß ihr die Schilderung schwer fiel. Keiner der gespannt lauschenden Zuhörer wußte, daß sie sich die Bilder aus dem Kopfalbum holte, sie betrachtete und bei manchem Bild wünschte, sie wäre alleine in ihrem Haus, könnte sich dem Erinnern so hingeben, wie sie es fühlte.
„Ja, dann …" Es war schon dunkel, an diesem Abend, da habe ich sie dem Wladimir gebracht. Die wollte er aber nicht gleich essen. ‚Die ist so schön groß, die teile ich', hat er gesagt."
„Fünf Männer und ich", unterbrach Wladimir sie, „haben sie ganz langsam gegessen. Wir haben geweint, gelacht, bei jedem Bissen mit der Zunge geschnalzt. Draußen am Zaun haben wir gegessen, wo es keiner riechen konnte. In der Baracke wären alle verrückt geworden. Das wollten wir nicht riskieren – und ihnen auch nicht zumuten."
„Ich dachte, alles wäre gut und deshalb habe ich der Heiligen Frau für ihren Schutz gedankt. Aber sie haben es doch bemerkt – die Frau und die Töchter; die Wurst war ja weg und sie hatten sie gezählt. Das wußte ich doch nicht. Und als ich kam, vom Wladimir, da haben sie mich auf den Boden geworfen, draußen auf dem Hof, auf die Asche. Und der Adolf hat den dicken knorrigen, geschnitzten Ast genommen, der sein Spazierstock war – da hat er sonst nie mit geschlagen."
„Oh, nein!", stöhnte Marita Schönen, bevor sie übersetzte und duzte Angela wieder. „Konntest du nicht weglaufen? Konnte dir denn keiner helfen? Ein Kind … Mein Gott, was für eine Familie!"
„Ich war still. Ich wollte nicht rufen. Ich war doch schuldig. Ich hatte gestohlen. Bei uns in Gurka … Der Dorfsowjet hätte es bestimmt gemeldet und dann wär ich verurteilt worden – für viele Jahre. Der Adolf hat immer auf meinen Rücken geschlagen. Nein, ich habe nichts gesagt, auch nicht geschrien – ich hatte ja gestohlen; ich mußte bestraft werden. Dann war mein Rücken ganz kaputt; ich konnte lange nicht aufstehen und nicht arbeiten."
„Da haben die sich ja selber bestraft", rief ein Junge der Projektgruppe.
„Sei still!", sagte Tim Körner. „Das ist wohl nicht wichtig."
„Sie wollten, daß ich arbeite. Es ging aber nicht. ‚Wenn du nicht arbeitest, dann gibt's auch kein Essen!', hat die Frau, die Wilhelmine, gesagt. Ich konnte lange nicht zum Wladimir gehen. Das war besonders schlimm. - Ja, und jetzt ist er steif und krumm, dahinten, der Rücken."
Sie schwieg und strich sich verlegen die Haare aus dem verschwitzten Gesicht; die Köpfe der Schüler hatten sich nicht einen Zentimeter gehoben; die beiden Reporter starrten Angela betroffen an.
Professor Boronow betrachtete seine gefalteten Hände. Marita Schönen war tiefrot im Gesicht, sie zitterte. Hans Brosthaus saß zurück gelehnt da, hatte die Augen halb geschlossen und sein Mund bewegte sich, als wenn er

Selbstgespräche führte.
„Hat noch jemand eine Frage?“, rief er mit heiserer Stimme in die Stille hinein.
„Ja, an Sie, Herr Brosthaus“, sagte Klaus Schmitz und stand auf. „Dieser Bauer Basten, ist das der ‚alte sozialistische Kämpfer‘, wie er sich immer nannte?“
„Warum fragen Sie das, Herr Schmitz? Wen interessiert das hier? Ich sage es noch einmal: Wir wollen hier nicht aufrechnen, keine Schuldzuweisungen, niemandem etwas vorwerfen, wogegen er sich nicht verteidigen kann. Wir wollen nur, daß die Zwangsarbeiter entschädigt werden. Nichts anderes!“
„Das überlassen Sie mal mir! Wenn Sie den Zusammenhang nicht sehen, mein Kollege, ich – und sicher auch unsere Leser – sehen ihn sehr wohl.“
Klaus Schmitz setzte sich und schrieb hastig.
Fred Gerber fragte ihn etwas und bekam den Notizblock hingeschoben.
„Wie ging es zu Ende? Ich meine … Im März 1945 kamen doch die Amis. Was war dann?“, fragte Fred Gerber und als er die fragenden Gesichter sah, räusperte er sich verlegen und erläuterte: „Ich meine, als die Amerikaner kamen, wie ging es da weiter, wie kamen sie nach Hause?“
Angela nickte. „Vorhin habe ich ja schon gesagt, wie es war, nach Hause zu kommen, mein Haus zu sehen. Aber vorher …“ Sie dachte nach. „Vorher hatten wir furchtbare Angst. Als wir in den Zug gesetzt wurden, wir waren so viele, daß wir kaum Platz fanden, da gab es nur Angst. Sie, ich meine die anderen Frauen im Zug, sagten, daß wir in Rußland deportiert würden – nach Sibirien oder in den Kaukasus. Wir hätten für den Feind gearbeitet und unser großer Führer, Jossif Stalin, würde uns dafür zur Verantwortung ziehen.“
„War das wirklich so?“, fragte Marita Schönen, nachdem sie alles übersetzt hatte. „Uns hat man früher etwas ganz anderes erzählt, in den Schulen der DDR.“
„Ich weiß, daß sie es nicht gerne hatten, wenn darüber gesprochen wurde. Darum hat man uns auch wohl weit draußen zwischen den Hügeln aus dem Zug geholt“, sagte Angela.
„Damals war alles, was unser großer Führer anordnete, für uns unumstößliches Gesetz und richtig. Die Augen öffnen und sagen, was richtig war, das durften wir erst viel später, als er tot war“, ergänzte Wladimir.
„Die armen Zwangsarbeiter! Erst ausgebeutet und dann noch dafür bestraft werden“, sagte Tim.
„Ja, für viele war es schlimm. Es gab keine Entschuldigung. Nur weil ich ein Kind war, hat man es mir wohl nicht übel genommen. So wie Wladimir, den sie ja auch nicht bestraft haben. Er war ja auch so krank. Manche wollten nicht zurück, haben gebettelt und gefleht. Aber die Amerikaner haben nur den Kopf geschüttelt. Unterwegs sind zwei Frauen aus dem fahrenden Zug gesprungen; ich weiß nicht, was daraus wurde. Andere sagten, die beiden hätten mit deutschen Männern geschlafen und viel zu essen bekommen. Sie hätten zu gesund ausgesehen. Aber wir anderen haben nur noch gezittert, als wir in Rußland ankamen.“

Eine beklemmende Stille herrschte in dem großen kahlen Raum. Die Mitglieder der Projektgruppe blickten auf ihre Schreibblöcke, die Journalisten schauten starr zum Podium und dort oben bewegte sich niemand.
Als sich Hans Brosthaus räusperte und sagte: „Also, wenn es keine Fragen mehr gibt, dann will ich unseren Gästen kurz das restliche Programm vorstellen“, hörte man ein tiefes Durchatmen.
„Gut! Wir fahren gleich mit einem Bus. Zuerst natürlich zum Ehrenfriedhof und danach zu der Stelle, an der früher das Arbeitslager war, werfen einen Blick auf das Firmengelände und danach können sich unsere Gäste etwas ausruhen. Heute Abend gibt der Bürgermeister einen Sektempfang. Es wird eine Rede von ihm und vom Oppositionsvorsitzenden geben.“
„Gibt es keine Besichtigung der TUG?“, fragte Klaus Schmitz.
„Nein, gibt es nicht. Wozu? Wollen Sie unseren Gästen die modernen Webmaschinen vorführen? Mit damals hat das nichts zu tun.“
„Aber der Parkplatz, was?“, rief Tim Körner. „Meinen Sie, der hätte was mit damals zu tun? Ich dachte, wir würden mit der Werksleitung reden können – über ihre Haltung zur Entschädigung? Warum sind die übrigens nicht hier? Das hätten die sich mal anhören sollen, die Herren aus der Geschäfts- und Werksleitung.“
„Körner! Du bist nicht der Projektverantwortliche. Überlaß solche Sachen mir, verstanden?“
„Wird die heimische Wirtschaft wenigstens beim Bürgermeisterempfang vertreten sein? Ich meine, insbesondere die Textilfabrik TUG?“, fragte Klaus Schmitz.
„Ich habe keine Ahnung“, antwortete Hans Brosthaus. „Die Einladung erfolgte durch den Bürgermeister.“
„Wie bitte? Aber Einfluß auf die Gästeliste hätten sie doch sicher nehmen können? Es ist doch ein Projekt Ihrer Schule. Und sie sind doch der Projektleiter.“
„Was wollen Sie, Herr Schmitz? Haben Sie Fragen zur politischen Seite der Sache, dann wenden Sie sich an den Bürgermeister. Der wird Ihnen …“
„Moment! Moment! Ich dachte, die ‚Sache’, wie Sie das nennen, wäre ausschließlich ein Projekt der Gesamtschule? Jetzt höre ich, daß es zwei Projekte gibt. Eins Ihrer Projektgruppe und ein zweites, ein politisches. Ist das so?“, fragte Klaus Schmitz und wer ihn kannte, der wußte, daß er ab diesem Punkt nicht mehr locker lassen würde, bis ihn eine Antwort befriedigte.
„Soll ich übersetzen?“, fragte Marita Schönen.
„Bloß nicht! Laß das sein!“, fauchte Hans Brosthaus.
„Der Professor versteht eh alles“, antwortete Marita Schönen, aber Hans Brosthaus winkte nur ärgerlich ab.
„Nun?“, fragte Klaus Schmitz.
„Ich verstehe Ihre Frage nicht. Wenn Sie etwas über die Einladung heute Abend wissen wollen – und nur das habe ich gemeint –, dann müssen Sie sich an das Rathaus wenden. Alles andere, was unser Projekt betrifft, liegt in meiner Verantwortung.“

„Sie trennen das also? Ich will sagen, daß doch in der Begegnung mit den Unternehmen die Möglichkeit liegt, die Sie suchen.“
„Sicher! Warten Sie’s doch einfach ab. Oder Sie fragen im Rathaus nach. Reicht das?“
„Das ist die Frage“, sagte Klaus Schmitz und legte den Stift aus der Hand. „Ich hoffe, Sie haben das Projektziel im Auge.“
„Ich habe ausreichend Einfluß genommen“, entgegnete Hans Brosthaus mit ziemlicher Schärfe in der Stimme. „Ich habe Vorschläge eingereicht und auf dieser Liste sind alle relevanten Firmen beziehungsweise die zuständigen Vertreter aufgeführt.“
„Gut! Das ist eine Aussage. Dann kann man ja sehen, wen der Bürgermeister gestrichen hat. Können Sie mir ein Kopie der Liste geben?“, fragte Klaus Schmitz in versöhnlichem Ton und lächelte, als er das zögerliche Kopfnicken des Projektleiters sah.
„Morgen früh um zehn soll vor dem Rathaus eine Demo stattfinden, mehr eine Mahnwache eigentlich. Da werden unsere Projektmitglieder die Plakate aufstellen, der Bürgermeister und der Oppositionsführer im Rat werden sprechen. Unsere Gäste werden in der vordersten Reihe auf dem Podium sitzen. Die Presse ist dazu ja schon eingeladen worden“, sagte Hans Brosthaus und blickte dabei nur Klaus Schmitz an. „Ich bringe Ihnen eine Kopie meiner Liste mit.“

Der Fahrer lehnte am Bus; die Türen waren wegen der Hitze weit geöffnet. Am Gesicht des Mannes war abzulesen, daß er schon länger wartete und sich ärgerte.
„Wird auch Zeit, meine Herrschaften. Hab noch einen Folgeauftrag. Kann nicht bis Mitternacht hier stehen und auf Sie warten.“
„Sie werden doch dafür bezahlt“, sagte Tim Körner. „Ist doch egal für Sie, was Sie machen.“
Die Schüler stiegen zügig ein, gefolgt von Angela und Professor Boronow. Den Abschluß machten Marita Schönen und die Reporter; Hans Brosthaus setzte sich neben den Fahrer.
„Fahren Sie zuerst zum alten Friedhof, dem heutigen Ehrenfriedhof. Wir steigen da aus. Dauert nur ein paar Minuten. Ist ja wohl kein Umweg, was?“
„Jedenfalls eine Programmänderung und die hätte mit meiner Firma abgestimmt sein müssen.“
„Haben sie sich bloß nicht so“, sagte Marita Schönen. „Das dürfte Ihnen doch tatsächlich egal sein.“
Der Mann schwieg, fuhr betont ruppig und lenkte den Bus am Friedhof auf einen Ascheplatz. Er wendete erst, bevor er sie aussteigen ließ.
Am Eingangstor stand ein älterer Mann, der ihnen lächelnd entgegen sah. Er war hager, fast dürr und trug seine Haare straff mit Scheitel links. In der Hand hielt er einen grünen Schnellhefter.
„Hallo! Sie kommen wegen der Gräber dieser Zwangsarbeiter?“ fragte er. „Ich bin Theodor Maiwald vom Grünflächenamt.“

„Ja“, sagte Hans Brosthaus und stellte die Anwesenden vor.
„Na, dann kommen Sie mal mit“, sagte der Beamte und ging mit schnellen Schritten voran.
Er führte sie über einen Weg mit roter Asche, der auf einem großen Rasenplatz endete. An der Stirnseite befand sich ein wuchtiges, aus Ziegelsteinen gemauertes, Denkmal, dessen Spitze die Krone der prächtigen Lindenbäume überragte, die dicht daneben standen. Oben balancierte ein schwarzer Metalladler mit leicht ausgebreiteten Flügeln.
Vor dem Denkmal standen schwärzliche Steinkreuze. Eng beieinander, in jeweils fünf Reihen standen sie und es sah aus wie ein Stickmuster, das den sattgrünen Rasen zierte. Als Tim sich bückte, konnte er auf den Namensschildern deutsche Namen erkennen.
„Ja, das sind unsere Soldatengräber, die Gräber der Gefallenen dieser Stadt – aus beiden Weltkriegen“, erklärte Theodor Maiwald. „Das Denkmal ist von 1921. Sie müßten mal am Schützenfestsonntag hier sein. Da marschieren mehr als tausend Schützen hier auf. Er zeigte auf den gepflegten Rasen. „Und dann wird der große Zapfenstreich gespielt, eine Rede wird gehalten und an die Kriegsgreuel erinnert. Und jedes Mal schießt man mit einer alten Kanone drei Ehrenschüsse. Sehr eindrucksvoll! Ja, wir vergessen unsere Toten nicht.“
„Oh, mein Gott!“, sagte Marita Schönen laut und bekam dafür einen strafenden Blick von Hans Brosthaus und einen fragenden von Theodor Maiwald.
„Ich bin bei den Sappeuren“, erklärte der, weil er sich den Ausruf nicht erklären konnte.
„Und wo sind die Gräber der Zwangsarbeiter und die der Kriegsgefangenen?“, fragte Tim. „Sind das die Kreuze auf der anderen Seite?“
„Nee, junger Mann“, sagte Theodor Maiwald und lachte. „Nee, hier sind nur unsere Gefallenen. Das ist der Ehrenfriedhof. – Kommen Sie, ich bringe Sie hin.“
Sie verließen den Platz und folgten dem Beamten zu einem schmalen Pfad, auf dem sie hintereinander gehen mußten. Der Weg war von Schlehen- und Weißdornbüschen überwachsen. Nach einigen Metern erreichten sie eine Wiese.
Sie wurde von einer dichten, fast mannshohen Hecke aus Kirschlorbeerbüschen umsäumt. Auf der gut zwanzig Mal zwanzig Meter großen Wiese stand das Gras kniehoch, Brennesseln wiegten sich im leichten Wind, Golddisteln hatten abwehrend ihre Stachelblätter ausgebreitet und die Blüten von Kamille, Löwenzahn und Margeriten bildeten ein verwirrendes Farbenmuster.
Am gegenüberliegenden Ende standen drei Bänke mit Spenderplaketten aus Messing, die im Sonnenlicht matt glänzten. In einem quadratischen Sandkasten, dessen Umrandungsbretter morsch aussahen, wuchs Unkraut.
Je eine Baumgruppe aus Erlen, Eichen und Birken stand an den drei anderen Enden der Weide. Ihre Stämme hatten einen ziemlichen Umfang und Tim dachte, daß sie mindestens schon zwanzig Jahre da wachsen müßten.
„Die Bänke haben unsere Sparkassen gespendet. Bank spendet Bank!“,

sagte Theodor Maiwald und lachte laut. „Stand damals als Überschrift in der Zeitung. Gut was?“
„Das war ich, das mit der Überschrift“, sagte Klaus Schmitz leise zu Fred Gerber. „Finde ich heute so beschissen, daß ich mich fast schäme.“
„Fast?“, fragte Fred Gerber.
Sie standen reglos am Rand der Wiese, schauten über den Platz und warteten. Es war still. Nur Vogelgezwitscher war zu vernehmen und aus der Ferne hörte man das gleichmäßige Rauschen des Autoverkehrs.
„Na ja. Die Stadt hat wenig Geld; deshalb wird nur im September das Gras gemäht“, sagte der städtische Beamte entschuldigend. „Außerdem wollen die Grünen das so; soll gut sein für Insekten, Mäuse und all das Zeugs – wenn Sie verstehen, was ich meine.“
„Und?“, fragte Tim und blickte sich um. „Wo sind die Gräber?“
„Hier!“, sagte Theodor Maiwald mit vorwurfsvoller Stimme. „Sie stehen sozusagen drauf.“
„Wie? – Das heißt? – Sie wollen sagen …“, stotterte Hans Brosthaus und blickte auf den Boden vor seinen Füßen. „Das glaube ich nicht!“
„Warum? Wissen Sie, wie lange die hier schon liegen? Seit rund sechzig Jahren! Ich könnte nachsehen, aber ich meine noch zu wissen, daß die vor ungefähr dreißig Jahren schon eingeebnet wurden. – Das macht man so.“
„Das macht man so?“, schrie Tim. „Wer sagt das? Wer ordnet das an? Da hinten“, sagte er und zeigte hinter sich, „da sind Gräber aus dem ersten Weltkrieg. Und das ist rund neunzig Jahre her.“
„Das sind Ehrengräber, junger Mann! Denkmäler, sozusagen! Die müssen erhalten werden, damit wir an die Kriege erinnern können“, sagte der Beamte und schaute Tim verächtlich an. „Aber da hat die heutige Jugend ja wohl kein Verständnis mehr für.“
„Nein! Dafür habe ich kein Verständnis“, fauchte Tim.
„Wo ist das Grab meiner Mutter?“, fragte Angela. „Ich kann kein Grab sehen.“
„Entschuldigen Sie“, sagte Marita Schönen. „Ich habe in der Aufregung total vergessen zu übersetzen. Die Gräber sind eingeebnet worden. Schon vor ungefähr dreißig Jahren. Das Grab Ihrer Mutter ist hier, unter uns. Entschuldigen Sie, liebe Aja. Ich kann nichts anderes sagen.“
„Das Grab ist hier?“, fragte Angela, blickte auf ihre Füße und trat zurück, bis ihr Rücken an die Schlehensträucher drückte.
„Oh, Mamotschka! Was haben sie mit dir gemacht. Wo bist du?“ fragte sie und blickte über den Platz. „Wo haben sie dich verscharrt? Wo? Ich kann dich nicht sehen!“ Sie weinte leise und Wladimir hielt ihren zitternden Arm.
„Laß das bald vorbei sein“, sagte Klaus Schmitz leise. „Es ist zum Kotzen, Herr Kollege.“
„Ich denke mir, liebe Aja, ich weiß, wo sie liegt. Sie braucht keinen Erdhügel, kein Kreuz und kein Denkmal. Sie liegt dort hinten; sie hat ihr eigenes Denkmal.“
Wladimir zog die willenlos folgende Angela mit sich, stapfte durch das hohe Gras, umrundete Brennesselinseln, drückte die Stachelarme der

Disteln achtlos beiseite und blieb schließlich kurz vor der Gruppe der Birken stehen.
Marita Schönen folgte den beiden ein ganzes Stück, blieb ein paar Meter hinter ihnen stehen. Sie blickte in das Gewirr der Birkenblätter und bewegte sich nicht.
„Hier, Aja, hier vor dir, liegt sie. Sie hört uns zu; sie lächelt. Denk dir nur! Sie hatte in ihrer Kitteltasche ganz zufällig noch etwas Birkensamen von eurem Baum, als man sie entführte. Den hat sie hier manchmal, wenn sie traurig war und Heimweh hatte, angefaßt und an zu Hause gedacht, an die schöne weiße Birke und die alte Bank darunter. Sie hat ihn immer bei sich gehabt, bis zu ihrem Tod. Und als man sie hier beerdigte, da wuchsen bald aus dem Samen neue Birken, unsere schönen Birken. Sie bewachen sie, in ihren Ästen sitzen die Vögel und singen ihr Lieder – hörst du sie? Es sind die alten, russischen Lieder, die sie dir immer gesungen hat, wenn du einsam oder traurig warst.“
Sie standen still. Angela legte den Kopf an Wladimirs Schulter und ganz langsam glättete sich ihr Gesicht. Sie wischte mit dem Ärmel Tränen weg und plötzlich lächelte sie.
„Danke, lieber Wladi. Du, du ganz alleine, hast sie gefunden und ich kann dieses wunderschöne Bild in mein Kopfalbum legen. So lange habe ich nichts gehabt, was ich mir ansehen konnte. Und jetzt habe ich ein Bild, ein schönes Bild. Siehst du die bunte Wiese? Hörst du, wie die Birken rauschen? So eine wunderbare Stille ist hier, wie in Gurka. Mamotschka hat es gut getroffen. Hier kann sie liegen und ausruhen.“
„Ja, Aja. So schlecht ist es hier nicht und die Kanonenschüsse von nebenan werden sie auch nicht mehr erschrecken. Niemand stört ihren Frieden.“
„Danke für alles, Wladi. – Und jetzt laß mich eine paar Minuten alleine mit meiner Mamotschka. Ja? Wirst du das tun? Und sag den anderen, ich möchte alleine sein. Ich muß mich mit meiner Mamotschka unterhalten. Bitte.“
Sie löste sich von ihm und er ging zurück zu den anderen. „Kommen Sie! Sie mussen alleine sein. Ist serr, serr wichtig für sie.“
Still gingen sie den schmalen Weg zurück und versammelten sich vor dem Ehrenmal.
„Mir ist schlecht. Diese Heuchler!“, sagte Tim und niemand widersprach; nur der Friedhofsbeamte schnaufte unwillig.
Angela blieb lange weg; einige Jungen der Projektgruppe setzten sich auf den Rasen und zupften Grashalme. Conny faßt Tims Hand. „Komm, ich muß dir was sagen.“
Sie gingen quer über den Rasenplatz, bis sie die gegenüberliegende Kreuzreihe erreicht hatten.
„Tim, ich habe mich noch nie so geschämt“, sagte Conny. „Können wir nicht etwas machen? Kannst du nicht mit dem Bürgermeister, dem Schützenvorsitzenden oder …“ Als sie Schritte hinter sich hörten, drehten sie sich erschrocken um.
„Laßt euch nicht stören. Ich denke, euch bewegt dasselbe wie mich“, sagte Marita Schönen.

Tim nickte und ging ihr einen Schritt entgegen. „Sie sind die einzige aus dieser Lehrerschaft, der ich vertraue. Ihnen kann ich sagen, daß ich ab jetzt anders denke. Conny und ich werden künftig gemeinsam einige Dinge tun. Dinge, die nichts gut machen können, aber die getan werden müssen. Wir werden dafür sorgen, daß die Toten aus den anderen Ländern nicht einfach verschwunden sind – wenigstens in den Köpfen sollen sie nicht eingeebnet werden."
„Es war ein eigentümlicher Moment. Ich habe so ein Gefühl noch nie gehabt", sagte Marita Schönen. „Als die beiden Alten vorhin zu den Birken gegangen sind, da ist etwas passiert. Habt ihr es auch bemerkt? Habt ihr gehört, daß die Vögel plötzlich geschwiegen haben? Habt ihr gesehen, daß die Äste der Birken sich tief zur Erde geneigt haben?"
„Das … Wirklich? Oh, mein Gott!", sagte Conny. „Die beiden alten Leute haben so still dagestanden und ich hatte nur Augen für sie."
„Ganz leise hat Professor Boronow zu Angela gesprochen und er hat mehr getan, als sie zu trösten. Er hat sie glücklich gemacht. Ich habe jedes Wort gehört, daß er zu Angela gesagt hat."
Sie wiederholte alles, was sie gehört hatte. Conny weinte, als Marita Schönen geendet hatte, setzte sich ins Gras und legte den Kopf auf die Knie.
„Er muß sie sehr gut kennen – und sie lieben", sagte Tim und war froh, daß er nicht weinen mußte. „Wie gedankenlos sind wir doch oft. Was mag sie ihrer Mutter jetzt über uns sagen?"
„Nichts Böses. Das kann sie nicht. Sie wird ihr viel zu erzählen haben. Lassen wir sie in Ruhe", sagte Marita und ging zu den anderen zurück.
„Komm, Conny, trockne deine Tränen. Alles ist gut. Ich bin froh, daß ich ihren Namen gefunden habe. Sie ist nicht vergessen. Meine Mutter hat mal gesagt, als wir ihr Vorwürfe machten, weil sie am Geburtstag von Großmutter keine Blumen auf ihr Grab gelegt hatte, daß man erst tot sei, wenn niemand mehr an einen denken würde. Blumen seien da nicht wichtig, wohl aber das, was in unserem Kopf sei."
Angela lächelte, als sie aus dem Weg trat. Sie blickte von einem zum anderen und hakte sich schließlich bei Marita Schönen ein. „Komm, Tim", sagte sie und hielt ihm die freie Hand hin. „Komm an meinen Arm und stütze eine alte Frau. Du bist ein Freund und ich danke dir."
„Tu es", sagte Marita, nachdem sie übersetzt hatte und die Unsicherheit in Tims Gesicht sah.
„Ich soll euch alle von meiner Mamotschka grüßen", sagte Angela zu Marita. „Sie hat ihren Frieden gefunden, jetzt. Weil sie weiß, wie es mir geht."
„Ich hoffe, ich konnte Ihnen helfen", sagte der Beamte beim Abschied. „Vielleicht sehen wir uns ja beim nächsten Schützenfest auf diesem Platz wieder."
„Nicht auf diesem", sagte Tim. „Aber wenn sie zu den drei Birken gehen, da finden Sie uns. Da gibt es auch eine Gedenkfeier. Aber ohne Kanonendonner!"

Der Busfahrer erwartete sie mit bösen Blicken. „Ein paar Minuten, haben Sie gesagt? Eine halbe Stunde! Wenn alle meine Gäste so wären, würde ich den Beruf wechseln."
Niemand gab ihm eine Antwort. Sie fuhren durch die Stadt, überquerten eine Bundesstraße und bogen vor einem hoch aufragenden Hinweisschild mit dem Firmenkennzeichen TUG ab. Es war still im Bus, nur aus dem Radio erklang leise Walzermusik. Auf einem asphaltierten Parkplatz hielt der Fahrer und Brosthaus bat alle, hier einmal kurz auszusteigen.
„Wir sind da! Erkennen Sie noch etwas wieder, Herr Professor?"
Wladimir drehte sich um seine Achse und reckte sich hoch. Nicht weit von ihnen entfernt dehnte sich ein mehr als zwei Meter hoher Maschendrahtzaun, an dessen Oberkante drei Reihen Stacheldraht befestigt waren.
Dahinter erblickte er ein vielstöckiges Gebäude aus Glas und Beton. Auf dem Dach befand sich eine mehrere Meter hohe Eisenkonstruktion. An der Spitze drehte sich langsam und gleichmäßig eine riesige rote Plexiglasscheibe. In der Mitte stand in dicken, weißen Buchstaben der Name der Firma – TUG.
Weiter hinten, versteckt hinter silbrig schimmernden Linden, konnte er schwarzrote Ziegelgebäude erkennen, einen gemauerten Schornstein, der windschief zur Seite geneigt war. Auf der anderen Seite befand sich die Sportanlage mit einer roten Aschebahn. Alles sah sehr gepflegt aus.
Wladimir schloß die Augen und sofort wuchsen unmittelbar vor ihm häßliche Baracken aus dem Boden, roch es nach Urin und Kloake, hörte er das Fiepen der unzähligen Ratten. Sein Magen verkrampfte sich und als er das lächelnde Gesicht von Johannes Wuttke erblickte, der hinkend aus dem Eingang der vorderen Baracke kam, riß er die Augen auf.
Die graue Asphaltfläche war mit weißer Farbe säuberlich in gleichmäßig große Parkflächen geteilt. Personenwagen in vielen Farben belegten einen Großteil des Platzes. Aus dem Bus erklang Klaviermusik und lauwarme Sommerluft streichelte sein Gesicht. Wladimir spürte einen bitteren Geschmack im Mund und sein Blick suchte Angela, die alleine mit traurigem Gesicht am Bus lehnte.
„Heuchler! Schauspieler! Was wollt ihr mir hier zeigen?", fauchte er und blickte Hans Brosthaus wütend an. „War alles gar nicht so schlimm? Schaut mal, was wir fleißigen Deutschen aus der Rattenburg gemacht haben? Sind wir nicht Weltmeister im Schaffen moderner und schöner Parkplätze? Wie findet ihr unsere tollen Autos?"
Marita übersetzte hastig und verhaspelte sich mehrfach.
„Herr Professor! Bitte, seien Sie nicht ungerecht. Das lag nicht in meiner Absicht", sagte Hans Brosthaus und die Röte lief ihm von der Stirn bis in den Hemdausschnitt.
„Ach nein? Was sollen wir dann hier? Was wollen Sie mir denn mit dieser Besichtigung zeigen oder sagen?", fragte Professor Boronow mit eisiger Stimme.
„Ich dachte, Sie würden sich erinnern, wenn Sie auf demselben Platz …?", sagte Hans Brosthaus.

„Ja, ja. Natürlich! Ich habe mich erinnert. Aber dazu braucht keiner von uns diesen sauberen, schön eingeteilten Parkplatz. Erinnern, Herr Brosthaus, erinnern tut weh und zwar sehr weh. Das mache ich lieber, wenn ich alleine bin und niemand meine Gefühle bewerten kann."
„Das war alles nicht so gemeint. Es ist nur so, wir konnten das ja nicht als Denkmal ...", stotterte Hans Brosthaus. Und fügte entschuldigend, aber auch mit Trotz, hinzu: „Man hat natürlich nach dem Krieg alles abgerissen. Was hätte man denn tun sollen? Jetzt ist dies die schöne Sportanlage von unserem Turn– und Sportverein, dem ‚TUS-TUG 1950' verbunden mit dem großen Werksparkplatz. Heute kommt ja jeder mit einem Auto zur Arbeit."
„Wie schön für alle. Jeder hat ein Auto? Ja?", fragte Wladimir und man durfte rätseln, ob es mehr nach Spott oder Ironie geklungen hatte.
Hans Brosthaus zeigte auf den Zaun. „Und da hinten, da, die roten Gebäude, das sind die Ruinen der alten Textilfabrik. Die Bauten brauchten sie irgendwann in den Sechzigern nicht mehr und da verrotten sie jetzt. Das Abreißen ist ja auch teuer."
„Eine praktische Lösung; wirtschaftlich und beruhigend. So kann man verhindern, daß einem an jedem Morgen die Erinnerung an die Zeit der Rattenburg, der Menschenausbeutung und der Mißhandlungen einholt. Sehr praktisch! Und es ist ja auch gelungen. Selbst mich erinnert nichts."
„Aber die alten Gebäude, da hinten, die müßten Sie doch wiedererkennen. In der Textilfabrik haben Sie doch vier Jahre lang gearbeitet", rief Fred Gerber, der das verbitterte Gesicht von Professor Boronow betrachtet hatte.
„Ja, vielleicht, wenn sie uns rein gelassen hätten", murmelte Conny Berger. „Was soll man denn von hier aus erkennen?"
„Rrichtig! Ich nichts errkenne. Und: Ich nichts vermisse! Meine Errinnerung ist in meinem Kopf", sagte Professor Boronow mit eisiger Stimme, zog Angela mit sich, und die beiden stiegen in den Bus.
„Das war wohl eine Luftnummer, dieser Parkplatzbesuch. Überhaupt, mir langt es bald", sagte Tim Körner und Hans Brosthaus funkelte ihn wütend an.
Nach kurzem Zögern folgten sie den beiden Gästen. Der Busfahrer ließ ein verdrießliches „Endlich!" hören und startete den Motor. Sie verließen den Parkplatz, fuhren am uniformierten Pförtner vorbei, der dem Bus lange nachblickte und dann zum Telefonhörer griff.
Der Fahrer wählte für den Rückweg eine andere Strecke, weil er die Gäste am Hotel absetzen sollte. „Kostet noch mal fünf Minuten", murmelte zu Hans Brosthaus. Der reagierte nicht, drehte sich zu Tim um, der hinter ihm saß.
„Du hast dich geändert, Tim. Ich bin enttäuscht", sagte er leise.
„Oder Sie haben sich geändert. Könnte das sein? Hat Sie jemand auf Spur gebracht?"
„Nein! Warum greifst du mich ständig an?"
„Ich greife Sie an? Ich bin nur nicht mit allem einverstanden, was hier abläuft. – Nein, Sie haben sich verändert. Was ist passiert? Sie waren zu

Beginn des Projektes ganz anders. Jetzt habe ich das Gefühl, Ihnen ist alles peinlich, was dieser Besuch ans Tageslicht bringt. Wir alle im Team sind der Meinung, daß Sie abblocken."
„Das ist ungerecht, Tim. Ich wollte nur verhindern, daß zu viele Emotionen im Spiel sind. Wenn man sich ihnen hingibt, verliert man das Ziel aus den Augen."
„In diesem Projekt geht nichts ohne Emotionen. Die Gefühle dieser Leute sind echt, da ist doch nichts dran auszusetzen."
„Doch! Die haben vielleicht andere Interessen, als wir glauben."
„Pah! Woher kommt denn plötzlich diese Erkenntnis? Ich denke, ich steh im Wald! Wenn ich das den anderen sage, flippen die aus. Sollen wir das Projekt beerdigen?"
„Quatsch!", sagte Hans Brosthaus und Tim drehte den Kopf zur Busscheibe.
Angela hatte die Hand von Wladimir ergriffen und hielt sie fest gedrückt. Als sie sich der Stadt näherten, den ersten Vorort mit seinen schmucken Häusern erreichten, riß sie plötzlich den Arm hoch und zeigte auf die Gebäude auf der anderen Straßenseite.
„Da! Da! Wladimir, da ist es! Es steht noch!"
„Was, Aja, was siehst du? Was steht noch?"
„Das Bauernhaus vom Adolf! Da, da war ich!", rief sie und sprang auf. Sie stieß sich den Kopf an der Gepäckablage und ließ einen kleinen Jammerton hören.
„Sie hat den Bauernhof wiedererkant, den vom Basten", sagte Marita Schönen. „Darum ist sie so aufgeregt."
„Dann halten Sie, verdammt noch mal, doch an!", schrie Klaus Schmitz, dem die Brille in den Schoß fiel.
„Was soll das? Hier gibt es nichts zu sehen. Wir haben keine Zeit mehr; das Mittagessen wartet und der Bus muß zurück", protestierte Hans Brosthaus.
„Und zwar schnellstens!", sagte der Fahrer und schaute wütend in den Rückspiegel.
„Klar!", rief Klaus Schmitz. „Völlig klar! Das ist der ehemalige Bastenhof. Ich hab's fast vergessen, der hat sogar eine Ehrenplakette an der Wand."
„Bitte! Einmal halten!", sagte Angela. „Ich will sehen. Meine Kopfbilder – und das hier …"
„Halt! Verdammt! Warum halten Sie nicht?", rief Marita Schönen und der Fahrer trat endlich auf die Bremse.
„Was für eine Besichtigung! Hoffentlich dauert's nicht so lange wie auf dem Russenfriedhof", murrte er und sah Hans Brosthaus strafend an.
„Was haben Sie gesagt?", fragte Tim. „Habe ich richtig gehört? Russenfriedhof?"
„Klar! Die Alten aus unserem Kaff sagen Russenfriedhof dazu, weil fast alles Russkis und ein paar Pollaken da liegen. Bloß gut, daß die den damals platt gemacht haben. Waren ja alle mit Farben versaut und mit Hakenkreuzen beschmiert, die Kreuze."
„Warum hat nie einer darüber ein Wort verloren? Warum haben Sie nie

darüber geschrieben?", fragte Marita Schönen und blickte Klaus Schmitz vorwurfsvoll an.
Er betrachtet ihre Sommersprossen und fragte sich, ob sie wohl am ganzen Körper so hübsche Sprenkelungen haben könnte. Sie war so hübsch, sah so herrlich zornig aus, daß ihn eine leichte Erregung befiel.
„Reiß dich zusammen, Klaus!", befahl er sich. „Du bist keine zwanzig mehr."
„Sie haben recht", sagte er. „Es ist eine Schande, aber der Platz ist einfach in Vergessenheit geraten. Sie haben ihn so schön versteckt, daß nicht einmal mehr die Mütter mit ihren Kleinkindern zum Sandkasten gehen. Ich mache es wieder gut; verlassen Sie sich drauf."
Der Verkehr flutete vorbei, und alle starrten auf den dunkelroten Ziegelbau auf der anderen Straßenseite, an dessen Seite ein großer Torbogen die Verbindung zum modernen, verklinkerten Nachbarhaus herstellte.
Der ganze Straßenzug bestand aus teuer aussehenden und gepflegten Einfamilienhäusern mit blühenden Vorgärten. Der alte Ziegelbau, den Angela schwer atmend anstarrte, erschien ihnen wie ein Relikt aus längst vergangenen Zeiten, paßte eigentlich nicht in diese Straße.
„Das ist kein Bauernhaus", sagte Wladimir leise. „Du irrst dich, Aja."
„Nein, nein! Ich weiß es! Das ist das Haus. Scheunen waren da früher und Ställe. Sie haben geändert, umgebaut. Damals stand es alleine hier. Ich erkenne es trotzdem, es sind die Ziegel, das Muster dieser Ziegel ist es, was mich erinnert. Und das Dach, dieses spitze Dach. – Es ist das Haus."
„Natürlich ist es das. Die haben's mehrfach umgebaut nach dem Krieg. – Aussteigen!", rief Klaus Schmitz, winkte aufgeregt mit dem Notizblock und drängte die jungen Leute der Projektgruppe
Er hatte es plötzlich eilig, schien Witterung aufgenommen zu haben. So stiegen alle aus, blieben neben dem Bus stehen und starrten zur anderen Seite.
„Angela! Komm, bitte", sagte Marita Schönen und ergriff ihren Arm.
Sie entzog sich ihr, schaute straßauf und straßab, versuchte sich zu erinnern, eine Marke zu finden, die ihr etwas sagte. Hinter den spiddeligen, verstaubten Straßenbäumen, weit hinten am Horizont, zeigte der alte, schiefe Schornstein der ehemaligen Textilfabrik in den Himmel.
„Wie ein mahnender Zeigefinger. Wie der Finger Gottes, der mich mahnen will", dachte sie. „So weit? Bin ich so weit gelaufen, damals?"
„Also! Auf geht's!" Fred Gerber spurtete los und wartet auf der anderen Seite.
In einer Verkehrslücke gelangten sie alle auf die andere Seite und sammelten sich vor dem Hoftor.
„Hier! Sehen Sie, Herr Professor?", fragte Klaus Schmitz und zeigte auf eine bronzene Tafel, die an der Hauswand in Augenhöhe befestigt war.
„Geburtshaus von Adolf Basten – * 1896 – + 1970 – Bürgermeister von 1946 – 1954 – Ehrenbürger unserer Stadt seit 1954", las er halblaut vor.
„Also! Seit 1970 tot! Sie", er zeigte auf Angela, „kann ganz beruhigt sein. Dieser", er tippte auf das Wort ‚Ehrenbürger', „tut keinem mehr was."
Professor Boronow nickte, ergriff Ajas Arm und drückte ihn fest an sich.

„Sei ganz ruhig, mein Mädchen. Dieser unselige Basten ist schon von den Würmern gefressen.“
Sie antwortete nicht, blickte starr auf das große doppelflüglige Holztor. Die Reporter stemmten sich dagegen; es öffnete sich, schwang ganz alleine weiter, bis es in eine im Boden eingelassene Halterung einrastete.
Angela löste sich von Wladimir und ging voran. Die anderen verharrten im Torbogen. Langsam, um sich blickend, schritt sie in den Hof, verglich dabei jeden Gegenstand mit ihren Erinnerungsbildern.
An der Hauswand stand die Eisenbank, die jetzt grün gestrichenen war.
Unter ihr war der Ascheboden, auf dem sie gelegen hatte, als Adolf sie verprügelte.
Direkt vor ihr befand sich die dreistufige Treppe, auf der Wilhelmine oft gestanden hatte und sie wütend angeknurrt hatte.
Die Sonne spiegelte sich in den drei Fenstern, in den blitzenden Scheiben, die sie jede Woche geputzt hatte.
Am Ende des Hofes lag der lang gestreckte Garten, in dem sie auf wunden Knien gelegen und Unkraut ausgerupft hatte.
„Das ist es, Wladimir! Das ist es!“, flüsterte sie.
Sie ging langsam weiter und die anderen folgten ihr, langsam, waren unsicher, ob sie privates Recht verletzten. Angela blieb mitten im geräumigen Hof stehen und starrte hoch zum Dachfenster, das dreckig, altersblind, in der Sonne lag.
„Da oben, Wladi, da habe ich gelegen, da war es. Siehst du das? Ob meine Matratze noch da liegt? – Er ist tot, ja? Sag es mir noch einmal, Wladi. Nur noch einmal.“
„Ja, sei ruhig, ganz ruhig. Er ist schon lange tot. Er ist zu Staub zerfallen; nichts ist mehr da, nichts. Sei ruhig!“, sagte er und ging zu ihr.
Sie blickte sich um, drehte sich um ihre Achse. Sie sah ihre Begleiter nicht mehr. Da, dicht an der Wand des neuen Nebenhauses entdeckte sie den gemauerten Brunnen, der schon damals nur noch Dekoration gewesen war. Zwei mit Scharnieren verbundene Eichenholzplatten deckten den Brunnen ab.
Die schwarz gestrichene Kette lief von einer dicken Holzrolle durch ein viereckiges Loch in der Abdeckung. Oben auf dem Rollenkasten hatte man einen Blumenkübel mit Geranien gestellt.
Sie wußte, daß an dieser Kette der Eimer hing, in dem sie Wurst, Brot, auch schon mal Äpfel und Birnen, versteckt hatte.
„Für Wladi“, dachte sie wehmütig und die Schleichgänge in der Dunkelheit, ihre erstickende Angst und das Glück, wenn sie ihre angesammelten Essensreste an ihn übergeben konnte, fielen ihr ein. Sie hörte das Verkehrsrauschen nicht mehr, alle Töne waren weg. Ihr Kopfalbum blätterte so schnell vorwärts, daß sie am liebsten „Halt!“ gerufen hätte.
Sie ging langsam zum Brunnen, beugte sich über den Rand und schaute durch das Kettenloch nach unten. Schwarzer Glimmer, rasch verschwimmende Konturen; ihr Kopfalbum schlug Kapriolen, ließ Bilder in unfaßbar schneller Folge durchlaufen. Mehr als Bilder, Filmstücke liefen ab.

Sie steht am Brunnen; ihr Herz klopft wie rasend. Sie hört Stimmen, Gelächter in ihrem Rücken. Das graublaue Hängerkleidchen spannt an der Brust; die Beine sind nackt, braun. Die Hände hat sie hinter dem Rücken versteckt. Sie zittert, Brotstücke fallen ihr aus der Hand. Grelles Lachen ertönt. Zwei hübsche Mädchen in Dirndlkleidern kommen auf sie zu. Sie schlagen sich mit abgesägten Bohnenstangen in die Handfläche. Ganz gleichmäßig. Sie kommen näher. „Na, du Hure?“ Sie schluchzt, hält die Hände über dem Kopf.
„Nje“, flüstert sie. „Nje – Ja sljlsja – Nicht – Ich war böse!“

Ihre Beine schmerzten und brannten, wie damals, wenn die schorfigen Hölzer sie gepeinigt hatten. Die Bilder lösten sich auf und sie riß sich aus der Erinnerung, blickte hoch zum spiegelnden Dachflächenfenster. Ganz langsam stieg ein stinkender Knoblauchgeruch in ihre Nase. In ihrem Kopf dröhnte es; wieder huschten die Bilder an ihren Augen vorbei.

Adolf kommt auf sie zu, langsam. Er lächelt. Adolf ist ein großer, gut gewachsener Mann. Sein fast kahler Kopf leuchtet rötlich, wie immer, wenn er erregt ist. „Komm mein Täubchen! Sag Adolf zu deinem Täuberich. Sag, wie schön das ist, was wir machen. Sag es!“, ruft er mit heiserer Stimme.
Sie liegt auf der Matratze, zittert, starrt hoch in die Dunkelheit. Er steht dicht vor ihr – ohne Hosen. Sein bunt kariertes Hemd hat er zu einem Wulst zusammengedreht, nach oben geschoben. Nur wenig Licht fällt durch das Dachfenster, zeigt ihr, was sie nicht sehen will. Sie muß hinsehen, kann trotz allem Ekel die Augen nicht schließen.
Sein weißer Bauch leuchtet im diffusen Licht. Die ‚Kolbasa’ hängt zwischen seinen Beinen, baumelte wie beim Valeriy Stepanskoy.
Der Geruch des Knoblauchs wird heftiger, so stark, daß ihr übel wird. Und gleichzeitig weiß sie, hat sie immer gewußt, daß Adolf Basten Knoblauch verabscheut.

Sie fühlte eine Hand, die ihren Arm drückte und die Bilder waren weg; Adolf löste sich in graue Nebel auf. Ihre Scham brannte wie Feuer und der Knoblauchgeruch war noch in der Nase.
„Aja“, sagte eine sanfte Stimme. „Aja, laß dich nicht einfangen von den Erinnerungen. Komm! Sei ganz ruhig.“
„Ja“, dachte sie matt. „Aber dieser schreckliche Knoblauch; er ist fast so schlimm wie die Bilder.“
Fast jeden Tag tischte Wilhelmine Basten Knoblauch auf – zu jedem Gericht; sie aß die Knollen roh.
„Du ißt den nur nicht, weil du Angst hast, die Weiber würden dich nicht mehr küssen“, hatte sie oft zum Adolf gesagt.
Das hatte ihr eine der drei Russinnen erzählt, die leidlich Deutsch verstand. Und sie hatte sich dabei geschüttelt vor Lachen. „Und recht hat die Alte. Der Adolf küßt so wild wie ein Stier“, hatte die Russin gesagt und da hatten

die anderen Frauen auch gelacht und genickt.
Die Bilder flogen durch ihren Kopf, ließen alles um sie versinken. Sie schüttelte sich, wollte sie verdrängen, aber sie blieben, wechselten in schneller Folge.
Sie hörte Lachen, das immer näher kam, wußte nicht mehr, wo sie war, fühlte einen entsetzliche Schwindel aufsteigen, der ihre Beine zu Gummi machte. Die Zeit raste, wurde konturenlos.

Anton Basten, kniet nieder, reißt ihr das Nachtgewand auf, er stöhnt, betrachtet mit vorstehenden Augen ihren kleinen Körper, betastet ihn langsam, mit harten, festen Händen. Ihre Brüste schmerzen bei dem schwieligen Griff, die Schenkel zittern und dann ist er schon in ihr.
Sie schreit vor Schmerzen; es sind die gleichen Schmerzen, wie sie ihr schon einmal fast den Verstand geraubt haben. Sie sieht seine Augen, die glänzen, starr ihr Gesicht absuchen. Der Knoblauchgeruch erstickt sie fast.
„Njet!", schreit sie und noch einmal „Njet!"

„Aja", flüsterte es in ihrem Rücken. Die Bilder wurden milchig; der Schwindel, die Schmerzen und der Knoblauchgeruch waren aber noch da.
Wladimir berührte ihre Schulter. „Komm zurück! Es ist vorbei! Alles ist vorbei!"
„Nichts! Nichts ist vorbei! Immer wird es so sein! Meine Bilder! Es sind meine Bilder; ich will sie nicht teilen! Laß mich!", sagte sie schroff; sie konnte jetzt keine Berührung ertragen.
Die anderen hatten sich nicht von der Stelle gerührt, hatten ihr entsetztes Gesicht gesehen, verstanden nicht, was in ihr vorging.
Nur Marita Schönen schien begriffen zu haben, sie ging zu Angela und streichelte ihre Hand. „Liebe Aja, komm. Erinnerungen tun oft so weh. Komm, laß uns gehen."
Eine Tür knarrte und das Geräusch ließ alle hoch blicken. Angela wurde zu Eis, blickte den Mann an, der aus der Haustür trat, oben auf dem Treppenpodest verharrte. Er hatte seine Cordhose wieder angezogen, trug jetzt einen grünen Pullover. Adolf Basten blickte mit schwarzen Augen auf die Versammlung im Hof.
„Njet! Njet!", flüsterte Angela und starrte in das Gesicht, das sie gerade erst gesehen hatte.
Vor wenigen Augenblicken hatte er noch auf ihr gelegen, hatte in ihrem Gesicht Spuren der Lust gesucht, die sie nie empfunden hatte, nie mehr empfinden würde.
Er kam zögernd die Treppe herunter und ging mit fragenden, nicht unfreundlichen, Blicken auf die Gruppe zu. Angelas Gesicht wurde grau, die Lippen blutleer. Sie wich zurück, prallte vor Wladimir, der hinter ihr stand, tastete nach seinem Arm. Sie krallte sich immer fester, je näher der Mann kam.
„Njet! Njet! Njet!", schrie sie überlaut und warf sich plötzlich auf den Mann, der überrascht zurück wich.
Sie trommelte mit beiden Fäusten auf seine Brust, auf seine Arme und

schrie ständig „Njet! Njet!“
„Angela!“, rief Professor Boronow. „Laß das, Aja! Was ist los mit dir? Laß den Mann!“
„Was soll das? Aufhören! Hören Sie auf! Sind Sie verrückt? Helfen Sie mir doch!“ Der Angegriffene versuchte vergeblich, die wirbelnden Arme von Angela einzufangen. Sie trat ihm vor die Beine, schrie immer lauter und greller.
Ihr Schreien brach plötzlich ab. Sie ließ die Arme hängen, stand da, schlaff, mit wirren Haaren, die Augen weit aufgerissen. Ein andauernder, nicht enden wollender Jammerlaut kam aus ihrem Mund und Blut rann ihr aus dem Mundwinkel; sie hatte sich in der Erregung auf die Zunge gebissen.
Wladimir stürzte vor, faßte sie an den Schultern, spürte, daß sie schwankte. Sie glitt aus seinen dünnen, kraftlosen Armen, saß auf dem Boden und stierte Adolf Basten an.
Der Mann schaute fassungslos auf die Frau herunter, richtete den verrutschten Pullover und wischte sich mit dem Ärmel verlegen über das Gesicht.
„Kann mir einer … Was – was war das? Warum macht die Frau das? Ich kenne diese Frau nicht. Nie gesehen. Ist die verrückt?“
„Nicht verrrückt. Nur Erinnerrungen sind serr, serr starrk. Bitte entschuldigen, bitte!“, sagte Professor Boronow und streichelte dabei unentwegt Angelas Kopf.
„Sie sind doch der Lehrer Brosthaus? Mein Sohn ist in ihrer Klasse. Was sind das für Leute? Klären Sie mich bitte auf. Und – was will die Presse hier?“, rief der Mann und langsam wechselten Überraschung und Verwirrung in seinem Gesicht zu Wut und Ärger.
„Nein, nicht Adolf, nicht! Ich will nicht mehr!“, schluchzte Angela.
„Was sagt sie?“, fragte der Mann irritiert.
„Das sind ehemalige russische Zwangsarbeiter. Diese Frau glaubt, daß sie hier auf dem Hof gearbeitet hat und sie weint, weil sie Angst hat. Sie muß viel mitgemacht haben, damals. Bitte seien Sie ihr nicht böse“, sagte Marita Schönen. „Sie hat furchtbare Dinge erlebt.“
„Warum hat sie denn jetzt noch Angst? Vor mir? Ich tue ihr doch nichts.“
„Sind Sie ein Basten?“, fragte Fred Gerber.
„Was? Ja, sicher. Das ist unser Haus hier. Mein Name ist Heinrich, Heinrich Korte. Ich habe das Haus von meiner Mutter, geborene Basten, geerbt; sie hatte einen Korte geheiratet.“
„Aha! Dann war ihre Mutter eine der beiden Töchter“, stellte Klaus Schmitz fest.
„Eine der beiden …? Ja, nun, meine Mutter hatte eine Schwester. Sie war ein Jahr jünger, ist früh gestorben. Sie hatte Krebs. Aber – was soll die Fragerei? Was soll das alles? Würden Sie mich mal aufklären, Herr Brosthaus?“
„Ich verstehe selber nicht genau, was sie so bewegt. Wir – wir sprechen später darüber. Ich rufe Sie an“, sagte Hans Brosthaus.
Angela stand langsam auf, wurde dabei von Wladimir am Arm gezogen. Sie starrte den Mann an.
„Adolf! Das ist Adolf!“, sagte sie und schluchzte so stark, daß man sie

kaum verstehen konnte.
„Adolf? Sagte sie Adolf? – Ach so! Jetzt verstehe ich. Ja, ja, ich sehe meinem Großvater verblüffend ähnlich – sagt man. Sie verwechselt mich."
„Ich will gehen, schnell, schnell! Bitte, Wladimir!"
„Sie will weg von hier", sagte Marita Schönen zu Hans Brosthaus. „Sie erträgt es nicht. Das ist zuviel für sie. Laßt uns gehen."
„Warten Sie! Was erschreckt Sie nach so langer Zeit? Sie haben ja fast einen Schock bekommen", fragte Klaus Schmitz.
„Ich übersetzte das nicht mehr", sagte Marita Schönen. „Quält die arme, alte Frau doch nicht noch mehr. Ihr Männer habt Null Gefühl für so was."
„Komm, mein Täubchen! Sag Adolf zu deinem Täuberich!", flüsterte Angela. Sie lehnte sich an Wladimir und flüsterte: „Weg! Wladimir, wir müssen weg!"
„Ja! Komm, wir gehen", sagte er tonlos, nahm ihren Arm, lotste sie über die Straße und setzte sich mit ihr in den Bus.
„Na endlich! Wurde aber auch Zeit", murmelte der Fahrer und ließ den Motor an.
Die anderen kamen nun auch, gingen schnell, rannten fast und blickten ratlos zurück zu dem Mann, der im Torbogen stand und ihnen nachsah.
„Nichts für ungut! Entschuldigen Sie!", rief Hans Brosthaus, bevor er einstieg. „Ich melde mich, wie gesagt, bei Ihnen – später!" Der Mann hob leicht die Hand, wirkte unschlüssig und verwirrt.
„Bitte, ich will nach Hause", sagte Angela.
„Ja, ja! Wir fahren zum Hotel. Da können Sie sich umziehen, zum gemeinsamen Mittagessen", sagte Frau Schönen und strich Angela beruhigend über den Arm.
„Nein! Ich will nach Hause, in mein Dorf, zu meinen Tieren. Jetzt! Jetzt! Sag ihnen, daß ich nach Hause muß, Wladimir. Sag ihnen, daß meine Saranka werfen wird – bald. Ich muß nach Hause!"
„Ja, Angela. Wir fahren", sagte Wladimir und tippte dem vor ihm sitzenden Hans Brosthaus nachdrücklich auf die Schulter.
„Wirr farren zurrick – noch heute. Damoi! Ponnemoi? Sie habben verstehen?"
Marita Schönen bekam einen roten Kopf, hüstelte und sagte drängend: „Sie meinen es ernst, Hans! Die Frau ist völlig fertig. Ich ahne, was ihr passiert ist in diesem furchtbaren Haus. Oh, mein Gott! Zuerst das mit dem Grab ihrer Mutter und jetzt auch das noch."
„Seid ihr verrückt? Das geht nicht! Heute Abend ist der große Empfang im Trausaal des Rathauses. Sie können heute nicht fahren. Sag ihnen das, Marita. Verdammt! Verdammt! Morgen, ja – von mir aus – aber nicht heute. Morgen ist mir das scheißegal; dann geht die Demo eben ohne die beiden Russen."
„Was bist du bloß für ein Mensch? Das ist doch wie in einem Gruselfilm. Das muß für Angela doch ein Schock gewesen sein. Ein Gespenst, eine Begegnung mit der Vergangenheit. Und du denkst nur an dein Scheißprojekt."

„Sie soll sich nicht so … Verdammt, wir wollen doch das Beste für die Alten. Du tust so, als wenn wir daran schuld seien.“
„Wir farren zurrick – ich und letzte Steinzeitfrau hinterr Urral!“
„Oh, mein Gott! Er hat es gehört! Das hatte ich vergessen. Darum hat er damals im Hotel … Hans, du bist ein Idiot! Er hat immer alles verstanden“, flüsterte Marita Schönen und versank tief in ihrem Sitz.
„Lassen Sie die Leute fahren“, sagte Klaus Schmitz. „Es ist vorbei. Sie können dieser Frau keinen Sektempfang mit heuchlerischem Gelaber zumuten. Sind Sie blind? Es war zu viel. Seien Sie froh, wenn sie wieder im Zug sitzt.“
Hans Brosthaus drehte sich um, blickte Angela wütend an, schüttelte den Kopf und schnaufte.
„Hör zu, Marita. Sag ihnen, daß sie machen können, was sie wollen – ab morgen. Verdammt! Sie sind hier in einem freien Land, wo jeder tun und lassen kann, was er will. Es wäre aber schade – sag ihr das auch –, wenn sie führen. Ich will sie heute auf dem Empfang haben. Was soll der Empfang, wenn keiner da ist, der empfangen werden soll? Verdammt!“
„Die Schnittchen werden andere essen und den Sekt machen sie eben nicht auf; gibt noch genug blödsinnige Sektempfänge beim Bürgermeister. Lassen Sie endlich Ihr blödes Projekt sausen. Es ist vorbei, Brosthaus! Vorbei! Wenn Sie das nicht umgeworfen hat, was wir heute erlebt haben, dann sind sie aus arktischem Eis“, fauchte Klaus Schmitz.
„Gut! Gut! Dann eben nicht. Den einen oder anderen wird's ja sogar freuen“, seufzte Hans Brosthaus.
„Und wenn hundert Sektflaschen und tausend Schnittchen schlecht würden, es wäre mir so was von egal. Ich könnte nur noch weinen, wenn ich an das denke, was Angela empfinden muß. Was haben wir dieser Frau zugemutet“, sagte Marita Schönen leise. „Ich wollte, ich hätte das nicht erleben müssen.“
Sie drehte sich zu den beiden Russen um. „Ihr Lieben. Ihr müßt nach Hause, so schnell es geht. Ich sorge für alles, was dazu nötig ist. Morgen wird ein Zug gehen; vielleicht müssen Sie nur einmal mehr umsteigen. Mir tut alles so leid.“
Professor Boronow nickte und drückte Angela an sich. „Wir fahren, arme Aja, wir fahren nach Hause.“
„Ich bin dumm, Wladi, so furchtbar dumm. Ich hätte das aushalten müssen – und nichts hätte ich sagen dürfen. Aber ich kann die Bilder nicht anhalten; sie kommen, wie sie es wollen und sie sind so, so … Und dann dieser Mann, der …“
„Nein, Aja, sei nur still. Es ist meine Schuld. Wir hätten nicht fahren dürfen in dieses fremde Land. – Ich hätte es wissen müssen.“
„Doch, Wladi, wir mußten hier hin kommen. Ich mußte es tun. Meine Mamotschka hat auf mich gewartet.“

„Setzen Sie sich. Was trinken Sie?“, fragte Klaus Schmitz und zeigte auf den freien Stuhl an seinem Tisch.
In der kleinen Eckkneipe, „Zum letzten Ulan“, trafen sich Journalisten,

Politiker aller Couleur, Geschäftsleute und Rentner. Man trank an der Theke sein Kölsch und wer mal ohne Zuhörer etwas zu besprechen hatte, zog sich zurück in den fast dunklen, hinteren Teil der Kneipe.
Die jungen Leute, Sportler vor allen Dingen, gingen lieber ins hell und modern eingerichtete „Füllhorn". Nur zu Wahlkampfzeiten zeigten sich dort die Wahlkreiskandidaten, um mit der Jugend zu diskutieren.
Im „Ulan", wie er von den Gästen meist nur genannt wurde, war es immer dämmerig, es gab nur das Buntglasfenster zur Straßenseite. Gelbe, matt leuchtende Lampen rundum an den Wänden, machten eine gemütliche Atmosphäre. Der Raum vor der langen Theke war schmal und stets von Thekenstehern bevölkert.
Im Nebenraum, durch einen großen Torbogen abgetrennt, standen drei quadratische Tische mit weiß gescheuerten Holzplatten.
Hier konnte man Klaus Schmitz oft finden. Er bezeichnete den Ulan sogar manchmal scherzhaft als sein Zweitbüro, lieh sich beim Wirt schon mal Bleistift oder Anspitzer – er gehörte zu der aussterbenden Spezies, die ihre Notizen noch mit dem Bleistift ins Heft eintrugen.
Nie fand man ihn an der Theke, wo ruhiges Nachdenken unmöglich war. Hin und wieder rief ihm jemand, der ihn an seinem Platz entdeckt hatte, einen launigen Gruß zu, fragte vielleicht auch nach, was es Neues gäbe.
„Ich trinke Wasser", sagte Fred Gerber und setzte sich zu seinem Kollegen. „Wenn ich am Tage nur ein Bier trinke, bin ich unfähig, auch nur einen klaren Gedanken zu fassen."
„Nun, wie war ihr Eindruck heute Vormittag?", fragte Klaus Schmitz und nippte an seinem Kölsch.
„Ich bin noch völlig konfus. Meine Güte! Wenn ich das Silvia erzähle; ihr typischer Ausruf: ‚Männer!' klingt mir schon im Ohr. Und so ganz Unrecht hat sie mit dem, was sie damit sagen will, ja auch nicht. Ohne diese …"
„Stop! Jetzt machen Sie man nicht in Chefankläger gegen sich und alle Männer dieser Welt. Es gibt auch anständige Kerle, die das Kotzen kriegen bei solchen Geschichten."
„Ja, so meine ich das auch nicht. Aber ich bekomme einen dicken Hals, wenn ich an Leute wie diesen Basten denke, die zeitlebens mit einem Heiligenschein durch die Gegend gelaufen sind. – Und nach ihrem Tod auch noch als die besten Menschen aller Zeiten geehrt werden. Wenn Sie demnächst von einer zerstörten Gedenktafel am Haus Basten berichten müssen, dann vergessen Sie bloß unser Gespräch, sonst komm ich noch in Verdacht. – Und das wahrscheinlich nicht einmal grundlos."
„So? Daran habe ich auch schon gedacht. Aber wie wär's mit einer kleinen Zusatztafel: ‚Kinderschänder in den Jahren 1941 – 1945'? Das würde keine strafbare Handlung darstellen und hätte ungleich größere Wirkung."
„Ach ja", seufzte Fred Gerber. „Mindestens würde es dann dem, der es aufhängt, besser gehen. Moralisch, meine ich. Aber den armen Russen, dieser geschändeten Frau, würde es ihr Leben auch nicht mehr zurückgeben. Trotzdem …"
„Ja, alles ist erst durch dieses Projekt so gekommen. Alles wäre unter der

Decke geblieben, niemand hätte sich erregt, viele Erinnerungen wären für immer verschüttet gewesen. Hätte man das wissen müssen? Hätte man es vermeiden können oder sollen? Friede, Freude, Eierkuchen? Wäre dann vielleicht alles gar nicht wahr?", fragte Klaus Schmitz nachdenklich.
„Na ja, dieser Brosthaus ist eine Flasche. Der hatte jedenfalls keine Ahnung, auf was er sich da eingelassen hat", sagte Fred Gerber ungewohnt präzise und forsch.
„Nun, ich glaube eher, daß der das ganze Ding falsch eingefädelt hat. Sollte wohl eine besonders tolle, abwechslungsreiche Geschichtsstunde werden. Dazu noch ein wenig Reklame für sich und die Schule machen – und eben ein wenig im Zeitgeist mitschwimmen, das war's dann. – Könnte aber auch sein, daß diese Dampfnudel Kullog, der Chef vom Brosthaus, das ganze so organisiert hat. Oder er hat Muffensausen gekriegt, als er sah, wie es lief. Egal! Es ist das reinste Drama", sagte Klaus Schmitz und kippte das Kölsch in einem Zug herunter.
„Für die jungen Leute war das eh eine Nummer zu groß. Gut, im Archiv wühlen, Plakate malen, das geht in Ordnung. Und Demo ist immer gut. Da machen selbst die faulsten Schüler noch mit. Aber der Dialog mit diesen beiden Russen? Was haben die mir leid getan! Danach das Drama auf der Wiese unter den Birken. Und erst diese Begegnung bei dem Basten. Kinoreif, war das alles. Was sind das für Idioten!", sagte Fred Gerber.
„Nicht ganz. Dieser Tim hat Courage – und seine Freundin, diese Conny, die ist wie er. So schlecht war diese Gruppe gar nicht. Unerfahrene Schüler, die gar nicht ahnten, was da auf sie zukommen würde. Immerhin hat der Junge Eigeninitiative gezeigt und das mit dem alten Friedhof, das war ein Hammer. Ein bißchen müssen wir uns wohl auch an unsere Nasen fassen, was?"
„Wir sind ja nicht das Gewissen der Stadt. Wofür haben wir denn Politiker?"
„Eine gute Frage, lieber Gerber. Wenn Sie aber für das nächste Schützenfest eine kleine Story suchen, dann schreiben Sie doch mal, was Sie heute erfahren und erlebt haben – mit einem schönen Foto der Wiese mit Birkenbäumen – auf diesem ehemaligen Zwangsarbeiterfriedhof."
„Keine schlechte Idee, ja. Aber ich bleibe dabei, die hatten alle eine völlig falsche Vorstellung von der Sache."
„Ja. Es war einiges falsch. Die waren sicher der Meinung, daß es eine Projektwoche werden würde wie nach dem Thema ‚Maisanbau genmanipuliert! – Nicht mit uns!'. Hauptsache, die Plakate sind schön gemalt, und es gibt mal eine Abwechslung im schulischen Einerlei. Was dann passierte, das hat den guten Brosthaus total überfordert."
„Und vielleicht hat er auch noch ein paar andere Probleme bekommen, als man sah, wie das lief", sagte Klaus Schmitz. „Ich ahne, wie man den Mann unter Druck gesetzt hat – kann ja selber …"
„Die Schüler der Projektgruppe wirkten tatsächlich manchmal ziemlich ratlos, wenn er sich als Hemmschuh erwies", murmelte Fred Gerber.
„Der hat nicht daran gedacht, daß es hier nicht um historische, tote

Kriegerdenkmäler geht, nicht um Angst vor genmanipuliertem Gemüse und Anbaumethoden, sondern um sehr lebendige Menschen mit Gefühlen – mit besonders starken noch dazu. Und um Leute, die froh sind, wenn niemand mehr im stinkigen Brei herum rührt."

„So ist es. Aber das ist nicht der Grund, warum Sie mich in diese verräucherte Kneipe gebeten haben, oder?", fragte Fred Gerber. „Warum treffen wir uns wirklich? Sie haben es am Telefon so dringend gemacht."

„Ein Wasser und noch ein Bier", rief Klaus Schmitz zur Theke.

„Nun, es gibt einen verdammt guten Grund dafür, junger Mann. Ich möchte Sie nicht hinein tapsen lassen", sagte er und schaute über den Brillenrand in Fred Gerbers Augen.

„Wo hinein wollen Sie mich nicht tapsen lassen?"

„In was tapst man denn rein? Nun? Im Normalfall in eine Falle, oder?"

„Und? Wo steht sie, die Falle?"

„Das Wasser und das Bier, lieber Klaus. Bitteschön. Laß es dir schmekken."

„Danke, liebe Paula. Schreib's auf meinen Deckel", sagte Klaus Schmitz zu der jungen Bedienung, deren Rock eher einem sehr breiten Gürtel glich, und streichelte ihren nackten, sonnenbankbraunen Arm.

„Oha! Liebe Paula! Süß, Ihre Kleine."

„Ach was. Viel zu jung für so einen alten Schreiberling wie mich; ist nur was fürs Ego. – Ja, also. Wo steht die Falle? Das genau ist es, was Sie sich im Berufsleben immer fragen sollten. Es stehen zu viele davon herum – versteckt natürlich."

„Machen Sie's nicht zu spannend. Geht's um das, was heute mit den Russen war?"

„Ja, sicher. Darum – und um noch was ganz anderes. Ich habe mir erlaubt, mich ein wenig über Sie zu erkundigen. Sie sind, wenn ich mir das erlauben darf, noch nicht mit Druckerschwärze beschmiert. Für Sie ist das Ganze hier noch überschaubar, zwei- oder höchstens dreidimensional. Stimmt's?"

„Ich weiß nicht recht. Wieso haben Sie sich über mich …"

„Weil ich Ihnen kollegial helfen will. Ich mag Sie. Komme mir zwar vor wie ein alter Mann, aber so ein bißchen seh ich in Ihnen einen Ziehsohn. Ihre Schreibe ist gut, nicht sehr gut, aber für einen Anfänger bemerkenswert klar und präzise. Und sie schreiben unaufgeregt. Darum also. Und weil es in unserem Geschäft manchmal noch eine weitere Dimension gibt. Also drei plus eine. Und die hat es, verdammt noch mal, manchmal in sich."

„Das ehrt mich", sagte Fred Gerber verlegen und schlürfte lange an seinem Wasser, um seinem Gegenüber nicht in die Augen sehen zu müssen. „Sie sind ja so was wie der Methusalem unter den Reportern."

„Sollte das ein Kompliment sein? Lassen Sie das bloß nicht meine Freundin hören."

„Gerne. Wie heißt die denn? Doch nicht Paula? Ich dachte, die wär zu jung für Sie."

„Paula? Nee, ich sagte doch: viel zu jung und unerträglich anstrengend. Wie sie heißt, meine Freundin? Jetzt gerade? Sie bringen mich in Verlegenheit.

Wenn ich Ihnen morgen eine andere vorstelle, dann grinsen Sie, was? Nee! Lassen wir das. Ihr Wochenblatt und meine Tageszeitung gehören zu einem Verlag – wir haben ein gemeinsames Dach, wie man so schön sagt. Der Kölner Druckverlag, nicht wahr – das wissen Sie schon, oder?"
„Ja, sicher. Und?", fragte Fred Gerber ungeduldig und nippte am Wasserglas.
Er spürte eine wachsende Ungeduld. Seine Frau stand mit dem Kinderwagen irgendwo in der Stadt und wartete auf ihn. Sie war ein Schatz, hatte viel Verständnis für seine oft unmöglichen Arbeitszeiten, aber sie konnte auch fuchsteufelswild werden, wenn er sie mal hängen ließ.
„Muß noch eben was für die Redaktion erledigen", hatte er ihr gesagt, als ihn der Anruf von Klaus Schmitz auf dem Handy erreichte. Sie wollten gerade Babysachen für die kleine Yvonne kaufen. „Bin gleich wieder zurück; nur ein paar Minuten. Wir treffen uns hier, vor dem Kaufhaus."
Silvia würde mit Sicherheit stocksauer reagieren, wenn sie hörte, daß er sich verspätet hatte, weil er mit einem Kollegen eine Quasselstunde in einer Kneipe gehabt hatte. „Was? In einer Kneipe?", würde sie sagen; er kannte sie ziemlich gut und ihre Meinung über Kneipen besonders.
„Nun, dann wissen Sie doch sicher auch, wem dieser Verlag – sagen wir mal überwiegend – gehört?"
Fred Gerber riß sich vom wütenden Gesicht seiner Silvia los. „Na klar, der Familie Horstmann, Günther Horstmann. Das weiß doch jeder bei uns. Aber wo steht nun die Falle?", sagte er mehr als ungeduldig.
„Gut daß Sie fragen. Fragen ist das Ah und das Oh in unserem Beruf. Tun Sie das immer wieder, wenn Sie in ihrem Beruf gut werden wollen. Sie werden sehen ..."
Er trank einen kräftigen Schluck Bier, strich sich den Schaum aus dem Schnurbart und hob die Aktenmappe hoch. „Ich lese Ihnen mal vor, was ich mir notiert habe. Das dürften ja auch in etwa Ihre Erinnerungen sein." Er blätterte in den Notizen; dann hatte er es gefunden.
„Hier. Hören Sie zu!", sagte er, ruckelte an der Brille und las die Aussagen von Professor Boronow vor – fast wörtlich. Als er den Namen Wuttke erwähnte, machte er eine Pause und sah den Kollegen, knapp über die Brille schielend, lange an.
Laut wiederholte er: „Johannes. Johannes Wuttke hieß er."
Fred Gerber trank und blickte durch den Glasboden auf den Kollegen. Er mochte ihn, er war immer fair gewesen, hatte ihm manchmal Informationen zugespielt. Andererseits … Was sollte dieses Gespräch? Er überlegte, fand keinen Ansatz für diese Vorlesung, wie er es im Stillen nannte.
„Und währenddessen wartet meine Frau bestimmt immer ungeduldiger. Verflucht!", dachte er.
Silvia würde in der Fußgängerzone stehen, straßauf und straßab schauen – in immer kürzerem Abstand. Und die Lippen würde sie immer fester aufeinander pressen. Er wußte, wie sie in solchen Fällen aussah.
„Und? Sie haben stenographiert. Ich habe mir dazu nur Stichworte notiert; ich kann kein Steno", sagte er etwas patzig.

„Es geht nicht um wortgetreues Mitschreiben. Es geht um Wuttke! Um den geht's. Haben Sie die Aufregung vom Brosthaus bemerkt? Haben Sie mitgekriegt, wie er die Diskussion abbrechen wollte? Das erklärt auch sein Verhalten, seine veränderte Einstellung zum Projekt."
„Ja klar, ich erinnere mich; das war fast peinlich. Und was sollte das? Was hat der Brosthaus damit zu tun?"
„Jetzt stehen wir vor der Falle! Brosthaus kann uns egal sein. Sein Alter, Erwin Brosthaus, besitzt etwas mehr als zehn Prozent vom Druckverlag. Er ist außerdem ein väterlicher Freund der Horstmann. Und was bedeutet das? Erst mal noch nichts. Nur! Der Hans Brosthaus ist so was von angewiesen auf seinen Alten; er wohnt nicht nur bei ihm, der hält ihn auch bei allen möglichen Kapriolen, die der sich erlaubt, aus. Er macht zwei Mal im Jahr Weltreisen – kann man ja als Lehrer locker finanzieren, nicht wahr?"
„Woher wissen Sie das alles?"
„Aus meinem Zettelkästchen. Da stehen sie alle drin, die Lieben unserer Gemeinde, die schon mal auffällig wurden oder sonst wie wichtig sind."
„Ach, du meine Güte!", stöhnte Fred Gerber und dachte an seine paar Notizen, die er sich von den wichtigsten Politikern der Stadt gemacht hatte.
„Wichtiger aber", sagte Klaus Schmitz und trank den Rest Bier, „ist die Tatsache, daß Fünfundsiebzig Prozent den Horstmanns gehören. Was sage ich, Frau Elisabeth Horstmann! Ihr Alter, den sie sich damals als junge Sekretärin gefischt hat, der Verlagsleiter Günther Horstmann, der ist ja längst tot. Sie leitet den Laden; sie bestimmt, was Sache ist, welche Linie ihre Blätter fahren. Aber das wissen Sie ja bestimmt."
„Na prima!", dachte Fred Gerber. „Das weiß ich doch wirklich alles. Und dafür den Knatsch mit meiner Frau? Ich sehe schon, wie sie ihre kleinen Fäuste ballt."
„Also, was ist nun?", fragte er mit verbissenem Gesicht. „Ich sehe noch immer keine Falle. Bin ich fallenblind? Oder liegt's daran, daß mir die notwendige Druckerschwärze fehlt? Wo hat man die übrigens? Im Gesicht oder am Hintern?"
„Jetzt wird sie auf die Uhr blicken und mir gerade noch ein Minute geben. Mist!", dachte er.
„Sie werden es schon merken, wenn Sie sich damit geschwärzt haben. Nach meinem Kenntnisstand hat man die, wenn überhaupt, dann auf der Seele – was voraussetzt, daß man eine solche hat."
„Ich denke schon, daß ich eine Seele habe. Eine ziemlich große – blöderweise –, sagt meine Frau. Die wartet übrigens seit einer halben Stunde auf mich. Aber noch mal zu dieser Elisabeth Horstmann. Was hat sie mit einer Falle zu tun?"
„Schnapp! Und sie schlägt zu – die böse, böse Falle. Frau Elisabeth Horstmann hieß vor der geldbringenden Heirat Wuttke. Sie ist die Tochter des alten „Dann–wollen–wir–mal–Wuttke, Schwester des Immobilien-Wuttke und Tante des Rechtschaoten Frank Wuttke. Sehen Sie jetzt die Falle?"

„Scheiße!“, sagte Fred Gerber und plötzlich war es ihm egal, wie wütend seine Frau auf ihn war.
„Genau! Meterdicke Scheiße! Das trifft die Sache auf den Punkt. Darum hat der Brosthaus gezittert. Sein Alter schmeißt ihn zu Hause raus, wenn die Horstmann Lärm macht. Und das wird sie, wenn unsere Artikel erscheinen. Ach so! Uns schmeißt die Horstmann natürlich auch raus. Verstehen Sie?“
„Oh, Mann! Und was jetzt?“
„Genau darum sitzen wir hier. Wir sollten uns einig werden.“
„Ja, schon – aber wie?“
„Was macht ein Fuchs, wenn er auf dem täglichen Weg eine Falle entdeckt? Er sagt sich nicht: Egal, das ist mein Weg, ich geh da durch, komme was will. Er versucht auch nicht, die Falle auszutricksen, sie auszulösen; das könnte buchstäblich ins Auge gehen. Nein, er umgeht sie, ignoriert sie, tut so, als habe er sie nie gesehen; er geht einen anderen Weg und lacht sich eins, weil er klüger war. Und genau das machen wir auch.“
„Das sehe ich auch so, aber wie ...?“
„Wir stellen die Basten–Geschichte groß raus: ‚Zusammenbruch beim Wiedersehen! Hat er das russische Kind damals vergewaltigt?‘ Das dürfen wir nur als Frage formulieren. Aber wen schädigen wir damit? Niemanden! Der Enkel Korte hat keine Position, in der wir ihm, oder aus der er uns schaden könnte; die Russen sind längst in ihrer Heimat, wenn der Artikel erscheint. Bei dem Schaum, den wir da schlagen, fragt auch keiner nach einer anderen Story. Wuttke wird einfach nicht erwähnt – höchstens als Randfigur; weil er der Besitzer dieser DTG-Firma war. Einverstanden?“
„Mein Gott, ja! Mensch, bin ich froh, daß Sie mich informiert und wir uns abgesprochen haben. Und die Wahrheit haben wir ja damit auch erzählt, oder? Wer weiß, ob der Professor sich nicht mit dem Wuttke vertan hat – oder war das sogar Absicht? Der hatte doch vorher den Zusammenstoß mit seinem Enkel, dem Frank Wuttke. Das sagte uns doch dieser Projektsprecher – wie hieß der noch? – Ach ja, dieser Tim Körner. Bestimmt hat er sich den Namen einfach gemerkt. Zweifel sind jedenfalls angebracht, oder?“
„Na, dann ist ja alles klar. Prost, lieber Gerber.“
„Prost, Herr Schmitz.“
Das Handy spielte: „Üb immer Treu und Redlichkeit“, und Klaus Schmitz nestelte an der Brusttasche.
„Schmitz. – Ja? – Tag, Frau ...“
Langes Schweigen; Fred Gerber sah sich im Lokal um. Etliche Männer drängten sich an der Theke und diskutierten laut mit bierbrasiger Stimme und als sie seinen Blick bemerkten, winkten sie mit den Biergläsern einen Gruß rüber. Er kannte einige, wußte, daß sie zum Vorstand des Fußballvereins gehörten.
„Nein!“
„Weiß ich noch nicht.“
„Kann ich mir denken, Frau Horstmann.“
Wieder langes, stilles Zuhören, aber Fred Gerber hatte seit der Nennung des Namens Horstmann das Interesse am Geschehen im Lokal verloren; er

starrte den Kollegen unverwandt an.
„Auf Wiederhören."
„Was war denn das?", fragte Fred Gerber.
„Das, mein Lieber, war die zweite Falle. Das war die, die sogar ich übersehen habe. Brosthaus hat seinen Papa angerufen, Papa Brosthaus sofort Elisabeth Horstmann, und die hat gerade erstmals, so lange ich zurück denken kann, direkt in die redaktionellen Entscheidungen eingegriffen – einzugreifen versucht. Sie hat nicht mal meine Chefin, Gesine Stumm, vorher informiert oder eingeschaltet."
„Wie hat sie das gesagt? Ich meine, war es eine Anordnung? Geht es ihr um die Wuttke-Story?"
„Natürlich, worum denn sonst? ‚Kein Wort über Wuttke! Ist doch alles unbewiesenes Geschwätz dieses Russen. Der will nur Geld sehen. Fallen Sie bloß nicht drauf rein. So einen Quatsch bringt unser Blatt nicht. Haben wir uns verstanden?' Dann hat sie aufgelegt."
„Ach, du dicke Scheiße! Gut, daß wir uns schon beraten hatten."
„Ich bin jetzt achtundfünfzig. Wenn ich meine Stelle verliere, dann steh ich auf der Straße oder beim Arbeitsamt. Eigentlich wollte ich noch nicht in den Ruhestand gehen."
Das Handy am Gürtel von Fred Gerber schnarrte und sie nickten sich zu.
„Jetzt sind Sie dran."
„Gerber."
„Ah! Guten Tag, Frau Horstmann."
„Ja, das stimmt. – Ja, ich war da. – Ja. – Nein. – Ich verstehe nicht. – Warum? – Hätte ich sowieso … Verstanden. – Ja. – Auf Wiederhören, Frau Horstmann."
„Puh! Fast wie bei Ihnen. Nur deutlich mehr Befehlston. Ich hab schon jetzt kalte Füße. Aber was soll's, wir hätten's ja sowieso nicht gebracht. Mensch, hatten Sie einen Riecher!"
„Ich sagte ja vorhin, ich hätte die zweite Falle übersehen; haben Sie's vergessen?"
„Nein – nein, aber wieso? Ich dachte, wir hätten ..."
„Wir hatten! Freiwillig! Ohne Einflußnahme! Eigene oder Redaktionsentscheidung, lieber Gerber. Erkennen Sie den Unterschied?"
„Na und? Was hat sich daran geändert?"
„Alles! Begreifen Sie nicht, Gerber? Jetzt versucht jemand von außen die Redaktion zu manipulieren. Das ist die Falle. – Aber in diese Falle geh' ich rein. Wuttke wird gebracht!"
„Sie wollen …? Sind Sie verrückt? – Sie sagen das so locker, aber ich bin verheiratet, hab ein einjähriges Kind, den nächsten Urlaub gebucht, muß den Kredit für die Küche abbezahlen. Ich kann nicht. Mensch, ich finde auch nicht an der nächsten Ecke einen Job. Mir wird schlecht, wenn ich an meine letzte Jobsuche denke. Ich kann morgen auf der Straße stehen – ich bin auf Probe."
Klaus Schmitz trank das Glas leer und gab ein Zeichen zur Theke.
„Ich will zahlen, Paula."

„Du gehst schon? Ich habe gleich frei."
„Ach, mein Mädchen. Such dir was Jüngeres. Ich hab nur noch Zeitungspapier im Kopf."
„Im Kopf – vielleicht. Aber sonst?", sagte Paula, als sie kassierte und grinste anzüglich.
„Sie haben gerade ein Gewinnlos ausgeschlagen", sagte Fred Gerber mit einem frechen Lachen, als Paula zur Theke ging und auffällig ihr Hinterteil schwenkte.
„Oder eine Niete. Ich will's gar nicht erst wissen. Also: Ich muß in die Redaktion; es wird Zeit. Und machen Sie sich keine Sorgen. Wir machen zwei Geschichten aus der Sache. Die Kinder–Prügel–Wuttke–Story und die Kinder–Vergewaltigung–Basten–Story. Jede Zeitung bringt eine Geschichte."
„Aber dann wird einer von uns ..."
„Klar. Ich bin der Ältere, ich hab' das Zugriffsrecht und nehme die Wuttke-Sache, Sie bringen nur die Basten–Kiste. Klar? Sollte jemand fragen, dann war das Redaktionsstrategie. Beide Geschichten sind so gut, daß wir sie auf zwei Zeitungen verteilt haben."
„Das können Sie nicht machen. Das mache ich nicht mit! Nie, für kein Geld der Welt. Ich schlage Ihnen vor, daß wir beide Geschichten in beide Zeitungen setzen. Dann hat sie ein Problem, die Horstmann. Wenn die zwei Redakteure feuert, dann gibt das ..."
„Stop! Es bleibt bei meiner Entscheidung. Sie hilft uns beiden. Ich habe ja die gesamte Redaktion hinter mir und vor allen Dingen meine Chefin, Gesine Stumm. Die wird sie nie feuern, das weiß ich. – Ach, da fällt mir ein, Sie wollten doch den Namen meiner Freundin wissen, erinnern Sie sich? Nun, er lautet Gesine."
„Oh! Gesine also. Eine gute Wahl, wenn ich's mir recht überlege. Gibt ja wohl nicht so viele Frauen hier mit diesem Namen, oder?"
„Nee, gibt es nicht. Ich kenn nur eine. Ich fahr jetzt in die Redaktion und mach alles klar."
„Aber, ich habe ein schlechtes Gewissen. Sie können doch nicht einfach ..."
„Klar, kann ich das. Das Problem ist gelöst. Einen schönen Abend noch, Gerber. – Und grüßen Sie Ihre Frau von mir. Wir sollten uns mal bei einem Kaffee treffen. Vielleicht sehen wir uns ja bald wieder."

„Die Wände hätten eigentlich keinen Anstrich gebraucht", dachte Conny. „Fast alles bedeckt mit Postern und Bücherregalen. Nur Weiber! Ob das seine Idole sind?" Sie saß auf Tims Bett und betrachtete die nahtlos aneinander geklebten Poster.
Neben Jasmin Wagner kämpften Tina Turner, Pamela Falcon, DIDO und Jennifer Lopez um den besten Platz. Daneben hingen Kinoposter von Star War's, Herr der Ringe und Rock Star.
„Was ich daraus wohl schließen sollte?", überlegte sie, als sie an ihre Mutter dachte, die ihr geraten hatte: „Kommst du in ein fremdes Haus, dann schau

dir die Bilder an, die an den Wänden hängen. Sie verraten dir mehr als alles andere über den Besitzer."
„Die meinte bestimmt ihre Schinken, die sie immer anhimmelt und nicht so was."
Die Poster machten sie ratlos und deshalb versuchte sie die Titel der Bücher zu lesen, die in einem deckenhohen Regal standen. Sie waren zu weit weg und sie hatte keine Lust, näher heran zu gehen.
Sie war nervös, hatte eine ungefähre Ahnung von dem, was Tim von ihr erwartete und wußte, daß es in jedem Fall ein Problem geben würde, wenn es das war, an das sie schon den ganzen Nachmittag dachte. Nach dem Unterricht hatte er sie gebeten, mit ihm einen kleinen Bummel zum Rheinufer zu machen.
„Laß uns ein bißchen miteinander quatschen. Nach all dem … Ich bin alleine, weißt du. Meine Eltern sind zur Messe nach Düsseldorf. Sie kommen nicht vor Mitternacht nach Hause; sie wollen nach Messeschluß noch mit Geschäftspartnern essen gehen."
„Und? Was heißt das?", hatte sie gefragt.
„Ja, ich dachte … Glaub bloß nicht, daß ich immer Mädchen mit nach Hause nehme. Ich bin nicht so ein cooler Typ, wie du denkst. Ich bin ganz schön nervös, wenn ich daran denke, das ich dich eigentlich fragen wollte, ob du nicht mit mir kommen willst."
„Oh!", hatte sie gesagt. „Wozu?"
„Mann!", hatte er gestöhnt und war vorwärts gestürmt, in Richtung Rheinufer.
„Fragst du mich nun, oder doch nicht?"
Er gab keine Antwort, schoß einen dicken Kiesel mit Wucht ins Gebüsch. Sie liefen am Wasser entlang, ohne sich zu berühren, und er warf ab und zu einen Kieselstein ins Wasser.
„Ich bin in Gedanken immer noch bei den beiden Besuchern aus Rußland", sagte er. „Mann, hat mich das mitgenommen."
„Ja, mich auch. Wir sollten sie morgen zum Bahnhof bringen. Wir dürfen sie jetzt nicht alleine lassen. Es sieht so aus, als müßten sie vor uns flüchten. Das darf nicht sein."
„Aber … Ja, du hast recht. Nur … Wir müssen erstens den Unterricht schwänzen und zweitens verstehen wir sie nicht. Wir sollten Frau Schönen fragen, ob sie …"
Ja, klar, Tim. Ich rufe sie nachher an. Sie kann dolmetschen und sie wird uns beim Brosthaus unterstützen, wegen des Fehlens im Unterricht."
„Weißt du, ich habe mit allen möglichen Schilderungen gerechnet, ich habe gehofft, etwas darüber zu erfahren, wie mein Großvater hier behandelt wurde, aber das …", sagte Tim und blickte einem flachen Kiesel nach, der drei Mal auf der Wasserfläche auftitschte, bevor er versank. „Wir waren alle ziemlich naiv, was?"
„Ja, vielleicht waren wir das. Aber konnte einer das alles ahnen? Ich bin nur noch traurig. Dieser kleine, zarte Mann. Wie klein und schwach mag er erst als Kind gewesen sein? Und diese wunderbare Frau. Kannst du dir

vorstellen, was sie durchgemacht hat?", fragte Conny.
„Nein, das kann man wohl nicht wirklich. Aber schon das, was meine Fantasie mir erlaubt, das reicht. Wenn ich an diesen überheblichen Wuttke und seine Freunde denke, dann könnte ich aus der Haut fahren."
„Ja, mir geht es auch so. Wie schließen wir das Projekt ab, jetzt, wo doch alles so schief gelaufen ist?"
„Nein, Conny. Es ist nicht schief gelaufen; es ist genau richtig gelaufen. Sicher hatten unsere Gäste andere Erwartungen, vielleicht haben sie sich sogar auf die Reise gefreut. Wir hatten auch andere Dinge im Kopf. Demo und Diskussion über die damalige Zeit. Daß da solche Schicksale zur Sprache kommen könnten, nein, damit hat doch keiner gerechnet. Was dann passiert ist, hat mehr als alles, was man sich ausdenken konnte, gezeigt, was wir ihnen schuldig sind. – Wir, die Nachkommen. Dieses ganze Gefasel: ‚Wir haben doch keine Schuld', das ist Scheiße. Jeder, der das bisher nicht so gesehen hat, und der das hier miterlebt hat, wird in Zukunft anders denken."
„Etwas Gutes hatte das alles doch: Angela weiß jetzt, wo ihre Mutter begraben wurde und wann sie gestorben ist. Ich kann mir vorstellen, daß es so leichter für sie ist, wenn sie an ihre Mutter denkt."
„Ja, das glaube ich auch. Mir jedenfalls würde es so gehen, wenn ich das Grab meines Großvaters kennen würde."
„Vielleicht liegt er auch irgendwo unter hohem Gras, ohne Namen und ohne ein Kreuz oder sonst was."
„Ja. Und vielleicht veranstalten sie dort auch so ein unsägliches Heldengedenken. Was für eine Einstellung. Für unsere Soldaten, egal ob schuldig oder unschuldig, wird in jedem Jahr eine große Gedenkfeier veranstaltet. Ihre Kreuze werden poliert und die Gräber der Zwangsarbeiter haben sie planiert. Was müssen unsere Gäste gedacht und gefühlt haben."
„Und? Was machst du daraus?", fragte Conny. „Hast du schon eine Idee?"
„Ich schreibe in der nächsten Woche den Projektbericht – und ich lasse nichts aus. Nicht ein Wort! Und wenn der Brosthaus im Carrée springt."
„Bist du sicher? Den wird der Brosthaus schreiben wollen; er ist der Projektleiter, sagt er."
„Was hat er denn gemacht? Nichts, nur gebremst, wo es nicht nötig war. Der kann ja seinen eigenen Bericht verfassen; dann gibt es eben zwei davon. Ich will aber … Auch wenn es jetzt überheblich klingt, ich will, daß wir auf das Deckblatt schreiben: ‚Zur Erinnerung an Olga Pawlowska, die Frau aus dem kleinen russischen Dorf Gurka, die in unserer Stadt von den Nazis ermordet wurde.' – Was sagst du dazu?", fragte er und blickte Conny unsicher an. „Unterstützt du mich dabei, wenn die anderen dagegen sind?"
„Ja, das werde ich. – Ich glaube, ich mag dich sehr", sagte sie und bückte sich jetzt auch nach einem Kieselstein.
„Ich hasse diese Scheißkerle – ich hasse alle Scheißkerle, die Mädchen und Frauen so etwas antun. Ich könnte sie umbringen", sagte er und warf einen Kieselstein mit Schwung aufs Wasser.
Der Stein plumpste mit einem ‚Flop' ins Wasser und er beobachtete die

Wellenringe. „Manchmal denke ich, man muß sich schämen, ein Junge oder ein Mann zu sein.“
Und deshalb war sie mitgegangen, als er den Heimweg eingeschlagen hatte. Sie hatten nicht miteinander gesprochen, bis sie sein Zimmer betreten hatten.
„Setz dich. Ich hole uns was zu trinken“, hatte er gesagt.
Nun saß sie hier in seinem Zimmer, hatte Angst vor dem, was sie sich wünschte und lauschte auf die Geräusche, die aus der Küche kamen.
„Hier“, sagte Tim, als er die Zimmertür mit dem Fuß aufstieß. Er balancierte ein Tablett mit zwei Sektgläsern und einer Flasche.
„Was wird das, wenn es fertig ist?“, fragte sie erschrocken und ärgerte sich im selben Moment über ihre Frage.
Tims Gesicht verschloß sich und er drehte ihr den Rücken zu, als er das Tablett auf den Schreibtisch stellte.
„Nicht das, was du denkst, Conny. Ich vermute, du hast was völlig Falsches gedacht. Aber eigentlich … Ich wollte nur … Es ist dein erster Besuch bei mir und vielleicht werden wir uns später mal daran erinnern – dachte ich. Nichts anderes.“ Er drehte sich um und schaute sie an.
Sie sah seine Unsicherheit und Verlegenheit und gab sich einen Ruck. „Mach sie bitte auf, ja? Wie willst du einschütten, wenn du sie nicht öffnest?“, sagte sie und lächelte.
Er blickte sie einen Moment irritiert an und schmunzelte schließlich erleichtert zurück. Sie faßten die Gläser am Stiel und schauten sich über den Rand in die Augen; zum ersten Mal sah er die braunen Pünktchen in ihrer Iris.
„Was sagt man dabei?“, fragte Conny. „Etwas sollten wir wünschen.“
Einen Moment lang überlegte Tim, bevor er antwortete: „Laß uns anstoßen und auf das Wohl dieser armen und wunderbaren Frau trinken, die wir kennen lernen durften.“
„Ja, Tim – nennen wir sie doch einfach Aja, wie ihr Cousin sie nannte. Auf Aja und alle Frauen, die durch Männer so furchtbar gelitten haben. Daß sie ihnen verzeihen und doch noch ein kleines Glück finden.“
„Und darauf, daß es Männer gibt, wie diesen Wladimir, die den Frauen manchmal helfen können.“
Sie tranken, stellten die Gläser auf die Schreibtischecke und sahen sich wieder lange an.
„Komm, küß mich. Das gehört doch auch dazu“, sagte Conny schließlich.
Sie küßten sich erst vorsichtig, tastend, abwartend. Zögernd öffnete sie ihre Lippen, genau so zögerlich nahm er das Angebot an, suchte und fand ihre Zunge. Unbeholfen und ohne Raffinesse küßte er sie und gleichzeitig begann er, ihre Brüste zu streicheln. Zärtlich, vorsichtig und schließlich mit einem wilden Verlangen nach mehr. Und Conny war bereit, vergaß alle Vorbehalte, alle Bedenken, die ihr vorher durch den Kopf gegangen waren. Sie zogen sich gegenseitig aus, küßten sich zwischendurch, immer hastiger, immer verlangender.
„Komm! Komm“, sagte Tim, als er ihre Hände spürte.
„Hast du Gummis?“, fragte sie und spürte die Hitzewelle, die ihr Gesicht rot färbte.

„Ja, hab ich“, sagte Tim und wurde so rot wie Conny.
Er fand nur langsam, zögernd – und immer bereit zum Rückzug – zu ihr, versank in ihren duftenden Haaren, ihrer Haut, ihrer Feuchte und Wärme.
Nur einen winzigen Moment lang dachte Conny an Angela und die Schmerzen, die diese Frau mit dem verband, was sie gerade erlebte. Dann spürte sie sich so intensiv, taumelte in eine Welt, in der für solche Gedanken kein Platz war. Es war ihr erstes Mal und sie würde es ihr Leben lang nie mehr vergessen.
Als sie später neben ihm lag, seinen schnellen, unkontrollierten Atem an ihrem Hals spürte, dachte sie wieder daran, was diese russische Frau erleben mußte. „Nie wird sie dieses Glück, diese wunderbare Nähe, diese Sanftheit und Geborgenheit spüren.“
Sie weinte lautlos, vor Glück und Trauer; sie war völlig durcheinander, spürte Lust und Wut, Verlangen und Abscheu.
„Diese verfluchten, dreckigen Scheißkerle“, dachte sie und streichelt sanft das erhitzte Gesicht von Tim.

Gesine war es gewohnt, daß Klaus sofort zur Sache kam. Er hatte nie Ruhe, fand einfach nicht den Weg in eine Gelassenheit, die sie so sehr liebte und ständig an ihm vermißte.
Sie hatten lange beim Japaner gesessen, hatten Sushi gegessen, Reisschnaps getrunken, gelacht, hatten sich über tausend Dinge unterhalten und gestritten. Er fand es köstlich, wenn Gesine sich in ein Thema hineinsteigerte und ihr schmales, blasses Gesicht wie Feuer glühte.
„Komm!“, hatte sie schließlich gesagt. „Erregt bin ich schon genug. Jetzt will ich dich. Und vergiß das nicht: Ich habe dich angemacht.“
„Ja, komm!“, sagte Klaus Schmitz jetzt. „Komm! Ich brauch dich mit Haut und Haaren. Nach all diesem Dreck, diesem Scheiß und Elend. Verdammt! Was gibt es doch für Schweine auf der Welt. Komm, Gesinchen, ich brauche deine Wärme und deine Nähe.“
Sie zog sich schnell aus, hatte längst alle Erwartungen begraben und legte sich aufs Bett, nachdem sie die Bettdecken auf die Erde geworfen hatte.
„Also, als Trostpflaster brauchst du mich? Um diese böse, böse Welt für fünf Minuten zu vergessen? Wenn ich dir dafür genug biete, dann, bitte …“
„Wenn du so redest, dann …“
„Nimm mich nicht so ernst, Klaus – und dich selber auch nicht. Na, komm schon, du alter Griesgram – und leg wenigsten deine Brille ab.“
Sie liebten sich so, wie schon viele Male zuvor; er mit verbissener Wut, brutalem Verlangen nach einem Punkt, an dem er im Rausch versinken würde. Sie mit stillem Abwarten und Beobachten, dem Wissen, daß sie allein bleiben würde in diesem Moment.
Sie betrachtete seine stark behaarte Brust, als er neben ihr lag. Sie hob und senkte sich rasch und die Geräusche seines Atems drangen synchron an ihr linkes Ohr.
„Was für ein Mann!“, dachte sie. „Ich liebe ihn trotz all dem. Wann wird er

endlich zur Ruhe kommen?“
„Ich habe ein Problem, Gesinchen“, sagte Klaus, immer noch kurzatmig.
„Ich weiß“, sagte sie. „Du kommst zu schnell. Du vergißt die Zärtlichkeit. Du denkst nur an dich. – Aber das sind schon drei Probleme. Hast du ein viertes?“
„Oh, Mann! Deine Ironie kann ich jetzt nicht auch noch vertragen. Eine Frau, Elisabeth Horstmann, ist mein Problem.“
„Die auch?“
„Gesine! Wirst du jetzt ernst sein? Verdammt! Ihr Frauen könnt nie erkennen, wann man bestimmte Sachen nicht sagt.“
„Ach? Nur wir Frauen? – Entschuldige, lieber Klaus Schmitz. Du schläfst mit mir, vergißt, daß ich auch Gefühle habe und zwei Minuten später willst du mit mir übers Geschäft reden. Wie soll ich darauf reagieren? Sag's mir!“
„Entschuldige, Gesine. Aber ich habe wirklich Sorgen. Ich muß dich informieren, bevor du morgen in der Redaktionskonferenz zerplatzt. Ich habe den Artikel über die Russen – Thema Zwangsarbeiter – setzen lassen, so wie ich ihn schreibe, wenn ich frei entscheiden kann. Ich wollte ihn dir nicht zur Entscheidung vorlegen, weil ich dich nicht damit belasten wollte. – Den Bericht über die Zwangsarbeiter und ihre Mißhandlungen in der damaligen DTG, meine ich.“
„Und? Das ist doch nichts Neues. Du schreibst immer das, was du für richtig hältst. Hast du schon einmal auf mich gehört? Ganz sicher nicht. Was soll das also?“
„Ja, sicher. Nur diesmal hat Elisabeth Horstmann mich angerufen und sich einen solchen Bericht über die DTG verbeten. Strengstens verbeten! Ich habe ihn trotzdem, schonungslos und unter Nennung aller Namen, geschrieben.“
„Ach, du dicke Tante Emma! Du hast wirklich? Du weißt, was das heißen kann? Du hast an die Verhältnisse gedacht: Wuttke und Horstmann?“
„Ja. Ich weiß das alles. Aber ich bin so voller Wut und Ekel. Auch wenn diese Scheißkerle schon die Würmer gefressen haben, sie sollen ihr Fett abkriegen. Diese Heuchler und Gutmenschen! Straßen haben die Stadtväter nach ihnen benannt; Ehrenbürger nennt man sie, und ihre Nachkommen beten wahrscheinlich vor dem Essen zu ihnen, im Glauben, sie schauen aus dem Himmel auf sie herunter. Verstehst du jetzt, was mich gequält hat? Warum ich es dir jetzt sagen mußte?“
„Ach, Gott! So ist das! Es wird schwer werden, Klaus. Das weißt du? Ob ich dann noch die Chefin im Laden sein werde; wer weiß das schon bei dieser Frau. – Ach, egal! Dann knallt es eben morgen. Was soll's.“
„Ich weiß doch, warum ich dich liebe.“
„Ach? Du liebst mich? Das hast du ja noch nie gesagt. Bist du jetzt erleichtert? Na, dann sieh zu, daß du mich noch einmal verführst; aber jetzt nach meinen Spielregeln. Jetzt brauche ich die Ablenkung.“
„Oh, mein Gott! Ob ich das schaffe? Der Reisschnaps …“

Marita Schönen hatte sich bereit erklärt, Wladimir und Angela, Tim und Conny zum Bahnhof zu fahren. „Ihr braucht ja auch jemanden, der dolmetscht. Sonst wird die Unterhaltung zu schwierig", sagte sie und lächelte Professor Boronow entschuldigend an. „Nichts gegen Ihre Deutschkenntnisse, aber mit den jungen Leuten würden Sie doch Schwierigkeiten haben". Erst nach langem Zureden hatte sich Angela überreden lassen, auf dem Beifahrersitz Platz zu nehmen. Eigentlich hatte sie nur deshalb nachgegeben, weil Wladimir auf ihr breites Hinterteil angespielt hatte, das hinten im Wagen, wo sie zu Dritt sitzen mußten, keinen Platz hätte.
Ihr Gesicht war blaß, sie wirkte unausgeschlafen und als sie Marita Schönen die Hand gab, konnte sie ihr Zittern nicht verstecken. Ängstlich hatte sie während der Fahrt auf Maritas Hände gesehen, die traumhaft sicher mit Gangschaltung und Lenkrad hantierten.
Immer, wenn ihnen Autos entgegenkamen, schloß sie die Augen. Sie hielt fast während der ganzen Fahrt bis zum Bahnhof die Augen geschlossen. Als Marita in Köln eingeparkt hatte und den Motor abstellte, seufzte Angela. „Kann man sich daran gewöhnen? Bei uns in Gurka …"
„Still, Aja. Dafür krähen bei euch vom Morgen bis zum Abend die Hähne, gackern die Hühner, meckern die Ziegen, grunzen die Schweine und dröhnt eine kaum zu ertragende Stille von den Hügeln", unterbrach sie Wladimir.
„Ach, du bist … Stille kann nicht dröhnen. Deine Autos und Straßenbahnen in Smolensk, ja, die dröhnen."
„Kann man sich an die Stille bei Ihnen gewöhnen?", fragte Conny. „Ich stelle mir das gerade vor. Im Urlaub, ja. Aber immer?"
„Komm uns besuchen", sagte Wladimir. „Du wirst dich gewöhnen und nie mehr weg wollen."
Sie waren viel zu früh, aber Angela hatte es nicht mehr ausgehalten, hatte das Frühstück herunter geschlungen und Wladimir ungeduldig gedrängt. Mit der Tasche vor der Brust hatte sie vor der Hoteltür gestanden, als Marita, Tim und Conny vorfuhren.
„Sollen wir uns in ein Café setzen?", fragte Marita, nachdem sie die Fahrplantafel studiert hatte. „Ihr könntet eine Tasse Kaffee trinken. Wir haben noch fast eine Stunde Zeit."
„Lieber ein wenig spazieren gehen", antwortete Wladimir Boronow.
Sie stiegen die Treppe hoch zum Dom und Angela betrachtete die Auslagen in den Buden, die sich an den Dom schmiegten.
Plötzlich ließ sie die Tasche fallen, schlug die Hände über dem Kopf zusammen und stöhnte auf.
„Angela! Was ist?", rief Marita Schönen erschrocken.
„Ich habe vergessen! Alles war weg aus meinem Kopf. Ich habe es ihnen doch versprochen, den Kindern in Gurka. Denen vom Petrovitsch und auch allen anderen."
„Was? Was hast du versprochen?", fragte Professor Boronow. „Weiß ich etwas nicht?"
„Ja, sie stellen Eimer auf in meiner Küche, wenn es regnet. Sie helfen beim

Eiersammeln und füttern die Tiere. Und dafür habe ich ihnen ein Geschenk versprochen."
„Verstehen Sie, Marita? Daher kommt die Unsitte mit dem Bakschisch. Die Kleinen lernen es schon. Gib mir, dann tu ich was. Ha! Du verdirbst sie, Angela."
„Ich habe es versprochen", sagte sie trotzig. „Es ist Lohn."
„Aber wir haben doch noch Zeit", sagte Marita Schönen. „Was wollen Sie ihnen denn mitbringen? Wie viele Kinder sind es denn?"
Angela nahm die Finger zur Hilfe, zählte zuerst die neun Kinder ihrer Nachbarn von links und rechts zusammen, überlegte dann und seufzte: „Wie kann ich den neun Kindern etwas geben und ihren Freunden nicht? Es geht nicht. Es sind zu viele."
„Wie viele sind es?", fragte Marita ungeduldig. „Zwanzig? Dreißig?"
„Dreißig?", wiederholte Angela grübelnd. „Ja, könnte sein. Könnte so sein."
„Und was wünschen sich Kinder in Gurka?"
„Oh! Alles, was sie kennen. Vielleicht eine Schokolade?"
„Gut!", rief Marita. „Tim, zeig du ihnen den Dom von Innen. Conny und ich gehen schnell einkaufen. Wir treffen uns hier vor dem Haupteingang."
Sie liefen los, aber Marita stoppte sofort wieder. „Professor! Haben Sie Verpflegung mitgenommen? Für unterwegs?"
„Nein! Oh, das haben wir vergessen. Angela hatte es so eilig."
„Komm", sagte Marita. „Wir müssen ihnen helfen."
Sie rannten über die Hohe Straße bis zur Schildergasse, erwarben im Kaufhof vierzig Tafeln Schokolade mit Nüssen, vierzig kleine Fotobändchen von Köln, einen dicken Bildband für Professor Boronow, zwei Mettwürste, zwei große Brote und mehrere Flaschen Limonade und Wasser.
„Das muß reichen. Sie können sicher auch unterwegs etwas kaufen, wenn sie Aufenthalt haben."
Sie hatten alle Sachen in zwei große Plastiktüten packen lassen, wollten das Kaufhaus gerade verlassen, als Conny „Stop!", sagte.
„Ich habe eine Idee! Warten Sie hier auf mich?", rief sie, rannte los und war nach wenigen Minuten zurück.
Etwas außer Atem hielt sie Marita Schönen ihren Einkauf vor das Gesicht. „Für Angela. Ein Buch ist wohl nichts für sie, aber ein Kopftuch, das kann sie doch sicher als Andenken gebrauchen. Oder?"
In das Kopftuch aus roter Seide war ein graues, kaum erkennbares Bild des Kölner Doms eingedruckt. Das Tuch war leicht und flatterte in der Luftströmung, die von der Klimaanlage herrührte.
„Sehr schön, Conny. Sie wird sich freuen."

Tim hielt schon nach ihnen Ausschau, winkte nervös, als sie auf der Domplatte ankamen. Er stand auf den Zehenspitzen und winkte ihnen zu. Eine japanische Reisegruppe stand unmittelbar vor ihm und verdeckt ihn und die beiden russischen Gäste.
„Ihr habt aber lange gebraucht."
„Wir mußten ja auch bis zum Kaufhof an der Schildergasse laufen. Mach

du das mal schneller“, sagte Conny.
„Hier, liebe Angela“, sagte Marita, „das sind Geschenke von uns für Ihre Kinder in Gurka. – Und für Sie, Herr Professor, haben wir einen Bildband über Köln. Conny hat auch etwas gekauft, für Angela.“
Als Conny das Tuch auspackte und es Angela hinhielt, stieß die einen kleinen Schrei aus.
„Das Tuch! Das schöne Kopftuch meiner Mamotschka! Nein! Nicht ihres; aber genau so herrlich rot war es. – Ich weiß, daß es nicht ihres ist. Es war nur …“
Sie nahm es vorsichtig an, berührte es mit den Fingerspitzen, hielt es an ihr Gesicht.
„So leicht! So federleicht. Danke, liebe Conny. Ich muß es gut festhalten, wenn ich es auf dem Feld binde. Der Steppenwind könnte es über die Hügel wegtragen. Es wird mich erinnern. An euch, an diese schöne Stunde, die meine Schmerzen gedämpft hat – und an meine Mamotschka, die unter den schönen Birken liegt. Sicher so schön wie bei uns in Gurka.“
„Ich habe noch etwas“, sagte Marita Schönen und öffnete ihre Handtasche. „Diese Zeitung ist heute erschienen. Sehen Sie? Auf diesem Bild sind Sie zu sehen, wie Sie das Schild ‚Ost’ hoch halten.“
„Oh! So ein schönes Bild. Aber wie sehe ich aus? Bin ich wirklich so alt? Und meine Haare! Man hätte es mir sagen müssen. Seht ihr? Ich sehe aus, als wenn ich aus dem Bett gestiegen wäre“, jammerte Angela.
Als alle laut lachten, wurde sie rot und stecke die Zeitung mit einer hastigen Bewegung in ihr kariertes Tuch. „Meine Nachbarn werden staunen“, sagte sie und lächelte schon wieder.
„Für Sie habe ich ein zweites Exemplar, Herr Professor“, sagte Marita Schönen.
„TUG-Vorgängerfirma DTG war eine Folterkammer! – Ein Bericht von Klaus Schmitz“, las Wladimir laut vor.
„Ja, der Mann hat alles niedergeschrieben, was Sie erlebt haben. Sein Kommentar ‚Zur Sache’ steht daneben. Das gibt noch was in unserer schönen, friedlichen Stadt. Und hier, direkt darunter steht der zweite Bericht: ‚Ehrenbürger Johannes Basten: Mißbrauchte er eine Zwangsarbeiterin, ein Kind von 12 Jahren?’. Die ganze erste Seite nur über euch und euer Schicksal. Das gibt einen Wirbel.“
„Ich werde Angela den Text vorlesen, wenn wir einige Tage hinter uns liegen haben. Nicht jetzt, das wäre nicht gut“, sagte Professor Boronow.
„Ja“, sagte Marita Schönen nach einem Blick in das traurige Gesicht von Angela. „Sie muß erst ihre Nachbarn, ihr Haus und ihre Tiere wieder begrüßt haben. Dann rückt all das, was hier passiert ist, in die Ferne. Sie wird es schon packen.“
Sie gingen zum Bahnhof und als sie Abschied nahmen, weinte Angela. „Ich weine so schnell. Meine Mamotschka hat immer gesagt: ‚Wein nur, Aja. Jede Träne nimmt ein Päckchen Kummer mit und danach ist dir leichter.’ Es stimmt. Nachher kann ich auch schnell wieder lächeln. Und das werde ich tun, wenn ich an euch, meine Freunde denke. Besucht ihr manchmal die

drei Birken – das Grab meiner Mamotschka? Dann sagt laut ‚Viele Grüße von Aja. Es geht ihr gut.' Macht ihr das?"
„Ja, das werden wir tun. Ihre Mutter wird von uns nie vergessen. Wir werden oft an sie und natürlich auch an Sie denken", sagte Conny.
Als Wladimir seiner Cousine in den Zug geholfen hatte, kam er noch einmal zu ihnen zurück auf den Bahnsteig.
„Meine Freunde! Wir werden an euch denken. Danke! Danke für alles."
„Professor", sagte Tim leise. „Darf ich Sie um etwas bitten? Es ist wegen dem Capajew Nagovitsyn, Sie erinnern sich an meine Frage? Könnten Sie ... Ich meine, kann man nachforschen, wo er ist? Wo er – beerdigt ist? Würden Sie ...?"
„Wer ist dieser russische Soldat? Was verbindet dich mit ihm?"
„Er ist mein Großvater. Er hatte ein ähnliches Schicksal wie sie und mußte hier als Kriegsgefangener arbeiten. Meine Großmutter hat ihn nicht finden können, damals nach dem Krieg. Niemand wollte es ihr sagen, bei der russischen Botschaft."
„So ist das! Du bist also ein wenig auch Russe? Ich hätte es mir denken können. Du hast also etwas von unserer russischen Seele geerbt. Du bist ein guter Junge. – Und du willst es jetzt wissen?"
„Ja! Unbedingt! Werden Sie nachforschen? Ja? Bitte!"
„Tim! Sei ganz ruhig. Ich werde. Ich will meinen Namen benutzen bei den Behörden in Smolensk und Moskau. Und diesen Orden", sagte er und wischte leicht mit dem Jackenärmel über die blinkende Auszeichnung. „Sie werden sich anstrengen. Und wenn ich etwas weiß, schreibe ich dir. Du kannst dich auf mich verlassen. – Und wenn du es weißt? Wirst du ihn besuchen?"
„Oh ja. Er wird!", rief Conny. „Und er fährt nicht alleine. Ich will ihn auch besuchen, mit ihm sprechen und ihm sagen, wie leid uns alles tut, was gewesen ist."
Sie warteten auf dem Bahnsteig, winkten mit Händen und Tüchern, bis das Zugende nicht mehr zu sehen war.

Die Stille im Büro des Werksleiters der TUG war total. Kein Geräusch kam durch die schallgedämmte Tür. Dr. Hugo Kübler stand vor dem Fenster und stützte sich auf die Fensterbank. Er starrte auf den Parkplatz, auf dem nichts Ungewöhnliches zu bemerken war.
Viktor Brenner wartete schon seit einigen Minuten. Noch nicht einmal hatte sich sein Chef umgedreht, hatte weder seinen Gruß beantwortet noch mit irgendeinem Zeichen zu erkennen gegeben, daß er Notiz von seinem Öffentlichkeitsarbeiter genommen hatte.
Viktor Brenner stand vor dem Besucherstuhl und schaute auf die Mahagonischreibtischplatte. Nur die Zeitung ‚Rheinbote' lag dort. Er konnte die Überschrift mühelos lesen, obschon der Text für ihn auf dem Kopf stand. „TUG-Vorgängerfirma DTG war eine Folterkammer!"
Er kannte den Text, der fast die halbe erste Seite ausfüllte. Mitten drin hatten sie das Bild der beiden Russen plaziert.

„Besser hätte man das nicht schreiben können“, hatte er gedacht, als er die Zeitung am Frühstückstisch las und dann war ihm eingefallen, daß die Akten in seinem Haus nun nicht mehr so wichtig waren. Oder vielleicht doch? Allerdings hatte er ab dem Moment keinen Bissen mehr herunter bekommen. Er wußte, was ihn in der Firma erwartete.
Er räusperte sich. „Sie haben mich rufen lasen?“, fragte er mit heiserer Stimme. Er bekam keine Antwort. Er wartete. Und plötzlich mußte er lachen; er lachte leise, unhörbar.
„Wenn Sie mich nicht dringend brauchen, dann würde ich wieder gehen. Ich habe gleich Gäste“, sagte er dem breiten Rücken im grauen Maßanzug.
„Sie werden in diesem Haus überhaupt keine Gäste mehr empfangen“, sprach der Mann zur Fensterscheibe. „Nie mehr.“
„So?“, fragte er und hatte schon wieder dieses Lachen im Hals.
„Was? – Ja, Sie Idiot!“, schrie Dr. Hugo Kübler und drehte sich endlich um.
Sein Gesicht war verzerrt vor Wut. „Dem hat das Frühstück ebenfalls nicht geschmeckt“, dachte Viktor Brenner.
„Sie kennen das?“, fragte Dr. Kübler und sein zittriger Zeigefinger stieß auf den Text der Überschrift. „Diese Katastrophe kennen Sie? Ja? Und da kommen Sie auf zwei Beinen hier ins Büro? Kriechen hätten Sie sollen, auf allen Vieren kriechen, Sie räudiger Köter!“
Viktor Brenner straffte sich. Es reichte! Und jetzt ließ er sein Lachen raus. Es hörte sich an wie das Krähen eines Hahns.
„So? Ich stelle mir gerade vor, wie sie ebenfalls auf allen Vieren hier herum kriechen und an meinem Arsch schnuppern. Machen Köter doch so, oder?“
„Was? – Sie … Ich …“
„Halten Sie lieber die Luft an.“
„Sie sind fristlos, und zwar sofort, entlassen. Ich lasse den Werksschutz kommen. Geben Sie Ihren Büroschlüssel ab! Jetzt! Sofort! Sie Dreksköter! Sie unfähiger …“
„Entlassen? Ich höre nicht richtig“, unterbrach ihn Viktor Brenner und setzte sich auf den Besucherstuhl. „Setzen Sie sich!“, bellte er.
„Was? Was soll das …“
„Setzen Sie sich!“, fauchte Viktor Brenner. „Ich glaube, Sie sollten sitzen, wenn Sie hören, was ich Ihnen zu sagen habe.“
Dr. Hugo Kübler ging rückwärts um den Schreibtisch herum, ließ seinen soeben entlassenen Mann für die Öffentlichkeit dabei nicht aus den Augen. Mit einem Ächzlaut fiel er in seinen Ledersessel.
„So! Endlich!“, seufzte Viktor Brenner. „Ich mache es kurz. Das, was ich im Archiv Ihrer –unserer – Firma gefunden und sichergestellt habe, das würde ausreichen, um unsere Firma für die nächsten zwei Generationen als Geschäftspartner unmöglich zu machen. Ich biete Ihnen hiermit an, um Schaden von unserem Unternehmen abzuwenden, daß die Ordner da bleiben wo ich sie hingeschafft habe. Dafür erwarte ich ein mehrfaches, wohlwollendes Entgegenkommen unserer gemeinsamen Firma.“

„Sie spinnen! Sie wollen mich erpressen? Ich werde die Polizei anrufen und dann hat der Spuk ein Ende. Dann gehen Sie nicht auf allen Vieren, aber mit Handfesseln hier raus.“
„Sie verkennen den Ernst der Lage, Herr Kübler! Soll ich Ihnen Kopien der Akten zeigen? Wie Ihre Vorgänger viele Zwangsarbeiter, Frauen, Männer und Kinder, umgebracht haben? Können Sie gerne studieren und Sie werden erkennen, daß dieses Firmenvermögen nicht ausreicht, um die Ansprüche der Betroffenen oder ihrer Nachkommen zu befriedigen.“
Dr. Hugo Kübler saß da, blaß und mit offenem Mund. „Dümmlich sieht er aus“, dachte Viktor Brenner. Beide schwiegen, blickten sich an und die Stille war wieder fühlbar.
„Was wollen Sie?“, würgte Dr. Kübler schließlich hervor.
„Ich habe gewonnen!“, dachte Viktor Brenner und mußte schon wieder sein Lachen unterdrücken.
„Grinsen Sie nicht zu früh!“, fauchte Dr. Kübler. „Noch haben Sie nicht gewonnen.“
„Habe ich gegrinst? So? Nun, das steht mir doch wohl zu, nach dem, was Sie mir angedroht haben. Wollen Sie noch immer die Polizei oder den Werksschutz rufen? Ich habe Zeit.“
„Hören Sie auf! Was genau wollen Sie?“
„Ach so! Nicht jetzt. Ich werde Ihnen meine Forderungen schriftlich geben und von Ihnen bekomme ich sie ebenso schriftlich zugesagt. Jetzt, mein lieber Kübler, werden Sie mich zur Tür begleiten, sie öffnen, gemeinsam mit mir ins Vorzimmer treten und mir auf die Schulter klopfen, sobald Ihre Sekretärin, Frau Engels, uns anblickt. Dann werden Sie lächeln und laut sagen: ‚Gratulieren Sie unserem neuen Bereichsleiter Viktor Brenner schon mal zu seiner Beförderung.‘ – Na? Werden Sie das schaffen?“
„Ich … Sie … Nie!“
„Doch!“
Dr. Hugo Kübler stierte ihn an und Viktor Brenner sah, wie sich die Hände zusammenzogen, als hätte sie ein schwerer Krampf befallen. Es dauerte noch eine Minute, dann stand Dr. Kübler auf und ging um den Schreibtisch herum.
„Bei Gelegenheit bringe ich Sie um, Sie Hund!“, sagte er und öffnete die schwere Doppeltür.
„Vorher werden Sie mich am Arsch lecken, sie Köter“, sagte Viktor Brenner und mußte schon wieder lachen.
Dr. Kübler stierte ihn an, blieb einen Meter vor ihm stehen. „Was für ein Bereich? Was wollen Sie?“
„Öffentlichkeit und Werksleiterbüro – komplett mit allen Zuständigkeiten.“
„Hund!“
„Köter!“
Dr. Kübler stöhnte, straffte die Schultern und wie hingezaubert lag ein Lächeln auf seinem Gesicht. Er öffnete die Tür und zog Viktor Brenner am Ärmel mit sich. „Kommen Sie, mein lieber Viktor Brenner. Frau Engels?

Das hier, das ist unser neuer Bereichsleiter für die Öffentlichkeitsarbeit und fürs Werksleiterbüro. Sie dürfen diesem … äh … Glückspilz als Erste gratulieren."

Sie waren müde, spürten die schmerzenden Beine und Rücken. Der Waggon war alt, knarrte und ächzte; an den Schienennähten schlug es hart durch, immer im gleichen Rhythmus. Das gewölbte Dach ruckte vor und zurück; es war drückend heiß im voll besetzten Waggon.
Sie hatten zwei Mal umsteigen müssen und an der polnisch-russischen Grenze letztmals den Zug gewechselt. Sie saßen nebeneinander und schauten zum verdreckten Fenster.
Der Zug hatte gerade den Bahnhof Orscha Central verlassen; es war nur noch eine halbe Stunde bis Smolensk, und die Luft roch schon nach Heimat, wie Angela vor wenigen Minuten schnüffelnd festgestellt hatte.
„Du riechst die schmutzige Luft der Chemiewerke von Orscha; du schmeckst den Staub unserer trockenen Felder. Aber, wem's gefällt. Heimat ist eben Heimat", hatte er gesagt und sie wohlwollend an sich gedrückt.
„Ist deine Wohnung schön, Wladi?", fragte Angela, die den schmerzenden Rücken kaum noch bewegen konnte.
„Na ja. Wie die halt so sind, in der Großstadt."
„Schöner, als mein Haus?"
„Nein, nein. Alt, dreckig, ohne Sonne. Nur reinregnen tut es nie. Ich wohne im vierten Stock und schau auf die häßliche Ziegelwand vom Nachbarhaus. Und nirgendwo ein Baum und auch kein Tier – außer ein paar Straßenköter."
„Pfui! Keine Sonne? Keine Schweine? Keine Ziegen? Du mochtest doch die Ziegen immer so gerne."
„Ach, du dummes Huhn! Kannst du dir eine Ziege oder ein paar fette Schweine in einer kleinen Wohnung im vierten Stock vorstellen? Nein, in der Stadt gibt es keine – und es ist einsam da; ich kenne nicht mal meine Nachbarn auf dem Flur, stell dir das vor."
„Das hat damals unsere Lehrerin, Ludmilla, auch gesagt, als sie uns länger kannte. Wir seien wie eine große Familie und sie würde uns alle richtig lieben. Nie mehr wolle sie in die Stadt zurück. Weißt du noch, Wladi?"
„Ja, ich weiß es so gut, als wär es gestern gewesen. Ja, sie liebte die Gurkaner. Bloß den Nikolai Stepanskoy, den konnte sie nicht ausstehen. – Nein, Aja, die Stadt macht dich einsam. Selbst die jungen Leute haben keine echte Nachbarschaft und Freundschaft mehr. Heute die, morgen die. Heute diese Wohnung, morgen eine andere."
„Und da willst du bleiben, Wladi?"
„Was soll ich machen? – Vielleicht? – Warum fragst du so, du schlaues Bauernmädchen? Hast was vor, oder? Würdest du ...?"
„Was du so denkst, Wladi! Wie kann eine gut erzogene Frau einem Mann solche Fragen stellen, wie du sie gerne hören würdest? Das geht nicht, Cousin, du alter, lieber Wladi."
„Nun gut. Dann muß dein Cousin dich fragen, du frommes Weib. Äh …

Also … Verflucht! Ist das schwer. Nun also, bei allen russischen Heiligen, an die ein kluger Mann besser nicht glaubt: Hast du nicht Platz in deinem schönen, alten Haus, meine kleine Aja? Platz für einen müden alten Mann, der Heimweh hat und nur sehr wenig braucht?“
„Na also! Wollte ich auch gerade sagen. Platz ist immer. Wozu brauche ich soviel Raum, Wladi?“
„Nun, dann ist ja alles gut. Es könnte doch sein, daß ich auf Besuch komme; oder daß ich Urlaub bei dir mache; oder daß ich frage, ob du jemanden brauchst, der dir hilft auf dem Feld – dies und das machen.“
„Ja, das könnte sein. Arbeit gibt's viel, das weißt du. Und Platz ist mehr als genug. Ich könnte etwas umräumen und dann wär es ganz gemütlich für zwei alte Leute wie uns.“
„Ich käme am Morgen, und am Abend müßte ich zurück? – Oder am nächsten Tag?“
„Aber der weite Weg, Wladi! Es ist nicht gut, dieses Hin– und Herfahren – für so alte Knochen. Bleib lieber gleich ganz bei mir; du könntest das Dach reparieren – du weißt, es regnet rein. Und die Fensterrahmen müßten vor dem Winter noch gestrichen werden. Machst du das?“
„Ja, Aja, das will ich machen.“
Sie saßen still und waren zufrieden. Die weite trockene Ebene zog vorbei, nur hin und wieder von kleinen Wäldern unterbrochen.
„Ich will ihr Geld nicht. Ich will es nicht. Mir ist so, als sollte es ein Lohn sein. Ein Lohn für meine Dienste für Adolf, diesen Bauern Adolf. Nein, ich will es nicht.“
„Ja, du hast recht. Brauchen täten wir es zwar, aber wir schaffen es auch so, diese paar Jahre, die wir noch haben.“
„Der Frau, der habe ich verziehen, Wladi.“
„Welcher Frau hast du verziehen?“
„Der Frau, der Wilhelmine, die hat nur geschrien und geschlagen, wenn er in der Nacht zu mir gekommen ist. Sie hat auch gelitten. Er war so stark; darum hat sie mich geschlagen und nicht ihn“, sagte Angela leise und weinte.
Sie saßen still, dicht nebeneinander, und Professor Boronow hielt die verschwitzte Hand von Angela ganz fest. Der Zug rüttelte und schüttelte sie durch die weite Landschaft; der Horizont verschob sich nur sehr langsam.
„Es ist schön hier, in unserem weiten Land, Aja.“
„Ja, Wladi“, sagte sie leise und wischte sich die Tränen mit dem Kleiderärmel aus dem Gesicht. „Ich glaube, ich werde wieder weinen, wenn ich das Dach von meinem Haus sehe.“
„Ach, ihr starken russischen Frauen. – Ihr mit euren weichen Herzen.“
„Ja, ja, nur gut, daß wir so starke Männer haben“, sagte sie und sah ihren Wladi an.
„Weil ihr uns so gut bekocht, liebe Aja. Das macht uns stark.“
„Und der Wodka, was? Aber ich weiß ja, daß du schon immer ein guter Esser warst. Ich kann mir vorstellen, daß mir das Kochen mehr Spaß machen wird, wenn ich für jemanden koche, der gerne und gut ißt.“

„Was würdest du denn für mich kochen? Mach mir den Mund wässerig, Aja."
Sie schwieg, schaute aus dem verdreckten Fenster, suchte am Horizont die ersten Häuser von Smolensk. Sie spürte den Schmerz in der Brust, der sie befallen hatte, als sie damals zu Fuß von Smolensk bis zu ihrem Haus gelaufen war. Die Sehnsucht nach der Stille ihres Dorfes, der Bank vor ihrem Haus, zerriß sie fast. Sie mußte sich ablenken, wenn sie nicht hysterisch werden wollte.
„Ach, da hast du meine Schwachstelle erwischt. Soll ich anfangen?", sagte sie und gab sich einen Ruck; sie wollte nicht mehr an ihr Haus denken.
„Ja, erzähl. Mach, daß mir das Wasser im Mund zusammen läuft."
„Gut. Aber ich warne dich! Ich kann dann kaum noch aufhören. Also: Die Familien Boronow und die Pawlowsk, die essen gern und viel, das siehst du auch an den riesigen Einmachgläsern für Marmelade oder Sauerkraut, die meine Mamotschka angesammelt hat."
„Hm! Das läßt hoffen! Schildere mir einen guten Tag bei dir."
„Ach du! Also zum Frühstück gibt es ausreichend kascha aus Buchweizengrütze. Im Winter gibt es dazu auch schon mal Bratkartoffeln, Spiegeleier oder Omelettes. Was ich gerade habe – oder mir leisten kann. Zum Mittagessen bekommst du immer eine Suppe, aber nicht immer den borschtsch. Das ist teuer und gibt es höchstens einmal im Monat. Ich mache sie mit Tomaten, Paprika und Kohl, die ich mit fettem Sauerrahm anreichere. – Ach, ich muß aufhören, sonst läuft mir selber das Wasser aus dem Mund, Wladi."
„Nein, nein. Wir haben noch so viel Zeit. Laß hören. Was gibt es noch bei dir?"
Sie war froh, daß sie sich ablenken konnte. Einfach daherschwätzen, über ihre Lieblingsbeschäftigung, das Kochen sprechen. Nur so konnte sie die Schmerzen unterdrücken, die immer stärker wurden, je näher sie der Heimat kam. Und sie schwor erneut: Nie mehr würde sie in dieses Land fahren. Es war nicht nur fremd, es war auch ein Land, in dem sie nie Freunde finden würde.
„Keinen?", dachte sie. „Doch, einen Menschen, eine Frau würde ich zur Freundin haben mögen: Marita."
„Marita", sagte sie halblaut und ließ die Buchstaben des Namens auf Zunge und Lippen dahin gleiten, wie früher, wenn sie den Namen ihres Vaters, Konstantin, leise gesprochen hatte.
„Du denkst an die Frau? Ja, an sie werden wir gerne denken, wenn du und ich am Abend uns auf der Bank vor deinem Haus ausruhen. – Und an den Jungen, Tim, der seinen Großvater sucht."
„Du vergißt etwas. Ich werde die Augen zumachen und das schöne Bild aus meinem Kopfalbum holen. Eine bunte Wiese mit gelben und blauen Blumen, ein blauer Himmel mit weißen Wölkchen und mitten im Bild stehen drei Birken. Ihre schwarzgrünweiße Rinde leuchtet im Sonnenlicht. Kann meine Mamotschka ein schöneres Grab haben? Da liegt sie und hört auf die Vogelstimmen."

„Du weinst ja schon wieder, Aja. Sei fröhlich. Bitte! Laß uns an morgen denken. Sag mir: Was magst du besonders gerne essen?"
Ihre Stimme war heiser und als sie ihn ansah, verschwamm sein Gesicht in ihren Tränen. „Ach, du lieber, alter Cousin. Du hast mir doch diesen Traum geschenkt. Ich werde ihn nie mehr vergessen können."
Sie räusperte sich und drückte seine Hand. „Also! Du hast noch nicht genug gehört? Nun, ich mag so gerne schtschi. Du auch?"
„Ah! Die weiße Kohlsuppe? Oh ja, und auch die einfache ucha, diese Fischsuppe, die Swetlana, meine Babushka, so gut kochen konnte."
„Ja, die."
Und aus ihrem Kopfalbum purzelten die Bilder mit der Babushka Swetlana, wie sie mit dem Reisigbesen das Zimmer fegte, mit verzücktem Augenaufschlag ihre gerade gekochte Brombeermarmelade probierte und wie sie mit schmerzverzerrtem Gesicht ihre alten Beine mit Brennesseln bestrich.
„Es hilft, Angela. Wozu sonst hat der große Gott sie geschaffen? Kennst du einen anderen Zweck?", hatte sie gesagt, als Angela sie entsetzt angestarrt hatte.
„Du hast gerade wieder einen Ausflug in die Vergangenheit gemacht? Für dich endet die Vergangenheit nie. Vielleicht hast du damit wirklich ein Geschenk bekommen. Vielleicht."
„Wir können nichts zurückholen; alles ist im Fluß. Es ist wie das Wasser der Desna. Gerade hat es dich erfrischt und ist schon weitergeflossen, anderes Wasser umströmt dich. – Ich weiß das alles, Wladi. Und trotzdem. Es geht nicht ohne Erinnern. Was hätten wir sonst?"
„Sicher, wir wären wie die dummen Schweine, oder die gackernden Hühner. Aber du lenkst ab. Mach weiter. Laß uns noch ein wenig kochen."
„Genug gekocht. Sonst laufen mir die Tränen nicht mehr aus den Augen, sondern aus dem Mund. Ich will etwas Kochen, wenn du da bist. Ich könnte schon morgen anfangen, lieber Wladi. Im Alter bleibt uns ja nur noch dieses Vergnügen."
„So? Da muß ich staunen. Wie alt bist du denn, meine kleine Aja?"
„Viel zu alt für alle Vergnügungen, die mir das Leben in der Jugend nicht gegönnt hat. Lieber koche ich dir eine soljanka mit eingelegten Gurken, Kartoffeln, Fisch oder Fleisch."
Und so schwärmten sie auf den nächsten Eisenbahnkilometern von der botwinja, einer kalten Suppe, die aus Kwas, Gurken, Rettich und Räucherfisch zubereitet werden sollte.
Wladimir verdrehte die Augen bei der Erwähnung der Sakuski, einer Reihe von Kleinigkeiten, die man zum Wodka verzehren würde. Und Angela hatte Mühe, ihre Tränen zurückzuhalten.
„Ob die Saranka auf mich gewartet hat?", unterbrach sie die kulinarischen Betrachtungen. „Sie ist mal so, mal so. Beim letzten Mal haben alle gesagt, es hätte noch lange Zeit – und dann warf sie in der folgenden Nacht. Na, jetzt wo du da bist, werden wir alles schaffen", seufzte Angela Pawlowska leise.

Sie saßen still und träumten ihre Träume. „Erzähl mir vom Mond. Noch einmal möchte ich sie hören, die Geschichte aus meiner Kindheit. Wir lagen auf der Ziegenwiese und du hast in den blauen Himmel gezeigt.“
„Ja, ich weiß. Und das Mondschloß ist schon fertig. Die Zimmer sind hell und freundlich. Nur etwas fehlt noch und das baue ich uns jetzt. Dem Schloß fehlt noch eine Familiengruft. Schloßbesitzer brauchen eine Gruft. Eine große, kühle Gruft mit einem schönen Eingangstor aus glitzerndem Mondgestein. An den Wänden hängen die Bilder aller Heiligen, die du dir nur denken kannst. Und sie blicken auf die großen Särge aus Mondstein. Da bestatten wir deine Mamotschka. ‚Olga Pawlowska' steht mit Feuerschrift eingebrannt auf dem glitzernden Stein. Dicht daneben stehen zwei andere Särge. ‚Vera Boronowa' steht auf dem einen und ‚Iljitsch Boronow' auf dem anderen Sarg. Und es ist Platz in der Gruft, viel Platz. Für uns beiden, irgendwann ...“
„Ach, Wladi. Ich brauche kein Schloß mehr. Nie mehr. Früher, ja, früher, als wir noch nebeneinander auf der Ziegenwiese lagen, da hatte ich Träume. Träume von einem Schloß, einem glücklichen Leben mit dir, nur mit dir. – Nein, kein Schloß! Meine Mamotschka, deine Eltern, Vera und Iljitsch, mein Vater Konstantin, Ludmilla Kurunowa, der alte Akbulak, sie alle haben einen großen Platz gefunden – in meinem Kopf. – Und für uns beide? Ach, Wladi, für uns alte Leute würde sogar eine Bärenhöhle reichen.“
„Zwei Bären in einer Höhle? Die vertragen sich nicht, spricht der russische Volksmund. Und du hast keine Angst?“, fragte Professor Wladimir Iljitsch Boronow.
„Nein! Nie mehr, Wladi. Und sag du noch einmal etwas gegen die Sprichwörter meiner Mamotschka“, antwortete Angela Pawlowska, die nun wieder Aja heißen würde.

Nachwort des Verfassers

„Entschädigung“, dieses Wort wurde im Zusammenhang mit dem Thema „Zwangsarbeit“ bereits etliche Jahre, schon bevor die Bundesregierung im Juli 2000 das Stiftungsgesetz zur Entschädigung der NS-Zwangsarbeiter verabschiedete, immer wieder von politischer Seite verwendet.
Danach bekam der Begriff fast inflationären Charakter. Die Gründe lagen auf der Hand: Erstmals wurde die breite Öffentlichkeit über den Umfang dieses Nazi-Verbrechens umfassend informiert und gleichzeitig darauf hingewiesen – in allen Medien –, dass von 200.000 angeschriebenen Unternehmen sich zu dem Zeitpunkt nur etwa 3.000 beteiligt hätten, erst 3,1 Milliarden Mark fest zugesagt seien.
Selbst heute, nach dem Beschluss der Bundesregierung, die Akten zu

schließen (Mitte März 2007), sind nicht alle Unternehmen dieser Stiftung beigetreten, sind längst nicht alle Zahlungen erfolgt.
Ein Skandal, ein öffentliches Ärgernis. Und das besonders für bestimmte Interessengruppen – auch die, die sich für Zahlungen aussprachen – und das Thema endlich für immer vom Tisch haben wollten.

Die Handlung des Romans „Das fremde Land" spielt im Jahr 2001, als dieser „Skandal" breit diskutiert wurde, sich die Öffentlichkeit über die Zahlungsunwilligen erregte.
Auch im Roman wird das Thema Entschädigung im Zusammenhang mit dem Projekt einer Schule „Zwangsarbeit – Entschädigung jetzt" benutzt. Aber es ist nicht das zentrale, das bewegende Thema. Es ist, wenn man es richtig betrachtet, nicht mehr als die Initialzündung für das, was der Roman behandelt – das Leiden der Betroffenen.

Kann man wirklich – auch nur annähernd – alles entschädigen, mit Geld „gutmachen", was die damaligen Verbrecher angerichtet haben? Nein, und nochmals nein! Das kann man nicht. Natürlich sind Entschädigungszahlungen notwendig, um entgeltlose Leistungen auszugleichen, aber auch nur dafür. Sie können und dürfen nicht dazu dienen, unser Gewissen zu beruhigen. Es darf nicht sein, dass wir uns zurücklehnen und erklären: „Wir haben ja alles Menschenmögliche getan. Was wollt ihr denn? Lasst uns doch endlich damit aufhören."
Nein, und nochmals nein. Einfach deshalb nicht, weil man eben nicht alles mit Geld tilgen, auslöschen kann, was passiert ist. Die so oft als unverletzlich beschworene „Würde des Menschen" – im § 1 unseres Grundgesetzes festgeschrieben – wurde millionenfach auf übelste, böswilligste und unmenschlichste Weise verletzt. Diese verletzte Würde durch Geld wieder heilen? Das genau ist einfach nicht möglich.
Aber was dann? Es muss etwas anderes geschehen. Dieser Roman will helfen die Würde dieser Menschen zu heilen. Er ist als ein Beitrag zum „Nichtvergessen" gedacht, zum ständigen Erinnern an die Menschen, deren Würde in den Staub getreten wurde, die vergewaltigt, gequält und ermordet wurden.
Mit Wladimir und Aja wird dieses Unrecht personifiziert. Allein deshalb, damit wir begreifen, was Menschen anderen Menschen angetan haben. Eine Entschädigung dafür ist niemals möglich.
Aber wenn wir die Millionen Ajas und Wladimirs, die zur Zwangsarbeit verdammt waren, endlich als fühlende, leidende Menschen erkennen, dann leisten wir Wiedergutmachung im schönsten Sinne. Wenn dieser Roman auch nur einige Menschen dazu bringt, das zu begreifen, dann hat er seinen Sinn erfüllt.